通道

肖仁福◎著

中国文联出版社
http://www.clapnet.cn

目 录

Contents

方家有女初长成

一

故事的开头发生在半年前的那个早上。那个早上，肠子街一片祥和，阳光洒进槽门，把方家那个小院子洒得很灿烂。方仁贤正提着一只绿色长嘴洒水壶，专心致志给檐下的玉兰树洒着水，玉兰树是方仁贤四年前退休那一阵子，因闲得无聊栽下的，现在已经开始兴高采烈地开花吐蕊了。花香浓郁，整个小院子仿佛被玉兰的馨香浸染过一般。花的颜色是瓷一样光洁、细腻的白色，就如方仁贤当初栽下玉兰时所期待的那样。方仁贤素来喜欢白色，他觉得白色是七彩之本，所以他干脆给女儿取名方白。

方白此时正从槽门外迈进来。方白的哥哥方正要去上班，方白帮忙把烧完的气罐送到槽门外，让方正顺路捎到气站换罐气。方正的摩托刚发动，方白就转了身，迎面即是扑鼻的浓香。“真香啊！”方白朝玉兰树走过去，一边要抢方仁贤手中的洒水壶，一边说：“早晨在院里待着，怎么就感觉不出这么浓的花香？”

方仁贤躲过方白的两只手，继续自己的工作，他说：“亏你读到专科毕业，还没读到古人的那两句话。”

方白说：“两句什么话？”

方仁贤说：“入鲍鱼之肆，久而不闻其臭……”

方白接过话头，说：“入芝兰之室，久而不闻其香。”

说罢，两人都笑了起来。

父女俩正开心，屋里传出方白母亲的声音：“方白，快进来给妈帮个忙。”

方白撇下父亲，走进屋里。

方白妈正在卫生间里清洗已被那台老式单缸洗衣机洗过的被单。那是一种浅蓝底色上印着细小白色菊花的被单，显得淡雅素净。方白妈虽然身体还硬朗，但毕竟已年过六十，气力不足了，所以又宽又大的被单她没法拧干，必须有人帮忙。两人合作，不一会儿，几床拧过的被单就被提到了楼上的走廊边，很快晾到两根红亮的竹竿上。两人还没离开走廊，湿漉漉的被单就开始往下滴水，直滴到玉兰树下的方仁贤的头上和身上。方仁贤骂了一句，退到一旁，想等到被单上的水滴完后再开展工作。可那水珠儿不紧不慢地往下滴着，竟然看不出会立即停止的迹象。

也就是这个时候，方仁贤心上产生了一个念头。

方仁贤要给老伴儿买一台脱水机。

他把方白从楼上叫下来，问方白："今天几日了？"

方白想了想，说："八日。"

方仁贤说："要讲发，不离八，今天是公司发工资的日子，你到公司去把我的工资领了，然后去买台脱水机回来。"

方白说："爸爸的主意真棒。"

方白于是到自己楼上的小屋里换了双半高跟的白色皮鞋，弹跳着往槽门口走去。

迈出槽门，方白一眼就瞥见一个熟悉的身影，她的血液就莫名其妙地加快了流速。

那是一个三十七八岁的中年人，骑着一辆破旧的自行车，在铺着石板的街面上平稳地前行着。许多年以前，这个身影就开始在肠子街的石板上晃悠了，许多年以来，方白把许多的事情都放下了，却总是忘不了这个身影。方白觉得有些惊喜又有些慌乱，她在槽门的木柱上斜倚了片刻，直到前方的身影消失在街口的转角处，才重新挺直身子，迈下槽门外的石坎。

那个中年人叫胡言，是会计师事务所的注册会计师。胡言住在肠子街的街尾，方白几岁的时候就见他老是嘴上衔一支香烟，骑着这么一辆破车从自家槽门口经过，那情形就像小伙伴们糊在本子上的剪贴画，总是一成不变。后来方白上了小学，胡言从方白家门口经过时，常常停下车，将手指间那支快吸完的烟往嘴里猛吸一口，然后扔到路边的垃圾箱里，弯腰把方白抱到破车的后座，顺路驮着到学校去。方白觉得坐在车上，把头侧着紧靠胡言宽阔的后背，心里便格外踏实。后来，方白上中学了，她自然不好意思再往那破车的后座上爬，那个位置就被一个漂亮的女人占了去，那阵子方白恨那个女人简直恨得咬牙切齿。再后来，那女人也不坐那位置了，而让给了女人和胡言的女儿胡力。再后来，方白就上省城读书去了，直到今年夏天毕业。没想到，今天一看见胡言骑着这辆破车，方白那久违的感觉一下子又回来了。

这么胡思乱想着，方白不知不觉就到了茶叶出口公司门前。可当方白迈进公司财务科的门，要向会计领父亲的工资时，会计却是一脸的阴云。会计说："你还来领什么工资？公司都快倒闭了。”

方白说：“公司不是一向生意红火吗？怎么一下子就要倒闭了？”

会计说：“三两句是跟你扯不清的，你想弄明白，好回去向你老爷子交差，你就去问会计师事务所的那些杂种。”

方白不再吱声，低头走出了财务科。公司为什么倒闭，这不是她非要弄清不可的事。现在最要紧的是，她无法兑现父亲让她买脱水机回家去的承诺。老父亲在公司里服务了一辈子，退休后公司突然发不出工资了，连脱水机都买不成了，这样的事实，他老人家承受得了吗？方白只恨自己还没参加工作，如果自己有工作、有工资了，她会拿自己的工资买一台脱水机回去，告诉父母亲，就说是用父亲的工资买的。

方白在公司门口伫立着，望了望围墙上自己的影子，显得那般无奈。

二

出口公司的会计没有完全说错，他们公司的窘境的确与会计师事务所有一些联系，但根本原因显然不是会计师事务所。这句话是胡言亲口对方白说的。

方白离开茶叶出口公司后，一时无计可施，在路上盘桓着，不想就这么回去向父亲交代。这是愚蠢的做法。方白想，如果这么简单行事，那她是不会饶恕自己的。那么，又该怎么办呢？她先去了哥哥方正的单位。她想要哥哥先出 300 元钱，买部脱水机回去，账算在她头上，等她安排了工作后，第一个月发工资就还给哥哥。不想方正外出不在办公室。方白只得去找一位要好的同学，她上完中学就参加了工作，借两三百元钱是没问题的。赶到那位同学家里，才知道她去年就去广东赚大钱去了。方白垂头丧气地从同学家里出来，浑身一阵疲软，仿佛连抬腿迈步的劲儿都没有了。她往路旁的一棵马尾松上一靠，眼睛望着远处屋顶上的阳光，嘴里自言自语道：“怎么就这么不碰巧呢？”

恰在此时，左侧不远处响过一串自行车铃声。方白心下一阵无缘无故的暗喜，立刻就把目光从高处降下来。响铃处果然就是胡言，他正踩着那部破旧的自行车，穿过人流，朝方白这边驶过来。方白顿时双目生辉，冲到路边，把手伸得老长，一阵乱摇乱晃，嘴上不停地喊着：“胡言哥——胡言哥——”

自车行在方白面前刹住。胡言见是方白，也很高兴，一双深沉的眼睛漾满了温暖的笑意。他用一种低沉却很清晰的声音说道：“是方白呀，几时没见，你都长成大姑娘了。”

也不知是何缘故，胡言一句平淡的话，就让方白莫名地害羞起来。她的目光从胡言身上收了回去。当方白的目光从自己已经高耸的胸脯上掠过时，她的心跳加快了，声音却小得只有她自己才听得见：“在你的眼里，我总是小姑娘。”

不过，方白的声音再小，胡言也听得清。也许胡言压根就不是听出来而是看出来的，他只要看见方白两片不厚也不薄的唇一翻动，他不用听也知道方白说的是什么。

胡言说：“在我的心里，你永远是一位小姑娘，一位长不大的小姑娘。”

胡言说：“你还记得吗？你爬到我这破车的后座上，让我驮着去上学那阵，你才比自行车的后座高一点点。”

胡言又说：“哎，刚才你怎么叫我来着？”

方白脸更红了，说：“叫你胡言哥，没错吧。”

胡言就笑了，说：“那时候你可不是这么叫的，那时候你总是叫我胡叔叔。”

方白又说：“现在我长大了嘛。”

方白又说：“我现在差不多跟你一般高了。”

方白说着，就站到胡言面前比高，她的个头已过了胡言的耳朵。方白很得意，转身时，幅度大了些，她那耸着的胸脯就在胡言的肘子上碰了一下。方白身子一紧，眼前就一阵眩晕，浑身酥软得快要支持不住了。

胡言似乎没觉察出方白那极其微妙的动作，他说：“胡言哥也好，胡叔叔也好，都无关紧要。方白你说是吗？”

方白无声地点点头。她觉得胡言那低沉的声音有一股无形的力量在吸附着她。

胡言又说：“还没分配工作吧？”

方白有意识地离胡言远一点，她说：“还没有。若分配了工作，我就不这么乱窜了。”

胡言从方白的话里感觉出方白有什么苦衷闷在肚子里，就问她碰到了什么不愉快的事。这一下，方白那塞在心头的烦闷也憋不住了，她一股脑儿就把这半天的遭遇倒了出来，而且泪水都淌出了眼眶。诉了苦，又出了眼泪，方白顿觉轻松了许多，舒畅了许多。

胡言从口袋里拿出一包精装餐巾纸，递给方白，说：“到茶叶公司查账是税务局请事务所去的，我也在其中。出口公司这几年的茶叶根本没出口，却年年得了出口退税的好处，事务所帮税务部门查清了这笔账，让公司按章补了退税，别的处罚都没执行。他们发不出工资，毫无理由怪我们。”

方白从那漂亮的硬纸壳里取出一张餐巾纸，在眼角揩了一下说：“可这害得我买不成脱水机了。”

胡言说："仅仅是脱水机的事，那好办。我家里就有一台，只用过几次，你拿去就是。"

方白说："我拿走了，你用什么？"

胡言说："我一个大男人，有的是力气，平时就很少开脱水机。"

方白说："那我怎么跟老爸说？"

胡言说："你真是个傻姑娘。这还不好说？你就说是用你爸的工资买的得了。我当然也不白送你，以后你参加工作有了工资再给我钱也不迟。"

说着，胡言的一只脚已经迈上自行车的踏板，他补充道："我有件急事先去跑一下。12 点整你在家门口等着，我把脱水机送过去。"

胡言将车把一拐，自行车就载着他驶入了熙来攘往的人流。

望着胡言的身影渐行渐远，方白的心头就滋生起一股强烈的欲望。她好想追过去，爬上自行车的后座，然后紧紧地将自己的头靠在胡言那宽阔而温厚的后背上……

三

那是一台青松牌脱水机，马力大，声音小，使用很方便。它一进屋，方白妈洗衣服、被褥，便再也不用愁拧不干了。因而方白妈洗东西的兴趣愈加高涨，只要天气好，她的手心就痒痒，忍不住要去翻箱倒柜，把那些干净的、不干净的，常用的、不常用的，崭新的、破旧的衣服鞋帽和枕巾被套之类搜寻出来，放洗衣机里洗过，再放脱水机里甩干，然后放竹竿上晾晒一番。方仁贤在玉兰树上浇水，或傍了玉兰树坐着读《说唐》和《薛仁贵征东》，自然就用不着再担心头上会滴水下来，注意力比以往集中了许多。

只有靠着院墙替母亲择菜的方白，对竹竿上晾着的深红浅绿跟玉兰树下的父亲组成的风景，熟视无睹。她被这些等待分配的日子熬得意兴阑珊。她便用更多的情绪去打捞昔日的心事。她想起她那唯一的一次恋爱。他叫李群，是一位英俊的小伙子，是她在财专读书时的校友。更重要的是他也是这个城市里去的老乡，就凭这一点，他常常来找她，两人不知不觉就好上了。她记得那时两人常常到湘江边去，接受江风和涛声的抚弄。兴致来了，他还会背几句汪国真的诗，惹得她身上要生鸡皮疙瘩。但尽管如此，她还是差一点真的爱上了他。

方白记不得跟李群分手的具体时间了，她只记得跟他分手与最后那个寒假有关，那个寒假她一直窝在家里，李群邀了三次才把她邀出去。那天双清公园里的雪很厚也很白，他给她照了许多相，两人都玩得挺高兴的。一直到尽兴而归，并说好第二天再去塔北公园。他还坚持要送到她家里，她只让他送到肠子街口的古樟树下，就在这时，从大街往肠子街方向驶过来一辆自行车。这是傍晚时分，天边突然冒出一轮晃白的夕阳，街面上的积雪正在融化。那辆自行车的后座空着，两个轮子在融了雪的路面上悠然滚动着，车上的人围了块宽大的白色围巾，把脖子连同嘴和鼻子都遮住了。那人只顾专心赶路，根本没在意路边古樟树下一双睁大的眼睛，所以很快就晃入肠子街的街口，只留下一道背影，把个融雪的黄昏招摇得非常惨白。

那一阵，方白的脑子里反反复复就一个念头：那自行车的后座是为她空着的，她只要坐到那个后座上，让自行车驮着悠悠前行，她就能到达她要去的地方。

站在一旁的李群自然弄不明白方白为什么会发痴，他也注意到了方白注视着的那辆破旧的自行车，他看不出这辆破车以及车上的人有什么起眼之处，值得方白发痴。

一直到两人要分别了，方白都默默地不出一声。李群怕方白忘了第二天的约会，特意叮嘱了一句。不想方白的回答令李群大吃一惊。方白说："不，明天不去了。"

稍停，方白又说了一句，她的声音不高，却很有张力，语气不容置疑。她说："以后你再也不要来找我了。"

说完，方白就坚定地往肠子街迈去，把李群丢在古樟树下愣了老半天。

方白说到做到，之后就跟李群一刀两断，再无往来。回学校后，李群多次找过方白，方白每次都拒李群于千里之外。最后一次，李群一定要讨个说法，方白就说了句"我在你身上找不到归属感"。这样，李群才死了心。

方白想着这些往事，地上那红叶苋菜不知不觉就择完了。可当方白妈走过来拿菜时，却见篮子装着不少菜蔸，好多择好的菜叶竟被扔到篮子外的地上了。方白妈就嗔怪道："方白，你这是怎么了？"

方白意识到了自己的反常，脸涨得通红，她支吾道："昨晚没睡好，今天有点头晕。"方白于是有了借口躲进了楼上自己的屋里。

方白的屋子有一扇窗户，是朝着肠子街方向开的。方白打开窗帘，初夏的阳光就从外面投射进来。方白倚在窗户上，望望远处那座叫作白马山的山影，又望望街后的资水河，最后把目光收回到近处的肠子街。肠子街是条老街了，因为地势偏僻，城里好多老街都改建过了，而这里依然如故。这也好，落得安静。还有街面上的青石板，总是那么清幽；街两旁的板装屋，板装屋前的小樟树，总是那么古香古色。据说全城也就肠子街还保持原貌，今年春天电影制片厂为了拍红军长征纪录片，还把人马搬进了肠子街，热闹了许多天。

也不知在窗边站立了多久，方白意识到自己这样子，并不单纯为了观望肠子街的风景。想想这条肠子街，除去她在省城上学的三年，她足足守候了十八年，街上的每一块石板，每一棵树木，每一扇木门，以及每一扇木门里的每一张面孔，她都了如指掌。因此她根本不必跑到窗口上来张望，她就是双眼闭着，这些人和物亦历历在目。

方白知道她实际上是在守望一个人。

她记得那次胡言把脱水机送到槽门外后，便回了他街底的家。她想邀他进屋坐一会儿，但不知为什么，她的话却未能出口。她也企望胡言能开口，说句请她到他家里去坐坐的话，而胡言也没说什么，掉转方向就上了车。那之后已经好几天了，方白除了有一次在窗边远远望见过胡言骑车出肠子街的背影外，再没见过胡言。

方白想，她得去他家瞧一瞧。

不过要去，总得有一个什么借口，她已经是一个二十出头的大姑娘了，总不能随随便便往一个大男人家里跑。何况人家是有妻儿家小的，还不知道那个女人厉不厉害呢。方白主意已定，就开始挖空心思寻找去胡言家的借口。

聪明的方白，一下子就找到了一个借口，一个又入情、又入理的借口。

四

这是一个微雨的初夏的傍晚，资江边的风吹过来，吹在肠子街的小樟树上，那些不大不小的叶片便随意地拨动着，发出一阵阵哗哗声，将个肠子街弄得有些凉爽了。

方白举着一把粉红色的雨伞，遮掩着她那个白色的身影。也许是父亲给取了这样的名字的缘故，方白自小就喜欢白色，常常是一袭白裙，再加上白跟白面的皮鞋，浑身都透着素洁典雅的高贵气质。偏偏她的头发又格外黑亮和浓重，或云般拢着，或瀑样披着，将一身洁白衬得更加醒目，让她美丽得有如下凡的仙子了。

这天傍晚，方白打着雨伞从肠子街穿过，肠子街的人就觉得夜幕比平时迟来了许久。

方白的鞋跟不轻不重地在敲着街面，一直敲到街底那道古城墙边上，然后方白停止了敲击，同时收起了头上的雨伞，顺便把雨后的一道落霞也收了起来。方白看见了城墙边上那座木板屋的台阶上支着的那辆破旧的自行车，她心上一阵窃喜，她知道她要找的人就在屋里。

方白迈上台阶。

方白在自行车旁伫立了一会儿，用手在后座上轻轻拍了一下，然后她绕了过去，抬起手来，要去敲那扇木板门。

不期然那扇木板门自己“吱”一声开了。

一个扎着蝴蝶结的小姑娘的脑袋出现在门缝中，小姑娘低着头，手中提着一只鼓鼓的薄膜袋，袋子里塞着烂菜叶和别的废物。看得出小姑娘是准备出去扔垃圾。

但小姑娘已被门口的白色身影堵住了。

小姑娘抬起头来，用一双警惕的眼睛望了方白一眼，问道：“你找谁呀？”

方白自然认得小姑娘就是胡言的女儿胡力，她自上幼儿园起就天天从方白家的槽门外经过。方白说：“你是胡力吧？”

胡力点点头。

方白说：“两三年没见，你高多了。”

胡力仍然鼓着眼睛望着方白，一个小身子嵌在门缝上，忘记了进退。

方白说：“我也是肠子街的，你叫我方阿姨，我来找你爸爸。”

胡力这才让开了。

屋里的胡言已经听到动静，这时也来到了门口，他感到意外而又惊喜。他说：“咦，这不是方白吗？你怎么了？是不是走错了地方？”

方白一边往里走，一边故作生气道：“到你家里来就是走错了路，那你是不欢迎了。”

胡言说：“怎能不欢迎？你是仙女下凡，用肠子街的话说是十年难逢金满斗，我请都请不动的。”

方白说：“你几时请过我？”

胡方说：“想请，怕你不赏脸。”

方白说：“你尽说怪话。小时候你要我坐你的自行车，我可是每次都赏了脸的。”

胡言说：“话不能这么说吧，那是你要坐我的车，你忘了？”

说着话，胡言已挪过单人沙发，让方白落了座。又拿出几个富士苹果，用刀削起来。恰好胡力已从外面扔了垃圾回来，胡言又让胡力喊了方白一声阿姨。望着胡力，方白就想这屋里还少了一个人，于是问胡言：“胡力的妈妈呢？”

胡言的脸色略微一沉，即刻又恢复了原样。胡言装作一副轻松的模样，说：“她在这屋里住久了，觉得发闷，便回娘家解闷去了。”

方白是个聪明人，一下就听出了胡言话里的意味。不知怎么的，她莫名地就感到一丝欣喜，仿佛她期望已久的，就是胡言这么一句很明白的双关语。

这时胡言手中的苹果已经削好。胡言削苹果的手法很不错，一刀旋下去，苹果皮像皮带一样连着不断。胡言让苹果皮的带子复又裹了削好的苹果，放到方白面前的茶几上，请方白自己拿着吃。方白说：“等会儿再吃，你自己呢？”

胡言放下水果刀。他说：“我刚吃过晚饭，还不想吃东西。”

方白说：“那你总得干点什么吧！”

方白问这话的原因，是她觉得胡言身上少了点什么，但究竟少了点什么，她一时又想不起来了。

胡言弯着他粗大的指关节，在下颏上下意识地捋了一把，说：“陪着你说会儿话，比干什么都重要。”

方白觉得胡言说的并非虚情假意的客套话，她相信话里的真实成分。这么自忖的时候，方白的目光依然停留在胡言那粗大的手指上，她猛然想起，那里少了一个男人的特殊标志，方白说：“你怎么不抽支烟？记得从前你是抽烟的，记得从前你手指上夹着一支烟姿势是很潇洒的，我特别喜欢你那抽烟的气派。”

胡言用一种惊奇的目光望着方白，似乎是无法琢磨方白话里的可信度。胡言说：“我还是第一次听见一位女孩对男人吸烟表示赞赏。遗憾的是我已许久不吸烟了。”

方白说：“为什么？”

胡言说：“王静雅特别讨厌我吸烟。”

方白知道这个王静雅就是胡言的妻子。方白自然就无话可说了，她伸手拿起茶几上的苹果，轻轻地咬了一口。方白觉得用吃苹果的方式代替说话，也挺有意思的。

坐在斜对面的胡言却不知干什么好了。他大概不会去拿苹果吃的，男人大多对水果没有兴趣。他的双手下意识地在衣服口袋外摸了摸，仿佛要摸一盒烟、一包火柴似的。但最后他的两只手抓在了一起，接着是“咯咯咯”几声脆响。他的一只手绞住了另一只手的指节，一连使了几下劲儿。

胡言的目光从方白年轻靓丽的脸上滑到方白手中的苹果上，胡言的声音带着试探的味道：“你来，有什么事吗？”

方白并没立刻回答胡言。她有意放慢节奏，让这初夜的时光增加些长度。她用桌上的餐巾纸揩了一下自己的双唇，然后裹了苹果核，放入桌旁的小薄膜袋。她说：“我来是想代表我父母亲感谢你的脱水机。”

胡言说：“他们知道是我送过去的了？”

方白说："暂时我还瞒着。"

胡言说："最好是永远瞒着。"

方白说："可我父亲是个精细人，他要看我的发票。"

胡言说："哦，我知道，今晚你绕了一个大圈子，原来是要来拿发票。"

方白说："无事不登三宝殿嘛。"

胡言说："我给你去找一下，还不知道扔在哪个角落里了。我可不敢担保一定能找到。"

胡言转身，进了里屋。

方白心想，她本来的目的就并不是这张发票，巴不得找不到，她好隔三岔五来要一次。这么想着，方白就有些得意。

果然，胡言从里屋出来时，双手依然空空如也。他说："不知道当时塞到哪里了，一时无法找到。我又不到公布财产的级别，也不必担心纪检委来登记家用设备，对这么一张小发票自然就不太在意。"

方白就生了一种幸灾乐祸的心情。她庆幸的就是这个结论。她控制着内心的窃喜，一本正经地说："那怎么办呢？父亲再朝我要的时候，我拿什么作交代呢？"

胡言就安慰方白："你别灰心，星期天我再好好找一找，说不定夹在哪本书或哪个小本子里了。"

方白做出一个无可奈何的样子，一边站起身，一边说："有什么办法呢？我只能期待星期天了。"

胡言说："一定，星期天一定给你找到。"

五

星期天是个晴朗的日子。

方白先上了一趟街，她到商店里采购了两样东西。方白早就设想过了，她要给胡言带去一分惊喜。女孩们总是富于浪漫情怀的，她们不会放弃生活中应有的小情调。

这个商店就在肠子街街口的西江大街，车来人往的，很是热闹。尽管如此，方白走出商店时，还是无意间瞥见了人流中一个熟悉的身影。

那是一个女人，一个依然风姿绰约的女人。

那个女人曾无数次地占据过胡言那辆自行车的后座。可此时，她却一手举着遮阳伞，一手挽了一个高大的男人的臂膀，趾高气扬地从街对面横了过来，而且眼看着就来到方白的身旁。方白不想让那女人发现自己看见她挽着不是她男人的另外一个男人，方白想背过脸去。

可方白回避不及，那女人的目光像电筒一样扫过来，跟方白的视线碰到了一起。方白的头定格在了那里。

那女人一怔，步子停顿一下。很显然，她已经认出了方白，但这仅仅是瞬息之间的事。很快地，她却往男人身上一靠，转过头，从方白身边晃了过去。

方白心上，生出一分莫名的怅惘。

她不知道这份怅惘是为了自己还是为了胡言。如果是为了自己，那是因为她捷足先登，在方白还小的时候就抢走了胡言的缘故吧？如果是为了胡言，是不是因为她已投靠了另外的男人，而胡言还浑然不知？

方白望了一眼西江街上的人流，觉得有些茫然了。她把坤包的带子从左肩换到右肩，朝着地上的小石子踢了一脚，而后朝肠子街方向缓缓踱去。

星期天的肠子街失去了平时的寂静，多了几分喧嚷。小孩们大概在备战期末考，靠着小樟树专心背诵课文。休假在家的男男女女，把麻将桌搬到了街边，稀里哗啦开了局。还有抽牌看相的、卖卤豆腐和茶蛋的、吆喝着补锅磨刀磨剪子的，把一条窄街挤得更窄了。方白在纷繁中缓缓穿越，偶尔跟熟人打声招呼，或点个头，递个笑脸，没多久就到了街底。不知不觉也就把刚才那份怅惘淡漠了。是呀，那个她一直记挂着的人正在家里等着她，她还有什么不满足的呢？

方白来到胡言家的门口时，那道木门微微敞开着，方白知道这是给予她的一个暗示。方白推门而进，显得那般轻车熟路，三两步来到客厅，就见地上摊满了打开的和合着的书刊杂志，胡言正杂乱无章地翻找着，脸上、衣服上沾了不少的灰尘。见状，方白就开心地说：“是不是鬼子进村了？”

胡言抬起头来，张嘴笑了笑，他的那口牙齿今天显得很明亮，他说：“谁叫我许的愿，今天把发票找到给你。”

方白说：“我并没叫你一定要找到。”

胡言说：“发票不到手，我是食不美、寝不安哪。”

方白说：“不至于吧！”

胡言说：“我这人向来喜欢拿鸡毛当令箭。”

方白舒心地笑了。

方白说：“你总不能这么怠慢我，让我站着吧？”

胡言赶忙把沙发里的书本拿开，顺便用衣袖在上面揩了揩，向方白做了个邀请的姿势。方白怕踩着地上的书刊，踮起脚尖，见缝插针，弹跳着跨越迷阵，到达彼岸，落座于胡言腾出来的沙发上。

方白坐在沙发里，望着胡言为了那么一张无关紧要的发票这么大动干戈，心里就有些过意不去。她把包放在沙发上，开始帮胡言收拾地上的书刊。方白说："别找发票了，等一下我给你看一样东西，包你高兴。"

胡言也不再翻找，学方白样开始摞书。他说："什么东西包我高兴？"

方白说："你猜猜？"

胡言说："一本新书，关于甲 A 联赛的？"

方白摇摇头。

胡言说："一盒磁带，西北歌王王洛宾的专辑？"

方白依然摇头。

胡言瞟了一眼沙发里的坤包，说："这么一个小坤包，能装下什么呢？对啦，它能装下一块面包，再加一句名言——面包会有的，一切都会有的。"

方白觉得胡言的话真有点意思。她说："你的想象力好像很不错。"

方白还想问："不知你能否想象得出，你妻子挽着别的男人招摇过市的情形？"

但方白忍住没这么说。

方白说："看来你是无法猜中的。过会儿收拾好了这些书刊，我再把谜底告诉你。"

两人于是三下五除二，将书本放回到原来的地方。然后，方白将坤包从沙发上提了起来。她一边拉开坤包的拉链，一边对胡言说："你把手掌张开，再闭上你的双眼。"

胡言很听话地照办了。

胡言意识到一只温润而细腻的小手托住了他的手背，与此同时，另一只同样温润而细腻的小拳头悄然投进了他的掌心。那份微妙的依恋，就仿佛暮归的小鸟回到了自己栖居已久的窝巢。

蓦然间，胡言的血液里就生出一股力量，他想把掌心握紧，永远握紧，不让这只可爱的归鸟飞离窝巢。

可胡言究竟不是热血沸腾的年轻人了，理智让他做出了相反的选择。这是一个多么纯良的姑娘，他真不应该对她有半点非分之想。

方白也许并不知道，在这个短暂的过程中，胡言的内心会涌起一股巨浪。她只看见胡言的双眼一直规规矩矩地合着，没丝毫作弊的迹象，她的手开始撤退。她那握着的小拳头松开后留下了要留下的东西，便小鸟一般飞离了窝巢。

方白说："你可以睁开眼睛了。"

胡言睁眼往手心一瞧，他万万没有想到，竟是一只普通的打火机。

胡言有些发蒙，不知方白为什么要送他打火机。胡言说："你是不是要我学周瑜，火攻曹营。"

方白没回答胡言，又从包里拿出一样东西，一起放进胡言的掌心。

那是一包精装白沙香烟。

胡言的喉头不自觉地滚动了一下。他的一只手已经把打火机拿起来，在那盒白沙烟的硬壳上轻轻顿了几下，顿出几声不太响亮却有几许激越的嗒嗒声，但最后胡言还是把烟放到茶几上。胡言说："方白，你真是个怪人，我还没听说过哪个女孩会劝人抽烟。"

方白没有直接回答胡言，方白心想，那个王静雅已经投靠到另一个男人的怀抱里，你却还要为她守戒？

方白望着胡言那略显憔悴的脸，说："看你这气色，纯粹是戒烟戒的。有必要为戒烟付出这么大的代价吗？"

胡言说："你是要我重操旧业喽？"

方白说："如果戒烟戒得太苦，完全没有必要。人活在世界上已经够累的了，若有一种方式能使自己放松一会儿，就不要舍弃了这种方式，哪怕要为这种方式少活几年。"

胡言望着方白，想不到眼前这位姑娘会说出这些不乏哲理的话来。

胡言就把烟盒撕开了。他用他那又长又粗的指节夹了一支烟，然后"啪"的一声点燃打火机，将烟点着。就在烟头的火光一闪一烁的同时，胡言的胸腹也跟着一起一伏着，之后有青灰的烟雾自他鼻孔喷出，缭绕在空中。立即，胡言的双颊泛光了，目光中透出久违的神采。

方白的目光一直停留在胡言的身上。他觉得胡言那个吸烟的派头很耐看，有一种迷人气质。方白说："很小的时候我就见你吸烟了，我特别喜欢看你吸烟的样子。"

久违的烟味使胡言很满足，方白的目光和她的声音同样使胡言很满足。胡言一下子就意识到，他又找回了从前的自己。

胡言深切地意识到，眼前这个姑娘的存在，正在不知不觉地改变他的什么。

六

那个星期天方白离去之后，胡言呆坐在沙发上，久久无法平静。他一支接一支抽着方白送的那盒精装白沙香烟，让烟雾把自己包裹起来，就像春蚕吐丝，要把自己织进雾网之中。胡言记得，他是三年前因为王静雅的逼迫，费了很大的劲儿才把烟戒掉的。他忘不了那段戒烟的日子，他寝不稳，食不甘，人的精神几乎濒于崩溃。应该说，他不是一个意志薄弱者，当初父亲因武斗死于非命，母亲也由于父亲的屈死而郁死于这座祖传的旧屋，胡言凭着街坊的帮衬，逐渐成长，弄了自考文凭，找了工作，又讨了媳妇，在肠子街是为人盛赞的。他不相信自己下了决心戒烟会戒不掉。只是，这一来害苦了他。要知道，他是在家庭灾难最深重的时候染上烟瘾的，烟龄已经二十多年。可以说，香烟已成为他生命的一个重要组成部分，他凭着它战胜了苦难，逐步成为一个对社会有所作为的人。细想也是，半辈子的人了，他不唱歌跳舞，不赌博吸毒，也不拈花惹草，唯一的一样嗜好就是吸几支烟，若再把这也戒掉，那么他的生命就会变得更加空洞。有人到上帝那里讨教幸福的秘籍，上帝问你抽烟吗？那人说不；上帝问你喝酒吗？那人说不；上帝问你赌博吗？那人说不；上帝问你玩女人吗？那人说不。上帝最后有感而发了，上帝说那你活着干什么？胡言想，如果他戒了酒再去问上帝，那得到的答复也会毫不含糊。

事实是，胡言最后还真把烟给戒了，戒得很干净、很彻底。

却万万没想到，胡言的精神就再没以前那么振作了。对工作、对生活少了许多的兴致和热情，包括对妻子王静雅，他的兴趣也越来越淡薄了，好像她不再是一个活生生的女人，而是一杯寡淡的白开水，激不起他的激情。最后他终于委顿了，王静雅怎么引诱他、挑逗他，他都无法雄壮起来。王静雅开始还想挽救胡言，给他进补，拖他去找心理咨询医生，看看没有效果，也就放弃了努力。王静雅正是充沛饱满的年龄，胡言的冷淡使她度日如年，她再也没法在这座住了十余年的旧屋里憋下去了，清了几样东西回娘家。胡言呢，巴不得王静雅离开，他就带着女儿胡力过上了清静日子。

却怎么也没想到，天上掉下个方妹妹，胡言那静如止水的生活，被投进一块石子，激起了乱晃的波澜，而且她还送来一包香烟，让他当场破了戒。

此时的胡言才意识到，他尽管已戒了两年烟了，但他身上某一处最重要的触须和感知，依然为那久违的香烟保留着。原来对烟的那一分亲情，早已渗透进了他的血液。所以，半包烟燃完，他便渐渐找回了从前的那个胡言的状态。

过足了瘾，胡言把手上的烟屁股揿熄，投进了健力宝空瓶做的临时烟灰筒，把另外的半包精装白沙收进衣袋。空中的烟雾正在四散，胡言朝窗外望一眼，发现暮色正在降临。他想起胡力还在音乐老师家里学钢琴，该去接她回家吃晚饭了，于是抬腿出了门。

音乐老师的家就在西江大街，胡言是步行过去的，一会儿就到了目的地。把胡力从教师家一接出来，胡力就敏感地嗅到了胡言身上那份消失了多时的气味。胡力用惊奇的目光望着胡言，说："爸，你抽烟了？"

胡言点点头。

胡力说："你不戒烟了？"

胡言说："你妈妈不在，还有必要吗？"

胡力低下头，迈着碎步，她说："书上说了，吸烟有害。"

胡言伸手在胡力头上抚了抚，说："你是正确的，全世界都在禁止吸烟，我们都有了禁烟日。可你还小，你暂时还不会明白爸爸染上烟瘾时的处境有多惨，是这么一支烟帮助爸爸战胜了苦难的。你当然也不会懂得爸爸戒烟后的悲哀，爸爸实际上又遭受了第二次苦难，而这第二次苦难，在某种程度上来说，比少年丧父、失母更为惨重。爸爸重新抽烟，是为了挽救自己。"

胡力听了爸爸的话。她当然没法理解进去，但她知道爸爸说的是心里话，知道那一支烟在爸爸生命里所占据的分量。

父女俩回家后，简单地弄了点晚饭吃了。胡力第二天要赶早上学，饭后她看了一会儿电视便睡了。胡言则走进卫生间，打开热水器，冲刷了一阵。要穿衣服的时候，闻到了衣服上一股并不明显的烟味，他便顾不得去穿衣服，先点上一支，悠然地抽起来，就觉得身上那扭结了多时的经络舒放了、畅通了，一股力量在体内鼓胀起来。他意识到他那沉寂了两年多的意念已开始复苏，就如冬眠过去的枝头，已开始蠢蠢欲动，要萌生勃然的生机。

胡言低头一瞧，发现他男人的根本，一反过去的萎靡不振，有点像模样了。

胡言的心上于是生出一分渴望，他渴望着找一个人，告诉他自己的变化。对于一个男人来说，这样的变化太重要了。

但胡言没这么做，找一个人谈论自己，男人们不习惯这样，何况找一个能倾吐心里话的人，在现今这个忙碌而现实的世界里，已经变得越来越不可能。胡言也动过念头，去找一找王静雅，告诉她自己又变成了一个真正的男人了，完全可以做她的合格丈夫了。可旋即他就打消了这个念头。他知道，自从王静雅离开后，他就再也不愿接触这个女人，觉得自己与这个女人已经没有任何关系，尽管形式上他们的夫妻关系还没有解除。然而，鬼使神差，有一个傍晚，胡言还是不知不觉走向王静雅的娘家。后来胡言自我反省了一下，毕竟跟王静雅生活了十多年，要把这段姻缘完全舍弃，潜意识里不甘愿。或许是要向她证明，他已不是她离开时的熊样了，他又找回了当初的雄性。

可最终，胡言彻底消除了自己的幻想，他没有丝毫必要留恋那段婚姻或向王静雅证明什么了，他意识到这一切已显得那么多余。

因为那个傍晚，王静雅从娘家那个小巷里走出来时，胡言看见她的手臂紧紧地吊在一个英俊的男人的臂膀上。当时王静雅没发现站在百货商店门帘下的胡言，她和那个男人依偎着走出巷口，往西江大道的南端走去。不知是出于一种醋意，还是一种好奇心，胡言躲闪着跟了上去，就像电影里常出现的国民党特务暗中盯梢扮成夫妇的地下工作者一样，以至于后来胡言一想起那天自己鬼头鬼脑的作为，就觉得滑稽可笑。

那天傍晚，王静雅和那个男人径直走进了西江夜总会的大门。那道大门胡言从没进去过，但他听说那里是全城最豪华、最高档的娱乐场所，换言之，那是富人的天堂。胡言无声地离开了西江夜总会。他后悔自己这一次毫无意义的傻了吧唧的行动。他拐进肠子街，他知道外面的世界再精彩，也无法与肠子街的宁静相比，只有进入这块静土，他才会变得轻松自在。

经过方白家的槽门边时，胡言放慢了脚步，他意识到了已经好几天没见方白。他心里说，方白啊，是你让我重新找回自己的自尊和自信，我真不知怎样才能报答你呢。

七

胡言还不知道，方白已找过王静雅一次。胡言是王静雅后来到家里来跟他商量离婚的事的时候才知道的。

方白是在王静雅娘家那条小巷里堵住王静雅的。那是子夜十二点左右，方白已是第三次在这个时候在这里守候了，前两次她都扑了空，因为王静雅彻夜未归。

街灯无精打采地散泻着暗淡的光，王静雅跟那个男人在街边刚分手，正低头往巷子里走。方白从树荫下走出来，喊了王静雅一声，王静雅就站住了。王静雅身上浓重的香水味混杂着烟气酒味，以及只有那种缺少空气流通的包厢里才会有的怪味。方白翕动了一下鼻翼，借着街灯在王静雅那涂抹得眉重唇厚的脸上瞟了瞟，说："你不认识我了？"

王静雅仔细端详了一下眼前这位素装的仙子般的女孩，猛然想起几天前在街上碰到的那两道怪怪的目光。王静雅就笑笑说："我认识你，却记不得名字了。"

方白说："我是肠子街的。"

王静雅就"哦"的了一声，说："知道了，你就是方家院里的方白。"

应该说，两个女人的见面还是友好的，因为开始她们还没涉及胡言。女人与女人之间，只要不牵进她们都在乎或与之有关的男人，一般不会出现火爆场面。这也许是方白的聪明之处，她尽量不让"胡言"这两个字眼儿从自己的口中冒出来，她反复提到的是胡力。她说："我看见胡力从我家门口经过，到学校去上学。"

王静雅说："她已经读小学六年级了。"

方白说："她是一个聪明的孩子，据说课余还在学钢琴呢，是吗？"

王静雅点一下头，反问道："你怎么知道？"

方白说："胡力自己说的。"

王静雅没吱声，头靠在身后的梧桐树上，轻轻吸了口气。

方白又说："从长沙毕业回来，我怎么没见你在肠子街出现过？"

王静雅说："我住在自己的娘家。"

方白做出一个惊讶的表情。

王静雅说："我跟他分居了。"

方白说："为什么？"

王静雅说："他变成了废人。"

方白这一下迷惑了，一时弄不清王静雅的话是什么意思。王静雅便苦笑了一声，说："废人就是假男人，不中用的假男人。"

方白的心陡然间沉了一下，尽管她还是未婚女人，但她还是听懂了王静雅的话。她真不敢相信这会是事实。她曾在书本上接触过这方面的知识，男人这方面出了毛病，绝大部分是心理上出了故障，而胡言无论怎么看，都是十分健全的男人，应该不会出现差错的。

一旁的王静雅当然不会想到，她的话会使方白产生这么大的震动。她还不知道方白正在暗恋着胡言，更不知道方白这次跟她的邂逅是方白有意识的行动。

王静雅说："这些事现在你可能还不明白，以后你会明白的。"

方白说："这样不是苦了胡力吗？"

王静雅说："这有什么办法呢？"

方白说："你只要考虑到胡力，你就应该回到肠子街去。"

方白这句十分平淡的话多少给王静雅的心理造成了些压力，她并不是没考虑过这个问题，如果没出现吴刚亮的话，她可能早就像方白说的那样去做了。

至于方白，她这么说，心里是矛盾的。从胡力的角度、从胡言这段十多年的婚姻来说，她希望王静雅能这么做。而对她自己来说，她又希望王静雅反其道而行之。事实上，方白说这句话的时候是深藏着一种动机的。她知道一个女人很难从正面听进另一个女人的意见。尤其是对跟自己容貌、气质不相上下的女人。方白是在正话反说，她想让王静雅放弃这段婚姻。如果方白劝王静雅离婚，而王静雅又怀疑她的动机，那王静雅肯定要抱残守缺，绝不肯退让分毫了。

尽管方白的动机隐藏得很深，但王静雅还是隐约觉察到了什么。女人都是机敏的兔子，她们神经的触须总是出奇的敏感。也许关于胡力和王静雅的生活，王静雅认为方白没有理由、更没有资格倾注这份关注，在王静雅的看法里，方白多少有点狗拿耗子的味道。王静雅不愿方白再谈论自己的家庭，她一边把头从梧桐树下抬起来，一边打了个哈欠，向巷子深处自己娘家那个方向望去。这意思再明显不过，她想离开这个地方了。

方白知趣地道了句告别之类的话，跟王静雅分了手。她踩着自己的影子，缓缓走过西江大街，走进肠子街。夤夜的街头行人稀落，方白听见自己的鞋跟一下一下敲着街面，把自己的心情敲得很寂寥。她不相信王静雅说的，胡言会是一个废人，但王静雅的话让方白的心绪变得紊乱起来。方白真想立即跑到胡言的面前，向他问个究竟。但转而又想，自己一个姑娘家，去问一个大男人这方面的事情，问得出口吗？何况现在自己跟他什么关系也没有，还不知道人家心里有没有自己呢。

这么一想，方白就自哂了，在心里直骂自己神经病。她决心置若罔闻，把烦恼丢开。可没过两分钟，王静雅刚才那句话又在耳边响起来。方白想，看来这事在她的脑海里抹都抹不掉了。而且她还想，万一王静雅说的是真的呢？那胡言这一辈子不就毁了？在内心深处，方白早已把自己的命运和胡言联系在了一起，尽管这种联系显得有些幼稚，有些为时过早。

方白暗下决心，这几天找胡言一次，也许她会有办法证实王静雅那句话的真假。

八

自那天晚上跟方白见过一面之后，王静雅已好几天没去跟吴刚亮会面了。吴刚亮往王静雅工作的单位打了几次电话，王静雅都借故推掉了约会。王静雅在电话里说："这几天身上不适，心情很不好。"吴刚亮说："要不要去看看你？"

王静雅就笑了："你来看我？凭什么来看我？凭跟我上过几回床就来看我，难道你不怕我老爸拿刀子割你的脚筋？"

王静雅是半年前跟吴刚亮碰在一起的。那时候，王静雅已和胡言分居，确切说分床有一年之久了。王静雅守活寡的日子的确难熬。恰在此时，她遇上了吴刚亮。王静雅跟胡言大吵一场，然后回了娘家。在娘家总比在胡言眼皮下自由得多，她可以频繁地跟吴刚亮约会。

吴刚亮是王静雅高中时的同学，那个时候吴刚亮除了长相英俊外，再没有任何别的长处，全班的女同学包括王静雅在内，都在背后叫他金箍马桶。可谁料想在社会混了几年，这只金箍马桶混出了点名堂。原来高中一毕业，他就入伍当了兵。那兵其实不是什么好兵，是炊事兵，过去叫火头军，没有谁瞧得起。岂料他却在这个位置上干出了名堂。他用自己手头的勺子把首长喂得十分满意，两年下来就提了干，快转业时还突击提了司务长。军队转业安置向来优先，他凭借突击及岳父的关系，很顺利地进入了政府机关，弄了个副科长的位置。到了这个份儿上，自然也满足了，他不必有太多的奢求。谁知他老婆刘亚男当上报社广告部的主任，把事业搞得很红火，带回家中的钞票和物资远远超过了他，他心里不平衡了，觉得一个大男人的面子没地方搁。在这个时候他意外地遇上了王静雅，吴刚亮心上某一根已经麻木了的弦被拨动了。原来上中学时吴刚亮就悄悄追过王静雅，只是吴刚亮德、智、体、美没一项拿得出手，王静雅嫌他是金箍马桶而对他不屑一顾。想不到十多年后两人见面了，而且王静雅风韵依然，吴刚亮也变得能说会道，加上王静雅的婚姻正是岌岌可危的时刻，两人于是一拍即合，很快黏在了一起。

只是女人无论何时何地，总比男人多一些顾虑。王静雅最放心不下的，是自己的女儿胡力。尤其是方白跟她说了那一番话之后，她对胡力的挂念便更多了，胡力毕竟是从她身上掉下来的肉，没能尽到一个母亲的职责，她觉得自己对不起胡力。眼见胡力一天天长大了，一个姑娘家没有母亲的关照，而跟父亲住在一起，有些话总不好说，有些事总不好办。何况胡力就要考初中了，她多么需要一个和睦的家庭环境啊！

王静雅准备去跟胡言交涉一次。

走进那个她住了十多年的家，却没有胡言的影子，只有胡力在桌边写作业。当时胡力回头朝王静雅看了一眼，目光中不可掩饰地闪过一丝惊喜，但胡力很快又把脸背过去了，继续写她的作业。

见胡力这样，王静雅一阵心酸，泪水都差点要掉下来了。

王静雅轻轻走过去，在胡力身后站立一会儿，伸手在胡力的肩膀上抚了抚。

胡力停下手中的笔，木然僵持了一会儿，然后反手拿开了肩头王静雅的那只手。

胡力说："我不想让你碰我。"

王静雅的手悸颤了一下，她放慢了语速，说："你是我的女儿。"

胡力说："以前是，现在不是了。"

王静雅说："你是我生下来的。"

胡力说："你只知道这么说，可你恐怕没这么想过。"

王静雅在屋中怔了半晌。她知道胡力说得有道理，胡力恨她也恨得有道理。

王静雅坐到了沙发。她看到了茶几上那健力宝罐子做的烟灰筒了。她很明显地感觉出了屋子里的烟味。不知怎么的，王静雅生来就不习惯这种味道。结婚前，她甚至因为胡言抽烟几次都差点放弃婚约。结婚后，她因为胡言嗜烟而吃尽了苦头，常常为此吵得不可开交，最后逼着胡言戒了烟。此后两人有过一段非常和谐的夫妻生活，彼此对对方都很满意。没想到，胡言那方面的能力慢慢衰退了，两人的关系又紧张起来。王静雅也悟到过，胡言可能是因为戒烟才失去功能的，但她又不愿相信这是事实，因为无论哪本医学书还是哪位医生，都说戒烟对人只有好处没有坏处，她不肯承认这是戒烟的结果。更何况，已经成功地戒了烟的胡言，也不愿破戒。他说好不容易戒掉了，开戒后再戒就更难了。

但胡言终究还是把烟灰筒放到了茶几上。

王静雅陡然又想起了吴刚亮，这个男人别的优点没有，却有一个优点，不抽烟。吴刚亮曾几次在王静雅面前说，他不讨厌金钱和美女，却讨厌烟味。王静雅想，这大概也是她愿意投入吴刚亮怀抱的理由之一吧。

等了一会儿，还不见胡言回家，王静雅只好站起来准备离去。她怕影响胡力的学习，她说："胡力，妈走了。"

胡力不理会她，一心写她的作业。

王静雅只得望了胡力的背影一眼，悄悄向门边走去。她感到很失落。

她刚出门迈下台阶，就听见胡力从后面抛过来一句恶语："你走吧，快走吧，快到你的野老公那里去！"

而后，身后的木门重重地关上了。

痛苦的泪水开始是盈满眼眶，旋即就毫无顾忌地滚到两腮上。

王静雅也许没想到，胡力曾好几次在放学的路上，远远地望见她依偎在一个男人的怀里招摇过市。胡力虽然恨妈妈跟她爸的吵闹，但最恨的还是这回事，胡力为此感到绝望。

踉跄着，王静雅在街上疯跑了几步，然后截住一辆出租摩托，爬上去，飞快地向肠子街口驶去。

见到吴刚亮后，她一头扑进他的怀里，号啕大哭起来，弄得吴刚亮丈二和尚摸不着头脑。哭够了，王静雅咬牙切齿地说："我们都离婚吧，我要和你结婚！"

吴刚亮吃了一惊，可他面对王静雅那凶狠的目光，还是点了点头，说："听你的，先离婚，再结婚。中国人死都不怕，还怕离婚和结婚吗？"

九

王静雅到肠子街去找胡言的那天，胡言和方白去了资水河上游的白马滩。白马滩在白马山下，白马山下有一个乡镇企业叫白马印刷厂，白马印刷厂因为漏交所得税的事，税务局委托会计师事务所去查一下账目，任务刚好落到胡言的头上。为了办好这件事，出发前胡言查了一下有关方面的资料，竟在一本税收法规汇编书里意外地发现了一直未找到的那台脱水机的发票。因此，临出发前胡言特意把发票给方白送了去。方白听到胡言的自行车的铃声，便下了楼来到街旁。胡言的自行车铃声比别人的铃声清脆响亮，方白隔着老远都能听得出来，于是他们不谋而合地把铃声当成了相约的信号。

两人几乎是同时到达他们经常会面的小樟树下的。胡言还在车上，只用一只脚支着街边的石坎，道："我要去白马印刷厂办点事，来告诉你一声。"

方白说："我又不是你的所长，用得着请示我吗？"

胡言说："你比所长更重要。"

方白说："真的吗？"

胡言说："真的，现在这个年代，都懂得听女人的话。"

方白说："统筹兼顾。"

胡言说："对，爱江山更爱美人。"

方白说："我不是美人。"

胡言说："你是美人鱼，就如传说里说的。"

方白说："你这套台词已经跟多少个女人朗诵过了？"

胡言说："不，这套台词是昨晚上编好，今天早上才背熟的。这是首场表演。"

方白于是开心地笑了，说："你真是个全才，自编、自导、自演，你完全可以进军好莱坞了。"

胡言也笑了，从衣袋里拿出那张发票，递给方白，说："翻资料时偶然发现的，踏破铁鞋无觅处，得来全不费功夫。"

方白将发票接过去一瞧，立刻摇了摇头。她说："是假发票。"

胡言说："怎么是假发票？这是原始资料，真凭实据。"

方白说："你说得肯定没错，可偏偏有些东西就是因为真实了才管不了用，要不曹雪芹怎么会说假作真时真亦假？"

胡言被方白搞晕了。

方白觉得胡言那傻样很有趣。她说："亏你还是天天查账的。你想想，这脱水机是拿爸爸这个月工资买的，而发票上日期却是去年的，你说你不是开了一张假发票？"

胡言这才恍然大悟。他说："看来拿真凭据去证实假事物，那真的便也假了。"

方白把发票退还给胡言，说："你太在乎这张发票了，你想想看，我要到你家里去，我不去找你要发票，又找你干什么？"

胡言终于明白，方白朝他要发票，原来只是一个美丽的借口。也许这就是女人与男人的不同之处吧，男人喜欢直奔主题，而女人善于迂回渐进，明修栈道，暗度陈仓。

方白说："你去吧，别耽误了你的正事。"

胡言于是掉转车头，回了肠子街尾。他还要去拿个文件包，而且白马滩在街尾那个方向。

没料到，胡言拿了包，骑着车刚出肠子街，就碰上了方白。方白手中拿着一顶蓝色的太阳帽，站在路边的电线杆下，那宽幅的白色裙裾被郊外的风吹拂着，鼓起来，托出方白那修长而丰满的大腿。

胡言的眼前顿时花了一下。

胡言在方白面前停下来。胡言问道："你怎么一下子就到了这里？"

方白说："我有一条捷径。"

胡言这才想起方白家屋后有一条偏巷可直接插过来。胡言记得小时候那里有一条道路，两边是成片的橘林，胡言和小伙伴们常到那里偷吃橘子，后来橘树成了民房，把一条路挤成了小巷，于是便很少有人从那里走了。胡言说："那你准备到哪里去？"

方白说："白马滩。"

胡言说："白马滩？"

方白说："对，白马滩。"

胡言说："你去干什么？"

方白说："干什么？你可以去，难道我就不可以去？"

胡言这一下才懂了方白真正的意图。她感激方白那份良苦用心。他想，一个多么重情的姑娘，如果王静雅也这样待自己，那该多好！胡言在方白身上瞟一眼，又用手在后座上拍了拍，说："那就上车吧。"

方白走了过来，站在车旁。

胡言等着方白上车。

可方白依然一动不动地站在那里。

胡言已用双手稳着车把，却不见方白的动静，胡言说："怎么还不上车？"

方白说："我上不去。"

胡言觉得好笑，说："又不是悬崖峭壁，有什么上不去的？"

方白说："上不去就是上不去。"

胡言终于明白过来。

他把后轮的支架支起来，然后转身朝向方白。方白的目光在胡言的脸上一闪，就飘到了远处。在阳光的辉映下，远处那条宽阔的资水河荡漾着，泛着明媚的波光。

胡言的目光则像一匹轻柔的绸缎，飘过方白那妩媚的脸庞、那隆起的胸脯，最后悬挂在方白细柔的脸际。胡言想起方白小时候坐他自行车的情形，每次都是他伸手揽着她的腰，把她抱上车的。

胡言的心跳明显地在加速。

他的手犹豫着，向方白的腰间伸过去。

方白的双颊陡然绯红了，像绽开了桃花，像抹了艳丽的朝霞。

胡言的手很明显地触着了方白的腰肢，但立刻他的手又退缩了，仿佛触电一般。胡言也觉得奇怪，他跟王静雅生活了那么多年，无论是热恋的时候，还是结婚之后，都从没有过这样的感觉，难道女人与女人会有这种说不清的区别吗？

在这样一个极微妙的瞬间，方白也浑身颤抖了一下，这是渴慕了许久的时刻。想不到这个时刻的到来，依然会给予她无法预想的触动。她的目光已经收回来，她望着胡言的脸，在那里发现了一种羞怯的虔诚。方白的眼前有几许晕眩，她的血液涌动着、膨胀着，宛若突涨的春江水。她急切地伸出自己那只战栗着的手，抓起胡言那只长手臂往自己的腰间围绕过来。顷刻，方白就瘫软了，瘫软在胡言的依托里。

就这样，胡言通过自己魔一般的手臂，把身上全部的能量、全部的感觉一下子都传导给了方白，两人于是像两块烧红的铁一样，几乎就要熔化在一处了。

但胡言不敢犹豫了，他弯下身，另一只手托住方白的双腿，一下就把方白那个柔软的身子抱离地面，然后轻轻放置在后座上。

之后，胡言才一蹬脚踏板，自己也上了车。

这辆多年的破旧的却依然性能颇佳的自行车，载着一分期待了多年而终于碰撞在一起的柔情，悠然行驶在郊外的柏油路上。初夏温煦的风，挟了资水河潺潺的波语，沾着绿色田畴的芬芳，拂过两人的面颊。方白幸福地偏着头，把脸蛋儿贴在胡言宽阔的后背上，一边听着自行车的胶轮碾压着柏油路面发出的“吱吱”声，一边回味着小时候也这样靠着胡言的后背，任他不紧不慢驮着自己去上学的情景，心中美极了。方白想，有些体验和感觉是会渗透进骨血里去的，人因为它的滋养才变得丰沛和饱满。

方白即刻就在心里否定了王静雅给胡言下的那个可怕的结论，她已从胡言无声的行动中领悟到了一切。方白想，如果不是真男人，那只手臂绝不会那般富有磁力和柔情，绝不会给予女人那么一种实实在在的而又令人迷醉的归属感。胡言的后背，可不是任何一个女人都有幸找得到的依靠。

也许是怕打断方白的心事，胡言一直未语。他感觉得出，今天的心情就像这郊外的山水和草木，那般清新朗润。受到了胡言的感染，脚下这辆破旧的自行车骑起来也毫不费力，仿佛也有了灵性。胡言清楚，这辆自行车是旧了一点，但胡言却对它情有独钟。算起来，自行车跟随他也有十五六个年头了，期间换了两回轮胎和一些小零件，车架和钢圈却一直是原来的。现在街上骑摩托的越来越多，胡言的男同事中大部分换了嘉陵、南方和海王。他们常常鼓动胡言买摩托，胡言也动过念头，欲换辆摩托抖抖威风。可最终他还是舍不得这辆骑习惯了的自行车。细想也是，这个四十来万人口的中等城市的城区并不大，上班才四五里的路程，有辆自行车已经足够。何况胡言生性不喜欢东奔西跑，买辆摩托的确浪费资源。就这样，胡言打消了鸟枪换炮的念头，一直留着这辆飞鸽牌自行车。

只是，胡言并不知道，十多年前那个曾搭过这辆自行车的小姑娘，总忘不了这辆自行车曾给予她的温馨，一直等待着重温她的旧梦。

在郊外的柏油路上，飞鸽牌自行车承载着两个人的心情，碾过十余年的岁月，平衡地驶向那个叫白马滩的地方，驶向他们人生的新的目的地。

阳光在自行车那道被刹车橡胶磨得锃亮的钢圈的印痕上闪了一下，又闪了一下。

十

方白妈觉察到方白身上正在起着一种什么变化，这种变化似乎是从入夏以来开始的，但方白妈说不清这到底是一种什么变化，它不太明显，却实实在在地存在着。知女莫若母，妈妈的心总是连着女儿的心。方白妈记得方白刚从长沙回来的那阵一直为分配的事犯愁，情绪有些低落。但不久方白就从那种情绪里走了出来，她的声音仿佛轻柔了，她的顾盼似乎多了一些色彩，连脚下的步子也无意间增加了弹性。尤其是最近几天，一向文静的方白竟然爱说爱唱了，好像心中有什么高兴的事压也压不住。

方白妈终于意识到，方白一定是交上如意的男朋友了。

方白妈自然也就跟着女儿一起高兴起来。方白妈想，那一定是一个英俊的小伙子，有一个好工作，有一个好性格，一举手一投足都显得很有修养。方白妈就想起那个曾经来找过方白几次的李群，那个小伙子倒也不错，外表帅气，谈吐不俗，找这样的男朋友，她做妈妈的还不会反对。方白妈一高兴，就不免要跟方白的爸爸方仁贤聊上几句。她说："老头子，你看出来没有？"

方仁贤正捧着《说唐》看得入神，他随口说道："看出来了，罗成这回又要杀回马枪了。"

方白妈就骂了一句，过来拿掉了方仁贤手中的书，压低声音道："谁跟你说罗成了，我是说你的女儿方白。"

方仁贤把挂在鼻梁上的老花镜取下来，望一眼方白妈，说："方白？方白不是在楼上吗？"

方仁贤的话音没落，方白就出现在栏杆旁。两位老人便立即闭住嘴巴。

方白这天正在清理从学校带回来的两只箱子。离校时很匆忙，有用没用的东西都往箱子里塞，塞得乱七八糟的。刚刚方白就清出一叠无足轻重的书刊，把它们摞到栏杆旁，等收破烂的来了卖掉。

方白妈上了楼，进了方白的小屋。母女唠叨了两句闲话，方白妈就拐弯抹角地提到了她最关心的话题，她说："那个李群好久没到家里来了，他分配了没有？"

方白一边整理着那些她认为重要的书籍，一边随意说着："他一毕业就去了广东，据说他的舅舅在那边办了一个很红火的公司，他要跟舅舅一起发财。"

方白妈说："那小伙子一看就知道会有出息的。"

方白说："管他有没有出息！"

方白妈说："你和他……"

方白白了她妈一眼，说："你别把我和他扯在一起好不好？"

方白妈摸不透方白的心思，又不好深究，只好从方白的小屋里退了出来。她想，也许是方白害羞，不肯实说。

方白妈无论如何也不会想到，方白恋着的是一个比自己大了十五六岁，而且有妻子女儿的胡言。

是的，现在的方白满脑子里装着的就是胡言，胡言已偷走了方白那颗纯洁、美丽的心。

方白又想起那天她和胡言在白马滩待过的那段幸福的时光。

那天他们只花了四十多分钟就赶到白马印刷厂。方白本来就是学财会的，所以她也以会计师事务所职员的名义，帮助胡言清起账来。白马印刷厂开业只有一年多时间，账目并不多，胡言和方白将台账和原始凭证一核对，要厂长在上面签了字，就离开了印刷厂。这时才刚过下午两点，两人就去了资江下游的白马滩。

白马滩是一个宽阔的沙滩，银白的细沙宛若白雪一般，厚厚地铺着。胡言把自行车支在水边的沙地上，捧起静若处子的江水，抹了一下沾了风尘的脸。站在一旁的方白从包里拿出一方手帕递过来，让胡言揩去脸上的水珠，然后方白也蹲向水边，但她没有马上把手伸进水里，却欣赏地瞧了瞧水中那张脸蛋儿，那是一个灿烂如春的盛景。

那个下午他们在沙地上缓缓地行走了许久，由于风的暗示，平静的河面偶尔会稀稀落落地泛起一圈圈涟漪，就仿佛一匹起皱的绿绸，被一只无形的手抖动了几下。阳光格外温柔，那些宽大的和窄小的鞋印，追踪他们的脚踵，叠印出从容的向往。胡言点了一支烟，有一句没一句地跟方白聊着。他聊自己多灾多难的童年，聊自己的工作和世事世情，也聊家庭和婚姻。方白偶尔插上一两句，但大部分时间都是静静地聆听。方白觉得胡言那低沉的声音像一只富于磁性的手掌，牵着她向一本厚厚的人生的书里走进去，她将在这本书里读到一个男人的深沉的世界。而且她相信，有一天她会成为这本书的女主人，她将和这个男人共同书写出属于两人的华丽的篇章。

方白不知不觉就把自己的手臂伸出去，挽住了胡言的长臂，然后依恋地把头靠在胡言的肩膀上。方白得到了一种极大的安全感，觉得每一丝阳光和每一分空气都沾上了温情。

方白喃喃道："胡言哥，我真舍不得你。"

胡言说："我们不是在一起吗？"

方白说："我想和你待在这个沙滩上，永远也不离去。"

胡言说："行。"

方白说："你骗我。"

胡言说："我为什么要骗你？"

方白说："你做不到。"

胡言说："是呀，这片沙滩再好，我们终将离去。但我的心愿，跟你永远留在这里的心愿却是真实的。"

方白听了胡言的话，有些感动。

她有些陶醉似的闭上了双眼、仰起头，把那动人的小嘴向胡言伸过去。

胡言捧着方白的脸蛋儿，心头早已压抑不住地悸动起来。他明显地感觉出了方白那红唇的炙烈，他怕自己一触及它，就会点燃身上的激情，把两人同时焚毁。

胡言低下的头又抬了起来，放开方白的脸蛋儿，转过身去。

方白等待着，却没能等到她所渴望的，她有些伤感。她慢慢睁开眼睛，看到的是胡言那墙一样的背影。

方白没法控制自己，她扑过去，把自己的脸贴到胡言的背上。

方白抽泣起来，泪水沾湿了胡言的衣服。

胡言说："原谅我，方白。你给我点时间，行吗？"

方白赶紧点点头。

有了胡言这句话，方白已经有些知足了。有了这句话，方白就有了盼头，有了对生命的信心。

方白的泪眼有了些许笑意。

十一

胡言和王静雅悄悄地离了婚。

他们没像常见的离婚的男女闹得满城风雨。王静雅和胡言都是理智型的人，他们都很清楚，婚姻的破裂已给双方造成了伤痛，再为别的事情大伤脑筋，等于是雪上加霜，那是再愚蠢不过的。

是王静雅先下的决心。她已和吴刚亮讲得非常清楚，两人同时和自己的原配离婚，然后再重新组合。吴刚亮开始还犹豫了一下，但旋即就答应了。跟王静雅建立家庭，可以说是吴刚亮的心愿，他活到三十多岁了，接触的女人也不少，其中包括他的妻子刘亚男，他觉得他总是爱不起来，唯一往心里去的只有王静雅一个人。只是吴刚亮对离婚的把握不太足，因为刘亚男不是一个容易对付的女人。吴刚亮也把这层意思告诉了王静雅。王静雅只相信一条，吴刚亮是真心爱她王静雅的。有了这一条，王静雅就相信吴刚亮会想方设法把婚离掉，然后再投入她的怀抱。王静雅对吴刚亮说："也许我离婚会顺利一些，可我相信你也会有办法。"

吴刚亮说："办法总会有的。"

王静雅说："如果我先离掉，我就等着你。"

吴刚亮在王静雅依然光亮的额头上吻了吻，说："一定。"

王静雅很满意吴刚亮的回答，她对着吴刚亮的双眼审视了一会儿，她看出了吴刚亮目光中的真诚，然后她拿着吴刚亮那"一定"的两个字的承诺，去了肠子街，找到了胡言。

王静雅是选择中午的时间到胡言家里去的，她知道胡力中午在学校就餐，这样胡力便不会过早地知道父母要离婚的事。

而胡言早就有了离婚的念头，何况方自已进入他的世界，他渴望着早日拥有一个温馨的家，这一年多来他与王静雅的冷战已让他受够了，可离婚的建议真真切切地从王静雅嘴里说出来时，他心里还忐忑了一下。胡言有些不自在地在凳子上移了下屁股，然后从身上摸出一支烟来，点着，深深地吸了一口，旋即就有青色的烟雾从他的鼻子里喷出来，充斥着屋子里似乎有些伤感的空气。

隔着烟雾，胡言看了看坐在沙发上的王静雅，她的目光透着冷峻和坚定。

那支烟胡言只吸到一半，就扔进了健力宝罐子做的烟灰筒。胡言皱了一下眉头，缓慢地说道："你定个时间吧。"

王静雅说："就在星期五上午吧。"

星期五上午两人都按时来到西区民政局，很快就把手续办了。他们的协议很简单，孩子留给胡言，王静雅不必承担什么义务，也不分割家庭财产，走时可带上自己的衣物、首饰之类。事实上，家里除了用了多年的电视机、冰箱、洗衣机外，没别的值钱的东西。存折上有一笔不大的数目，胡言说给王静雅一半，王静雅说就算她留给胡力的，也不要。王静雅想好了，她有固定的工资收入，吴刚亮又不缺钱花，她只要婚离得顺利，别的都不在乎。

离开民政局，王静雅就跟着胡言回家取东西。她回娘家时已拿走了一部分自己常用的衣物，所以今天要拿走的还不足一网兜。王静雅不想在这个屋子里久留，东西一清好就把网兜提到手上准备离去。

在王静雅清理东西的时候，胡言一直在茶几旁抽闷烟。他说不清自己的心情到底是悲、是痛还是喜。他只觉得有些失落，只觉十多年的婚姻，他曾尽力地呵护过，虔诚地侍弄过，小心地维持过，不想一个上午的工夫就结束了一切，其中滋味确实不好受。

王静雅提着网兜已走到门口，突然她又停下了，缓缓转过头来，目光在屋子扫视了一遍。她望了望那个挂着的乳白色窗帘，那是她跑了半个城市才选中的。她瞧了瞧碗柜上的那套紫色茶具，那是她在长沙出差时小心翼翼带回来的。她又瞥了一眼地上的木板砖，她曾多少次跪在上面，用半干的抹布一遍遍擦拭，直到擦得能照见一家三口人的影子……

最后，王静雅的目光停在了胡言身上。

这个实实在在的男人，这个同床共枕了十多年的男人，她也无数次地爱抚过。理智地说，他是一个不错的男人，只是不可饶恕地嗜烟如命，好不容易让他戒了烟，不久又失去了那方面的功能。王静雅记得已经一年多没跟他亲热过了，不知他是不是有所恢复。王静雅想，如果不是这个可怕的原因，也许他们的婚姻不会落到今天这个地步。

王静雅想，今天从这个屋走出去，以后就很难再回来了。她真不愿意就这么一走了之，她要在这个屋子里最后留下一点儿什么。

王静雅放下手中的网兜，又走回来。

她在胡言的面前怔怔地站了一会儿。

胡言抬起头，望她一眼，挥挥手说："你走你的吧！"

王静雅没吱声，她抬起手来，开始解衣服扣子。她的衣服滑到脚边。

她全裸着扑进胡言的怀里，很真诚地说："我离开这个屋子前，你还是我的丈夫。"

胡言已被王静雅打动，他觉得怀里这个熟悉的身子和耳边的软语，今天显得格外生动和迷人。他冲动起来，渴望立刻就被王静雅接纳。

王静雅顷刻间就体味出了胡言那微妙的变化，她已经意识到胡言身上那份死灭了许久的东西又复活了。

王静雅似乎有了一丝悔意，不该这么仓促就办了离婚手续，她甚至考虑，是不是要在这个屋子里留下来。

王静雅开始去解胡言的衣服。

就在王静雅掀开胡言的衣服，把手往胡言下面伸去的时候，胡言抓住了她的手。然后他推开她，站起来，重新穿好衣服。

王静雅一愣，随即就明白了一切。

她只好默默地把自己的衣服穿上，整理妥帖，再一次朝门口一步一步走过去。

王静雅提起网兜，打开门走到肠子街上的时候，泪水早已模糊了双眼。她真想痛痛快快地大哭一场，可她强忍住了，摇晃着身子，从肠子街走了过去。

十二

已经过去了三四个星期，肠子街包括王静雅和胡言双方单位里的人，都还不知道他们离婚的事，大家还认为他们分居的结果终究会破镜重圆。

但胡力却感觉出了什么。

正在备战小学毕业考试的胡力，天天早出晚归，在家里待的时间并不长。她发现爸爸沉默了许多，难得听到他说几句话。下午父女还像以往那样同时回家，胡言做晚饭，胡力做作业，胡力的作业做得差不多了，饭菜也已上了桌，两人于是各占一方，吃起来。平时，两人吃着饭，胡言会问个不停，诸如胡力的学习和她的老师、同学的情况。胡力当然有问必答，而且她还会讲一些学校里的趣闻，逗得胡言开心地笑。现在胡言问得少了，胡力也说得少了，即便来了兴致想说些什么，见胡言心事重重的样子，她又刹住了。

这天晚上饭吃得差不多的时候，胡力再也忍不住了，就眼巴巴望着胡言那少了修理而胡子拉碴的脸，说："爸，这段时间你见过妈妈没有？"

胡言把最后一口饭咽下肚，又喝了一口汤，才吞吞吐吐地说："爸最近忙，没时间跟你妈联系。"

胡力说："你答应过我的，要把妈接回来。"

胡言说："我会那么做的，但这是大人的事，你只管把学习搞好，毕业考试别失误。"

胡力说："那你什么时候去找妈妈？"

胡言说："等你毕业考试结束后，你跟我一起去找你妈妈。"

胡言是想瞒住事实，至少暂时能够瞒住。两人分居的时候，胡言曾向胡力解释说，爸爸妈妈感情上出现了一些麻烦，需要分开一段时间，各自冷静地思考一下，一旦想清楚了，疙瘩也会解开，那时妈妈还会回来的，当时胡言就是怕胡力接受不了事实，才这么安慰的。结果胡力相信了胡言的话，一直盼着妈妈回来的那一天。今晚听胡言说要等她考完试再去接妈妈，胡力一下子失去了耐心，硬缠住胡言，说："明天你就去找妈妈，你不去找她我就不上学。"

胡言说："怎么能不上学呢？"

胡力说："我说到做到。"

胡言说："要是找不到你妈妈呢？"

胡力说："你找得到，一定找得到。"

胡言只好答应胡力。

第二天下午父女俩一进屋，胡力就跑到胡言的面前，问道："找到妈妈没有？"

胡言想了想，才说："爸爸今天去了你妈的单位，人家说你妈出远差了，要两个月以后才回来。后来我又去了你外公家，你外公也说你妈出差去了。"

听了胡言的话，胡力一声不吭就走开了。这天晚上她把自己关在屋子里不出门，连晚饭也不肯出来吃。

这一天，胡力学校的教师们要进行政治学习，他们提前一个小时放了学，胡力没有直接往家走，先去了外公家。

外公家在西江大街旁的一条小巷子里，平时胡力去得很少。胡力的妈妈王静雅不是这位外公的亲生女儿，王静雅的生父是三年困难时期得水肿病死的，那时王静雅才两岁。为了生存，王静雅随母亲进了身为南下干部的继父的屋，也就是现在王静雅的娘家。再婚后母亲没有生育，三人一起过。继父不怎么在乎王静雅。王静雅嫁给胡言不久，她的母亲也死了，王静雅便很少回家，所以胡力也来得少。也许是年事已高，又无儿无女，后来王静雅要回娘家借住，继父倒是非常乐意，所以王静雅住得很安心。

但这天下午，胡力没在外公家见到王静雅，连外公也不在家。

胡力在外公家门口徘徊了一阵，便垂头丧气转身离开了小巷，来到西江大街上。

西江大街向来繁华，车水马龙，川流不息，胡力低着头从斑马线上经过时，差点被风驰电掣般驶过来的摩托撞上。胡力吓了一大跳，惊叫着抓住路旁的护栏，半天不敢松手。

惊魂甫定之际，胡力远远地看见了人流中的一个人影。

那便是胡力的妈妈王静雅。

胡力张嘴巴喊了一声："妈妈。"

可在这一片喧闹声中，胡力的声音刚从嘴巴里溜出来，就被淹没得无影无踪了。

胡力重新过大街，朝着那个影子追去。那个影子在人流中晃着晃着，胡力怎么追也追不上。但胡力不肯放弃，继续追赶。眼看着快追到了，那个影子被拥挤的人群一荡，就荡得不知去向了。

胡力蹲下身子，伤心地抽泣起来。

十三

李群从广东回来了。一下火车，他连自己的爹妈都来不及去看上一眼，就迫不及待地迈进了肠子街，直奔方白家那道他很熟悉的槽门。

方白家里，两位老人正为儿子方正的事一筹莫展。原来方正这段时间赌上了瘾，天天晚上不离麻将桌，有时甚至把白天上班的时间都搭了进去。开始他的手气还好，赢了两三千，喜得眉开眼笑，觉得自己已快成天才赌王了。于是劲头也就足起来，从五一二至一二四到二四八，升级一路升上去，谁知打得越大他输得越多，半个月工夫就输了四五万，把存折交了出来，摩托车变卖了，还不够，便只好躲起来，让那些逼债的人找不着影子。但躲得了和尚躲不了庙，这可害苦了家里的两个老人。这不，刚刚还有两伙逼债的人舞着方正的欠条纠缠不休，直到拿了方仁贤准备拿去置办寿材的存折才走了人。方仁贤气得直跺脚，把手中的《说唐》甩出去老远，口中大骂方正："这畜生，等你回来，看我剥了你的皮！"

李群的到来，冲淡了一些紧张空气。

李群原来来过方家院子，方仁贤和方白妈都认识他。如今李群从广东来，一身的广东佬派头，穿的是金利来衬衫和鳄鱼皮鞋，提的是高级密码箱，两只手的食指和中指上都戴着重量级的戒指，自然非同凡响。方仁贤和方白妈笑容满面，把贵客迎到桌边，敬上家中最好的茶和烟，一边喊闺中的方白出来。

李群风度翩翩，他先甜甜蜜蜜地向两位老人问了好，再打开箱子，取出几盒洋参再造丸，献给两位老人，乐得他们嘴巴都无法合拢。李群的耳朵自然没闲着，他听着楼上的动静。当方白的门一打开，他的两道目光就急切地投了过去。

方白居高临下，跟李群招呼一声便下了楼。

李群等方白走过来，便起身，伸手做了一个邀请的姿势，让方白落座。方白在李群的手指上瞥见了那硕大的金戒指，不觉皱了一下眉。但她还是很礼貌地坐在李群的斜对面，跟他聊起来。两人毕竟是同学，又有那一段缘分。

方白妈显得异常高兴，早进厨房准备晚饭去了。方仁贤也找了个借口进了屋，把空间让给了两个年轻人。

李群先问了方白的情况，当他听方白说还没分配工作时，便显得很高兴。他说："如今分配越来越难了，弄不好就会把你分到郊区一个什么小单位，其实凭你的才能，你完全可胜任重任的。"

方白说："我可不敢老鼠爬秤钩自称自。"

李群说："我又不是奉承你。"

方白说："但愿如此。"

两人只管闲聊，始终没有扯入正题。方白心想，李群此次前来肯定是有意图的，但方白不会先问，她倒要看李群怎么开口。

吃晚饭的时候，李群当着两位老人的面，提出请方白去听音乐茶座。李群做了两三个月的商人，非常精明，他知道两位老人会为他说话的。果然，方白还没开口，方白妈和方仁贤就替方白答应了李群的邀请，害得方白不得不点头同意。

李群选择了新近开张的东方音乐城二楼的豪华音乐厅。音乐厅不大，中间有一小块空地，周边摆着七八张小圆桌。李群和方白来得早，厅里只有两对客人，分别占据着两个角落的桌子。方白不太适应这里太暗的光线，却觉得正播放着的舒缓轻曼的曲子，听着非常舒服。在服务小姐的引导下，方白和李群来到窗边的小圆桌旁坐了下来，按照李群的吩咐，服务小姐端来一壶茶和几碟小食。李群一边看着小姐斟茶，一边给方白介绍说："这是福建铁观音茶，男女咸宜，你喝一口尝尝。"

方白就端起小瓷杯，抿了一口，果然清润芳心。方白于是点了点头。

也许是得到方白的首肯，李群又将桌上的腰果、松子和其他果脯的佳处都介绍了一遍。方白依然点点头，并不吱声。她的眼睛在厅里扫了一遍，刚才还觉得不太适应的幽暗也令她好受多了。还有那同样不太明亮的彩色灯柱，间或会往各个方向不紧不慢地扫着，给厅里制造着梦幻般的气氛。方白进过火爆的舞厅和喧闹的卡拉 OK 包厢，她不太喜欢那种过于强烈的冲击。而对这最近才变得时兴的音乐茶座，她还有几分喜欢。方白想，这个李群真聪明，他没把自己带到别的地方去，却偏偏带到了这里，好像他事先就知道她会喜欢这里一样。

悠悠地品着茶，吃着点心，两人开始轻声聊起来。主要是李群在讲，他讲他是如何下决心去广东的，又是如何得到舅舅信任担任起业务主管的，口气中透着“春风得意马蹄疾，一日看尽长安花”的自豪。

最后，李群的话题向他今晚约方白来东方音乐城的中心思想逼近。他借着明明灭灭的灯光，瞟了瞟方白那亮丽的眼眸，说：“方白你不知道，事业上的成功，并不能完全抹去心灵上的空虚。”

方白当然明白李群话中的意思。她无声地笑了，自嘲道：“你混到这个地步还空虚，那我至今还在家里待业，岂不悲哀得只有去跳那条资水河了？”

李群说：“是呀，等待分配也难熬。”

方白说：“你当然没尝到这个滋味。”

李群说：“不知你的分配下来没？也许会给你个好地方。”

方白说：“你别挖苦我，好不好？你明明知道我什么关系都没有，连去求人的门道都不知道是往左边走还是往右边走。”

李群说：“那么你可不可以改变思路？”

方白说：“什么思路？”

李群说：“比如说不要守株待兔，而另辟蹊径。”

两人正聊着，刚才那舒缓柔和的音乐忽然换上节奏略强的曲子。方白抬起头来，发现刚才还空着的几张桌子，这时也已坐了人。随着不同的曲子的奏响，有两对男女已离开桌子，来到厅中央的空地，跳起了很随意的慢四步。

李群说道：“我舅舅的公司在广州的声望很好，如果你有机会去广州你就会清楚的。”

方白说：“我才不去那里，那是富人的天堂，穷人的地狱。”

李群没去驳斥方白，他继续顺着自己的思路说下去：“公司现在正缺一个会计，许多人都想去占这个位子，我舅舅都不答应，他要一个最可靠的人选。”说到这里，李群看了看方白。方白正在看空地上的人跳舞，好像并没有把李群的话听进去。

李群又说："舅舅把物色这个人选的任务交给了我。"

李群的意思已经非常明显。

这时音乐停了下来，换了一支莫扎特的小夜曲。见方白没有注意自己的话，李群无奈，只好起身，邀方白出去跳一圈。

方白把手放进李群的掌心，轻盈地跳起舞来。方白心想，你别做我的工作，我是不会跟你下广东的，哪怕我分配的地方再差劲。

曲子不长，很快就临近曲终了。不知是什么原因，好像是生怕方白那只握在自己掌心的小手抽走后再也不会回来，李群下意识地攥紧了手指，将方白的手紧握了一下。方白很明显地感觉出李群手指上那只金戒指的存在。

莫名其妙地，方白就产生了一丝恶心。

她知道她最看不得的，就是男人那富有力量的手指上套上戒指之类的东西。她固执地认为，男人的大手应该握锤柄生产财富，握笔管抒写文章，或夹一支烟点燃男人的深沉，却无论如何不该风马牛不相及地配上一枚戒指。

方白一用力，把自己的手从那只戴了金戒指的手里抽了出去。她深怕自己的手受到玷污。

方白对李群说："我有点头晕，想出去一下。"然后方白掀开门帘，走了出去。

李群先是愣了愣，接着到服务台结了账，再去追方白。

方白并没有走远，还站在门外的大街旁。因为礼貌，因为他们几年的交情，也因为今晚李群的招待，方白不会就这么一走了之。

李群来到方白身边。他说："我是专门为你从广东赶回来的。"

方白说："我知道。我感谢你，可你对我不要抱什么希望。"

十四

方仁贤和方白妈很关心方白和李群的关系。方白从东方音乐城回到家里后，方白妈就急切地问道："今晚玩得好吗？"

"还行。"方白应付地回答了一句，就准备回自己的屋子里去。

"又不是外人，你也说不得？妈想知道你们以后打算怎么办！"方白妈追问道。

方白说："什么以后不以后的？"

方白妈说："我看李群那孩子挺不错的，人好、懂礼节又有好工作。"

方白不搭理母亲，回了屋。

方白想，李群若是胡言那该多好。方白想起，她已经好几天没看到胡言了。

第二天上午，方白到街上公用电话亭里，往会计师事务所里挂电话。对方老占线，直到方白第四次揿下重拨键的时候才打通。正好是胡言接的电话。方白只问了一声“喂”，胡言就听出了方白的声音。胡言在电话那头无声地翘了一下嘴角，用普通话的腔调说道：“你是不是找胡言？”方白一愣，心想，怪了，自己还没开口，对方怎么就知道我要找胡言？莫非他跟我有心灵感应？

方白说：“我干吗要找胡言？”

胡言说：“你不找胡言你找谁？”

方白这时猛然听出了是胡言的声音，她嗔道：“你真坏。”又问，“你那里怎么老占线？”

胡言说：“我这是热线电话。”

方白说：“什么热线？”

胡言说：“青春热线，专门咨询婚姻、家庭和爱情。”

方白说：“怪不得老打不进去。”

胡言说：“是呀，方小姐你要咨询什么？”

方白说：“我想问跟一个人见面什么时候为宜。”

胡言说：“他下班之后。”

方白说：“地点？”

胡言说：“在你的家里也行。”

方白说：“我家里不欢迎他呢？”

胡方说：“那就在离你家一千米外的电线杆下。”

方白说：“为什么要是一千米而不是五百米或六百米？”

胡言说：“一千米是机枪的最远射程，这样你的父母就无法用机枪扫射了。”

方白于是没再多说，把电话挂掉。

中午快到十二点的时候，方白走出自家槽门，踏着肠子街的石子路，往街口走去。方白知道胡言下班后会从肠子街的街口朝里走。

走了没几分钟，远远地方白就看见路边的电线杆下倚着一个男人，旁边支着一辆自行车。方白心中一喜，停下步子。她觉得那是一幅拙朴而又隽永的风景画。

接着，方白几乎是小跑着朝电线杆奔过去的。

迎接她的，是胡言那份沉静而深厚的微笑，那是一个三十八岁的男人才会有的对自己爱着的人的微笑。

方白已经站在胡言的面前。她用自己秋水般的目光回报胡言的微笑。她感到奇怪，为什么只要往胡言面前一站，她整个的身心就仿佛被拧得像出水的毛巾擦拭过一样，那般清爽和慰藉。

方白说：“拨你的电话拨不通的时候，你真的在搞咨询？”

胡言说：“难道不可以？”

方白说：“恐怕你自己需要咨询。”

胡言说：“谁都这样。医生的病自己是没法治好的。”

两人就这么胡侃着，没有边际。方白本来就没别的要紧事，她是几天没见胡言，心中怪思念的。她也弄不懂这原因何在，为什么跟李群在一起的时候，她总是浮躁不安，觉得自己没根没底的；而一见到胡言，他的一个浅浅的微笑，或一句平平淡淡的话，都会使她安静下来，满心里都是亲切和温馨。莫非真如书上说的，每个人都能发出一股看不出的生物电，人与人之间，有的生物电相吸，一触即合；有的相斥，永远也挨不上边？

这么想着，方白就往胡言身边靠近了一点。她真希望胡言的手臂伸过来，把她揽入怀中。但她知道，胡言已不是那些二十多岁的毛头小子了，他才不会在这大庭广众中旁若无人地做出超越常规的举动。

胡言说：“你不找我，我还真的想找你呢。”

方白说：“可还是我先给你去的电话。”

胡言说：“你不知道，你拨电话时老占线，是因为我正在打长途。白马印刷厂的厂长已被逮捕，他厂里的设备是从湖北一家印机厂进的，我还得跟检察院去一趟湖北。”

方白说：“你去湖北当然用不着报告我。”

胡言说：“可我放不下胡力。”

方白说：“你真是位好父亲。”

胡言说：“这也是没法子的事。”

方白说：“胡力还有妈妈哩。”

胡言沉吟一会儿，脸上掠过一层暗影，他说：“方白，你有所不知，我跟王静雅已经有言在先，暂时保守秘密，等胡力考完升初中的试后再告诉她。”

方白已意识到了什么。

她说：“什么秘密？”

胡言说：“我跟王静雅已办了手续。”

方白听后心里就有了一丝窃喜，她觉得在黑夜里漫无目的地走了很久了，忽然天边露出了曙光，眼前的路一下子亮丽起来。她知道，胡言跟王静雅离婚虽然不是因为她方白，但不是与她完全没有关系。她感激胡言，把这看成胡言朝她迈近的关键的一步。

方白说：“你放心出差去吧，胡力由我来照顾，我还可以做她的家庭教师。”

十五

方白找了个很巧妙的理由，说衡阳一位很要好的女同学要过生日，她要去祝贺。方白妈和她爸觉得方白在家反正没事，就答应她去衡阳待几天。方白于是整理了几样换洗的衣物，提着帆布包走出自家槽门。

方白没直接往胡言家里走。她提着包走出肠子街，搭公共汽车去车站的候车室待了两个小时，天黑后才坐了夏利出租车回到肠子街底的胡言家。

胡言已备了几样可口的家常菜，等候方白的到来。方白一进屋，胡言就吩咐胡力把菜端上桌，他自己则在桌上摆了三只高脚杯，拿来红白两瓶葡萄酒，以及一瓶雪碧和一瓶可口可乐。一见这架势，方白就说："你是不是要摆鸿门宴？"

胡言说："不是鸿门宴，是生日晚宴。"

方白说："谁的生日晚宴？"

胡言对胡力说："你告诉方阿姨。"

胡力正在桌上摆饭碗，她抬头瞟一眼方白，有些不好意思地说："我的生日晚宴。"

方白想，今天在家里谎说是去衡阳为同学贺生，没想到却真的碰上了胡力的生日，看来在家里说的还不能全算假话。这么想着，方白就转身把手伸进帆布包里，拿出一个东西塞进自己的牛仔裤裤兜。

此时，胡言已端了一盒生日蛋糕，插上十二支彩色蜡烛。方白找来火柴，将彩蜡点燃，请胡力上前吹蜡烛。胡力憋了一股子劲儿，一口气就把十二支蜡烛吹熄了，三人于是拍手叫好。这个仪式完成后，胡力开始切蛋糕，方白则把蛋糕盛到每人的碗里，胡言在两只大号搪瓷杯里分别兑了两样酒，一只搪瓷杯里兑的是雪碧加白葡萄酒，另一只搪瓷杯里兑的是可乐加红葡萄酒。然后，他在高脚杯里倒上雪碧加白葡萄酒，放在方白面前，说道："你喝白雪公主，祝你天天都天真可爱。"然后在另一只高脚杯里倒了可乐加红葡萄酒，放到胡力面前，说道："你喝红粉佳人，你快快长大，好倾国倾城。"最后，胡言在自己面前的高脚杯里倒上红葡萄和白葡萄两种酒，说道："我就喝白里透红，与众不同。"

听胡言说完这喝酒的新花样，方白觉得新鲜而又有趣。她端起杯子先站起来，提议道："今天是胡力的生日，我们先一齐喝第一杯，祝胡力生日快乐！"

胡言也举起杯子，说："祝胡力生日快乐！"

胡力一下子受了感染，未曾喝酒脸上就泛起兴奋的酡红，她说：“谢谢方阿姨，谢谢爸爸！”

三人的杯子一碰，喝干了杯里的酒。

接下来，方白提议要跟胡力喝，她说：“今天是胡力的生日，可我这个做阿姨的太不称职，竟然不知道胡力的岁数，那么我只好猜测了。这样吧，先立个规矩，胡言哥做裁判，我若猜不中，就罚我一杯；若猜中了，就奖胡力一杯。”

胡力一听就叫好，要方白快猜。

方白装模作样地做沉吟状，其实她刚才点蜡烛时已数过了，那是十二支，但她不会一语中的，那样席上就会少了气氛。她说：“十四岁，肯定是十四岁！”

胡力就乐得跳了起来，说道：“错啦错啦！喝一杯。”

方白望一眼胡言，说：“裁判裁决。”

胡言说：“猜错了，罚酒。”

方白后悔莫及的样子，端起胡言斟的白雪公主，一口喝下去。

就这样，方白又猜了三次，不是十三岁就是十一岁，再就是十五岁，就是不猜十二岁。因此她又一连喝了三杯白雪公主，乐得胡力笑出了泪水，最后方白不肯猜了，耍赖说是胡言父女俩联手欺骗她，她猜中了也说没猜中。

胡言说：“我们可是很诚实的。”

胡力也说：“谁欺骗你谁是狗。”

方白用狐疑的目光斜了斜胡言和胡力，说：“你们说你们是诚实的，没有欺骗我，何以见得？你们拿什么证明胡力不是十四岁，不是十三岁，也不是十一岁和十五岁。

胡力说：“我们有户口本。”

胡力说着，就兴高采烈地找户口本去了。

胡言就在方白那因喝多了酒而泛红的脸上轻拍了两下，说：“方白，感谢你让胡力这么开心，她可好久没有这么开心过了。”

方白抓住胡言的大手，吻一下，说：“胡力是个乖孩子。”

两人还要说什么，胡力已拿着户口本出来了，她翻到自己的那一页，递给方白，说：“方阿姨，你自己看吧。”

方白在上面瞥一眼，拍一下自己的额头，说：“我真笨，怎么没想到是十二岁呢？”

胡力说：“其实蛋糕上插的蜡烛也是十二支，还是你点燃的呢。”

方白说：“我这人就是粗心，那时只顾点蜡，又生怕火烧到指头，也不想着数一数，要不然，也就不会多喝这么多杯了。”

方白一边说着话，顺便将户口本往前翻了一下，就见写着王静雅的名字的那一页，印了一个标着“注销”二字的红印戳。然后，她把户口本还给胡力。

这顿生日晚宴，三人都喝得很尽兴、很开心。尤其是胡力，自从妈妈跟爸爸分居以来，她还没这么高兴过，她觉得这位方阿姨好可爱。

宴毕，方白对胡力说：“你今天过生日，阿姨事先不知道，没有准备，但阿姨还是要送一件阿姨正在使用着的礼物给你。”方白说，“不过你得听我的，先闭上眼睛，伸出你的手掌。”

胡力已在心里喜欢上了这位方阿姨，自然也乐意接受方白的礼物，乐意照着方白说的去做，她乖乖地闭上眼睛、伸出手掌。

方白把裤兜里的东西拿出来，放进胡力的掌心，说：“你可以睁开眼睛了。”

胡力睁开眼睛，她看着手心里方白送的精致的礼品，眼前一亮，胡力从前见妈妈用过这种东西，它是专门用来画眉的。

“你长大了，用得着这件东西了。你知道，女孩子的眼睛是非常重要的，而一双美丽的眼睛少不了一对好看的眉毛来烘托、陪衬。”方白望着胡力那双又黑又亮的眼睛，发自内心地赞叹道，“在你的脸上，我终于弄明白人们常说的眉清目秀是怎么回事了。”

胡力把方白送的眉笔放进自己收藏书籍和文具的抽屉里。她心里非常感激方白，这不仅仅是因为方白的礼物和她真诚的赞美，还因为第一次有人把她当成大人看待。

胡力觉得方白和自己贴得是那么近。

一旁的胡言，把这一切都看在了眼里，胡言知道方白为什么要这么做，胡言知道方白的行动一半出于她对胡力真心的喜爱，一半出于她心底里的那份愿望。胡言想，方白真是一个不同凡响的女子。他又高兴又担心。胡言想，女人是一块土地，你只要播下爱情的阳光和雨露，她就会长出绿茵和芬芳。

十六

胡力因为第二天要上学，九点刚过她就回自己的小屋子睡觉去了。刚钻进被窝，胡言就来到她的床边，说：“爸爸明天清早就要到湖北去出差，要一个多星期才回来，我特意请方阿姨来陪伴你，你要听阿姨的话，啊？”

胡力说：“为什么不要妈妈来？”

胡言见胡力提及她妈妈，他皱了一下眉头，说：“听说你妈妈昨天就到北方联系业务去了，可能要半个月才能回来。”

胡力不再说什么了。

方白站到了胡言的旁边，望着胡力的眼睛说：“欢迎阿姨来陪你不？”

胡力在方白的声音里感觉出一分亲切，她脸上漾出甜甜的笑意，轻声说道：“我愿意方阿姨来陪我。”

胡言松了一口气，对胡力说：“你真是爸爸的好孩子。”

方白伸手给胡力拉了一下被子，又在她头上抚了抚，说：“时间不早了，我们不影响你休息了，祝你晚安！”

胡力也说：“祝阿姨和爸爸晚安！”

给胡力关好房门，两人刚转身，方白就一头栽进了胡言的怀里。胡言拥着方白，在她肩膀上轻轻拍着，说：“要辛苦你几天了。”

方白没吱声，她依偎着胡言，闻着他身上那份淡淡的说不出却分明感觉得出的气息，觉得安全而又自在。方白想，她这么依恋这个男人，是不是就因为他身上的这份奇异的气息在迷惑着自己？

两人这么拥立了好一会儿，胡言才把方白轻轻抱到沙发上。方白的头仰起，双眼微微合着，两片略厚的红唇撮着，真如那首经久不衰的西北民歌所形容的：就像那熟透的红樱桃。胡言当然读得懂方白唇上的意思，他稍稍迟疑一下，就把自己的双唇贴了上去。

好长一段时间，四片合在一起的唇撕也撕不开来。最后，还是胡言把方白的头掰开了。

胡言把方白抱起来，抱到房里自己的大床上。胡言说：“你睡我的大床吧。”

方白说：“你呢？”

胡言说：“客厅里不是有沙发吗？我当厅长去！”

方白“扑哧”笑了，说：“你没离婚前，是不是经常当厅长？”

胡言说：“原来不，最近两年才升任这个级别的，好在后来她搬回了娘家，我又从厅长降到室长了。”

胡言一边说，一边给方白脱去鞋子，然后把她的脚搬到床上去。做完这些，胡言就直起腰转身准备走开，却听方白说：“我可没穿着衣裤睡觉的习惯。”

胡言站住不动了。少顷，他才复转过身。胡言解开了方白腰间的皮带，拉开牛仔裤的拉链，帮方白脱下牛仔裤。呈现在胡言面前的，便是那条粉色的内裤和两条丰满颀长的腿。胡言的目光滞涩了一下，他的手好想伸过去，贪婪地感受一下那腿的细腻。

但胡言把目光挪开了。他开始去解方白的白衬衫的扣子。一颗、两颗、三颗……

方白的胸脯在淡绿乳罩的掩护下，突兀而至，犹如平地的峰峦、海上的浪涛。胡言不敢迟疑，脱下方白身上的衬衫，将被子拉过去，遮住这份无声却汹涌的诱惑。

胡言向门边走去，他的步伐显出几分仓促、几分蹒跚。

眼看胡言已到达门框下，一只手已经抓住了门把儿，只差那么一瞬，胡言就会把自己、把一个就要发生的故事关到门外去了。

“胡言——”

胡言听到了声音战栗着在身后响起，胡言也跟着震颤了一下，胡言那抓着门把儿的手松开了。

胡言转身，走回来。他想使自己尽量显得从容些，可他的身子还是禁不住歪了歪，一双脚明显地有些颤悠。

“方白——”

胡言呼唤着方白的名字，单腿跪在床前。方白从被子里伸出葱白一般的手臂，缠住了胡言的脖子。胡言侧着头，在这只手臂上舔着、嗅着，喃喃道：“我的方白……”

方白的另一只手慢慢从胡言的颈上往上移去，抚向胡言的后脑，最后五指深深插进胡言蓬松的头发里。方白说：“咱们第一次在一起过夜，我就让你去当厅长，我心里会好受吗？”

胡言心里感激着方白。他抬起那只跪着的腿，侧身俯向床边，深情地望着方白那双晶莹闪亮的眼睛，说：“你真是一个好女孩。”

方白轻声道：“那是因为你，我才成为好女孩的。”

胡言说：“是吗？”

方白点点头，将胡言往身边抱，同时掀开被角，说：“靠紧我。”

胡言发现方白那只戴得好好的淡绿色的乳罩，此时事不关己地歪到一旁，却让那雪白的酥胸袒露在外。胡言眼前眩晕了一下，体内涨起一股热潮，汹涌地激荡着他，使他浑身都是力量和豪情。胡言的手已情不自禁地伸了过去，就像一位战士，正在靠近需要自己去牢牢坚守和捍卫的高地。

眼看着战士就要占领高地了。

方白望着胡言，一声不响地等候着，等候这激动时刻翩然而至。

不料胡言的手却退缩了，仿佛胆小的士兵临阵脱逃。

胡言把那只责任旁落的浅绿色乳罩拿起，扣到它原来的岗位上，然后双手并用，替方白重新系好，让一段就要发展到高潮的情节，悄然回到起始阶段。

方白的泪水一颗一颗从眼角滚出来，她一把抱紧胡言。

胡言拥着方白，躺下。胡言极力使自己平静下来。胡言在方白的耳边说道：“你不让我去当厅长，我已经很满足了。我可不能得寸进尺。”稍停，胡言又说，“未来的日子长得很，真正的爱装在你我的心里，不要忙着提前支付。你说对吗？”

躺在胡言宽阔的怀抱里，听着胡言那低沉、醇厚的具有男人味的声音，方白也慢慢平静下来。她已经体会到了一分给予和获取的满足，她觉得就这么依偎着自己心爱的男人，已经很美妙、很幸福。

方白想，这就是一种拥有吧。于是她点点头，表示她同意胡言的说法。

方白把耳朵贴紧胡言的胸脯，她听见了胡言的心跳，那是一种不紧不慢的、匀称的与鼓点有些接近的声音。这个声音从一个男人的心灵深处发出来，慰藉着一个女孩的心。

方白在这个声音中睡了过去，睡得很甜。

十七

对离婚的事，吴刚亮心中一直没底，不知道会是什么结果。跟刘亚男结婚那么多年了，他不是不知道刘亚男的脾性。吴刚亮琢磨着，该从一个什么样的角度入手，才能说动刘亚男答应离婚。吴刚亮就怕刘亚男较起劲来，那就麻烦了。

刘亚男原是《广播电视报》的一般记者，后来主编为办报经费不足发愁，而广告部的主任年过五十，办事拖泥带水，一个月弄不到几条广告，主编就大胆启用刘亚男，让她取代了广告部主任的位置。刘亚男自然不是老主任，她带着部里三位小伙子左冲右突，凭着一股猛劲，一年为小小的报社挣回两百万元的广告收入。刘亚男一下子成了社里举足轻重的人物，背后被众人称为女强人。如今女强人一词的含义变得褒贬参半，这姑且勿论，但至少得承认，做一个女强人并不是容易的事。刘亚男同样不容易，事业的担子太重，家里的事情离不开她，活得自然不太轻松。这还不要紧，要紧的是吴刚亮也把她看成了女强人，再也没以前顺眼了。吴刚亮总觉得，跟一个女强人生活在一个屋檐下，怪不是滋味的。有时跟刘亚男在床上做爱，本来兴致不错，一想起这个女人是女强人，就觉得她少了女人的温柔味，陡然变得面目狰狞起来，那份好心情也会随之消失掉。到了后来，吴刚亮甚至无端生出惧怕刘亚男的心理，似乎患了“恐强症”。尽管吴刚亮并不承认自己是弱者，他自认为在社会上，在别的女人面前，还是自信的。

也许就因为这份微妙的心理作用，吴刚亮一直在迟疑着，拿不出足够的底气，去跟刘亚男提离婚的事。

王静雅和胡言离婚快一个月了，她已经几天没跟吴刚亮见面了，她不知道吴刚亮和刘亚男谈妥没有，于是她拨通了吴刚亮的电话约他见面。

吴刚亮匆匆打发完来办公室办事的人，来到街上。王静雅等得有些不耐烦了，一见面就说：“一个人的耐性是有限的，你不会不知道吧？”

吴刚亮是个聪明人，他当然懂得王静雅这句话不仅仅是指他的迟到，但他却故意看一看手表，说：“你没有等几分钟嘛。”

王静雅说：“你别装糊涂。”

吴刚亮说：“糊涂点不好吗？现在大家嘴巴上都挂着‘难得糊涂’几个字。”

吴刚亮知道王静雅指的是离婚的事。他说：“我不正在争取吗？”

王静雅说：“你说具体点，你是怎么跟刘亚男谈的，她到底答应没答应？你别总是嘴巴里含鸡屎，支支吾吾。”

吴刚亮见敷衍不过去，只好说：“我和她连在一起说话的时间都没有，每天天没亮就出门，晚上要么是我忙得半夜归屋，她已睡得像头死猪；要么是她夜深才回家，我早已睡死过去。所以想找个机会谈一下都没有。”

王静雅不说话，只阴着脸瞥一瞥吴刚亮。

吴刚亮不敢正视王静雅的眼睛，他撇开头，望着远处的一个屋顶，说：“今晚我就和她摊牌。”

晚上，吴刚亮做好了充足的心理准备，他想不管刘亚男态度如何，他先把离婚提出来再说。晚上九点左右，小孩已经入睡，保姆也已经收拾好碗筷，回了她自己的小屋。吴刚亮把中央五台的甲A联赛节目的音量调得很低，回头瞧了一眼刚从卫生间走出来的刘亚男。也许是刚沐浴过的缘故，刘亚男那略黑的脸庞上泛着些许红晕，湿润的头发散披在肩膀上，显出几分魅力。刘亚男的腰有些粗，可今晚她穿着宽松的蓝底子碎白花的宽口棉衫，竟隐去了这份不足，而且无碍于她那饱满的胸廓的挺拔。吴刚亮的眼睛眯了一下。他想，这女人虽然粗扩了一点，强悍了一点，却依然留存着动人之处。要是平时，吴刚亮也许早就奔了过去，将刘亚男那粗腰狠狠地揽起来，但今天晚上不行，他还有重大的使命在身。吴刚亮仿佛又见到了王静雅那阴郁的目光，于是他稳住自己的情绪，干咳了一声。

刘亚男下意识地望了吴刚亮一眼，一只手在胸前的棉衫上提了提，好像是要使那挺拔的胸脯不至于太突兀。

吴刚亮说：“你的事情忙完了吧？”

刘亚男不知道吴刚亮问这话的意思，但她已从吴刚亮调小电视音量、咳那么一声和问这句多余的话的形态里，意识到了吴刚亮的不寻常。刘亚男说：“我没忙什么。”

吴刚亮说：“我有话要跟你说。”

刘亚男在椅子上坐下来，她双手向后，拢了拢披着的头发。刘亚男有一种预感，今晚将有什么事发生。

吴刚亮见刘亚男沉默无语，就有些沉不住气了，他说：“你一声不吭，你到底想不想听我说？”

刘亚男说：“你有屁就放。”

吴刚亮于是憋足了一口气，他说：“我们还是……”

刘亚男心头惊了一下。

吴刚亮咽了一口口水，说：“我考虑过了，我们还是分手吧。”

尽管刘亚男预感到吴刚亮要说的就是这句话，但一旦这句话真的从吴刚亮口里讲了出来，她心里免不了还是有几分吃惊。她鼓着眼睛，朝吴刚亮瞪一眼，忽觉鼻子一阵酸涩。但她很快抑制住了自己，她的目光变得冷峻起来。她说：“你考虑成熟了吗？”

吴刚亮说：“考虑了很久了。”

刘亚男说：“说出来的话就是泼出去的水，那是收不回去的。”

十八

胡言出差已一个星期，方白估计他最近两天该回来了。胡言不回来，方白就离不开胡言的家。方白和父母说好了的，她去衡阳只一个星期，时间拖久了，她怕两位老人放心不下。

其实方白在胡言家里待得很惬意。不知怎么的，一进入胡言家里这块并不宽敞的天地，方白就有一种亲切感、依恋感，她觉得这个小小的天地本来就是替她准备的，她早就应该成为这里的主人了。她也觉得奇怪，这屋子里的每一样东西，包括每一件家具、每一寸地板，她都有一种爱不释手的感觉。白天，当胡力吃完早饭到学校去后，方白就兴致勃勃地整理起这个还不属于自己的家。她先整理好胡力的小房间，再收拾自己住的胡言的大房间。她用半干不湿的抹布将床头、床尾、床脚一一擦过，把每一张桌子和凳子抹得泛光。擦抹墙边的大立柜时，她还会搬来凳子，踩上去，踮了脚尖把衣柜顶上积了很厚的灰尘抹去。地上嵌的白瓷板，方白用拖把拖过之后，还要跪着用干抹布再抹一次。做完了这一切，方白累得气喘吁吁、腰酸腿疼，但她却心情舒畅，好像做了一件了不起的大事，她会情不自禁地打量一下这个被自己侍弄得整洁、清爽的家，脸上露出只有一个家庭主妇才会有的幸福而自豪的微笑。

方白与胡力处得也十分融洽。早晨，胡力还在睡意蒙眬中，方白就先起了床，烧好热水，蒸了馒头，煮了牛奶，再去喊胡力起床。胡力洗漱完毕，上桌开始吃早餐，方白自己还不忙着吃东西，而是准备胡力中午在学校吃饭的零钱，再将一个不锈钢小水壶里装上开水，塞进胡力的书包。做完这些，方白才坐回到桌边陪胡力吃早餐，一边吃一边要问几句："馒头好吃吗？牛奶里要不要加点糖？"胡力就会抬起头来，诚恳地微笑着说："阿姨的馒头比爸爸蒸得好吃多了。"又说，"爸爸每次给牛奶加糖，不是多了就是少了，没有阿姨调得这样合适。"

吃过早饭，方白帮胡力背上书包，再送她到门边。开了门，方白很细心地望一下天空，若有雨意，方白就要胡力稍等一下，回去拿了折好的三节伞，递到胡力的手上，说："晴带雨伞，饱备饥粮，有备才会无患啊。"胡力很听话地拿了伞，说声再见，转身出门，走到街上。胡力踩着街面的鹅卵石，走出去老远了，方白还站在半开的门里，目送着胡力的背影，心里说："多乖巧的孩子，那份沉稳，那份从容，跟胡言如出一辙。"胡力大约是感觉出了背后那温暖的目光，会不自觉地回头望一眼。两人的目光立即就碰在一起。胡力心头有些热乎，冲方白挥一下手，再转过身去。方白也把手扬起来，直至胡力的身影完全消失。

傍晚放学后，胡力匆匆往家里赶。走进肠子街，看见自家的屋门了，胡力就抬起头来，往前边瞧，就望见方白的身影嵌在半开的门口，用目光迎接着归来的胡力，那情形好像是方白早晨站在那里一直未曾挪动过。胡力自然就加快了步伐，一会儿便来到门口。方白先接了胡力的书包，再把她迎进屋，在后面把门关上，热饭、热菜已经摆在桌上。胡力洗过手，就迫不及待地伏到桌旁。吃完饭，胡力开始做作业。方白收拾完碗筷，便坐到胡力身旁给她做辅导，解答胡力弄不明白的地方，检查她已经做好的作业。这样，一直要忙到将近九点才结束，方白又给胡力找来换洗的衣服，给她调好热水器，让她洗澡。从卫生间回到房间里时，胡力床上的被子已铺好，胡力舒舒服服地钻进被窝里，方白把胡力的被角掖一掖，走到门边，准备熄灯出去。这时，胡力突然喊了一声："方阿姨——"

方白那只拉着电灯开关线的手松开了。

胡力说："方阿姨，你真好！"

方白回到床边，坐到胡力身旁，一边用手抚摸着胡力那乌黑的头发，一边说："你同样是个好孩子，像你爸爸一样。"

胡力说："是爸爸要你来陪我的吗？"

方白说："是我自己要来的。"

胡力说："爸爸为什么不让妈妈来？"

方白心上一紧，但她极力稳定着自己的情绪，说："你想你妈妈了吗？"

胡力点点头又摇摇头，说："我恨她扔下我不管。"

方白说："你妈妈到远地方出差去了，所以你爸才让我来陪你。"

胡力不吱声了，眼睛一眨不眨地望着天花板，想着心事。方白站起来，说："方阿姨走了，你好好睡觉吧，明天还要上学呢。"

方白刚一转身，胡力就从床上坐了起来。方白听到身后的动静，回过头去，见胡力已经下了地，走向书桌，打开了书包。

方白说："胡力，你这是干什么？你会着凉的，还不快到床上去？"

胡力说："只要一会儿。"

胡力说着，一只手伸进书包里摸索起来。她很快摸出那只铁皮文具盒，打开来，从里面拿出一张折着的白纸，交给方白。

方白接过去，说："这是什么？"

胡力说："一份通知。"

方白打开白纸，见上面油印着请家长到学校去开家长会的通知。

一旁的胡力没说话，望着方白的眼睛。

方白点点头，看看胡力，说："我知道你的意思。"

第二天下午，方白以胡力家长的身份到学校去参加家长会。方白比通知上的时间提早了二十分钟赶到胡力的教室外，所以教室门还是紧关着的，胡力班上正在上课。她便走到了操场边上。等了十分钟，下课铃响了，胡力班上的学生开始走出教室。很快，胡力也走了出来，一眼望见操场边的方白，便高兴地走过去，喊道："方阿姨，你来多久啦？"

方白说："刚到。"

胡力说："下面就是家长会。我带你去教室里找到我的位置，我的位置在里面窗边的正中间。"胡力拉着方白的手朝教室门口走去。

胡力的班主任兼数学教师是一位二十多岁的年轻姑娘，方白和胡力要进教室时，女老师正站在门口。方白礼貌地站住，向女老师点点头，正要打招呼，胡力先开了口："王老师，这是……"

还没等胡力把话说完，王老师就笑容满面地说："哦，你就是胡力的妈妈，好年轻呀！快，快进来坐吧。"

胡力的嘴巴张开着，一时没法合拢。

方白呢，开始还愣了愣，旋即就脸红了。不过她没说什么，只朝王老师微笑了一下，就轻盈地走进教室，按胡力刚才说的，坐到靠里面窗边正中间胡力的位置上。

家长们陆陆续续进了教室，家长会准时召开。王老师站在讲台上，把班上学生的学习情况作了介绍，又针对小学升中学考试的规矩和惯例，分析了本班学生的优势和不足，恳请家长们跟老师配合，做好学生的课外引导。王老师还特别提到胡力等最有实力升重点中学的学生，要家长们不要在这关键时候有所松懈。

方白认真听着王老师的话，她是以一个正儿八经的家长的角色坐在教室里的，她要对胡力，对胡言的女儿负责。可不知怎么的，王老师的另一句话“你就是胡力的妈妈”，也老在她脑海里打转。她知道她只大胡力十来岁，完全可以称作姐妹。但胡力终究是胡言的女儿，凭这一点，难道不可以做她的妈妈吗？也许正是因为这个，在王老师说她是胡力的妈妈那一刻，她虽然有点难为情，但她心里头却很滋润，觉得王老师的这句话中听极了。当时她虽然没说什么，只朝王老师微笑了一下，可她已经默许了。她怎么会不愿做胡力的妈妈呢？这几天她一直在尽胡力妈妈的职责，她今天兴高采烈地来开胡力的家长会，扮演的正是胡力的妈妈的角色，潜意识里也是想做胡力的妈妈。方白想，她做胡力的妈妈还不是迟早的事？现在胡言已跟王静雅离婚，等胡力考上重点中学，时机一成熟，她正式成为胡言家里的女主人，胡力就会名正言顺喊她妈妈了。

开完家长会，方白和胡力一同走在回家的路上。方白在路边的小吃摊上买了两块臭豆腐，一人一块吃得有滋有味。方白掏钱时，触摸到了跟钱夹在一起的折好的那张召开家长会的通知单。方白把通知单拿起来又放了回去。方白对胡力说：“这个通知单可以留给阿姨当作个纪念吗？”胡力嘴里正含着一大口臭豆腐，于是她点点头。

方白说：“昨晚你怎么想起要把通知单交给我的？”

胡力咽下臭豆腐，望着方白的脸，慢慢地说：“方阿姨，你对我太好了，我好感激你的。你知道吗？你第一次进我家门时，我是防着你的，想不到你对我这么好。”

方白将手伸出去，握住了胡力的手。

胡力说：“其实我开始一直犹豫，要不要把通知单给你。而且我也没把握你会去参加我的家长会。我还想过要去找我妈妈。你想班上平时很少开家长会的，偶尔开一次，人家的爸爸或妈妈都去了，我的爸爸妈妈却没去，我心里好受吗？但我爸爸不在家，妈妈也不知道在哪里，我一点办法也没有。我甚至想算了，没家长就没家长，如果老师和同学问我的爸爸妈妈为什么不去开家长会，我就说我的爸爸妈妈都死了！”

胡力说到这里，牙齿都咬得咯咯响。

方白赶忙说：“别说傻话。”为了转移胡力的注意力，方白换了话题。她说：“胡力你看这臭豆腐怪不怪，闻着臭，但吃起来却蛮有味的。”

胡力说：“书上常把酸甜苦辣咸说作五味俱全，臭被排除在外。其实臭是无处不在的，即使我们的地球周围还有臭氧层呢。照我看，臭豆腐就是因为有臭气才有香味的。”

方白接着胡力的话说道：“所以说五味是不全面的，五味俱全这句话必须改成六味俱全。”

两人说得有些投机，不知不觉就来到了广场。广场中间有一个大水池，水池中间是音乐喷泉，在电子琴声的伴奏下，一股股晃白的水喷向水池周围。

夕阳有意无意地投射过去，在升降着的水帘上折射出似有似无的彩虹的影子。

方白和胡力走向音乐喷泉。

他们在音乐声中缓缓地围着喷泉绕了一圈。两人边走边聊着。方白说：“刚才从这里经过时还没看见有喷泉。”

胡力说：“是呀，你的运气好，平时这里是没有喷泉的，要到周末下午五点以后才有。”

说着，两人来到熊猫雕塑面前。那是一大一小两只熊猫，大熊猫的背上蹲着一只小熊猫，两只熊猫的嘴巴都朝池中喷着水柱，仔细一听，那电子音乐还是从小熊猫的嘴巴里发出来的。

两人甚觉有趣，在一旁站了好久。

方白似有触动，就问胡力：“你看这两只熊猫，它们是什么关系？”

胡力不假思索，脱口而出：“母女俩呗。”

方白的眼睛盯着熊猫，一只手已把胡力的肩膀揽到自己的胸前。方白像是对胡力又像是自言自语道：“好幸福的母女俩。”

胡力不说话，盯着熊猫的目光有些发直。

方白又想起王老师说的那句话，她低头轻声对胡力说：“胡力，可以吗？”

胡力也仰了头望着方白，说：“什么可以吗？”

方白用下巴点了点池边的熊猫母女，说：“像它们一样，我做你的妈妈，可以吗？”

胡力的头低了下去。少顷，胡力的头就缩了缩，从方白圈着的臂弯里轻轻抽了出去。

十九

面对离婚，吴刚亮和刘亚男是两种不同的心情。吴刚亮是有目的的，他和王静雅预谋在先。但刘亚男却不同了，她毫无思想准备，有点猝不及防的味道，尽管吴刚亮提出离婚的时候，她显得很不在乎。她从没想过要跟吴刚亮离婚，吴刚亮是她自愿下嫁的男人，她这人没有吃后悔药的习惯。她心中有数，在如今的社会上，比吴刚亮优秀的男人多得很，她的身边也不乏追求者，比如报社的主编，有气质、有才华，远在吴刚亮之上，他对刘亚男就很有意思。只是刘亚男不愿为情所累，家里有一个吴刚亮已足够了。她万万没想到，吴刚亮会突然提出离婚。刘亚男感到一丝悲哀，觉得输给了吴刚亮。刘亚男想，既然已经输了，就要输得有点骨气，不要在这事上再让吴刚亮看低自己。

两人很干脆地办了离婚手续，将过去的红本子换成了现在的绿本子。离婚时的财产分割没有出现分歧，刘亚男只有一个要求，她要留下孩子，这很合吴刚亮的心意，他自然会满足刘亚男。

吴刚亮将他的东西搬走之后，刘亚男整理东西时，发现了一张早忘到脑后的存单。那是一张零存整取已有一万元的存单，是报社去年发奖金时分几次存入的。刘亚男当初是想存够了数，给家里买辆摩托，吴刚亮购气、买米不必用单车拖，她自己要去外单位拉广告什么的，也好骑一骑，或节假日三人一起坐摩托车到郊外春游，或上朋友家玩，都很方便。尽管与吴刚亮离了婚，刘亚男依然觉得有必要买这辆摩托。

第二天刘亚男在摩托交易中心选了一部南方牌红色摩托。把摩托推到街边，正准备把腿往上面跨，刘亚男忽觉一阵悲凉袭上心头，按她原来的设想，这辆摩托主要由吴刚亮来驾驶，她和孩子坐在后面享福。而今天把着车把的却是她自己。

刘亚男骑上摩托时，泪水已模糊了双眼。

她骑着车，毫无目的地在街上冲撞着。刘亚男真想租一个男人来驾驶她的摩托，她好自由自在地坐到后座，把自己这颗疲惫的头靠在男人宽厚的后背上。

突然，刘亚男想起一个人，那是她报社的主编，一个四十多岁的中年男人。刘亚男心上生出一分冲动和浪慢情调。她立刻下车，用街旁的公用电话揿了主编家里的号码。她知道主编这时正在家里审稿。

刘亚男对着话筒喊道：“喂，你是主编吗？”

“我是，你是谁？”

“我是谁你都听不出来啦？”

“听出来了，你是刘亚男。你那头噪音很大，你在哪里打电话啊？”

“我在街上。”

“怪不得喽，你有事吗？”

“我想到你那里去一下。”

“行，我泡壶古丈毛尖给你喝，新上市的。”

“最好放点冰糖。”

“听你的！”

“拜拜！”

“拜拜！”

刘亚男骑上南方摩托，朝主编家那个方向驶去。

进入主编家所在的宿舍区，刘亚男放慢了车速。从前跟主编谈策划、谈广告版式设计，刘亚男去主编家去得多，所以她轻车熟路，一会儿就来到主编家所在的那栋宿舍楼前。

然而，刘亚男下了车，走到楼道前的铁门边，正要在电子锁上按下主编家的门牌号码时，她又犹豫了。

刘亚男想，我去主编家干什么呢？去喝那杯放了冰糖的古丈毛尖？去请他出来开自己的这辆新摩托，自己好依偎着他到街上兜风？或者向他倾诉一通自己离婚后的苦恼？

刘亚男知道，她一直对主编心存好感。他是一个有内涵的学者型的男人，气质儒雅，谈吐幽默，尤其是他有一种如今的世界越来越缺少的敬业精神，让人敬重。刘亚男很乐意与他相处，觉得与他共事，心情舒畅，办什么事情都有劲头。刘亚男甚至庆幸，能摊上一个这样的上司，真是自己的福分。

刘亚男有些吃惊，莫非自己爱上了这个男人？

可刘亚男又有些怀疑这爱的可信度，因为她现在处于特殊时期，由于婚姻的破裂，不仅给家庭，也给心灵留下了一个空缺，这个时候人的感情自然会变得扭曲。刘亚男甚至想，难道自己就这么下贱？刚离开男人，就忍不住要去打另一个男人的主意？何况这个男人已经有一个好端端的家，有一个生活了近二十年的妻子。

刘亚男有点小瞧自己了。她的情绪因此而变得很低落，有些心烦意乱了。

她在心里骂了自己一句，预备去按电子锁上的号码的手垂了下去。

刘亚男退回到那辆红色南方牌摩托车旁边，跨上去，打响油门，冲出了宿舍区。

她的车风驰电掣般从街上冲了过去。不知是因为车速过快，还是因为心情太乱、太坏，刘亚男觉得自己脑袋正逐渐往外膨胀，仿佛就要迸裂开来一样。

二十

胡言终于出差回来了。

星期一的上午，胡力已经上学去了，方白在家里兴致勃勃地整理着，那般投入。她隐约觉得胡言将会回来了，所以她的劲头格外足，一边劳作，一边哼起了流行歌曲。

这时，门外响起钥匙插进锁孔的声音。

方白立即停下手中的拖把，躲到门后。门打开了，胡言站在门口瞟了一眼干净整齐的屋子，轻声喊道："方白——"

方白站在后面，用手捂住自己的嘴巴，忍住笑。胡言就自言自语道："莫非到卫生间去了？"反手将身后的门关上。

方白从后面贴过来，伸出双手，捂住胡言的一双眼睛。

胡言站住不动，少顷，再把手往后绕去，撩住了方白的细腰，然后一用力，把方白横着抱到了胸前。

方白用手吊住了胡言的脖子。

两双眼睛很近地对峙着，四目相对，仿佛会撞击出火花来，继而，两人又紧紧相拥在一起，全然已经融为一体，再也无法拆开。

仿佛过去了一万年，两人才苏醒过来。胡言于是放开方白，从身上掏出一条成色上好的金项链，轻轻柔柔地戴到方白的脖子上。

自此刻开始，方白再也没从脖子上取下过这串纯金的项链。

方白想好了，下午就戴着这串项链回家，父母肯定会问起这串项链，她就如实相告。她觉得时机已成熟，她再也不必隐瞒着，该向父母摊牌了。

方白觉得幸福已牢牢攥在手心。

下午，方白回到家里。她在槽门外就看见院子里围满了人，方白的膝盖就软了一下，意识到情况不妙，这时已有人看见了方白，就要她过去，并且主动让开了一条路。方白把背包往屋角一扔，走过去扒开人群，看见父亲躺在担架上，两位汉子正要把他抬起。

方白见父亲脸色苍白，双眼紧闭，已经不省人事，而母亲在一旁垂泪。

方白的泪水已经滚出眼眶。

这时有人在方白耳边轻声说了一句："不要伤心了，赶快去医院，还有救。"

两位汉子用力把担架抬起来。在众人的簇拥下，方白在一旁扶着担架，小心翼翼地向槽门外走去。

在去医院的路上，抬担架的汉子告诉了方白事情的原委。

方仁贤完全是被方正这个不肖子气病的。方正前一段时间打牌输惨了，便四处躲债，好久没敢回家。他在外鬼混，竟染上了毒瘾。于是一边吸毒，一边当起了三道毒贩子。前天深夜还带回来几个不三不四的家伙，神神秘秘的，不知在搞什么鬼名堂。方仁贤意识到不正常，追问方正，方正还要方仁贤莫管他的闲事。谁知公安局很快发现了线索，昨天晚上就在槽门外布下了暗哨，今天中午方正几个人刚从外面回来，公安局的人就真枪实弹围住了院子，将这几名鬼头鬼脑的家伙逮住，而且从方正的房里搜出一包白粉。方仁贤一听方正是干吸毒、贩毒的勾当，气得火冒三丈，抓了一根棍就要去敲上了铐子的方正，也许是火气太盛，那根木棍刚举到空中，方仁贤就双眼一黑，脑袋嗡的一声响，顿时往前扑去，栽倒在地，不省人事。

经医院诊断，方仁贤患了急性脑溢血。医生搬来氧气瓶，为方仁贤输氧，大号盐水瓶早已悬在床头的木架子上。方仁贤的老命虽然还吊着，可他还没苏醒，一时脱离不了危险。

方白寸步不离地守在父亲的病床前。

方白不知道父亲能不能醒过来，万一他就这样去了，连看都不看一眼女儿就这么去了，他能够放得下心吗？方白有点后悔没在父亲醒着的时候陪他说几句话，却偏偏找了个去衡阳的借口离开了他。

这么想着，方白借着窗外昏黄的光线，在父亲的脸上瞧了几眼，那张脸没有任何表情，甚至连昏迷前的盛怒也没留下任何痕迹。方白又把自己的手伸了过去，在父亲的脸上抚了抚，她想，凭眼睛看不到的东西，也许用手能感觉得到。可父亲的脸除了有些粗糙外，并没能给人别的感觉，甚至连温度都没有。空洞，方白觉得自己用手摸到的，仅仅是“空洞”两个字眼儿。

方白的手缩了回来。

无意间，她的手触到了胸前的项链。在那么一瞬间，项链给她的手感也是凉的，和她的手触到父亲的皮肤上有某种相似之处。

方白疑惑了，那与生俱来的亲情和那令人神魂颠倒的爱情，当它们传导到手指上的时候，怎么会是这么一种单调的味道？

方白妈从外面走了进来，手上拿了一壶开水。她瞧见了方白脖子上的那条金灿灿的项链。

方白妈走过来，轻声问道：“几时买的项链，我怎么现在才看见？”

方白没吱声，接过开水壶，放到床头柜上。

方白妈暂时忘记了正在死神手中挣扎的方仁贤，暂时忘记了自己的忧伤。她想起了那个她很喜欢的叫李群的年轻人，她对方白说："是李群送的吧？"

方白望着窗外渐渐暗淡下去的黄昏。方白想说，难道只有李群才买得起项链吗？方白还想说，李群送的项链，我才不会要呢！方白很想骄傲地说，是胡言送的，我就喜欢胡言送的金项链。

但方白什么也没说。

她知道家里的变故、父亲的倒下，给母亲的打击已经够大了，如果这时她知道了这条项链不是她看中的那个李群送的，而是来自那个比自己女儿大了十多岁的中年男人胡言，那她也会像父亲一样顿时昏死过去。家里已经出了方正这个忤逆子，不能立刻再出第二个，尽管方白在行动上已经背叛了父母。

见方白无语，方白妈以为方白默认了她的话。她的眼前就浮现出李群那可人的笑容，目光不觉闪了一下。

方仁贤动弹了一下，插在他鼻孔里的氧气管偏离了位置，他的呼吸已经非常困难。

二十一

吴刚亮约王静雅在水上游乐城见面。

这是城外资水河边的一处回湾。因为这段水域宽阔舒缓，旅游局便买了几只小游船，供人们游玩。不是休息日，这里的生意有些冷清，先赶到游乐城的吴刚亮选了一只配了桨，同时又可用脚踏的小游船，坐在里面等候王静雅的到来。

大约半个小时之后，王静雅的身影才出现在码头上。

接到吴刚亮的电话时，王静雅有些犹豫，没有太大的赴约的兴致。她今天有一种预感，一种不祥的预感，觉得有什么不吉利的事情将要发生。她记得夜里做了一个梦，梦中有一块彩绢老是在她头上飘摇。她觉得那块彩绢绚丽无比，似乎伸手可及，所以她就想把它抓到手上。但怎么也抓不住，离她的手指总隔着那么两寸距离。她不甘心，又追又抓，大有不到黄河心不死的味道。后来那块彩绢把她逗引到一处悬崖绝壁，她由于双眼一直望着空中的彩绢，对自己的处境浑然不觉。恰好此时彩绢离她更近了，她于是往上一蹿，抓住了彩绢。她的双脚蹬了两下，头上的彩绢"啪"的一声断了，人便往深渊坠去。她就这么被吓醒了，然后再也没法入睡，直到天亮起床上班。上班的时候她就老想着这个梦，不得其解。

但她觉得这绝对不是好梦，她一定会遇到什么不测。她在街边的算命摊上抽了卦牌，又是一卦下下签，搅得她的心绪更加不宁。

但王静雅还是赴了吴刚亮的约，她想，也许跟吴刚亮在一起，会驱散自己心头的阴云。

吴刚亮的心境却与王静雅截然相反，他春风满面，眉宇间隐不住那份兴奋劲儿。他把船划到河中，然后停了桨，任凭游船自己漂荡，把自己的身子跟王静雅靠得更紧了。

吴刚亮说："你好像有些不高兴？"

王静雅不想复述那个噩梦，敷衍道："我没有不高兴呀。"

吴刚亮说："你应该高兴，尤其是今天。"

王静雅说："也许吧。"

见王静雅反应冷淡，吴刚亮心上有一丝不快。但他毕竟是男人，不必去计较这些小细节。他把目光从王静雅脸上移开，去望那波光潋滟的水面，他说："你知道我给你带来了什么礼物吗？"

王静雅摇摇头。

吴刚亮就从兜里拿出一个绿本子，交到王静雅的手里。

这是一个离婚证书，王静雅不久前也领过这样的绿本子。

吴刚亮说："你难道不感到高兴吗？"

王静雅应付地点了一下头。她的目光投向远处的水域，那里装点着几只模糊的帆影和氤氲的烟岚。王静雅感到奇怪，她原来一直企盼吴刚亮早日拿到这个绿本子，他们好换那两个红本子回来。如今吴刚亮的绿本子弄回来了，他们的整个计划即将实现，她的反应竟然显得如此平淡。

王静雅想，一定是那个该死的梦作的祟。

两人在水上没待多久就上了岸。王静雅谎称身上有些不舒服，要回去休息。她也不让吴刚亮护送，独自一个人往回家的路上走去。

那份不吉的预感，这时更加强烈地占据了她的心头。

不一会儿，王静雅就来到离家不远的西江大街。有一个中年妇女拦住了她，中年妇女说自己的女儿从三楼上摔下来，摔断了双腿，现在住在医院里，因用光了药费已停了药，请王静雅行行好，给几块钱。王静雅知道这十有八九是行骗的，但中年妇女提到了女儿，王静雅不禁想起自己的女儿胡力，心头就动了动，拿出包里的一张十元钞票，递了过去。中年妇女做出感恩不尽的样子，连声说："老天爷保佑你的子女大富大贵。"

王静雅转身，朝自己娘家那个小巷口踱去。

不知为什么，此时王静雅满脑子就只有胡力的身影，再也塞不进别的什么。

王静雅心想，胡力，你现在在哪里？你还好吧，没什么病灾吧？王静雅这么想着，心头就感觉出一种凄凉来，她的眼皮眨了眨，泪水蓄满了双眼。

王静雅站住了，她抬头在街上瞟了瞟，好像是要在茫茫的人流中瞟见那个她十分熟悉的女儿胡力的身影。

她心存这样的侥幸。

突然，她看见一个女人驾着一辆红色摩托车，发疯了般飞驰而来。王静雅猛然想起梦中那匹该死的彩绢，好像与这红色摩托有什么联系。王静雅吓得往边上躲了躲，心里咒道：你不要自己的命，总要顾及人家的命吧。

红色摩托一闪而过。

接着，摩托车就在王静雅身后不远处重重地一晃，撞在一个人的身上。

王静雅顿时背上一麻，胸口一阵疼痛，人差点晕倒在地。

二十二

王静雅万万没想到，那个被红色摩托车撞倒在地的人不是别人，竟是自己的女儿胡力。

王静雅更没有想到，胡力就是因为发现了她，才不顾一切从街上冲过去，因为想追上她，才被摩托车撞的。

碰巧的是，骑着红色摩托撞倒胡力的，竟然是吴刚亮的前妻刘亚男。

王静雅对此全然不觉。

王静雅当时只感到身上不适，她顾不上瞧一眼不远处的车祸，摩托车撞人的事，这个城市已经司空见惯，毫无稀罕可言。王静雅手捂着胸口，踉踉跄跄地往回娘家的胡同钻去。

而胡力遭受不测，直接与王静雅相关。

那天，胡力的学校因老师们要开会，提前两个小时就放了学。胡力回到家里，没看到方白，却看到了胡言的背包。她知道爸爸已出差回来，胡力非常高兴，一边大声喊着爸爸，一边去推胡言的房门。房里没人，胡力有一丝失望，无聊地在屋里站了一会儿，她瞥见胡言那个忘了上锁的书桌抽屉。平时，这个抽屉是锁着的，胡力从来没看过这个抽屉里的东西。

她不觉有些好奇，不由自主地朝书桌走过去，打开了抽屉。

胡力一眼瞧见了抽屉里的绿本子。

绿本子的封面上印着四个字：离婚证书。

胡力的脑袋就涨大了。

胡力以为自己的眼睛花了，用力揉揉，再睁开，那四个字仍然是那四个字。

胡力有些不甘心，把绿本子打开来，里面准确无误地写着胡言和王静雅的名字，而且上面的日期已过去了两个多月了。

伤心、悲哀、无望，诸般感情交织在胡力的心中。她觉得一切都变得空空洞洞的了，原来那种父母会重归于好的奢望成了泡影，她赖以支撑的精神支柱轰然倒下。

胡力瘫坐在床边，颓废至极。

慢慢地，这种颓废变成了愤慨，她有些控制不住自己了。原来他们离婚已经两个月了，却瞒着自己。

胡力痛苦极了。她真想离开这个没一点意思的家，独自一个人去浪迹天涯。

胡力狠狠摔上门，漫无目的地来到街上。

在西江路口的公用电话旁，她好想给胡言的单位去一个电话，告诉爸爸，自己再也不会回来了。但她终于没去拿电话，因为她看见了那个久违的身影。那是王静雅，她刚从水上娱乐城回来。

一分惊喜，再夹了一分愤慨，一起涌上胡力的心头。

胡力朝街心冲过去。

她要追上王静雅，质问她为什么扔下自己离婚而去。胡力要讨一个说法，她还是不是自己的妈妈，她心目中还有没有这个女儿。

胡力甚至在心里存了一分侥幸，也许王静雅见了自己，还会回心转意，重新回到那个三个人共有的家里去。

胡力人在街心，一双眼睛却不肯放弃那个背影。而那道背影开始还在街旁晃着，到了人多的地方，忽然又隐匿了，仿佛远处的一叶扁舟，开始还在水上荡漾着，忽然一阵波浪涌来，便冲击得不知去向。

胡力心里一急，拔腿往街对面跑去。

那辆红色的南方牌摩托，像一头发疯的野牛，飞速而至。尽管车上的女人已发现了险情，用力把车头拐一下，但一切都来不及了，摩托车的轮子已从胡力身边轰然而过。

胡力昏死了过去，她静静地躺在街心，像一条蜷缩的流浪狗。

二十三

天黑的时候，方白才听到胡力被摩托车撞了的消息，当时方白还有些不相信。胡力上午去上学时还好好的，怎么会一下子就出了事呢？何况胡言出差也回来了，她更多了一个守护者。

方白扔下处于弥留状态的父亲，进了胡力的重症监护室。

胡力一直昏迷不醒，她床头的心电图上下波动着。胡言坐在床边，抓住胡力的一只手。胡言是一个男人，他努力控制着自己，但忧患和担心还是写在了他的脸上。见方白来了，胡言点了一下头，示意她坐床尾的凳子。方白却走到床的另一边，轻轻抓住了胡力的另一手。她悄声对昏迷中的胡力说道："胡力，胡力，方阿姨来了，那个给你去开家长会的方阿姨来了，你知道吧？"

说着，方白的泪水已淌满两腮。

胡力无动于衷地躺着，对方白的呼唤没有任何反应。

另一边的胡言说："医生做了初步诊断，伤势很重，头部也受了伤，但因为抢救得及时，不会有生命危险，只是一下子还不会苏醒过来。"

方白忧郁地望着胡言。

胡言又说："肇事者叫刘亚男，她昨天离的婚，据说王静雅正准备跟刘亚男的前夫结婚。刘亚男自己也摔伤了，但她还是及时把胡力送进了医院。"

方白叹了一口气。

方白弄不清楚，胡力的不幸跟两个家庭的变故有无联系。

方白说："但愿胡力尽快脱离危险。"

胡言说："你放心吧。"

一会儿，胡言又说："你回去吧，你父亲也病得厉害，我已听说了，还来不及去看他。"

方白于是松开胡力的手，转身朝门口走去。

这时一个女人上气不接下气地从门口冲了过来，直扑胡力的床头。

这个女人就是王静雅。

王静雅握住胡力的手，压抑着歇斯底里的声音哭喊着："胡力，我的女儿，你怎么啦，你怎么啦……"

接着她就泣不成声了，泪水滚出她的眼眶，汹涌而下。

王静雅已经知道，下午她亲眼见过的那部红色摩托撞倒的人就是胡力。而她也知道了，胡力当时从街心冲过去，就是为了去追自己，而她偏偏捂着胸口离开了。

王静雅用自己的头在墙上撞了两下，撞得“咚咚”响，她想用这种方式虐待自己，从而惩罚自己的罪孽。

显然，这种方式无济于事，她内心的伤痛和愧疚丝毫没有减轻。她又握住胡力的手，悲啼道：“胡力，我的女儿，妈妈对不起你……”

方白站在门口还没有离去，她目睹了王静雅的惨状，也不禁为之心恸，舐犊之情，人皆有之。

奇迹就在此时出现了。胡力那僵硬的身子动弹了一下，那双紧闭着的眼睛闪了闪，忽然睁开了，她无力却坚决地说：“妈妈，妈妈，你再也不要离开我了！”

王静雅破涕为笑了。

王静雅用力点着头，一句话都说不出来。

方白为胡力苏醒过来而松了一口气，但同时她又莫名地感觉出一分悲凉，方白幡然醒悟，她无论如何是代替不了王静雅的。

方白转身，悄悄从门口消失了。

此时夜色渐浓。

二十四

第二天早上，医生把方仁贤鼻孔里的氧气管抽掉了。他已断气多时。

两天后，方白将父亲的骨灰盒送回家里。院里的玉兰树静立着，那些盛开的玉兰花已经凋谢。不久，方白就接到了分配的通知，她被安排在白马乡财税所，就是她曾跟胡言去过一回的那个白马乡。方白开始清点自己的东西，准备早日上班。

离开这个城市的那个早晨，方白在胡言的家门口徘徊了好久，她想去跟胡言道个别。她甚至设想，胡言会送她到白马财税所去，就像那次他俩去白马印刷厂一样，她坐在自行车的后座上，把头紧紧靠在胡言宽阔的后背上。

但方白始终没去敲胡言家那扇她再熟悉不过的门。她站在街旁的小樟树下，任晨雾飘过自己瀑布一般的黑发，任街外资水河吹过来的风撩起招摇的白色裙裾，把她烘托成一道青春的靓景。

良久，方白转过身去，准备离开这里。

就在此时，方白听到了个很响的“吱嘎”声。她回过头去，看见胡言家的那扇门裂开了，胡言的脑袋从门里探出来。

方白躲到小樟树旁的屋檐下。

方白看见胡言先把自行车支在台阶下的街旁，然后转身把门里的胡力扶出来。胡力已出院，但腿还未痊愈，还不能自己去学校。

胡力的身后跟着走出来一个女人，那是王静雅，她站在门外石阶上，望着胡言把胡力扶上自行车的后座，那个曾寄托过方白的遐想和梦幻的自行车的后座。

然后胡言自己上了车，稳稳地踩着自行车的踏板。

胡言的自行车离方白躲藏的位置越来越近，最后从她的眼皮底下不紧不慢地滑了下去。方白看见胡力偏着头，很自在、很安稳地依偎在胡言宽大的后背上。

泪水止不住盈满了方白的双眼，方白的视线一下子模糊起来。在方白模糊的视线里，胡言和胡力的影子兀自远去，直至消失。

方白不自觉地扬起手来，朝远处挥了挥。

她想，她要告别这段恋情，告别这个城市。

塔底村庄

一

暮色降临的时候，枯黄的落叶在树枝间和半空中飘舞起来。

透过飘舞的落叶，透过黄昏的迷蒙，依稀可见远处山峦上的塔影。女人那充满焦虑的心陡然间松弛了，她觉得该喘口气，歇一歇脚了，于是踏着窸窣的落叶，走进路边的林子。

林子里有一个村庄。

那些有名的或无名的、成行的或不成行的树们，很随意地把村庄掩藏着，若不是树叶开始凋零而留下间隙，走在村外的路上是很难发现这个村庄的。

女人停停，才下了决心，上前去敲村边人家的木门。

好一阵，木门“吱”的一声裂开一条缝，一个苍老的脑袋从门缝间挤出来，同时挤出的是一个苍老的声音：“你是谁，你？”

“我？我是谁？”女人对这个问题一时无法明白过来似的。她甚至有些惊恐，于是侧侧头，望了望村外。

暮色中，村边的树影更浓密了，女人无法望见远处的塔影。

门缝裂得更开了，老人的脑袋仿佛千年的龟首，无声无息地缩了回去。女人也扭身挤进门里。

“嘎”一声，老人把黄昏和婆娑的树影一并关在门外。

火膛里阴阴的火光跳跃着，跳进老人和女人那四个幽暗的瞳仁里。老人在火膛旁边坐下，从壁角拿过一根长把烟斗，开始不紧不慢地去装烟丝。装够了，才把烟嘴戳进皱纹深处的嘴巴，弯弯腰，让烟斗在火膛里接上火。

老人的嘴巴重重地吧嗒了两下，最初的这两口烟似乎格外浓酽。老人意味深长地抽完这两口烟，才悠悠然抬起头来，瞥一眼女人，说：“从哪里来？”

女人望着老人，嘴唇动了动，却没有发出什么声音。

“问你呢，问你从哪里来？”老人又瞥一眼女人，嘴巴里仍衔着那个烟嘴。

"宝庆。"

"要到桂林去喽？"

"不去桂林。"

"不去桂林？"

"不去！"

老人似乎懒得去追究这些无所谓的问题，把烟斗里的烟灰磕掉，放回壁角，在楼梯下的竹椅上躺下，缓缓地说："火灰里有红薯，焙熟了的，吃了上仓房里歇息。"

女人在火灰里一扒，果真有两个熟红薯，蛮大个。两个红薯下肚，已经半饱，然后女人点上松明，沿着老人头上的楼梯上了仓房。

躺在温软的干稻草上面，女人心想，得好好歇一晚，明天好赶路，上塔山。

二

女人是被一阵锣鼓声震醒的。

女人睁开眼，周围很幽暗，窗外却似有似无地晃映着浅红的火光，那锣鼓声与火光好像源自一个地方。

"咚锵、咚咚锵，咚锵、咚咚锵……"

那锣鼓声愈发地响亮了。女人爬起来，凑到窗前，见远处的树林里火光冲天，有大声的喧哗跟火光一样热闹。

女人下了楼。

楼梯下的竹椅是空的，老人不知去向。女人绕过火膛，自黄昏时她进来的木门走出去。

外面山风料峭，女人不禁打了一个冷战。她迟疑一下，又抬起脚，踏着林间隐隐约约的小路，朝火光闪烁和人声鼎沸处走去。

几近疯狂的人们，在林间宽阔的坪地里围了一个圈。

女人挤进去。

熊熊的篝火旁，一张宽大的四方桌，桌上点着香蜡，供着三牲和果品，宽袍大袖的巫师在桌上的空隙间跃着、跳着。桌边四个汉子，手拿竹棍，绕着方桌兜圈，把竹棍舞得生风，不时在桌沿上猛击几下。而锣鼓手则站在篝火的另一边，那敲锣击鼓的动作非常夸张和滑稽。汉子和巫师劲舞一阵，锣鼓声就停下来，周围的人一齐发声喊：

“雄呢……啊……雄呢……”

这声音深沉、庄重，洪亮如钟。喊过，巫师和四个汉子舞得更疯狂，锣鼓声愈发地激烈而强劲。

锣鼓停，巫师高叫：

锣鼓一声震香坛，
吉日良辰慜保山。
人人把歌唱，
个个来跳香。
一山唱歌千山应，
一村跳香百村欢。

巫师唱毕，四个汉子接着唱：

心想唱来又想笑，
八十老娘吃包米泡。
娃就怕红海椒，
蚂蟥就怕烟屎闹，
螺丝就怕针来挑。
……

最后，众人齐吼，巫师一个跟斗从桌上翻下来。四个汉子伸手接住，将巫师抛向空中。巫师从空中落下来，四个汉子又接住，将巫师又抛出去。这一回，却没抛向空中，而是抛向那堆熊熊的篝火。然后巫师一个鹞子翻身，纵过火头，在锣鼓手前面落了地。锣鼓声重又响起，而众人已作鸟兽散，离开篝火回家了。

女人夹在众人中间，回到村边的木屋。

女人又看见了老人，他一动不动地躺在楼梯下的竹椅上。

怕惊动老人，女人放慢了脚步，轻轻踩着楼梯往上爬去。不想老人的身子在竹椅上翻了一下，他的声音跟火膛屋一样幽暗：“刚才去什么地方了？”

女人的脚步一上一下地搁在楼梯上，低头从楼梯间望下去，觉得黑暗里的老人竟然有些像篝火旁跳香的巫师。

“去看了篝火。”

“嗯。”

“我从来没见过的。”

“嗯。”

“村上有什么事吧？”

“嗯。”

女人不再说话，轻轻上楼，进了仓房。

三

女人一觉睡过去，竟昏昏沉沉，一直睡到第二天的下午。她感觉浑身酸痛，不知是近一个月的风餐露宿还是别的什么缘由，几乎没了爬起来的力气，只得又躺了下去。

太阳已经西沉，树叶在枯黄的夕阳里飘舞着，纷纷降到地上。女人觉得自己也成了一片游离枝头的树叶，一飘一飘，又飘落到刚才的稻草堆上。

女人总是做着同一个梦。

她梦见一个马队，沿着前一天傍晚她进村时的路线进了村。马背上彪悍的男人提着缰绳，握着短铳，目光和胡子都很锐利。有几匹马没载人，背上驮着麻袋，鼓鼓的。月亮在树间觑着这一行人，把他们的影子神秘地投在村边的石坎上或篱笆上。村上几只狗吠得有气无力，远远地蹲着，并没有向这伙人靠近的企图。马背上的人并不理会狗吠，只顾低着头，摇晃着身子，悠悠地进了村……

往往，梦到这里，女人就醒了。

女人直起身，把身下的稻草弄得窸窣作响，她怎么也弄不明白，为什么总做同一个梦。

女人躺下，忍不住又去瞅一眼窗外：月光茫然，蝙蝠在窗边划过一道弧，不知去向，有狗在叫，有一声没一声，像老妇人空洞的催眠曲。

女人混混沌沌，复睡过去。

马蹄声鬼使神差，又回到女人荒诞的梦中。

如此反复多次，最后那伙人把马匹拴到女人梦里的树上后，去敲村边人家的木门，砰砰砰，很有节奏。

蓦地，女人被敲门声惊醒。

与前几回不同，女人醒来后，梦境中的敲门声竟然还在楼下的木门上响着。女人于是醒得非常彻底，了无睡意。

谷堆旁的仓壁上，爬着一圈酒杯般大小的亮光，红黄红黄的，在黑暗的仓房里格外醒目。

女人睁大一双眼睛，顺着竹竿般的光柱寻去，原来是从楼板下斜插上来的。女人伸手，酒杯样的亮光立即扣到她的手掌上。

女人头一低，屁股一翘，一只眼睛贴到楼板上的光洞里。

楼下火膛旁，老人一手握刀，一手抓着一只大红公鸡，单腿跪在地上，他合了双眼，嘴唇快速翻动着。兀地，老人握刀的手一扬，旋即向鸡脖子抹去。只听“吱”的一声，鸡脖上喷出黑红色的血液，老人的眼睛也睁开了。

“好！”

一旁的几个汉子高声叫道，目光跟着老人手上的血鸡在半空划弧。后来老人提着鸡，在桌上绕了一圈，往每只酒碗里滴上几滴殷红的鸡血。

浓烈的酒香，伴着鸡血的腥味，在屋里飘荡起来……

闹腾到后半夜，那伙人终于走了。女人再也无法走回梦境中，她在稻草堆上翻腾了好一阵子，最后起身开门，顺楼梯下了楼。

老人躺在竹椅上，仿佛已经睡去。

桌上和地上一片狼藉，火膛里的断枝燃着残火，忽明忽暗地映着四壁。老人的眼睛仍然合着，脸上没有任何表情。

“他们是谁？”女人问。

老人脸上的皱纹蠕动了一下：“外乡人。”停停又说，“你见过远处那座塔吧，那叫云塔，他们就是从那里来的。”

女人就“哦”了一声。

“给你讲个故事吧。”老人把身子挺直，拿起那根长把烟斗，“那是不久前的事……”

四

女人赶早上了路。

离开村边的木屋时，老人说：“你一定要走，我不拦你。不过，你是无法上得云塔的。”

女人记住了老人的话，但她执意要走。她是那种看准了什么，就要一竿子插到底的女人。

路上的落叶似乎又比前几天厚了一层，踩在上面，有一种松软轻飘的感觉。女人将头抬起，望一眼云塔，又望一眼云塔，脚下的步子迈得好看而又坚定。

女人不由得又想起昨晚那伙人，想起老人讲的那个故事。

一切似乎都在预想之中。此前女人冥冥中好像还无数次地编织过这个故事。因而女人对这个故事一点儿也不觉得惊奇，倒是觉得老人讲故事时的语调格外诱人。她曾在心里一遍又一遍去模仿老人的口气。

那是不久前的事。老人是这样开头的，声音像幽深的山谷里的气浪，舒缓而又底蕴十足。

大约是夏末秋初时节，树上的叶子还是青青翠翠的，路上走来一行人，三个枪兵押着两个犯人。犯人一大一小，大的四十多岁，满脸的络腮胡子。小的大约十八九岁，眼角有一颗黑痣。他们挨近村边时，太阳快落山了。

胡子犯人说："就在这村里歇一晚吧，实在走不动了。"

"那怎么行，三天内赶不到桂林是要砍头的。"一个枪兵说。

"据说要过那云塔……"黑痣年轻人的话还只说了半句，另一个枪兵扬起了枪托，吼道："别啰唆，快走，在哪里黑天，就在哪里歇。"

这时老人从村外挖药回来，刚好听到了他们的话。老人把药锄别进腰间的汗巾里，望望远处的云塔，又瞧瞧这几位路人，说："就到我家住一晚吧，明天早点赶路。"老人还补充道，"听说过一句这样的俗语吗：白天莫进沙角洞，夜晚莫过云塔坳。"

就在这一行人准备跟老人进村时，后面又来了一个陌生人，他说他和云塔上的人是好朋友，跟他走没问题。

那些枪兵于是改变主意，催犯人继续上路。

果然，云塔上那晚出了事。

不过那事出得蹊跷，以往都是塔上的人得手的，这次塔上的人包括那个诱枪兵上塔的陌生人，都栽在了两个犯人的手里。

老人一直不信这事，后来还是胡子和黑痣下坳亲口告诉老人，老人才信了。

那陌生人原是塔上头的人，他看中了枪兵手上的长枪，诱他们上了塔。

上了塔，陌生人和塔上人把胡子和黑痣扔在塔脚的屋角，陪三个枪兵喝了半宿包谷烧，竟然一个个都喝得酩酊大醉，不省人事。

屋角的胡子和黑痣迷迷糊糊睡到半夜，被凌厉的山风吹醒了，睁开眼，一片漆黑，屋外却有依稀晃动的火光。胡子挪到黑痣面前，说："想想办法吧。"

黑痣点点头，站起来。

屋外燃着两堆明明灭灭的灶火，灶上架着铁锅，锅上冒着热气，水好像已经开了，大概是塔上人用来泡澡的，灶前有一个大王桶。

胡子和黑痣趴在两堆灶火前，把被死死绑着的手塞进灶火里，硬是咬着牙，烧爆了一层手皮，这才一用力，那烧焦的绳子便从手腕上脱落下去。

两人走进庙门，在庙堂前发现那伙烂醉如泥的酒鬼。他们把早被卸了枪支的三个枪兵扒开，将陌生人和另外几个人一一拖出去，扔进大王桶里，然后把开水翻涌的铁锅抬到桶沿上，猛然往里倾去……

五

女人真不相信，故事就这么简单。

女人的双脚在厚厚的落叶上踩着，那种软软塌塌的感觉，仿佛正好踏在那被开水泡软的尸体上。

午后的太阳晃着苍白的光，将高高的云塔照耀得有些迷离。

女人已爬上山坳，与云塔距离很近了。她喘着粗气，鼓胀的胸脯起伏着，微黑却秀丽的脸上，爬着蚯蚓样的汗印。

“嗖——”一样东西倏地从女人耳边擦过去。

女人一惊，后退一步，睁大眼睛细瞧，发现前边三步远的地上，赫然插着一根长长的竹扦。女人偏偏脑袋，把眼睛转过去。

一个年轻人站在一棵大树后，冷冷地瞅着女人，眼角处一颗黑痣十分抢眼。

女人心上颤了一下，想起昨晚那伙喝鸡血酒的汉子中就有这个黑痣。

女人又想起老人讲的胡子和黑痣用开水烫死塔上人的故事。

“我要到塔上去。”女人收回目光，声音不高不低地说。

黑痣从树后走出来，表情冷漠，语气却有几分柔和：“要上塔，先把竹扦给我拔出来。”

女人过去试了试，那根竹扦竟然生了根似的，根本没法拔出，哪怕一丁点儿。女人心下暗想，那竹扦若从自己身上穿过去，一定穿个对穿的。

但女人还是说：“我要到塔上去。”

黑痣说：“你一个女流之辈，胆子倒大。”

女人说：“女的就不兴上塔？”

黑痣说：“那是男人的地盘。”

女人说：“男人的地盘又咋样？”

黑痣说：“到塔上去的人，不是成了小鬼，就会做魔鬼。”

女人说：“小鬼、魔鬼我都愿意做。”

黑痣说：“那好吧，你自己上山。”

女人撅着腚，开始往山上爬。

爬几步，又抬头望一眼前面刀削斧斫般的山崖。心里想，自己还从没爬过这么陡峭的山崖，可不管怎样，今天一定得上去，哪怕摔断手脚。

女人正想着，就看见山崖上滚下一样东西，一直滚到她脚边的石坎上。

女人倒吸一口凉气。

这是一只骷髅，额骨上泛着苍白的光，两个空空的眼洞古怪地睁着，阴森森的。

女人定定神，抬起一条腿，对着那骷髅飞起一脚，那骷髅射出去，弹在石坎下的坡地上，而后骨碌碌地翻滚下山。

女人掉头，继续往上爬。

岂料山崖上又滚下一样东西，竟然又是一只骷髅。

那骷髅也怪，女人抬脚踢了几次也踢不开，仿佛附有一种奇特的磁性，黏在女人脚边不肯离开。那黑黑的眼洞似乎还透着一种乞怜的目光，正向女人无声地诉说着什么……

女人心上一软，弯下腰，将这骷髅抱起来，抱得紧紧的。

冥冥中，女人恍惚觉得自己与骷髅之间有一种什么说不清的联系，那眼洞，那鼻梁骨，那下巴颏儿，像是在什么地方见过似的，特别熟悉。今天女人仿佛是被什么力量指使着，特意来与这只骷髅约会，从而了却一段前缘。

女人鼻子一阵酸涩。

山崖上突然出现一只狼狗，狂吠着，箭一般俯冲下来，在女人还没完全清醒过来的时候，张牙舞爪，往她身上扑过去。女人欲避已经不能，一个后仰，倒在石坎上，脑袋在石棱上重重地一磕，顿时天旋地转，好像世界立刻就要毁灭，但女人的双手仍紧紧搂着骷髅。狼狗从她身上纵了过去，旋即又狂风般反扑回来。

但这次狼狗不再侵犯女人，它张着大嘴，把骷髅从女人身上叼走……

六

女人醒来时，周围昏黑如漆。

女人试图站起来，却感觉脑袋格外沉重，身上软绵绵的，没有一丝力气。黑夜的确恐怖，女人真害怕这世界会永远这么混沌下去。

良久，女人的神志才清醒过来，她渐渐记起午后的情形，包括那阴阴的黑痣人，以及凶猛的狼狗，同时也记起那怪异的骷髅。

女人恍然悟起了，那骷髅后来是被狼狗叼走的。女人不知道究竟是什么缘由，狼狗和她似乎对骷髅有着同样的奇特的兴趣。

女人的身子又扭动一下，身下响起窸窣的声音。

女人猛然意识到自己到了哪里。

望望四周，一扇朦胧的窗户显现在她面前。她在身边抓到几根稻草，又摸索着抓起一把干燥的谷子，然后瞪眼四处搜寻，欲寻着那只酒杯般大小的亮光，结果徒有四壁。

天一亮，女人就开门下了楼。

老人坐在火膛旁的竹椅上，只顾“吧嗒吧嗒”抽他的长把烟，并不理会女人。

女人问：“是谁把我弄回来的？”

老人把烟斗从嘴巴里拔出来，深深长长地吐一口烟雾，再吐一口烟雾。那烟雾在火膛上方飘一飘，便消散了。

“我知道你上不了塔山的。”老人的声音如落叶般，在晨光中悠然荡漾。

“难道我只能这样在这里待下去？”

老人不再说话，把烟斗放到壁角，将整个身子放平在竹椅上。

七

村子里约莫二十四五户人家，一色的板装木屋。秋天的落叶四下飘着，飘向青瓦和杉皮间杂的屋顶，飘向岩石砌就的阶前，飘向蜿蜒伸展的小路，满世界因而都铺满辉煌。风乍起，空中的落叶旋起来，地上的颜色也似要浮起，整个村庄都在鼓动着。

老人带着女人在村上悠悠转着，脚下的颜色似乎也随着他们的步履，发出绚烂的声音。碰上村人，老人总要打声招呼，或点点头。村人都用好奇的眼神打量着女人。

“这是湖广交界，离湖南的宝庆和广西的桂林各有三百里路程。”老人跟女人有一句没一句地聊着，“进湘入桂，除了这个地方便没别的路可走。”

女人任老人在一旁唠叨，有意无意地听着，一双腿不紧不慢，眉下清丽的眼睛在半秃的林木间浏览着，偶尔抬头望望远处缥缈的塔影。

女人跟着老人来到村后的小山前。

老人的眼睛久久地望着山边一棵大枫树，大枫树上的叶子火一样红，燃烧着一方晴明的天空。

“你自己过去看看吧，那里有一眼山泉，终年温热，可以洗脸、洗衣，晚上没人时还可以去泡泡澡，村上的妇人和妹子晚上就常常去。”说完，老人转身回了村。

果然，女人在枫树下面看见了那一泓映着枫叶、冒着热气的泉水。

女人蹲到泉水旁，见泉底的石罅中偶尔吐出一两个气泡，咕噜噜冒上来，在抹着红枫影子的水面开出灿然的水花，即刻化作圈圈涟漪，往四周散淡开去。

女人掬一捧温泉，往脸上洗去。脸上就生长出一种细滑甜腻的感觉，仿佛是被自己深恋着的男人抚过、舔过。女人就用温泉在脸上抹了个够，又脱掉脚上的布鞋，把一双白白净净的腿脚，往水中缓缓溜过去。

猛然，女人在泉水里瞅见了一个变了形的人影。

女人别过头，往身后瞅了瞅。

又是那个眼角长着黑痣的年轻人。

女人身上不由得紧了紧，转动眼珠，往黑痣身边瞧，见没有狼狗之类的恶物，才松了口气。

“你来干什么？”女人说，“怎么不牵狼狗来咬我？”

黑痣嘴角有一丝不太明显的笑意，阴阴的眼睛里面隐含了些许暧昧。“要咬，那天早就咬你个稀烂，今天你还有个完尸？”

女人说：“你是谁？”

黑痣说：“到过塔脚，还不清楚吗？”

女人说：“你让狼狗把那骷髅叼到什么地方去了？”

黑痣把目光从女人身上移开，抬头去仰视温泉旁那棵红叶稀疏的大枫树，说：“我不是来跟你争这个的。今晚胡子来找你。”

说完，黑痣兀自走了。

八

夜晚无风，村子很宁静。

女人在火膛里点上松明，举着，绕过老人的竹椅，沿楼梯上楼去。女人看见自己那怪模怪样的黑影，一会儿晃到木壁下，一会儿又拖在楼板上。

上了楼，走近仓房，女人在门边伫立了好一会儿，心上有一种说不清的感觉，她感到有一件极其重要的事就要在自己身上发生，这是她非常害怕发生，同时又非常渴望发生的事。也许，她会因此做出重大的牺牲，但她又会因此而得到一条实现自己夙愿的最佳途径。

女人愣着。手上的松明爆出一滴滚热的松油，“噗”的一声击在手背上，她被烫得惊悸一下。女人收回心思，去推仓门。

草堆上已经躺着一个人。

女人稍稍迟疑，旋即就抬腿跨过门槛，进了仓房，把手上的松明放到谷堆旁的方形岩石上。岩石上面有一个洞，里面已积了不少松明火的灰烬。松明火架在石洞上方，就好像烧火膛一样，蛮明亮。

女人觑见松明火又“叭”地爆了一声，在火尾上头腾地喷出两粒火星。

女人转身，打量那人。

那是一个满脸胡子的男人，两个眼珠躲在鬓须深处，就仿佛草窝里的两粒鸟蛋；一方宽额，爬着几条皱纹；一条肮脏的黑染粗布衣敞得很开，胸腹上油黑的肌肉健壮而又苍劲。

女人知道他是谁。第一个晚上在这仓房里留宿时，她就从楼板上的小洞里看见过这个满脸胡须的男人。而且那伙汉子中间，就数他把筷子叉得最快，把滴了鸡血的酒碗举得最高，把喉咙仰得最陡。

“你坐下吧。”胡子自己先坐起来，在屁股下面弄出沙沙的响声，“不要木头一样，立在那里不动。”

女人没吱声，在旁边的草堆上坐下来。

松明火在女人和胡子对面又爆了一下。胡子说：“我要借借你的肚皮，在你肚皮里放颗种子。”

女人望着松明火，睫毛闪了闪，再没别的反应。

胡子瞅一眼女人，说：“我现在什么都有，山头、粮食、枪……就缺一个小子，一个我死后为我点香烧纸的小子。”

女人说：“要是我不借呢？”

“不借？”胡子怔一下，忍不住喷出一声笑来，“你不借？你是我砧板上的鱼、撑架上的肉，我要你怎样你就得怎样，你还敢说不？”

“不见得吧。”

“那好，今晚就让你尝一尝我的厉害。”

胡子说着，霍地站起身，几步跨到门边，“哐”的一声关上门，然后转身，鼓起腮帮，对着岩石上的松明火一口气吹过去。

松明火“噗”地响一声，熄了。

“看我怎样消磨你！”胡子把牙齿咬得咯咯作响，然后就像那天午后那只狼狗一样，向草堆上的女人疯狂地扑过去。

其实女人并没怎么反抗，就从了胡子。

木楼摇晃起来……

九

秋天一晃眼就过去了。

女人等待着胡子。女人确信，那狗日的会回来的。尽管胡子秋天里在女人的草堆上待了三晚之后，再也未见他露面。

女人走出仓房，走下木楼，走进铺着散淡阳光的冬天里。

几乎每棵树上的叶子都落光了。女人见那些枝枝丫丫，像无数干瘦的手指执着地伸向天空，似在与苍穹奋力地争辩着什么。

女人漫无目的地在村前村后转着。

半生不熟的村人，用各色目光和浅笑与女人打着招呼。坎下、树后，不时有村狗转出来，微低了脑袋，轻摇着尾巴，一副温驯的样子，全没塔山上狼狗的凶恶野蛮。

老人不知什么时候来到女人身边。老人脚下一双六索草鞋半新不旧，和地上那些褪了色开始变腐的草叶一个颜色。

老人的步子是轻盈的、无声的，一种踏叶无痕的仙风道韵。

女人弄不清，地上的腐叶已没了秋天的蓬松和干燥，为什么自己的脚步落在上面，还会发出沙沙的响声，而不像老人的脚步那样，充满着沉静而悠然的自信。

老人说：“你还记得我给你讲过的塔上的故事吧？”

女人瞅老人一眼，不明白这话意思何在。

“那位栽在胡子和黑痣手上的陌生人有一帮兄弟，他们虽然跟胡子和黑痣他们较量了一次没占着上风，在塔坳上丢了不少血尸，但他们很快又在桂林城里重新组织了一批人马，而且声威气势一天比一天壮大。总有一天他们会来收拾云塔上的人的。”

女人没说什么，但愿老人的故事是编的。可不是吗？整个冬天，云塔上没一点儿动静，村庄里也没任何异样。这世界仿佛一只搁浅在滩上的旧船，不进亦不退，停滞着，只任时间的流水不止不息地自一旁逝去。

女人望望远处的塔影，又瞧瞧眼前的林木，便忽然想起一回事。女人掉过头来，等后面的老人一步步走近，才说道：“林子里怎么不见跳香了？”

老人在女人前面停住脚，用一种怪异的目光注视了女人一阵。问：“你也知道跳香吗？”

“怎么不知道，敲锣击鼓，跳桌舞棍，还要大声吼叫。”

“不是任何时候都跳香。”

“什么时候跳？”

“有天灾人祸时就跳，祈神求鬼保佑平安。”

“初秋那次跳香，据说是塔坳上死了很多的人，是吧？”

老人合上眼睛，没直接回答女人，却从嘴唇里吐出一串颤语：

“雄呢……啊……雄呢……”

女人觉得老人的声音深长邈远，竟一下子就渗入自己体内，跟着她的血液一起流动起来。

这次回去后，女人好久不再到林子里来。

女人越来越慵懒了，成天就待在仓房里。她裹紧从老人那里拿来的宽大的棉衣，缩在草堆里，不声不响的，宛若一只死猫。只有那张姣好的秀脸上，一双眼眸子不时要转动几下，望望身旁一天天少下去的谷堆和灰白苍茫的窗户。

窗外已经飘起白色的雪花，纷纷扬扬，将幽暗的仓房都辉映得明朗亮丽了许多。

女人忽地有些兴奋。

于是她爬起来，推开窗户，对着满天飞舞的雪花，大声吼道：“胡子，我日你祖宗十八代哟——”

十

冰雪开始消融的时候，春天已经来临。

村里的人开始在村道上走动，在田野里劳作了。

女人走出木屋，发现这个村庄与年前有了明显的不同：地上的腐叶消失得差不多了，黑色的土地蓬松、洁净，悄悄冒着清新温润的气息；树枝还是秃秃的，但分明已透着生机，枝头不经意间就钻出尖尖细细的嫩芽。

这天晚上，胡子点着松明火，进了仓房。女人躺在草堆上，看都没看胡子一眼。

胡子说：“你肚子里装上我的种没有？”

见女人没有出声，胡子把松明火往岩石上一扔，扑到女人身上，将女人的衣服扒开。

女人的肚皮细细嫩嫩，然而这细细嫩嫩的肚皮却扁平扁平的，没一丝意思。

女人侧过脸，望着胡子那胡须深处的两个眼珠，那眼珠缺乏光泽和神采。女人就笑了，笑得得意而暧昧：“你以为你日了我，就能在我肚子里留下种子吗？”

胡子的手从女人肚皮上滑下来，在楼板上一撑，直起身，站到窗户边，怔怔地望着窗外洒着淡淡月色的春夜。

女人说：“这是怨不得我的。谁知你那种是死种、坏种还是好种？”

胡子霍地转过身，跨近女人，一只膝盖跪到楼板上，揪住女人的头发，往楼板上狠狠地撞了几下，然后剥去自己身上的衣服，再去撕女人的裤子……

胡子将自己折腾得精疲力竭，才死人一般从女人的肚皮上滚下去，睡死在草堆里。他的鼾声粗重放肆，把楼板都震动了。女人瞅一瞅胡子那草窝一样蓬乱黢黑的脸，心上生出一股厌恶和憎恨，不由得满身燥热起来，便穿上衣，幽灵一般出了仓房。

女人想起老人曾经带她去过的温泉。

枫树下，温泉正冒着迷离的热气。女人靠近泉眼，用手在水里试试，温热而滑腻的感觉立即流遍全身。

女人开始宽衣解带，那窈窕而丰满的身子立即融进乳色的月辉里。她看看水中那微晃着的裸影，蛇一样溜进水中，与皎月共浴起来。

枫树后此时转出一个影子。

女人不慌不忙地抚摸着自己身上那富有弹性的肌肤，仿佛将晚上的燥热烦闷都彻底地清洗掉了。

影子正一步一步靠近温泉。

女人依然专心摩挲着自己的胴体，半晌，才将脑袋仰一仰，说：“黑痣，还痴呆着干什么？想下来，你就早点下来。”

黑痣吃了一惊，转过身，装模作样在夜空中瞟着。

女人把身子仰起来，把她女人的生动和诱惑仰起来，仰起来……

十一

夏天里，女人的肚子隆起了。

秋天里，女人的肚子隆高了。

夏天里，秋天里，胡子到村里来得更勤快了，一连来了好几趟。

瞅着女人小丘般的肚子，胡子草棵里的眼珠子直晃亮。胡子不再去动女人的身子，女人已经变得格外的神圣和崇高。

胡子给女人带来许多东西，都是用马驮来的，装在麻袋里，有鸡鸭鱼肉，有大人、孩子的衣帽鞋袜，还有成捆的布匹，每回都堆到女人的仓房里，堆得满满的。仓房里堆不下了，就堆到火膛旁老人的竹椅边上。

女人的草堆垫上崭新的褥单、厚实的棉被。谷堆旁的岩石上有了一盏煤油灯，一边放着洋火，女人晚上再不用烧烟腾腾的松明火了。

"好好养着。"胡子说，"把我的崽生下来，你想要什么我都给。"

女人说："什么都给？"

胡子说："当然。哪怕我身上的四两命。"

女人说："就要你的四两命。山头、粮食、枪支值个狗屁！就你那四两命还值两个卵钱。"

胡子点点头，觉得女人的话还像话，有点不同凡响。胡子说声"我走了"，就神气地带着他的人马，"嗒嗒嗒"地出了村。

大约到了秋末，树上的叶片快落光了，地上又铺起一层厚厚的绚烂，女人张开两条水肿的大腿，生下一个孽种。

女人其实是到鬼门关里去跑了一趟。

女人身下的棉絮全被污血浸透，满仓房都是恶臭熏天的血腥味。老人从村里请来的接生婆，捏着鼻子在仓房里打了两个转转，就被熏出了仓门。女人三番五次折腾着，几乎死了过去，然而最后还是凭借一种神奇的力量，又睁开了双眼。

这样死不值，这样岂不白进村一趟，白怀了这个孽种？女人想，这样死，白死。

女人死人一般在仓房里睡足三天三夜，忽觉得胸脯鼓胀起来，于是猛地醒转过来，直起身子，低头瞥见胸前雪白的大乳，抖抖颤颤地高耸在那里。

“把我的崽抱来！”女人叫道，“我的崽呢？”

老人立即出现在门口，怀里抱着一个满脸皱巴的人秧子。他稍一迟疑，便跨进门槛，把怀里的小人秧子交到女人手上。

女人迅即把乳头一把塞进那只饥渴得不停地撮着的小嘴里。那个小秧子就活泛了，小腮帮一鼓一鼓的，喉咙咕噜咕噜地猛吞猛咽着，小手舞弄起来。

女人浑身一阵松活，略肿的眼皮下，那双眼睛溢出汪汪亮亮的色彩。

十二

无月，窗外灰灰的，很幽暗。女人把目光收回来，停在天花板上。胡子半年未进村了，不清楚他现在到底在哪里。

不过，女人心中很踏实，有这个小人秧子在这里，胡子总会来的。

大概喝足了，小人秧子那只小嘴巴松了劲儿，从乳头上退下去。女人把小脑袋摆平，抽出小脑袋下面缆绳一般枕着的手臂，扭扭有点酸痛的腰，翻了个身，她觉得这样舒服多了。就在女人眼睛合上之前的那一瞬，忽觉得有什么东西晃了一下，定睛一看，仓壁上印着一只酒杯大的红黄的亮光，就如她第一次在这里见到的亮光一样。

什么时刻了，老人还没歇息？女人是清楚老人的习惯的，没有特殊情况，老人天一断黑就要熄灯入睡，很少熬夜。

女人将身子挪过来，趴着，把一只眼睛贴到光洞上面。

楼下火膛里毕剥燃着忽明忽暗的柴火，火膛旁的桌上点着蜡，插着香，摆着酒杯。两个背影拱在桌边的石板上。

那是胡子和老人在打卦占卜。

女人轻手轻脚，出了仓房，到了楼梯头。这时胡子和老人已经回到桌上，正在大口嚼肉、喝酒。女人还听到他们断断续续的说话声。

“这一回，你总该把她娘崽两个接走了吧？”

“不忙，忙什么呢？”

“还不忙，人家连崽都给你生出来了，你还有什么不满足？”

“是呀，有崽万事足。”

哐当，干杯的声音。

不一会儿，老人又说：“你肚子里的肠子到底拐什么弯弯？”

胡子说：“我拐弯弯干什么？刚才得了一卦阳卦，把崽放村里我放心了。日本人已进了宝庆城，原想跟桂林那帮人较量完之后，再与日本人去拼老命。谁知他们声明暂时不跟我斗了，要先去干小日本，回头再算我的账。”

咕噜噜，灌酒的声响。

老人说：“那你打算怎么办？”

“我能怎么办？我是个血性男人，而且是宝庆人，难道安心让父老乡亲遭殃！他们桂林人也要去宝庆打小日本，而我这个宝庆人却仍占着山头死守，我成什么人了？”

老人说：“算你还有种！”

“可事情没这么简单。”胡子又“咕噜咕噜”灌下一盅，“桂林那帮人要取道我的塔场路去宝庆，这是唯一的一条路。”

“你就给他们让让路。”

“说得倒轻巧！我一让，岂不是引狼入室？！谁知他们是打宝庆还是占我的云塔。”

“云塔本来就是人家的。”

“可这是我用自己的脑袋瓜子赚来的。”胡子说，“当然，如果我不让，我这一辈子就留下了骂名。”

沉默。喝酒的声音。

“娘崽两个还是待在你这里。”又是喝酒的声音。

女人离开楼梯头，回到仓房里躺下。她想胡子是会上来的。

胡子上到仓房里的时候，天快亮了。

胡子从女人身边抱起小人秧子，用满是酒气的嘴巴在小脸蛋儿上啄了一下。那小人秧子就兀地醒了，“哇”的一声大哭起来。

胡子蛮高兴：“有种，有种！就凭你这洪亮的喊叫声，今后一定有能耐守我的云塔。”

胡子把小人秧子放回原处，望着他哭够了，睡着了，才又把臭嘴往女人脸上戳去。女人别着头，却没能躲开，便一把揽住胡子的脖子，用牙齿死死咬住那一脸粗拉的胡子，狠命地撕，狠命地扯。

胡子毫不介意，仰着个脸听凭女人撒野，撒个够。胡子觉得这挺够味、挺刺激。胡子心里着实是感谢女人的。

直到女人自己撕扯得没了耐心了，胡子才掰开女人的头，掰开女人的手，一个鹞子翻身，骑到女人柔韧软绵的身上，像农人开垦田地一样，穷凶极恶地开垦了一顿。

天将亮时，胡子心满意足地准备离去。

女人张着双腿躺在那里，动都懒得动一下。胡子已经走到门口了，女人才不紧不慢地说："就这么走了？"

胡子说："有啥话，你说。"

"这一走，得多久再打转？"

"说不准，这一回恐怕……"

"给你生了崽，生得死去活来，你却连管都懒得管我们一下。你原先可是答应了的，给你生了崽，我要什么，你给什么。"

"我记着。"

"记着就好。"

"你说，你要什么？"

"我现在不要。"

"以后我会给你。"

"你不想多看一眼你的崽？"

胡子转身，又俯首瞧瞧小人秧子。借着窗外的熹微，胡子看见小人秧子长得很有虎气，额头上光亮亮的。

女人见胡子的目光那么专注，也掉过头瞅了小人秧子一眼。女人说："现在已长大了许多，初下地时可是皱皱巴巴的，像个老树蔸。"

胡子瞅瞅女人，向前移移身子，用大手在女人那平躺着的光滑细腻的胴体上缓缓地走了一遍，然后站起来。

女人说："总该起个名吧？"

胡子望着窗外，认真地想了想，说："他是去年这个时候生下地的，那就叫秋生吧。吴秋生，跟我姓。"

胡子走了，在他给小人秧子起了名之后，在由暗变明的曙光慢慢蓄满窗户的时候走了。

胡子走后，村边连续过了三天三晚的兵，都是往宝庆方向去的。有步兵、有骑兵、有排着队列的，也有游勇散兵，那服饰更是五花八门，甚至衣衫褴褛，搞不清是什么兵种。

女人有时就立在窗前看过兵，一看就是小半天，有时看着看着，就将小秋生都忘记了，饿得他哇哇叫着，寻奶吃。

兵过完了，村庄里又安静下来。女人给小秋生穿着衣服，说："秋儿，秋儿，跟娘去林子里玩吗？"

秋儿就笑，一双小脚在楼板上猛蹦。秋儿还不会说话，但他似乎已懂得娘的意思了。

娘崽俩缓缓地在村边的林间移动。

许久没出屋了，女人惊异地发现，季节竟然这么快又进入了秋季。她望望天空，望望开始掉叶的枝头，眼角不觉滚出混浊的泪水来。

秋儿挣脱女人的手，蹒跚着走到前面，蹲下，在地上拾起一片半枯半黄的落叶，认真地瞄一会儿，再举起来，晃了晃。

女人生怕秋儿摔倒，赶紧走过去，将他搂住。秋儿却一个劲儿地挣扎着，继续用力挥舞小手上的落叶，那派头，仿佛是发现了什么了不起的奥妙。

女人脸上流露出一丝难得的笑意。

他们走过那个村人跳香的林间空地，走向不远处的小山下，来到枫树下的温泉旁。那温泉总是冒着热气，水里映着远的天空、近的枫树，晃晃悠悠，亮亮丽丽。

见女人用手去泉里捞水，秋儿也舞着手和脚，要往下面冲。女人紧紧地拉住秋儿。秋儿没法近水，又挣又扭，哇啦哇啦猛叫。女人轻声咒道："你想下去吗？孽种，你这孽种，你就是在这肮脏的地方变的孽种！你好贱好贱哟……"

十三

女人在火膛里添了一把柴，那火便兴旺起来。女人麻利地做着晚饭。自从老人生了一场病后，女人就几乎把家事全包了，不再让老人插手。

秋儿在村子里疯跑了半天，见太阳快要落山了，才在村边的树林里与小伙伴们分了手，径直走回家里。他一只鞋子趿拉着，另一只鞋子已不知去向，光着污黑的脚丫子。人还在门外，那稚嫩的童音却进了屋："娘——"

女人在屋里忙着，没应秋儿，似乎没听见秋儿的喊叫声。

秋儿那只光脚丫猫爪似的在门槛上一抓，人就上了门槛。他耀武扬威地站在那里，眼珠子朝屋里骨碌碌地转悠着，猛喊："我晓得了。"

秋儿猛喊："我——晓——得——了——"

老人从竹椅上直起身，朝秋儿说道："秋儿，你晓得什么了？"

"我晓得了——"秋儿很得意地瞧瞧老人，又瞧瞧女人，说，"村里的小伙伴都不敢欺侮我了。"

秋儿没等老人和女人反应过来，接着大声宣布道："我有爹了！"

老人一惊，用眼角觑了女人一眼。女人光洁的额头迅速地一皱，嘴角蠕动了一下。

秋儿毕竟是不满三岁的孩子，他继续自豪地叙述：“他们都不敢骂我是野杂种了。他们说我爹是打鬼子的英雄，一枪一个鬼子，从没放过空枪，好了不起！”

秋儿说着，眯起一只眼睛，以手当枪，对着竹椅上的老人“啪”地开了一枪，然后死死牵住女人的衣角，一甩一甩，乞求道：“娘，告诉我嘛！”

“告诉你什么？”

“告诉我爹在哪里。”

女人把秋儿的手打开，不耐烦地说：“他是什么人，长大你就晓得了。”

秋儿嚷：“我要向他学打枪，打那些日本鬼子，啪，啪啪！”

这天晚上，女人再也无法入眠。她身边总是响着秋儿要爹的叫声，以及学打枪的啪啪声。女人望望身边秋儿那大概是做着好梦而眉飞色舞的睡态，心中真像打翻了五味瓶。

直到下半夜，村子里的公鸡已经叫了两遍，女人迷迷糊糊地还没睡牢实。这时女人听见杂乱的脚步声和“嗒嗒嗒”的马蹄声，由远而近，渐渐到了村外的路上。

女人好像听出了什么，起身，扒到窗户前，朝外瞟着。

这是一个月白风清的夜晚，林子里的枝枝叶叶都映着幽白的月辉，有队伍恍恍惚惚从林间的石路上走过。与前次不同，前次是从云塔方向朝宝庆那边去的，这次却是从宝庆那边往云塔这边而来。而且那次的队伍匆匆忙忙，拖拖拉拉，有一茬儿没一茬儿的，这次却显得从容不迫，整整齐齐，煞是神气。

正在女人贴在窗边仔细瞟着的时候，仓房门被人“砰砰砰”地敲响了。

女人把目光从窗外收回来，瞥一眼黑暗中紧掩着的仓房门，转身回到被窝里面。

敲门声更响了。

女人仍无动静。

敲门人停停，一边再动手敲，一边从喉咙里挤出声音：“快开门，我回来啦。”

女人不紧不慢地翻了个身：“你是谁？”

“我是谁？”敲门人迟疑一下说，“我还能是谁！”

“我不知道你是谁。”

“我是胡子。”

“你不是胡子。”

“那我是谁？”

“你自己清楚。”

“我真是胡子。”

“胡子的声音我听得出。”

敲门人无语了。女人说：“你黑痣还能瞒住我吗？你来做什么？胡子呢？胡子自己干吗不来？”

沉默了好久，黑痣才在外面说：“我是胡子派来的。胡子要我接你上塔山去做压寨夫人，今晚就跟我走。”

女人说：“谁跟你走？我要胡子亲自来接我，我是他的婆娘。”

黑痣急了。女人听得见黑痣的脚步在门外急躁地徘徊了两圈。

女人说：“你走吧，把我的话告诉胡子。”

“听我说，胡子已经上了塔坳，他没法来接你。”黑痣说，“我们和桂林人在宝庆城里跟日本人干了好几仗，日本人已被赶跑，余下来的，是我们宝庆人与桂林人的事了。我们要在塔坳堵住桂林人的归路，决一死战，用血淤肥塔坳的地。怕你和秋儿栽在桂林人手里，胡子才特意派我来接你娘崽俩。”

女人说：“你走吧，我要睡觉。”

黑痣无可奈何地叹息一声，说：“你硬不走，我也没法，我又不能在这里久等。让老人送你娘崽上塔山吧，他自有办法。最迟明天晚上就要离开这里，桂林人后天就会开过来，说不准还要驻进村里。”

黑痣说完，急切地下了楼。

女人挪挪身子，伏在楼板上，从那个酒杯大的楼洞里觑下面火膛屋。女人看见躺在竹椅上的老人站了起来，让刚从楼梯上下来的黑痣把竹椅和周围的杂物搬开。下面立即显出一个幽深的黑洞。黑痣猫腰趴下，一双脚先插入洞中，然后再抬起头，腾出一只手接住老人递过去的火把，沉入洞里。

满屋子的光明一下子全漏进洞里。

十四

第二天晚上，女人没离开村子。

第三天晚上，女人仍然没有离开村子。

桂林人是第三天晚上开过来的，马蹄声、脚步声、人的喧闹声，在村边的林子里响个不歇，异常热闹。

然而，桂林人没有进村，他们匆匆忙忙，直接开过去了，开往塔坳那个方向。

桂林人开过去后，女人就听见林子里响起震耳的锣鼓声：

“咚锵、咚咚锵，咚锵、咚咚锵……”

女人像初进村庄那回一样，踏着林间朦胧的小道，朝着锣鼓声震响的地方走去。

女人挤进人墙。

仍然是熊熊的篝火，仍然是疯狂的巫师和舞棍的汉子，仍然是那颤人心弦的声音：

“雄呢……啊……雄呢……”

接着，又是激烈的锣鼓。

锣鼓停，巫师唱，巫师唱毕，四个汉子唱；四个汉子唱完后，众人又齐声发吼。

所不同的是，这一回大家吼完后，巫师并没有从供桌上翻下来，而是继续在供桌上狂抖狂跳着。女人听见巫师吼起她上一次没听到过的转韵调：

二十四水流向东，
遇到蔡阳一场空；
二十四水流向南，
遇着蔡阳不敢盘；
二十四水流向西，
遇着蔡阳怪不得；
二十四水流向中，
叫你十层人马九层空。

吼毕，巫师抓起供桌上升子里的米，向东南西各撒一下，最后再向头上的半空挥一下，便有米粒掉下来，掉在巫师的头帕上，掉到巫师脚边的桌子上。

而后，巫师再舞。桌旁的四个汉子亦把棍子舞得生花。五人声如杀牛：

远看玉林高又高，
一层人马一层刀。
南斗六星交战马，
北斗七星挂战袍。
战袍挂在娑罗树，
天河取水来磨刀。

大刀磨得闪闪白，
小刀磨得白如霜。
逢着一个斩一个，
逢着两个斩一双。
一把大刀拿在手，
何愁江山不太平。

唱到后面，巫师要从供桌上跳到地下来，四个汉子挥着棍子，不让巫师下地，巫师只好在供桌上边舞边绕圈。桌边的四个汉子紧紧把持着，没给巫师下地的机会。最后，四个汉子将供桌连同巫师一齐举起，向熊熊燃烧着的篝火投掷过去。巫师在火光中一晃却不见了，而供桌则燃烧起来，给兴旺的篝火再添一股黑烟和激烈的火色。

四个汉子仍然绕着篝火狂舞着，锣鼓声愈发地猛烈。

四个汉子舞着舞着，不知是因为离篝火太近，炙烤得受不住了，还是别的什么原因，他们纷纷脱去衣服，打起赤膊来。至后来，连下面的裤子也抖落到地上，一丝不挂了。手上的棍子也转移了地方，夹到腿根里，成了男人的根，朝着红红的篝火，做着夸张而粗俗的交媾动作，口中的狂吼亦更加粗野难听……

女人掉转头，离开了这个场面。

女人听到后面粗野的吼声中，又夹杂着那颤然的祈祷声：

“雄呢……啊……雄呢……”

同时，空中响起振聋发聩的三声火统声，女人身上悸了一下。这时，女人忽然看见树丛后面似有幽灵一般，闪出一个怪影。

那不是巫师吗？女人眼尖。

巫师一晃一晃，很快晃到女人前面。巫师在地上抖了抖衣袖，摇了摇脑袋，做了两个跳香的动作。这才三五下脱去身上的宽袍大氅，揭开头上的罩帕。

竟然是老人。

老人在女人还没完全反应过来的时候，又变戏法似的，从身后拿出一个大竹筒。

女人见过，这个竹筒是老人常用来盛井水喝的。村上许多人都有这样的竹筒。

老人说：“拿着它，到时有用。”

十五

远处的枪声已经响了一夜一天，很密集、很激烈，将一个村庄都震动了。村上的狗们恐惧地吼起来，在墙根、在篱笆脚，惶惶地乱窜着，仿佛被什么东西砸着了尾巴。

那惨烈的枪声第二天晚上才稀疏了些。

村上人家紧闭着家门，村子里没有一个人走动。只有凄凄的风，刮着、鸣着，像有什么鬼怪在空中盘旋着，久久不愿离去。树枝上的秋叶，似乎就是这天掉光的，地上陡然积起厚厚的一层，仿佛要把村里的恐惧全部埋掉。

狗们的吠声也不知什么时候止住了，村上愈发地萧索。

老人在火膛边静静地坐着。他没抽烟，那长把烟斗搁在壁角里。脸上的皱纹更深了，盛着阴阴的火膛里投射过来的火光。

女人站在门边，等待着老人。

老人似还没有走的意思，竟弯弯腰，将火膛口的残枝断柴往火膛心塞一塞，火膛屋立刻旺亮起来，刚才的阴气被一扫而光。

老人说："这是我的过错。"

女人说："该发生的终究会发生。"

老人说："当初就不该……嗐！"

女人说："也许是天数，人是没有办法的。"

老人不吱声了，站起来。女人将门打开，让老人先跨过门槛。

老人和女人缓缓走进树林里，走进阴惨惨的夜色里。

女人手上提着那只竹筒，一晃一荡的，不时在移动着的腿上撞来撞去。

女人和老人从林间空地旁走过。空地中心还留着篝火的灰烬，女人耳鼓里就响着那激烈的锣鼓声，那粗野的狂吼声，那虔诚的祈祷声。

老人的样子却无动于衷。女人真不敢相信这个老头会是供桌上那狂跳狂吼的神神秘秘的巫师……

两人不一会儿就到了小山边的枫树下。

朦胧的月色里，温泉静如处子。原先那乳白的热雾，此时变得有些青紫，散发着隐隐约约的腥臭。清明的泉水混混浊浊的，颜色变成黑红，透着恐怖。

老人说："这池温泉的源头在塔山上。塔山上的人血浸到土里，染黑了源泉，这温泉就会变成这个样子。”

女人望望老人，又望望这奇特的温泉，脸上全是惊愕。

“这是第三次被染黑了。”老人说，“第一次是五十年前。那时桂林人占着云塔，宝庆人往上冲，在塔坳上跟桂林人对砍，砍了个满坳血尸，第二天早上温泉就成了这个样。”

女人感觉胸口有些闷，竹筒从一只手换到另一只手。

老人说：“第二次是三年前你进村那几个晚上，桂林人为了报复胡子和黑痣，在塔坳上恶战了一宿，那黑血也渗到了这温泉里。”

望着这异味异色的温泉，女人感觉越来越承受不了了，她的胸口已经闷得不行，肚里开始翻涌起来。

老人并没发现女人的异样，他望着温泉，沉浸在深深的思绪里。

女人把竹筒搿到一旁，蹲到地上干呕着，却什么也呕不出来，憋得难受至极，满嘴的酸水直往下淌。

老人推开女人，说：“你站一边去吧。”

女人垂着头，踉跄着走开，远远避到枫树那边的山脚。

老人拾起地上的大竹筒，取了塞子，伏身泉边，将大竹筒用力埋进泉水里。黑红的温泉水冒出一个个响亮的气泡，冒出一丝丝恶心的血腥味。

十六

夜里，老人搬开竹椅，与女人和秋儿一起，钻进洞里。

老人说：“这洞就叫沙角洞。”

女人举着毕剥炸响着的松明火，三人的影子在洞壁上招摇着。洞口处很小，稍进去就宽敞得多了。有点潮湿，不知何处传来淅淅沥沥的泉声。未知名的洞鸟从黑暗里穿出来，在三人头上划一个圈，又掩入黑暗中。

秋儿的小手紧紧握在女人手中，但还是有些害怕，死死贴牢女人，不肯松开丝毫。

老人提了那只灌了血泉的大竹筒，走在女人和秋儿的后面，偶尔咳一声，洞里的回音就要拐着弯儿，荡好一阵。

在洞腹宽敞处，女人看见一个个鼓鼓的麻袋山一样堆着。女人就猛然记起三年前宿在老人的仓房里做的梦，梦中马背上的麻袋，就这个样，毫无二异。

女人松开秋儿，用手在麻袋上按一按。里面有沙沙的细响，像是发了潮的谷子，再在一只麻袋上按一按，里面则硬硬的、沉沉的，似乎是枪支弹药之类的东西。

洞腹的另一头，那麻袋堆成的小山已缺了一半。女人举火细瞧，地上散有橙黄的谷粒和零星的子弹。秋儿看见尖尖的子弹，眼睛就放光，赶忙伸出小手，俯身去拣拾。女人眼快，用脚踩住子弹，重新抓牢秋儿的手，加快了脚下的步子。

过了洞腹，洞里又窄起来。

三人脚跟脚走着，没有谁吱声。只有脚下沙哧沙哧地响着，显得空寂而沉闷。

前后大约费了一个时辰的工夫，便到了另一头的洞口。

三人就立住不动了。女人看见洞口挡着一个又宽又厚的巨石，那巨石爬着青色的苔衣，上面淌着湿湿的水气。

老人上前一步，接过女人手上的松明火，顺便把自己手上的大竹筒交给女人："出了洞，那只凶猛的狼狗要向你扑过来，你就赶紧将竹筒摇几下，狼狗就会停下来，等着你给它喂竹筒里的血泉。"

女人低头望了一眼手中的竹筒。

"狼狗喜人血，对血泉爱得不得了，你给它喂了血泉，它就会把你当成主人，你要它干什么，它就会干什么。"老人说完，举着火把，转到巨石后面，在一个隐蔽处摸索了一下，立刻就有隆隆的声音响起，洞石缓缓向一边启开了。强烈的夜风自外面吹进来，吹得女人和秋儿不禁打了个冷战。

女人和秋儿爬出洞外。

"我在村上等你娘崽俩！"老人在后面大声喊道，声音有些幽远。

老人的喊声还没消失，那洞石又轰隆隆关上了。

女人回头望望，觉得有些晕眩，仿佛刚从一个奇异的梦境中浮升出来，竟然不知该往何处去。

抬头仰视，天上布着云层，看不见月亮和星星，寒风还在呼啸，鸣着树木，挟着夜气，似乎在向女人示威。

又一个冷战，女人的背上一阵微麻。

"娘，你看，那是什么？"秋儿却安然镇静，他指着头上一处地方，惊喜地叫着，那派头真有点男子汉的味道。

"那是云塔。"女人瞧瞧夜色中高挺的云塔的暗影，将竹筒换一只手提着，回头牵住秋儿，向塔影慢慢爬去。

"嗖——"

这时不知从何处射出一样东西，径直向女人和秋儿逼过来。

“娘——”秋儿惊起，扑向女人，把头埋进女人的裤裆。女人也吓了一跳，手上的竹筒差点掉落地上。但女人旋即镇定下来，立稳了脚步。女人知道那是什么了。

就在那物将要扑来时，女人赶紧将手上的大竹筒摇晃了几下。

哗哗啦啦一阵响动，那物立即刹住了，是一只狼狗。

狼狗摇荡着刚才还支棱着的长尾巴，眼巴巴地望一眼女人，又望一眼女人手上那个大竹筒，随后垂着个头，温驯地伏到女人前面，伸出舌头去舔女人的脚尖。

女人平端了竹筒，将筒嘴对至狼狗的舌尖……

十七

曙色中，女人看到了老人曾讲给他的故事：庙宇、王桶、锅、灶。女人仿佛又看到胡子和黑痣正将陌生人和那几个枪兵，往王桶里扔，然后把翻涌着开水的铁锅抬到桶沿上，朝桶里倾去……

女人还发现，这山上也如村里一样，到处铺满厚厚的落叶，踩在上面，发出沙沙的响声，给尾夜的山平添一分静寂。

在狼狗的带领下，女人和秋儿走进一座破庙。庙里黑黢黢的，三五尊面目全非的菩萨缩在阴森的角落里，也不知多久没享受到香火了。转至庙后，砖墙上开了一个门洞。出了门洞就到了塔脚。狼狗三蹦两跳，便纵上塔脚的石级，转瞬钻入塔门，把女人和秋儿抛在后面。

此时山下又陆续响起枪声。

女人仔细瞄了瞄头上的塔影。女人觉得这塔虽然高大，但离得太近，反倒不像在村上遥望时那般神奇，而显得极平常。可就是这一座极平常的塔，竟让宝庆人和桂林人械斗了那么多年，死伤无数。

狼狗重新出现在塔门时，它身后已经站了一个人。

是黑痣。

“你娘崽俩先在庙里歇着，胡子要督着弟兄们把山腰上的桂林人压下去之后，才有机会与你俩见面。”

说完，黑痣又隐入塔里。

女人、秋儿、狼狗，一齐回到庙中。

女人再一次把大竹筒对准狼狗的嘴巴。狼狗喝到了血泉，尾巴直甩，四脚在地上不停地刨着，一副兴高采烈的样子。喝足了，它便四处蹦，庙里庙外地乱跑，过一阵又跑回来，围着女人和秋儿兜圈，作摇尾乞怜状。

秋儿跟狼狗戏耍了一会儿，倦了，倒在一尊菩萨旁睡去。女人听见外面的枪声越来越密集，且不断有人从庙外跑过，到塔上去，然后又从塔上跑下来。

大约是中午时分，黑痣匆匆走出塔门，跨进庙里，脸上全是焦虑，一双眼睛布满血丝，沙哑着嗓门问："早晨是谁将你们娘崽从洞里送出来的？"

女人觉得黑痣这个问题问得怪异，说："这不是你安排的吗？"

黑痣骂道："这老家伙！你俩出洞后，那洞门就再也打不开了。枪支弹药取不出，不是等着桂林人来砍我们的头！这老家伙做绝了，妈的！"

女人不再说什么。

黑痣走后，女人把秋儿叫醒，提了大竹筒，跟狼狗一起上了塔。

在塔顶的圆洞里，女人看见了胡子。

"怎么办？啊？！"胡子朝黑痣吼着，在洞里团团直转，似乎对女人和秋儿的到来毫无知觉。

女人从塔眼里朝下瞥了一眼，但见塔坳上的尸体横七竖八，惨不忍睹，而桂林人又一次纠集拢来，正等着往上冲。他们的人马至少还有一百多号，而胡子的弟兄们虽然还有好几十，却伏在山腰的掩体里不敢轻举妄动，因为那几挺机枪早已成了哑巴，弹盒里也许会有几颗零散的子弹，大概也顶不了几下了。

女人回过头，对站在胡子边上的黑痣说："你先下去一会儿，我与胡子有话要说。"

黑痣瞅瞅胡子，低头下了塔。胡子望着山下，一副一筹莫展的样子。

女人说："我来请你兑现诺言。"

胡子把目光从塔外收回来，朝女人瞪一眼，无声。

女人取下大竹筒上的塞子，将最后小半筒血泉喂了狼狗，然后一手抚着狼狗的头，一手紧抱秋儿，眼睛死死盯住胡子。

女人说："你说过，只要我给你生了崽，我要什么，你给什么。"

"你要什么？"

"你看呢？"

"你说要什么吧，我现在已经一无所有。"

"你还有一样东西。"

"什么？"

"一条命！"

胡子望望女人，像是没听懂她的话似的。

女人说：“当然，你舍不得你的命，也没关系，只是秋儿你永远也得不到，我和秋儿现在就从这塔眼里跳下去，绝了你的种！”

胡子似有所悟：“你是什么人？要要我的命，要绝我的种。”

“这你没必要操心。”

“天要灭曹，我也没法，反正今天已没退路，死在桂林人手里，还不如死在你手里。”胡子说着，就向塔眼移去。

女人在秋儿头上拍一下，低声说道：“喊声爹。快喊！”

秋儿就猛喊一声：

“爹——”

胡子回头，那胡须丛中的猫眼闪耀起幽亮幽亮的光。胡子点点头，露出一丝笑意，旋即从腰里抽出短枪，点着女人的眉心，咬着牙吼道：“把秋儿松开，我要亲亲他。”

女人松开秋儿，同时将竹筒向胡子扔过去。几乎同一瞬间，那狼狗的长尾巴猛一竖，一声狂吼，拔地而起，子弹一般射了出去。

胡子猝不及防，被狼狗撞出塔眼。

狼狗也悬出塔外，两只后爪紧紧地铆在塔砖上。

塔外传来胡子的惨叫。

十八

女人、秋儿和狼狗一齐下了塔。

黑痣横枪堵在塔口，双眉倒竖，眼里喷着怒火：“你这婊子！胡子南征北讨，没遭在日本人手里，也没遭在桂林人手里，却遭在你这婊子手里！”

女人说：“你开枪吧！”

黑痣犹豫了一下：“念你替我生了一个崽，放你走，把崽留下！”

“你的崽？你问问秋儿，他姓什么，你姓什么。”

秋儿的小眼睛望着黑痣的枪眼儿，畏惧地直往女人身后躲。

黑痣蔫了。

“给桂林人让条血路，也留下你们几十号兄弟的性命。”女人用命令的语气说道，“然后我再给你生个崽，姓你的姓。”

黑痣只得照办。

塔上一下子安静下来。女人发现山上的落叶格外绚丽。她弯着腰，用竹帚扫着落叶，从塔脚，从两边的林子间。将随意堆积着的落叶往庙前的灶边扫。秋儿与狼狗在远处追逐着，嬉戏着，玩得非常开心。

不一会儿，灶边就堆起两堆厚厚的落叶。女人在灶里点着了火，再用竹叉一把一把叉起落叶，往灶膛里添火，于是有明亮的火光从灶门里映出来，映着女人秀丽的面容。

灶上的铁锅连着自庙后架过来的竹笕。竹笕上流着清幽的山泉，很快将铁锅装满。女人起身，将竹笕移开，再弯了腰，往灶膛里叉落叶。

渐渐地，锅上面有了热气。

女人动手往锅边的大王桶里舀水。女人手上的竹勺很大，几下就将锅里的热水舀去了大半。锅里的水舀完了，大王桶里便有了小半桶热水。

天已麻黑。

女人朝庙里喊："快出来，水烧好了。"

女人一边喊着，一边又移过竹笕，接满一锅山泉，并在灶膛里添上一把落叶。

黑痣从庙里跑出来，见了王桶里的热水，就脱光衣裤爬进桶里。

女人继续在灶前添着落叶。

四周的夜幕越来越沉，满山满岭都阴气寂寂的，有些森然，只有灶膛里的火显得格外明亮，从灶眼里伸出火舌，舔着这夜的岑寂，舔着女人悠悠荡荡的神思。

黑痣在桶里喊："进来，赶快进来！这跟村上的温泉一样。"

女人又添了两把落叶。

女人将秋儿叫过来，一边示范，一边对秋儿说："你就像娘这样，往灶里叉落叶，要不停地叉，将火烧得旺旺的。"

秋儿就学女人的样，往灶膛里不停地叉着落叶。狼狗守在叶堆旁，瞧一眼山下，又瞧一眼秋儿手上的竹叉，尾巴有一下没一下地扫着，将地上的落叶扫得沙沙响。

女人脱个精光，将她那直溜修长的俊腿搁上桶沿。

黑痣扑向女人，一把抱住那细细软软的腰肢，如饥似渴地啃着。

"饿慌了吧？"女人说，"先别急，等你泡干净了，再干也不迟。"

"泡了半夜了，还不干净？"黑痣有些迫不及待。

女人用她那柔韧的手指，在黑痣身上不紧不慢地搓揉着，搓出一条一条的污垢。黑痣顿觉通体舒服、畅快，解开女人的手，张开双臂，重新把女人的腰肢揽住。黑痣的嘴巴戳到女人脸上："现在总算干净了吧？"

女人挡着黑痣的攻击，骂道："鬼家伙，死没良心的。我给你搓了，你就不给我搓搓？我也想干净啊。"

"你本来就蛮干净的，你身上好白，像雪一样。"黑痣无可奈何，学女人样，应付地在她身上搓揉起来。

"好舒服！用力，再用点力气！"

黑痣搓得筋骨松软。女人见黑痣松了劲儿，猛然用头向他胸口撞去……

黑痣一股火气冲上来，把女人一把搂过来，抵到桶壁上，大张旗鼓地干起来。

一场战斗下来，黑痣已几天没合一下眼，现在又在热水里泡了半夜，再跟女人拼死拼活一番搏击，自然元气大伤。

望一眼死蛇般半浮在热水里的黑痣，女人说："再给你添几瓢热水，你在里面多舒服一会儿。"然后起身，爬上桶沿。

灶膛里还冒着晃亮的火光，锅里的水已经沸腾。秋儿不知何时已睡倒在草堆上，那狼狗忠实地守在一旁。

女人拿起那个大竹勺，从锅里满满舀了一勺滚烫的开水，从桶沿上倾下去。

"婊子，你干什么！"黑痣在下面惊叫起来。

女人接着又倾一勺下去。

"婊子！婊子！"黑痣的手脚在桶壁上撞得啪啪乱响。

女人再一勺，又一勺……

狼狗悠闲地拖着长尾巴，慢慢走过去，在桶外绕了两圈。

十九

按照老人的吩咐，女人准备把胡子和黑痣的尸体运到山下去。

狼狗从庙里冲出来，嘴上叼着一只骷髅。女人还认得那骷髅的眼洞，认得那鼻骨、那下巴颏儿。女人抱过骷髅，大放悲声。

女人跟老人一起，把胡子、黑痣和骷髅一并葬在小山边的枫树下。枫树下的温泉透亮如初，清明如初，倒映着枫树上的残红，倒映着挂在枫树尖顶的流云。

老人说："当初为了制伏桂林人，我把胡子这畜生送上塔，岂料他断送了那么多性命。他是罪有应得，我也是报应哟！"

女人望一眼愈加苍老的老人。

老人又说道："你把秋儿留下吧，吴家就这根苗苗了。"

女人一边点头，一边向村外走去。

秋儿牵着狼狗从后面追上来："娘，你还没告诉我，谁是我爹呢。是不是那个打日本鬼子的神枪手？"

女人默然。她真的不知道该如何回答。

"真正应该是你爹的，只剩了个骷髅，将你种在我肚子里的是黑痣，而当你出世的时候，你的爹又成了胡子。"

无法回答。女人不知从何说起："你去问爷爷吧，他会告诉你，你是他的孙子。"

秋儿牵着狼狗向老人跑去。

女人望望头上的光树枝，望望远处隐隐约约的塔影，低了头，像来时一样，迈开挺直颀长的俊腿，踏着窸窣的绚烂的落叶，离开了塔底村庄。

进　步

一

最近市委组织部办公室主任如愿以偿，被提拔到下面县里做了县委常委兼组织部长。这样办公室主任的位置便空了出来，在组织部干了两年科员、三年副主任科员、四年副主任的钟开泰就有了一线希望。

就在钟开泰满怀希望的时候，严部长的秘书把他喊进了部长室。

那会儿钟开泰正在编写《组织工作简报》，准备早点编印出来，呈送给市委领导，并寄发给上面的省委组织部和下面的县区组织部。这份简报过去一直由主任亲自编写，钟开泰只帮着搞搞校对什么的；主任走后，严部长见好几个星期没出简报了，就嘱咐钟开泰把这份工作接过去。当时钟开泰心里就热了一下，似乎预感到了什么。所以严部长的秘书走进办公室，客客气气喊了声钟主任，而且径直向钟开泰走过来的时候，钟开泰的眼睛就陡地亮了，不自觉地放下手中的笔，兀地站了起来。也许是这些比预料中的来得要快，那份本来是深藏着的迫切和急不可待便有些无法自抑。因此待严部长的秘书口中吐出“严部长”三个字，钟开泰就仿佛被一股什么神奇的力量托起来，整个身子似乎已离开了地面。钟开泰几乎是悬浮着离开办公室，飘向部长室的。

进了部长室，钟开泰依然没回过神来。他在严部长的桌旁愣着，不知是站着好，还是坐着好。一双手也变得多余起来，放到前面不是，放到后面也不是。

照理办公室副主任免不了要经常跟单位的头儿见面，钟开泰应该没什么好拘束的。可组织部不是一般意义的单位，组织部长更不是一般意义的单位的头儿，而是堂堂的市委常委，是一个位显权重的市委领导，他的地位和威严不免让人敬而远之。何况平时部长的应酬多，这检查那考察，这指示那报告，没停没歇，够他对付了，他没有太多时间在部里待着。部里除了那几个要害科室的科长、主任跟他直接打交道外，副科长、副主任以下的干部难得有更多正面接触。因此钟开泰面对着严部长的时候，便很明显地感觉到坐在他面前的，不是自己单位的头儿，而是一个可望而不可即的市委大领导。

严部长也许意识到了钟开泰的不自在，抬起手来，朝对面的沙发指了指，笑着说："坐下吧，客不坐，主不安嘛。"钟开泰这才后退一步，坐到沙发的边沿上。严部长又亲切地说："小钟今年三十五了吧？"钟开泰点头犹如鸡啄米，心里感激严部长竟然连他的年龄都那么清楚。严部长又说："三十五正是干事业的好年华啊！我要是年轻十五岁，也是你这个年龄，做梦都会笑出声的。"

严部长一席话，让钟开泰有所放松，他这才镇定了一下，壮着声音说："部长您也正当年富力强啊。"严部长说："哪里哪里，今不如昔了。"

又聊了些别的，严部长言归正传："小钟，你看你们的主任到县里任职去了，办公室一摊子不能少了牵头的。部务会的意思，就先由你负责。你人年轻，我相信你会打开局面的。"

闻言，钟开泰身上就像浸饱了水的面包，不由自主地膨胀起来，眼睛也仿佛刚充足了电，变得目光如炬。不过钟开泰也不是十七八岁的毛头小子了，又在组织部待了那么久，见的世面自然也不少，已经学会了自我控制。他立刻把情绪调整到最佳状态，笑望着严部长说："感谢严部长的信任，我一定好好工作，绝不辜负领导的殷切期望。"

从部长室出来后，钟开泰莫名地就觉得这个平时死气、沉闷的组织部，今天突然变得鲜活、富有生气了。不说别的，单说过道墙壁上那块宽大的政务公开栏，本来那些标记着领导分工和科室职责的宋体字，要说多古板就有多古板，现在不知怎么的显得生动、活泼了，每一个字都像一只灵动的、要飞起来的小鸟。就连每一个从过道上走过的同事的脸上，都仿佛呈现着真诚和友善，而平时钟开泰总觉得他们满脸都是虚伪和假仁假义。

钟开泰还碰见了借调在组织部属下的党员电教站的胡小云。胡小云那双美丽的大眼睛灿若星辰，钟开泰总觉得里面暗含了对自己的仰慕和崇拜，也不知这是钟开泰自作多情，还是事实果真如此。

胡小云是电台的播音员，模样俊俏，一口流利、甜蜜的普通话曾令无数听众倾倒、着迷。上一任部长非常重视党员宣传教育工作，为了充实电教站的力量，特意从市电台借调了胡小云，还做了以后正式调进来的打算。不想那位部长临时异动，换了严部长，严部长对党员宣教工作没有前任热心，胡小云的调动也就搁了下来。不过胡小云没有泄气，工作照样卖力，不但在播音上苦下功夫，还主动去找优秀党员的素材，做了好几期叫得比较响的节目，竟然受到省委组织部的好评。胡小云自知自己的弱项是文字功夫还欠点火候，于是常常来找钟开泰，左一声钟主任右一声钟主任的，喊得十分亲热，让钟开泰帮忙修改台本。两人的关系也就比别的同事多一层默契，后来即使没有台本需要修改，胡小云也爱往钟开泰这里走。

这天胡小云也在钟开泰脸上发现了什么，笑着说：“今天你的气色很好呀，在哪里吃了免费午餐？”钟开泰停下往办公室迈的步子，笑望着胡小云说：“你没请，哪来的免费午餐？”说着进了办公室，想坐下静心编完桌上的简报，同时控制一下心头的兴奋劲儿。

胡小云在门口站了一会儿。她偏了头望望斜对面那仍然半开着的部长室的门，然后走向钟开泰，附在他耳边轻声道：“是不是要进步了？”钟开泰明显地感觉到了胡小云那女孩特有的温馨的气息，身上不由得就软了一下，他好想把那颗风情万种的头揽住，贴到自己胸前。但钟开泰立即清醒过来，偏开脑袋，避着胡小云，冷静地说：“小云，你可不要乱说。”

胡小云意识到自己的举止有些过分，组织部可不是乱说乱动的地方。她抬头瞧一眼对面办公桌上正低头看材料的小张，咂咂舌头，轻手轻脚出了办公室。

钟开泰还在桌旁呆坐着，桌上的简报稿子一个字也看不进去。过了好一阵，才望一眼墙上的石英钟，见下班的时间只有半个多小时了，就跟小张打声招呼，出了办公楼。夕阳犹在，街口那来来往往的车辆金光闪闪的，莫名地令人兴奋。钟开泰本来过了唱流行歌曲的年龄，此时也哼起电视里常播放的一首流行曲：车来车往，车来车往……

哼着哼着，不自觉就来到一棵古槐下，钟开泰转身进了街边的农贸市场。等他从农贸市场走出来时，手上已提了一大包东西，嘴上还哼着《车来车往》。后面徐徐开过来一辆的士，在钟开泰身边连鸣了几声喇叭，不知是请他上车，还是要他让路。向来很少花钱坐的士的钟开泰一时豪气顿生，回过头，有些夸张地扬一扬手。的士还没停稳，钟开泰就伸手拉开车门，低低头，钻进去。

等老婆周春雨和儿子陆续回到家里，钟开泰已将做好的饭菜端上了桌子。菜已不是平时的一菜一汤，有飘香鸡、黄焖鱼、腊香肠，有老婆和儿子最爱吃的肉末炒酸豆角。还摆了两只高脚杯，倒上刚买回来的长城干红葡萄酒，然后在每只杯子里都放上一片薄柠檬片。

周春雨很是奇怪，平时钟开泰几乎是衣来伸手，饭来张口，今天突然变得这么不同寻常，是不是地球转错了方向？她望望钟开泰，说：“你今天没有在街上捡到钱包吧？”

钟开泰笑而不语，举起杯子跟老婆碰碰，先喝了一大口。周春雨又问：“见到了婚外恋人？”这话还真让钟开泰想起一个人来，那就是胡小云。只是他心里清楚得很，他跟胡小云还没到婚外恋人那个层次。钟开泰斜一眼周春雨，冷冷地说："你的想象力莫非就这么小儿科？"

儿子抓着一只鸡腿咬一口，又拿过妈妈的杯子，学大人样喝下一口，然后说："我知道爸爸今天一定得了表扬。"钟开泰笑问儿子："何以见得？"儿子说："我们班上的同学哪个得了老师表扬就要请同学们的客。"周春雨说："你爸那么落后，谁表扬他？"儿子说："那爸爸没得表扬，怎么会请我们？"钟开泰说："还是儿子聪明，不过爸爸这可比得表扬还要重要。"

夜里把儿子安顿睡下后，钟开泰和周春雨进了属于他们两人的大卧室。才上床，钟开泰就想有所作为，周春雨把他推开，娇嗔道："你别美，吃饭时我提的问题，你还没回答我哩。"钟开泰笑嘻嘻道："那要看你表现如何了。"

见平时总是萎靡不振的钟开泰今天这么兴高采烈，周春雨也就不想败了他的兴致，风情万种地偎进他怀里。也是人逢喜事精神爽，这天晚上钟开泰发挥得格外充分，两人都得到极大满足。

事后，钟开泰才吐露了真情，算是对周春雨的报答。钟开泰先说了严部长把他喊进部长室时的情形，接着清清嗓子，学着严部长的腔调说道："小钟，你看老主任支教去了，办公室一摊子不能少了牵头的。部务会的意思，就先由你负责，你人年轻，我相信你会打开局面的。"

周春雨听了，很开心地在钟开泰腿上掐一把，两人又翻云覆雨了一回。

二

钟开泰就这样成了组织部办公室负责的。

这"负责"两个字虽然既普通又平常，但这几天钟开泰却明显地感觉出了它们给自己带来的某些变化。没跟这两个字联系上之前，他这个副主任也就领导着小张，做点上传下达的工作，汇总汇总情况，起草一些无关紧要的文稿，接待、处理一下基层普通群众来访、来信等不起眼的小事。现在不同了，不仅直接呈送给省委组织部和市委领导包括严部长在内的《组织工作简报》要他编发，而且有了参加部分会议的资格，分管市直和县区党政官员考核任免的干部一科、二科起草的任免通知要他核发，另外严部长要找部门头头谈话什么的，也由他出面具体联系安排。连组织部的财权也掌握在了钟开泰手上，领导用车得他派，哪个科室要购置办公用品或出差什么的开支要请他审批报销。钟开泰一下子从机关边缘人变成了举足轻重的角色，就是大权在握的干部一科、二科的科长，平时根本就没把他这个小小的办公室副主任放在眼里，现在因为有求于他，对他也格外客气、笑脸相迎了。

钟开泰的自我感觉好得不得了。有一阵，他甚至以为自己可以和干部一科、二科的科长平起平坐了。但很快他就意识到自己幼稚得实在有些好笑。

说来还得感谢那位懵懵懂懂的昏暮敲门的县委副书记。那天晚上，钟开泰和周春雨坐在客厅里看电视连续剧《笑傲江湖》。本来钟开泰对金庸小说和金庸小说改编的电视剧没有兴趣，但周春雨却是个金庸迷，他只得奉陪着。正看得兴味索然，忽然有人轻轻敲响了房门。这时已经过了十点，钟开泰凭直觉，意识到这个时候来敲门的人肯定不是一般角色。

钟开泰在这栋组织部的宿舍楼里住了七八年了，平时除了几位亲戚和不多的几个要好的朋友来走走，其他人是难得迈进这个门的。就是这些亲戚朋友要来，也会在九点以前，而且会先电话告知。钟开泰不免暗忖，是不是自己在办公室负责，有人求上门来了？有人求，才显示得出自己的实力啊。钟开泰一阵窃喜，从沙发上蹦起来，箭一样射向门边。习惯性地往猫眼上一瞧，但见明晃晃的楼灯下站着一位高高大大的汉子，手上还提着一个食品袋。

钟开泰认识门外的汉子，是县里一个分管党群的副书记，这段时间天天往组织部跑。据说该县的县长要进市里某局当局长，他有心想顶替上去。钟开泰心里说，这个家伙真灵性，我一负责办公室他就找上门来了，大概他是无法靠近严部长，才来走我这条捷径。算他没找错人，安排他和严部长见一次面，我还是有办法的。

人也就是怪，那些天天门庭若市的有权人，不堪忍受惯于昏暮敲门的人的滋扰，门上一有动静就心惊肉跳，而像钟开泰这类向来无人问津的边缘人，忽然有人找上门来了，则不免浮想联翩、受宠若惊起来。当下钟开泰就感激地颤抖着双手，将门打开，真诚地向那副书记笑道："哎呀，我还以为是谁呢，原来是大书记您哪，是什么风把您吹来的？"

那位副书记当时就木了，愣怔着站在门口，像是从没见过钟开泰似的。事实是今天上午他还在组织部办公室门口跟钟开泰十分热情地握过手。钟开泰还以为他是胆怯，鼓励道："有事吗？有事进屋说吧。"

这时对方才刚从梦中醒过来似的，轻声咕哝了一句："这不是邓科长家呀？"然后悻悻地转身，提着手中的食品袋下了楼。钟开泰看得很清楚，那是两瓶装的精品开口笑酒。傻瓜都知道，酒盒里绝不仅仅是开口笑酒。

那位副书记说的邓科长，是分管县区党政官员的干部一科的科长，他住在跟钟开泰同楼层同方位的另一个单元里。

这件事对钟开泰的刺激可不小，此后的每天晚上，只要一听到门外有脚步声，他就条件反射般地从沙发上弹起，急步往门口方向冲去，快到门边又猛地停下了。继而在屋子里不停地绕圈，像一只被敲昏了脑袋的鸭子。一直要等到那脚步声完全消失，他才失望地回到原来的位置，慢慢平静下来。

不过这件事也帮助了钟开泰，他渐渐地冷静了，开始对自己的地位重新进行评估。他又将严部长那天跟他的谈话反反复复温习了几遍。严部长说过办公室先由你负责，但也仅仅点了个“先”字，至于以后怎么样，他并没有明确表态。在组织部待了十多年，钟开泰也算是世事洞明了，懂得这就是常说的领导艺术，什么话都留有余地，不会说得太死。其实严部长的意思已经很到位了，办公室由你负责，但还不是负责人，更不用说办公室主任了。这有些咬文嚼字的味道，但机关里，尤其是像组织部这样的部门，在牵涉到人事的时候，那些关键的措辞就这样讲究。

钟开泰冷静地想了想，觉得自己不能只计较眼前的一些表面上的荣辱得失，自己的最终目的是要抓住这次机遇，上一个关键的台阶。而这样的机遇并不是太多，特别是在他这种年龄。也就是说，弄好了，他这个负责的就会成为负责人，进而成为主任，还有进步的可能。这倒不是这个主任的位置如何的了不起，而是作为一个机关干部，总不能做一辈子的副科级干部，总应该找一个再进一步的台阶。

因此，钟开泰格外看重严部长给予的这次机会。他记住了严部长打开局面的话。领导既然要你负责，你当然就要做点事情出来给人瞧瞧，否则一切免谈。原来的办公室主任也是一步步干上来的，而且主任这个位置只干了两年就得到了提拔。钟开泰分析了一下，他之所以进步这么快，主要是跟严部长跟得特别紧，善于领会严部长的意图，严部长一个眼神，一举手一投足，他都能及时觉悟出其真正的含义，深得严部长的赏识。人贵有自知之明，钟开泰知道自己没这个本事，不过卖命地工作是做得到的，以弥补先天不足。比如部里的宣传报道和财务后勤，过去的主任紧跟领导去了，这两项工作一直不怎么突出，还很有潜力可挖。宣传报道说穿了就是恰到好处地反映部里的工作，提高领导声誉。至于财务后勤，无非就是一个钱字，只要有了钱，什么人间奇迹都能创造出来。

于是钟开泰就从这两个方面动起了脑筋。他很自然地想起两个高中时的同学，一个是在电视台任职的东方晓，另一个是在财政局做事的陆百里。钟开泰把抽屉里的通讯录拿出来，想给他们打打电话，不想东方晓和陆百里的电话号码竟然还是六位数的，而这个城市的电话号码早已经升到了七位数。

这让钟开泰感慨不已。这几年自己仕途多舛，没有多少值得张扬的地方，很少与外界联系，至少也有两三年没找过东方晓和陆百里了。一时他没了打电话的兴趣，把电话本扔进抽屉里，望着窗外那棵毫无动静的塔松发了半天呆。

在外人眼里，组织部是一个帽子工厂，他们在给别人批发帽子的时候，也会顺便给自己预留几顶。这当然一点儿不假，只要有来头，在组织部转一圈出去就是县长、书记，再混几年就是副市长、市委常委，也并非难事。现在的市委常委和副市长一级的领导层里，就有好几位在组织部做过科长、主任什么的。比如前面提到过的办公室主任，不到四十就做了县里的组织部长，只要不出意外，两三年就能做到分管党群的副书记，再过三四年不是书记就是县长，这么一路走下去，十来年也就是五十岁不到就可进市里的领导班子，如果得到更上一层领导的赏识，后面的宦途还有希望。

只是万丈高楼平地起，你先得占据诸如一科、二科科长的要害位置，或至少也要干干办公室主任这样的职务，才有往上爬的基本的起点。只是话虽这么说，却并不是组织部的每一个干部都有这么幸运。即使做到科室一把手的位置，也有很多的台阶要迈。按常规，首先你得从科员进步到副主任科员，然后由副主任科员进步到副科长、副主任，再由副科长、副主任进步到主任科员，之后才有可能进步到正式的科长。有些人在组织部干了一辈子，眼睁睁看着那些大帽、小帽一顶顶扣到了别人头上，自己却要到退休那天才勉强混成副团级组织员，见马克思时才算是有了点面子。

眨眼间，钟开泰也成了中年人，弄不好的话也只能重蹈覆辙。他暗忖，如果退回去十年，他才不把这科级主任放在眼里呢。那时候他大学毕业出来没两年，虽然只是厂办一个没有级别的干事，但脑子里却装满了企业改革的宏伟目标，心里想着的是如何在日后的职代会上竞选厂长，干一番轰轰烈烈的大事业。不承想娶了市委常委、市委秘书长的女儿周春雨做老婆后，秘书长岳父竟然连招呼都没打一声，便一纸调令将他调进市总工会，后来又想方设法把他弄进市委组织部。

皇帝轮流做，这个时候岳父大人的常委和秘书长的位置被人取而代之，去政协做了副主席，钟开泰的进步也就大打折扣，只能一个一个台阶地往上迈了。先是在企业党建科做了两年科员，接着去青年干部科做了三年副主任科员，然后才进办公室做了副主任。这副主任做了四年，一般来说还有一个主任科员的台阶要过渡，才有望做上主任或科长。也就是说从科员到主任或科长，没有个十年八年是走不完这段历程的，而且中间还说不定有什么波折等着他。想想一个人一生中又有几个十年八年，何况钟开泰这十年八年是从二十多到三十多的黄金时段的十年八年。十年八年可以把日本鬼子赶出中国，把蒋介石赶到台湾，十年八年可以让一段不起眼的海岸成为拔地而起的现代化城市，十年八年自然也可以使一介寒儒一跃而为政界要员，可他钟开泰却这么碌碌无为地徘徊了十年八年。

钟开泰感到十二分的苦涩。他心里再清楚不过，如果这么继续按部就班下去，过了四十再转为正科级，做个什么科长、主任，也为时已晚，最后也就只能等着做个副团级组织员，所谓的仕途也就船到码头车到站，就此打住了。

这么想着，窗外那棵塔松不知不觉变得模糊起来。原来天色已晚，下班时间早过，整个组织部人去楼空，没有了一点动静。钟开泰这才起身离去。

三

这一天，钟开泰又坐在办公室里，望着窗外的塔松呆想。他还下不了决心，要不要打电话跟东方晓和陆百里联系。

正在此时，一部本田轿车从市委大门外徐徐开过来，停在了塔松下。旋即一个有些熟悉的身影从车里从从容容钻了出来。钟开泰的眼睛就花了一下。那不是别人，竟然就是他要找的高中同学东方晓。

钟开泰有一种喜出望外的感觉，恨不得身生双翼，从窗口飞出去，把东方晓揽入怀抱。

不过钟开泰还没飞出窗口，本田车上又走下一个人来。钟开泰自然认识，那不是别人，是现任的市委秘书长。钟开泰这才想起那部本田原本就是市委的车子。他在心里嘀咕了一句，东方晓你这小子，几时跟秘书长缠上了？市委秘书长也是市委常委，东方晓能跟秘书长黏在一起，当然也不是等闲之辈。

钟开泰不知此时去跟东方晓打招呼是否合适，因此迟疑了片刻。但最后他还是出了办公室。他知道秘书长的办公室在三楼，东方晓必须从组织部所在的二楼经过。钟开泰来到二楼的楼梯口，装作要下楼的样子，顺理成章地跟秘书长和东方晓照了面。东方晓还没有上完楼，仰着个脖子对钟开泰喊道：“钟开泰你这混混，还没死？”说得秘书长和钟开泰都笑了起来。

钟开泰一边跟秘书长点点头，一边对东方晓说：“好死不如歹活着，我要活给你看，气死你！”说着两人相互擂了一拳。钟开泰又说：“到秘书长那里去？”东方晓说：“是呀，秘书长找我有点事。”钟开泰做出要往楼下去的姿势，客气地说：“办完事到我办公室坐坐，我去传达室拿个东西就回来。”东方晓说：“当然，到了你这里，不拜码头，我狗胆包天？”

快下班时，东方晓果然进了钟开泰的办公室。也许是出于记者的习惯，一进门东方晓就递过来一张名片，同时说：“把你的名片也给我一张吧，有事好找你。”钟开泰说：“我从来就没印过名片。”同时他在东方晓的名片上瞟了一眼。见上面写着新闻部副主任的头衔，钟开泰就说：“你这个新闻部是个科级架子吧？”

“什么科级，我这名片一方面是便于人家找我，另一方面说明我可以处理稿子。”东方晓说，“这一向你还好吗？”钟开泰说：“怎么说呢？原来的主任到县里当组织部长去了，严部长要我负责办公室。”东方晓说：“哟，怪不得你印堂发亮，两眼生辉，原来是进步了，什么时候请客？”钟开泰说：“哪有这样的好事？不过请客是可以的，只要你有空。”

东方晓笑望着钟开泰，说：“你这可是一个很关键的台阶，上了这个台阶，就前程无量，一片光明了。”钟开泰说：“我哪里敢这么乐观？我现在仅仅只是负责，八字还没一撇呢。何况这个责也不怎么好负，要想有所作为并不容易啊！”东方晓说：“你这不就一个办公室吗？我才不信那么难对付。”钟开泰说：“嘴上两张皮，说起来轻松，做起来就是另一回事了。”东方晓说：“有什么想法可以跟我说说嘛，说不定我能给你出个歪点子。”

东方晓的话正中钟开泰下怀，他就把自己的一些想法跟东方晓简单说了说。

东方晓快人快语，说：“钱的事我帮不上忙，但你要宣传、报道什么的，我包了。实话跟你说吧，我虽然只是新闻部的副主任，可部里好几年没主任了，部里的事情我说了算。也就是说，新闻部负责的新闻节目，我想给谁上就给谁上，想上到哪个时段就上哪个时段，你老兄什么时候需要我的新闻节目甚至头题，打声招呼，我给你安排就是。”

钟开泰知道东方晓说话尽管有点牛气，但刚才说的却是大实话。东方晓是个有点才气的记者，做过不少颇有影响的节目，他的光辉形象还堂而皇之地上过中央电视台的《东方之子》。就凭了他的名气和手上的摄像机，市里的头头脑脑都愿意跟他打交道，说不定他一高兴，就会给你搞几组镜头，市电视台播了再上省台，甚至上中央台，让你美名在外，为以后的进步造点必要的声势。本来这样的角色当个台长、副台长什么的，完全不在话下，可偏偏东方晓什么都不放在眼里，说话又直来直去，无遮无拦，得罪了不少人，所以至今还是个新闻部副主任。新闻部是电视台的黄金码头，有影响的新闻节目几乎都是从那里出来的，台里的台长、总编甚至广电局的头头都在那里做过一阵子主任，觊觎这块风水宝地想去做主任的自然大有人在，可他们自觉业务上与东方晓没法比，所以没敢去领导他，东方晓至今还把持着新闻部。

两人又东一句西一句扯了些闲话，钟开泰想起刚才东方晓和秘书长那个亲热的样子，就忍不住问道：“秘书长跟你打得火热，是不是又要你给他抬轿子吹喇叭了？”东方晓说：“我们不抬谁抬？我们不吹谁吹？”

一时高兴，东方晓告诉钟开泰，秘书长是请他做一档节目。

钟开泰说：“好嘛，马屁拍响了，你也弄个台长、副台长的干干。”东方晓撇着嘴说：“我才不稀罕什么台长、副台长呢，我现在副主任一个，不是照样天天有人找吗？”钟开泰说：“还是当记者好，有本事、有名气就牛皮哄哄的，不像我们缩头乌龟一样。”东方晓手一扬，说：“大丈夫能屈能伸，我知道你现在缩头是为了以后出头。”钟开泰说：“但愿有这一天。”

聊了一会儿，东方晓见办公室没有外人，又神秘兮兮地说：“你知道吗？这回秘书长有一个不大不小的行动哩。”

见东方晓说起这样的话题，钟开泰赶忙起身，过去关了办公室的门，这才回头说：“隔墙有耳哩。”东方晓理解地说：“你这是是非之地，说话也得小心翼翼，我可没这样的习惯。”然后他放低了声音说，“市委管党群的副书记就要调往外地当书记了，两个候选人一个是秘书长，一个就是你们的严部长，这你大概听说了吧？”

钟开泰摇摇头，说：“不太清楚。”东方晓说：“亏你还蹲在组织部。你知道吗？刚才秘书长喊我去，就是要我给他弄节目上省台，提高他的声望，为争取这个党群副书记做准备。”钟开泰说：“照这么说，你把秘书长宣传出去了，不直接影响了严部长？”东方晓说：“我不知道严部长跟你的关系如何，才特意来问问你，你看有没有必要有所侧重？”

钟开泰沉吟了一会儿，才说：“严部长也许有把我扶正的想法，如果你能给我打打擦边球，当然会很管用。”东方晓说：“有你这句话，我心里就有数了。”停停又说，“这样吧，上半年在我的节目上给组织部上两个头条，至于你们严部长的专题节目，我会另有打算。”

两人还侃了几句，东方晓看看时间，说：“我刚才是以上厕所的借口出来的，秘书长还等着我去吃晚饭呢。”

四

东方晓比较讲哥们儿义气，不久就在钟开泰的配合下，给组织部拍了两个像模像样的新闻，在黄金时段播出。喜得严部长眉开眼笑，把钟开泰喊进部长室，说：“小钟你干得好嘛，当初我在部务会上提出让你负责办公室时就说过，你一定会干出成绩来的，算我没看错人。”钟开泰说：“部长过奖了，不是我干得好，是部里的工作有成效。”

“工作当然是一个方面，可工作上去了，却没人反映出去，也形成不了大的影响嘛。”严部长说，“听说那个给组织部拍节目的东方晓不是等闲之辈，在外面还颇有影响，你跟他关系如何？”

钟开泰懂得严部长的意思，就如实禀告道：“我们是中学同学。”严部长说：“那好，如果他愿意，不妨跟他见见面，交个朋友。”钟开泰说：“只要你有空，我随时都可叫他。”严部长说：“有时间再说吧。”

钟开泰见严部长没别的事，就转身准备离去。还没走上两步，严部长又叫住了他。严部长说：“据说近来部里的电话，除了我这部电信局不计费的机子外，其余都停了机，医药费也报不了，司机手头的油费发票也捏了一大把，是怎么回事？”钟开泰说：“财政好久没拨公务费了，连工资也不能当月发放，这事情确实有些令人恼火。”严部长说：“恼火是恼火，但你还得想点办法，不能让组织部就这么瘫痪了。”钟开泰说：“我已跑了几趟财政，这两天我再去跑跑看。”

钟开泰说的是实情，这段时间为了财政欠拨的公务费，他一连找了几回陆百里，陆百里总是说：“老同学，不是我手里拿着钱不给，而是财政太困难了，先要保工资，其他的支出只好停拨。”钟开泰说：“你这话跟我说了也不止一次两次了，你总不能每次都用这句话打发我吧？”陆百里无奈，只好说：“你别逼我了，过两天给你想点办法。”钟开泰说：“好吧，过两天再来拜访你。”两天后，钟开泰又去了财政局。这次他是铁了心了，耍赖也要要张拨款单回去。

钟开泰在财政局门前的坪里碰上了陆百里，陆百里正要上车赶去财政厅开会。钟开泰把着车门不放手，一边说道：“陆大科长，组织部的电话、车子什么都停了，严部长说过，他下岗前，先下了我的岗再说，你不表示点儿，今天我是不会放过你的。”

财政厅那边下午报到，晚上还要开预备会，这里钟开泰缠着不松手，陆百里实在没有法子，只好拿出手机给科里的人打了个电话，嘱咐给组织部拨3000元公务费。

拿着这区区3000元回去，报了几个人的药费和司机的油费发票，连电话费都没交就一分也不剩了。钟开泰想，这也不是办法，还得在陆百里身上再下点功夫。

这一天，钟开泰把东方晓约到一家僻静的小餐馆，感谢他在黄金时段给组织部上了两个头条新闻。事先钟开泰就跟餐馆老板打了招呼，要他上馆子里有特色又叫得响的菜，安排最机灵、最漂亮的服务小姐。

在包房里落了座，钟开泰试探性地对东方晓说道：“是不是把陆百里也叫来？”东方晓一听就不高兴了，大声叫道：“你要请他，我就走。”钟开泰知道东方晓一向看不起陆百里，赶忙说：“这不是卵掉进油坛子里——由（油）你吗，你别激动好不好？”东方晓说：“他陆百里是什么玩意儿，我还不清楚？高中毕业考了两年才考了一个财校，如今在财政局混了一个副科长就趾高气扬的，我就是看不顺眼。”钟开泰说：“可人家不是一般的副科长，是行财科副科长，而且和你一样，科里没有科长，他是当家的副科长。”东方晓说：“当家的副科长就了不起了？你是看见了的，人家堂堂市委常委在我面前还要客客气气的呢。”

话虽这么说，可过了一阵，东方晓还是改了口，说：“还是把陆百里叫来吧。”钟开泰故意说：“算了吧，我们两个还自在些，何必让第三者插足。”东方晓“扑哧”一声笑了，说：“看来你钟开泰只要离开组织部，说的话就动听了。我早知道，你今晚并不仅仅请我。你如今在办公室负责，有求于陆百里。何况我们也曾经同学一场，我不能太小肚鸡肠。”

说着，东方晓拿出随身电话号码本，要钟开泰本人给陆百里打电话，一边说：“我曾因要替人办事，特意找过他，谁知他事没给我办，却牛皮哄哄的，气得我差点挑了他的脚筋。”

东方晓数落陆百里的当儿，钟开泰已经拨通了陆百里的手机。陆百里犹豫了一下，最后还是答应了。

十多分钟后陆百里就赶了来。

东方晓对陆百里虽有不满，但见了面还是客客气气的，并又习惯性地掏出名片给他递上去，说：“这是新近印的，原来名片上的手机号码是 900 的，现在改作 138 了。”同时他也没忘记朝陆百里讨要名片。

陆百里的口气也跟钟开泰一个样儿，说：“我一个小小副科长，印名片鸟用？”

钟开泰心下就暗暗好笑起来，怎么就这么巧了？在座三个都是上不得场面的副科。不过这样也好，大家一个级别，免得有谁心里不平衡。

服务小姐见客人已经到齐，就把菜端了上来。钟开泰说声开始吧，招呼服务小姐斟酒。小姐斟酒的姿势很优雅，而且那只手白净丰腴，一下子引起了陆百里的注意，于是他把小姐拉到身边，要她一起喝酒。小姐说：“先生，我喝不了酒，一喝就爱发酒疯。”陆百里觉得小姐说话有意思，说：“我最喜欢小姐发酒疯，发酒疯才有风度嘛。”

小姐也就不再客气，端起杯子。这小姐其实酒量不错，三个男人喝得微醺了，她还没事。陆百里来了雅兴，瞥了屋角电视屏幕上的泳装女郎一眼，要和小姐搞对唱。小姐说："什么年代了，还对唱？我讲个谜语吧，你猜着了，我喝一杯，猜不着，你喝一杯。"钟开泰和东方晓都说这个主意很好，陆百里也就不好拒绝，要小姐讲。

小姐说："新婚之夜——打一著名城市。"

陆百里想了一阵，也没想出来，小姐就笑着要他喝酒。陆百里指着钟开泰说："可以让他代替吗？"小姐说："那要看他愿不愿意。"陆百里说："今晚是他请我喝酒，他怎么会不愿意？"小姐说："那是代猜谜语，还是代喝酒？"陆百里说："先代猜谜语，猜不着代喝酒。"小姐故做沉思状，然后对钟开泰说："那你就猜吧。"

钟开泰其实早就猜出来了，但还是装模作样地念了一大串城市名，最后才故意恍然大悟道："我猜着了，开封。"

小姐用手点了一下陆百里的脑袋说："你是个木头脑袋，还是他聪明。"又转身对另一边的东方晓说："你一定比他聪明，我说一个给你猜，你不能找人代替。"东方晓说："行，我一定猜着，猜不着我从楼上跳下去给你看。"正说着，外面有人喊小姐接电话，小姐就说声对不起，出了包房。

三人本来就不是瘾君子，小姐不在场，也就没再喝酒，有一句没一句地聊了起来。钟开泰见今晚陆百里还高兴，他也跟着高兴，说话的声音不觉也略高了些。东方晓知道钟开泰要说的话还没说出来，就说："今晚你请我俩喝酒，我想醉翁之意不在酒吧。"钟开泰说："别说得这么难听嘛，我又不是设的鸿门宴。"

不过彼此是同学，钟开泰也就不再绕弯子，把目前自己面临的困难说了。东方晓把头偏向陆百里，将了他一军："我东方晓已经在黄金时段给钟开泰上了两个头条，也算尽了点微薄之力，你陆百里也说句话，你身居财政要职，现在钟开泰有求于你，你是怎么个态度？"陆百里说："我当然尽力而为。不过现在财政十分困难，工资都保证不了，恐怕没多少余钱派作其他用场。"

东方晓就拉长了脸，说："你看看，你看看，钟开泰还没向你伸手，你就这个态度。"钟开泰忙止住东方晓说："百里说的也是实情，财政确实捉襟见肘，何况几天前他已经给我拨了3000元公务费。"陆百里叹道："市长和局长都打了招呼，工资之外的一切支出都停拨，除了得癌症躺在医院里要吊命。"东方晓马上说："那钟开泰你就打个申请解决癌症病人医药费的报告吧，让陆百里给你解决个七万八万的也好。"

钟开泰摊着双手，说："我部里又没有癌症病人。"东方晓说："没有癌症病人就难住你了？你不可以发挥你的聪明才智，创造些癌症病人出来？”钟开泰问陆百里说：“这行吗？”陆百里说：“其实你要真想解决问题，我倒是可以给你出个主意。”钟开泰说：“只要能弄到钱，我听你的。”陆百里说：“你最好是要你们严部长跟我们的局长打声招呼。凭我的经验，财政局长可以拿出千条万条理由拒绝任何人，但组织部长说句话，他还没这个胆量拒绝。”

钟开泰却感到为难了，摇着头说：“这个我可不好去跟严部长说，他这样的领导位置特殊，讲话做事都小心谨慎，你要他低着头去求人，他首先考虑的是人家会向他提什么交换条件，一般是金口难开的。”东方晓也说：“部长打招呼弄的钱也不能算他钟开泰的功劳呀。”

陆百里一脸无奈，说：“那你真的只好写个申请癌症病人医药费的报告来试试了，不过我不敢保证就能批到钱。”

五

钟开泰于是真的写了一个申请解决八万元癌症病人医药费的报告，给陆百里送了过去。

然后钟开泰就等着，一个星期给陆百里打两个电话。这样过去了两个月，陆百里那里还没一个准信，钟开泰也就慢慢泄了气。

弄不来钱，组织部的日子不好过，他钟开泰的日子更不好过。严部长对部里的开支情况过问得越来越少了，见了钟开泰也没了先前的热乎劲，钟开泰似乎从严部长脸上隐约看出对自己的不信任。他心里就有些虚，知道再这样下去，自己这个办公室负责的，迟早要负不成责，情绪变得很低落，亮了几个月的印堂逐渐暗淡下去。

周春雨见钟开泰一脸的晦气，也对他失去了信心，挖苦道：“你真不中用，过去总怨领导不重视你，现在领导重视你了，给了你这么好的机会，你又能怎么样？认命吧，你家的祖坟还没起拱哩。”

钟开泰正烦着，周春雨这么一说，令他更加恼火，吼道：“我是不中用，你拿我怎么样？又没犯着你哪里，你狗咬耗子管什么闲事！”周春雨也来了气，叫道：“好好好，我狗咬耗子，多管闲事，以后我们井水不犯河水。”钟开泰说：“不犯河水就不犯河水，你以为你身上长着花，我稀罕得不得了？”

周春雨的泪水就从眼眶里溢了出来，咬着牙说道：“我倒了十八辈子霉，我瞎了眼，嫁给你这么个男人，吃没吃好，穿没穿好，玩没玩好，人家夫荣妻贵，穿金戴银的，我别说项链、耳环，连像样点的裙子都没一条。”

钟开泰觉得这么吵下去没多少意思，他推开门，走了出去。

钟开泰愁云惨雾地在街上游荡了两个小时。两个小时后回到家门口，门上的锁却怎么也打不开。钟开泰知道周春雨将门反锁了。他在门上敲了半天，周春雨还是不来开门，钟开泰便下楼去了办公室。办公室里只有椅子，连沙发也没一张，钟开泰只好把办公桌上的东西拿开，摊开了几张报纸，在上面睡了一夜。

不想第二天早上醒来，头重脚轻的，路都走不稳了。办公室小张来上班的时候，见钟开泰脸色枯黄，目光失神，一副人不是人鬼不是鬼的样子，大吃一惊，喊上单位的小车把他送进了医院。其实也没大病，吊了半天盐水，又傻睡了几个小时，就恢复了不少。部里的人提着水果罐头，跑到医院里来看望他。

后来连严部长也来了。严部长在钟开泰额上抚了抚，心疼地说：“小钟啊，你这完全是工作累的，以后可不能再这么玩命了，要注意劳逸结合，爱护身体哟。”钟开泰感动得不得了，暗下决心，一定要把工作干好，以实际行动报答严部长。

严部长的话比医生的盐水管用多了，钟开泰的病当即好了大半。他有些熬不住，想离开医院。不想此时病房里又来了一个人。钟开泰就愣在床边，有些不太相信自己的眼睛。

这人不是别人，是借调在电教站的胡小云。这一阵钟开泰为捞取向上爬的资本，忙里忙外的，也没顾得上胡小云，好像好久没见过她了，这一下她从天而降，自然让钟开泰一阵惊喜。钟开泰的脸上泛出光来，一边招呼胡小云，一边挪过床头的凳子让她坐。

胡小云笑着走上前，变戏法似的从身后拿出一篮鲜花，递到钟开泰的手上。钟开泰连说几声谢谢，把花篮捧到鼻子底下闻闻，又小心地放到了床头柜上。胡小云已在凳子上坐下，说：“你身体一向那么棒，怎么突然住进了医院？”钟开泰说：“天有不测风云，人有旦夕祸福嘛。”胡小云说：“那也是。”钟开泰说：“不进医院，谁会给我送鲜花？”胡小云开心地说：“你想要鲜花，以后我天天往你家里送，看你招不招架得住。”

开了几句玩笑，钟开泰说：“好久没见你去我办公室了，在忙些什么？”胡小云说：“谁说我没去你办公室？每次去，你不是忙得团团转，就是不在办公室，想跟你说句话都说不上。”钟开泰半真半假地说：“是吗？是我不好，不过我心里一直是装着你的。”胡小云说：“别说得这么好听，如今的男人都是花舌子，十话九不真。”钟开泰说：“十话九不真，总还有一话是真的嘛，这唯一的真话我都给了你了。”

这么说着的时候，钟开泰一直望着胡小云那双动人的大眼睛。大概是被看得不好意思起来，胡小云脸上一红，低下头，轻声说道："其实在组织部，我也就你一个朋友。我佩服你的人品和才华，觉得跟你在一起，挺有意思的。"

钟开泰有几分感动，却一时不知说什么好，有意岔开话题道："你正式调动的事有进展了吗？"胡小云说："不忙，等机会吧。"钟开泰说："要不要我跟严部长去说说？"胡小云立即摇摇头，说："不可不可，你自己的事正在节骨眼儿上，你要在工作上多出点成绩，取得严部长的信任，切不可因为我的事，让严部长对你产生什么看法。"

胡小云真是个善良的姑娘，处处为人着想。钟开泰这么想着，于是感激地说："你说的也不无道理，等我这个主任的职务有了眉目，一定帮这个忙。"

两人说着话，不觉得天就黑了下来。胡小云还不想走，又觉得待得太久不好，便告辞出去。钟开泰来到门口，直到望着胡小云袅娜的身影消失在楼道口，才转身回去。见花篮里的鲜花艳艳地开放着，不免又是一番痴想。

这么磨蹭了好一会儿，钟开泰才收拾好简单的两样东西，提着花篮，办理了结账手续。出了医院，想起那医药费报告的事，便给东方晓打了手机，问他在哪里。东方晓说："我现在在省城，给一个朋友往省台送带子，要过两天才能回来。"钟开泰说："你回来就打我电话，我有要事找你哪。"

钟开泰在街头徘徊了一阵，才慢慢往家里走去。快上楼时，发现手上还提着胡小云送的那篮鲜花，觉得在周春雨面前不怎么好解释，又转身去了办公室。担心鲜花容易枯萎，便找了几个空酒瓶，盛了水，一枝枝插进瓶里，再移到窗台上，好沾点夜露。做完这些，钟开泰才关了灯，锁上办公室的门，回了家。

周春雨没再将门反锁，可仍然不肯理睬钟开泰。钟开泰也没说自己这天在医院吊盐水的事，洗个澡就上床睡下了。夜里老是做梦，梦见自己正往一处陡壁上攀爬，爬上去一点又摔了下来。这个梦做了整整一夜，钟开泰终于还是没能爬上去。醒来后，梦中的情形还在脑海里萦绕不去，心想这是不是对自己前程的预兆呢。

钟开泰向来是不信有什么预兆的，但这天不知怎么的，他还是跑到市委后面那条老街，问了问析梦算卦的人。瞎老头听了钟开泰说的梦，故意沉吟半晌，才笑道："恭喜恭喜，先生不久就会高升。"钟开泰说："那个陡壁我不是老爬不上去吗？有什么可高升的？"瞎老头说："这个嘛，先生您却不懂了，梦中的事都是反喻，梦中爬不上去的地方，现实中则一定能爬上去。"

怕钟开泰不相信，瞎老头还给他打了几卦，然后说："卦辞上说，先生吉星高照，官运亨通，不久就会荣升。"钟开泰心花怒放，放下一张大票子，昂首而去。

接下来的两天，钟开泰就一门心思等着东方晓的答复，什么事情都没心思做。好在窗台上的花还鲜艳着，无聊时就浇浇水，一边想想送花人。其实送花人就在同一栋楼里，钟开泰完全可以直接去找她。但钟开泰告诫自己，这个时候可要稳得住，当前他唯一要做的就是工作工作再工作，而不可心有旁骛，让领导对自己有什么想法。

倒是胡小云偶尔会从办公室门外经过，好几次都见钟开泰在专心给窗台上的花浇水，心里不免一阵热乎。她也想进去坐一会儿，却有些犹豫，最后还是不声不响地离去，回了电教站。

六

从省城回来，东方晓就打了钟开泰的电话。两人一见面，东方晓就说："什么好事急着要找我？是不是老婆吃小蜜的醋，要我来调解？"钟开泰说："哪有你们做记者的这么风流？我长到三十多岁，还不知小蜜是啥滋味呢。"东方晓说："想知道小蜜的滋味还不容易，下次批发一个给你。"

说了一阵开心话，钟开泰赶忙把话头打住，说："找你来可不是跟你穷开心的，有件事还得请你出出主意。"东方晓说："有话就说，别老这么吞吞吐吐的。"钟开泰说："上次交给陆百里的医药费报告，他还是没给下文。"东方晓说："我知道那厮的意思，你没有什么表示，他是不会有动作的。"钟开泰说："陆百里不会是这种人吧，我们毕竟同学一场。"

"你这是一厢情愿。"东方晓说，"你在机关里待久了，人也痴呆了，好像不食人间烟火似的，他陆百里才不会这么书呆子气呢。你也知道，如今谁办事都是有交换条件的，何况你的报告也不是三五千元的事，陆百里要把它办成，也得费一点力气。"

钟开泰点点头，旋即又摇摇头，叹道："看来我真的落伍了。"东方晓笑了，说："你也没必要责备自己，其实你这是大隐隐于朝，没什么不好。"钟开泰说："你别挖苦我了，再这样，我的自信心就丧失得干干净净了。你还是说说，我该怎么向陆百里表示吧？"东方晓说："我出这趟差，家里积了不少烂事，等我把这些烂事处理了，再跟你联系。"

没几天，东方晓就打来了电话。他说："你准备一个大点的红包，等一会儿，有一部黑色奥迪会开到市委大楼前，到时你到车上来。"

钟开泰身上只有400多元钱，只得朝小张和另一个同事借了600元，凑齐一个整数，塞进衣袋，赶忙下了楼。还在楼厅里，就见奥迪车从大门外徐徐开进来，不声不响停在楼前的台阶下。上了车，东方晓就把驾车的人介绍给钟开泰，说是市房产信托投资公司的舒总。舒总很有风度地侧侧头，跟钟开泰点点头，算是打过了招呼，然后一踩油门，把车开出了市委大院。

在街上转了两个弯，到了财政局。把陆百里接上车，一行人去了城边的天湖娱乐城。从外面看去，娱乐城也就是一般的楼房，进到里面却豪华气派，还有保安把守及礼仪小姐引路。四个人转弯抹角，来到一处剧院式的大厅。说是剧院式，是因为其广大空旷，其实并没有舞台和观众席，而是一个大游泳池，波光闪烁，水雾缭绕。客人不多，水里六七双，水边三五对。见几位走进去，一个西装革履的中年男人走过来，跟舒总打招呼，那样子十分亲热。舒总在中年男人耳边交代一番，中年男人就走开了。舒总这才告诉身旁的东方晓几个，说这个娱乐城就是他开发的，老板是他多年的朋友。

说话间，服务员送上毛巾和泳裤。四个人走进一旁的小间，换上短裤，先后回到水边。正要下水，四个袒胸露腿的美貌小姐走过来，分头缠住四个男人，跟进水里。钟开泰哪里经历过这种场合，开始还有些不自在，下意识要挣脱小姐的拉扯。小姐就笑了，说："先生还是初次来这里吧？你别紧张，我又不会吃了你。"

钟开泰就在心里骂自己没出息。小姐又朝不远处努努嘴，说："你看人家表现得多么优秀。"钟开泰斜眼看看另外三个被小姐拥着的男人，果然一个个泰然自若，如鱼得水，好不风流快活。钟开泰也就坦然了许多，试探着把手伸过去，揽住了小姐的软腰。小姐于是趁机一返身，贴紧钟开泰。

钟开泰身上的毛细血管立即扩张开来，心想怀里的小姐要是胡小云就好了，下次一定带胡小云到这里来。一双手也不老实了，往小姐的要害处伸过去。小姐把钟开泰的手拨开，故意生气道："先生好好色哟，原来你刚才是装样子的。"说着抱紧钟开泰，双双沉入水底。

在水里游龙戏凤，足足开心了两个小时，几个人才出了池子。换衣服的时候，钟开泰没有忘记此行的初衷，把东方晓拉到一边，问他："今天我们来这里不仅仅洗澡吧？"东方晓说："你放心，误不了你的事，这还只是前奏。你带了多少钱？"钟开泰说："1000元够了吧？"

东方晓从身上拿出一叠票子，说："这里还有2000元，你也拿着。"钟开泰说："要这么多，不会害了人家？"东方晓说："这点钱就能害人？你难道真的一点不知市面上的行情？"钟开泰摇摇头说："我真的是小巫见大巫了。那什么时候给他？”东方晓说：“就这么直来直去地给？”钟开泰又犯傻了，说：“那又怎么给？”东方晓说：“待会儿你就知道了。”

两人说话的当儿，娱乐城的老板已经走过来，把四个人带进一个小餐厅。吃完饭后，钟开泰正不知还有什么节目，服务员已送上一副崭新的麻将。

也不知怎么的，这天钟开泰手气特别好，一上场就连赢了三把。东方晓就恨铁不成钢地狠狠踢了钟开泰一脚，钟开泰才幡然醒悟，意识到今天不是来赢钱的。之后他就小心了，除和了两把小牌，凡是大牌都咬着嘴皮放了流。东方晓和舒总也没怎么和牌，几乎是陆百里一个人在和。舒总还说：“我没打牌的命，一打牌人家就不再喊我舒总，而是喊我总输。”东方晓说：“下次我一定喊上三个姓舒的老总来打，那我就发财了。”钟开泰说：“如果不小心喊了三个姓银的老总，人家总赢不输，那你就惨了。”东方晓说：“中国人的姓也真有意思。我们台里有一个姓牛的编辑，跟男女老少都合得来，年轻点的同事都喊他牛老师，同辈的同事都喊他牛编辑。有一天不知谁省了一个辑字，喊了一声牛编，以后大家就不再喊他牛老师和牛编辑了，一律喊他牛鞭。他也不介意，牛鞭就牛鞭，答应得很亲切。”

这边三个你一句我一句地开心地聊着，那边陆百里却极少答腔，一双骨碌小眼来回扫视着手上和桌上的麻将，一副刻苦用功、兢兢业业的样子。就这么一来二去的，没几个小时，钟开泰口袋里的 3000 元就所剩无几了。

这时舒总的手机响了。到外面接了几分钟电话，舒总回来说：“对不起兄弟们，有一件棘手的事在等着，我得去处理一下。”几个人于是推倒麻将，出了天湖娱乐城。

要分手的时候，钟开泰试探着跟陆百里提了一下那 8 万元的报告的事。陆百里说：“这事我记着，能办尽量给你办，你在办公室等我的电话，不要老往财政局跑。”钟开泰小学生一样点点头，感激地说：“我听老同学的。”

报告的事吃了定心丸，但从袋子里输出去的那 3000 元钱，却让钟开泰有些发愁。钟开泰是组织部的穷人，就是成了办公室负责的，县里和市直机关那些要求进步的头头们，天天晚上往部长、副部长和管干部的一科、二科的科长、科员家里跑，也依然没人进过他的家门，他的全部经济来源也就是工资表上那七八百元的死钱。也就是说，要他拿出小半年的收入去填补这输出去的 3000 元钱，无异于断了他生存活命的后路。

就在钟开泰无计可施之际，东方晓从天而降，进了他的办公室。办公室小张认得东方晓，知道他是钟开泰的同学，又像以往一样知趣地走开了。东方晓转身把门关上，笑着对钟开泰说：“这个小张还挺机灵的，你当了主任，一定要把他提做副主任。”钟开泰说：“我哪有这样的权力？”东方晓说：“你可给严部长进言嘛。”

说着，东方晓递给钟开泰一把崭新的票子。钟开泰丈二和尚摸不着头脑，说：“这是什么？”东方晓说：“这是人民币。”钟开泰说：“我知道不是美元。”东方晓说：“你数数吧，刚从银行里提出来的。”钟开泰不数，仍然瞪眼望着东方晓。

“你不认识我怎么的？”东方晓说，“这是昨天你输出去的钱，至于我给你的那 2000 元，我已装进了袋子。”钟开泰还是没反应过来，疑惑地说：“你不是在耍魔术吧？”东方晓耐心地说：“昨天是舒总请客，怎能让你出钱呢？你出 3000 元钱是出血，他出几千几万是拔身上一根毫毛。”

钟开泰这才明白过来，放心地把钱装进口袋。

不用再为小半年的工资发愁了，钟开泰暗暗舒口气，说：“舒总对你这么豪爽大方，你们到底是什么关系？”东方晓说：“也没什么关系，只给他拍过两个吹捧节目。上个星期你打电话时，我不是正在省里吗？就是给他去送带子的。”钟开泰说：“想不到你的带子还这么值钱，我做这个办公室副主任有什么意思？到你那里去，你收留吗？”东方晓说：“你就不要得陇望蜀了，你是个做官的料，先把你的官做好做大，到时兄弟们也好癞子跟着月亮走，沾沾光。”钟开泰说：“但愿能有那么一天。”

钟开泰和东方晓借舒总的东风给陆百里烧了一把香，满以为这一回那 8 万元医药费的报告会变成现金了。又因陆百里跟钟开泰说得明白，不要天天往财政局跑，钟开泰也就铁了心守着办公室的电话机，等候陆百里的佳音。东方晓也老记着这事，每次到市委来采访或办事，总要跟钟开泰照个面，问陆百里拨款子过来没有。钟开泰不知是安慰自己，还是安慰东方晓，把握十足地说：“不急不急，我们的铺垫工作做得这么到位，陆百里不会不往心里去的。”严部长有事没事也喜欢进办公室坐坐，先聊聊别的，然后把话题绕到这事上：“小钟呀，这一段时间你辛苦了，为了部里那 8 万元的报告，你没少往陆科长那里跑，我知道如今弄两个钱回来不容易。我看哪，8 万元解决不了，四五万的也好，组织部的日子只要能维持下去就行了。”钟开泰感激严部长能理解自己，说：“严部长您放心好了，我了解陆百里，他答应了的事，是会兑现的。”

谁知左等右等，陆百里那边还是外甥打灯笼，照旧没有反应。钟开泰心里就有点发毛，心想这事如果泡了汤，东方晓帮了那么大的忙还放一边，反正是要好的同学，严部长这里却不好交差了，这么一点小事也办不好，不明摆着自己无能吗？对自己这种没了根底和靠山的机关小干部，无能就意味着前途暗淡，就意味着穷困潦倒，一辈子也别想有出头之日。

七

见钟开泰满脸的晦气，胡小云到办公室去的次数也就多了些，无话找话，跟他聊上几句，想给他减少点心理压力。

这天下午，钟开泰正在办公室里无所事事，几次抓起电话拨打陆百里的手机号码，拨到一半又犹豫着放下了话筒。这时胡小云走进来，要钟开泰陪她去见一个人。钟开泰说："见谁？不是男朋友吧？"胡小云说："去你的！见男朋友还要你去？是台长打了好几个电话，要我回去一下，有事要交代我，我见不得那老男人看女人时色眯眯的目光，想要你给我去壮壮胆。"

这样的要求，钟开泰如何拒绝？他跟胡小云出了办公室。

两人上了的士，胡小云让司机把他们送到了城外的河滩上。钟开泰说："你不去找台长了？"胡小云说："兵不厌诈嘛，不找个充分点的理由，你会跟我走吗？"钟开泰点着胡小云的鼻子说："你才是十话九不真哩。"

两人在河滩上走了一段，钟开泰想起那天跟东方晓几个去过的天湖娱乐城，真想也请胡小云到那里去潇洒一回，只是工作上的事没办成，也没情绪去开心，只好缄口不语。胡小云拿出一张报纸，铺到沙地上，先坐了，然后侧了头去瞅那波光潋滟的河水。钟开泰在一旁站着，迷茫的目光定格于水天相接处的一道帆影，心头生出一种莫名的伤感。

胡小云扭扭好看的腰肢，让出一半报纸，要钟开泰坐到自己身边。钟开泰迟疑一下，还是照办了。胡小云喃喃道："你跟你老婆恋爱的时候，来过这里吗？"钟开泰说："我跟她没恋过爱。"胡小云说："那跟谁恋过？"钟开泰说："跟谁也没恋过。"胡小云说："我不相信。"钟开泰说："信不信由你。"

话到此处，两人沉默起来。过了一阵，胡小云才突然说道："你就不想补上这一课？"

胡小云这话有些暧昧，钟开泰似已觉出了其中的含义，于是脱口说道："跟谁补？跟你？"胡小云的脸上顿时腾起两片红云，她伸手在钟开泰背上捶了几下，嗔道："你坏！"

夕阳西下时，两人开始往回走。胡小云从坤包里掏出一张薄薄的黄纸，递到钟开泰手上，说："昨天我上凤凰山给你抽了一签，是个上上签，和尚说你这一次一定旗开得胜，马到成功。”

看看黄纸上的四句谶语，都是说得圆又说得扁的似是而非、模棱两可的话，钟开泰心里自然不信，却非常感激胡小云的良苦用心，一边收好黄纸，一边说：“但愿你的美意能成为现实。”胡小云说：“苟富贵，勿相忘。你进步了，别想不起我来了。”钟开泰说：“我是那种人吗？”

也许是受到胡小云的感染，钟开泰心头又升起一丝丝信心。他鼓了鼓勇气，再一次去了财政局。可钟开泰还未来得及开口，陆百里就先说道：“我不是叫你不要老往财政局跑吗？你工作忙，我也上蹿下跳的，没有时间应付你。”说得钟开泰哑口无言，在科里站不是坐也不是，只得走人。

过一段时间还没音信，钟开泰又跑到了财政局。陆百里说：“老同学，你也太性急了，好事不在忙中取嘛，人家的事我没有义务牵肠挂肚，你的事我敢忘记吗？”钟开泰说：“你总得给我一个准信嘛，我心里也好有一个底。”陆百里说：“你叫我拿什么准信？”钟开泰还想说句什么，陆百里有些不耐烦了，说：“我说过，事情有眉目的时候，我会通知你的，办什么事没有一个过程？”

钟开泰意识到事情难得有结果，顾不得自己的臭面子，尽管陆百里不耐烦，他还是三天两头往财政局跑。最后陆百里干脆说：“现在正在搞医疗保险改革，政府领导指示不再批医药费，你那个报告恐怕有点不好办了。”

忙乎了两个月，一分钱没忙到手，仅仅讨得陆百里这么一句话。钟开泰心里恨恨的，真想伸出拳头，把陆百里的鼻子揍个稀烂。

怏怏然离开财政局后，钟开泰找到东方晓，把陆百里这个态度跟他说了说。东方晓开始还有些不信，说：“我知道陆百里不是好东西，但还不至于无赖到这个地步吧？”钟开泰说：“开始我也这么以为，现在我算看透了他，如果他陆百里再这样赖下去，我一不做二不休，找几个烂仔做了他。”

东方晓摇摇头，说：“亏你还在堂堂市委组织部混了那么多年，你说这话，好像是个没文化的小市民。”钟开泰说：“谁的忍耐性都有一个限度的，我不做他，就去反贪局告他那天在天湖娱乐城里收了我们七八千元的钱。”东方晓笑道：“那是娱乐，最多算是小赌，告他不倒的。”钟开泰说：“那不是变相受贿吗？省纪委上个月才发了文件，受贿 1000 元停职反省，受贿 2000 元就地免职，受贿 3000 元以上交司法部门处理，陆百里远不止这个数吧？”东方晓笑道：“那是省里最近出了几件受贿大案，省委做样子给中央看的，人家没谁当真，就你当真。何况受贿的是他陆百里，行贿的是你钟开泰，也是要一同追究的。”

钟开泰一时就没词了。东方晓低着头在地上走了两个来回，略有所思道：“我看还得在陆百里身上想想办法，你我的智商都不低，总会想出一个让陆百里就范的办法，让他把那 8 万元癌症病人医药费的拨款单送到你手上。我正好有空，现在就去财政局找陆百里。”钟开泰死也不肯再去财政局了，说：“我一迈进财政局的大门，头就疼，何况陆百里把话说到了这个地步，找也是白找。”东方晓说：“你怕陆百里吃了你不成？走走走，去探一下口风也好嘛。”

钟开泰没办法，只好和东方晓去了财政局。

这天陆百里不在财政局，行财科的人说陆百里住了院。问什么病住院，科里人说不出个子丑寅卯。离开财政局后，东方晓对钟开泰说：“这两天我抓紧把手头一个采访任务弄完，再约你去医院看陆百里。”

八

两天后，东方晓到组织部的宿舍楼里去约钟开泰。周春雨打开门，见是东方晓，就说：“大记者光临，是来采访钟开泰吧？他看来要出名了，先出名后升官，也是一条捷径。”东方晓说：“你别老想着让钟开泰出名升官，他升了官，又有权又有势，在外面包了二奶，看你吃不吃醋。”周春雨说：“我吃醋干什么？我不好也去养小白脸？”东方晓说：“你看我的脸白不白？”

开了几句玩笑，东方晓才对钟开泰说：“我已经给你打听清楚了，陆百里得了一样怪病。”钟开泰一时没反应过来，一本正经地说：“医学这么发达了，还有什么病称得上怪病？”东方晓说：“陆百里这病，医学上还没涉及这个领域。”钟开泰疑惑地说：“是你在故作高深吧，到底是什么病？”东方晓说：“妇科病。”

连一旁的周春雨都笑起来，说：“东方晓你真是个人才。”钟开泰也笑着说：“我知道你尽说鬼话。”东方晓一本正经地说：“谁跟你们说鬼话了？只不过陆百里那妇科病的妇字，应写作正副的副。”

钟开泰这才明白过来，骂道：“就你词汇丰富。”东方晓说：“你是知道的，陆百里也和我们一样，在科里做了多年的副科长了，而且科里也没正科长。不过行财科不是一般的科室，在财政局里面是一个很要害的码头，支出大权在握不说，还经常跟市领导打交道，能当上正科长，那副局长就指日可待了。”

接着东方晓告诉钟开泰，财政局为了安排行财科长，党组会不知开了多少个，意见就是统一不了。陆百里有一个显著特点，单位里其他人包括副局长们，他可以不放在眼里，但跟一把手的关系绝对铁。一把手的意思当然很明显，要让他来当这个行财科长，可其他的党组成员反对，说陆百里连党员都不是，做主要科室负责人不适合。其实也没谁硬性规定过做科长就非得是党员，只是现在机关里没几个不是党员的，那么多党员闲在那里做着主任科员、副主任科员甚至一般科员，却硬要陆百里这个非党干部做行财科长，局长也不好过于坚持。局长能够坚持的是，别人提的行财科长的名他也卡住。就这样，局长一直让陆百里主持着科里的工作，以后再慢慢想办法让他入党。这次陆百里住院，起因就是入党的事。陆百里从进财政局那天起就开始写入党申请书，写了那么多年，建党对象学习班也不知上了多少回了，就是入不了。行财科所属支部的党员也有意思，因为陆百里是局长的人，他们平时对陆百里的做派看不惯也无可奈何，但陆百里要入党，他们不投他的票，反正他们手上也就这点不是权的权。由于局长催逼，上个星期支部又把陆百里入党的事拿出来讨论了一番，结果还是没能通过。陆百里深深懂得，入党这一关没过去，他那个正科是没有太大希望了，所以一怒之下进了医院。不过陆百里虽然在医院里住着，但局长信任他，科里的事还是他说了算。

听完东方晓的叙述，钟开泰说："陆百里入不入党，与我们没关系，但我们应该到医院去安慰安慰他，也许在医院那种特殊的场合，不比在财政局机关里，容易沟通感情。"东方晓诡谲地说："就这么去不行。"钟开泰说："当然，得准备点什么礼品。"东方晓说："这是你的意见。"钟开泰说："那你的意见呢？"东方晓说："我的意见是你给我拿纸和笔来。"

钟开泰不知道到医院去看陆百里，与纸和笔有什么关系，站在那里不动。东方晓说："你舍不得？那我上街买去。"钟开泰说："你要干什么呀？"东方晓说："我要用你严部长的笔迹给陆百里写几句话，逗逗他，保证他买账。"

钟开泰这才明白过来，说："这恐怕不妥吧？严部长知道了会怎么样？"东方晓说："你别考虑那么多，听我的没错，即使严部长知道了，只要你能弄来银子，他也是高兴的。"钟开泰也没别的法子，只得说："那就试试吧。"给东方晓拿来了笔和组织部的函头纸。

没几分钟东方晓就弄出来了，那字还的确与严部长的挺相像的。钟开泰便说："你是如何模仿出严部长的字的？"东方晓说："我的字本来跟严部长的字风格接近。有次找你，你没在办公室，见你桌上严部长用钢笔写的一份讲话提纲，我闲着没事，就一边等你，一边模仿着画了几下，还真的八九不离十。"钟开泰说："还真有你的。"

细看信件内容，只见上面这么写着：

小陆：

你好！

听小钟说，你因工作劳累，贵体欠安，住进了医院，我深感惴惴。小钟还告诉我，你对组织部的工作支持很大，我在此表示感谢！本来要亲自去医院看望你的，无奈公务缠身，不能如愿，只好托小钟带去我的问候。另外，财政局有人反映，你的工作向来不错，可是你入党的事却一直未能得到解决，我也深表同情。不过你也不必太急，入党有个过程。即使一时入不了，也没太大关系，现在组织上也在注意培养党外人士嘛，我相信你这样的金子总会发光的。

不多说了，祝你早日康复！

钟开泰看完，忍不住大声笑了，笑够了，才说道："你这个东方晓，歪主意还真多，可你这话连我都不信，会哄住陆百里吗？"东方晓说："我当记者的，什么人没见识过？这个时候的陆百里，最需要的就是这样的信。不信我俩骑驴看唱本，走着瞧好了。"

两人象征性地在街上买了几斤苹果，就去了医院。

接过钟开泰递过的严部长的信，陆百里鼓大眼睛连续看了好几遍，看得一脸的春风。他激动地说："想不到严部长还这么关心我这样的小民，其实过去我也没为组织部帮过什么忙，我这是问心有愧啊。"钟开泰说："你那次破例给组织部拨了公务费，虽然钱不多，但严部长是非常感谢你的。"陆百里说："那是小菜一碟，又何必挂齿喽，这样吧，这次组织部这个癌症病人医药费的报告，我一出院就给你办，尽管还要局长画押，但我办的事，局长是不会否定的，何况这是给组织部办事。"

又说了一阵闲话，钟开泰和东方晓告辞出了病房。东方晓忍不住了，笑起来，说："我的预见没错吧？"钟开泰也笑了，说："只有你东方晓才想得出这种鬼点子，我算服了你们这些当记者的了。"

东方晓很得意，说："这次我用严部长的字给陆百里写信，下次再用这字给你们这些想当官的官迷们写任命书，以后保证你一出门，满街都是局长、副局长。"

九

陆百里没食言，出院后就把那 8 万元医药费的拨款单给组织部开了出来。

陆百里没把拨款单交给钟开泰，而是直接给了严部长。陆百里瞄准了严部长在部长室便找来了。当时部长室只有严部长一个人，陆百里一进去就轻轻把门掩上，毕恭毕敬喊了声严部长。

有次严部长去财政局考察班子时，刚好是陆百里搞的接待，所以严部长认识他，加上部里又有要钱的报告在陆百里手上，严部长对他的印象便更深了一层，于是很客气地请他坐。陆百里欠着身子，用半边屁股挨着沙发，满脸感激地说："严部长您那么忙，还时刻惦记着我，我真的感到非常不安。"

严部长一时就蒙了，有些不知所云。不过像严部长这样的领导，城府是很深的，轻易不会让疑惑浮现在脸上，何况严部长也看得出来，陆百里一脸的真诚。所以严部长始终含而不露地微笑着，没有打断陆百里。陆百里之前还有点紧张的心情也就放松了，不失时机地从身上拿出那张拨款单，双手递给严部长，说："这是科里给组织部拨的医药费。现在财政确实太困难，又正处在公费医疗保险改革的特殊时期，只能先解决这一点，以后再另想办法。"

见是拨款单，严部长当然高兴，一连说了几句感谢的话。陆百里也就见好就收，退出严部长的办公室。

陆百里就这样跟严部长接触上了，而且日渐频繁。组织部长是易地为官，严部长同样是外地人，老婆又没调过来，夫妻俩经常搞鹊桥会。陆百里竟然能够探听到严部长的行踪，给他联系比组织部更好的小车，方便的时候，甚至自己跟车陪同，为严部长的吃住做十分周到的安排。

见陆百里机灵能干，严部长非常满意，后来有什么事情，还会主动找陆百里。比如碰上节假日，闲下来没什么事可做，回家又嫌时间匆忙，严部长便拨打陆百里的手机，约他见面。陆百里自然脚打莲花落，飞快地来到严部长身边，一起散散步，打打牌，或者找个山清水秀、僻静无人的地方，一边挥竿垂钓，一边聊些在别的场合不好说的话题，让一分被官场和复杂的人际关系搅得有些烦乱的心境得到暂时的休憩。

这样一来，两人的感情也就越见深厚。

后来市委统战部推荐一批民主党派和党外人士进市直机关任副职，名单送到组织部，严部长见上面少了一个人的名字，就打电话给统战部长说，据说财政局有一个叫陆百里的不是党员，人品和工作能力都不错，财政局的领导班子里面又没有党外人士，怎么推荐名单上没有陆百里？

统战部长也是部长，而且还是市政协专职副主席所兼，但部长与部长是有区别的，统战部长推荐的名单，组织部长没点头，那便是一张废纸。所以严部长一个电话，统战部长立即派人到财政局摸了一下底，把陆百里的名字补了上去。严部长这才主持召开部务会，通过了部分名单。陆百里虽然是副科长，到副局长那一级，中间还隔着一个正科的台阶，但机关里的领导班子，根据规定要按比例配备党外人士，党外人士又不够，免不了要越级安排，陆百里也就按惯例顺利入围。接下来只等市委常委会讨论通过了。

得知这一佳音，陆百里心里很受用，读中学时老师教的那个塞翁失马的成语突然回到了他的脑海里。他心想，当初费尽心机入不了党，正科长的位置因而一直轮不到自己，没想到如今却恰恰因为没入党，竟然歪打正着，有了做副局长的机会。

钟开泰负责办公室后，要在部务会上做记录，对陆百里被推荐做财政局党外副局长的事当然清楚得很。他仿佛苍蝇入喉，浑身不自在起来。他想都没想到，东方晓捏造严部长的信，原是想糊弄一下陆百里，谁知这小子却拿鸡毛当令箭，顺着竿子往上爬，竟把那张8万元拨款单直接送到了严部长手上，从此跟严部长挂上了钩。这样一来，当事人钟开泰就与那8万元拨款单没有多大关系了，本来要以此为自己的进步铺一条阳光大道的，到头来却白白为陆百里忙乎了一番。

时间一天天过去，部里好像还没有任何迹象可以表明钟开泰有进步的可能。

钟开泰心理一下子失去了平衡。这种失衡又慢慢升级，最后成了一种拂之不去的情绪。这种情绪有两个字可以勉强概括，那就是气愤。钟开泰气愤自己就这么被陆百里耍了，还找不到回击陆百里的手段。

由于心头笼罩着这气愤的阴影，钟开泰竟至于寝不安、食不甘的地步。人也变得很憔悴，一张脸像懒婆娘屋里的抹布，要多难看有多难看，头发仿佛被秋霜打过，一抓一大把，一下子似乎就老去了十岁。组织部的人见他那苦大仇深的样子，以为他又得了病，纷纷劝他去医院查查，讳疾忌医是会吃大亏的。有人还开他玩笑说，钟主任你可得爱护自己的贵体哟，万一有个三长两短的，那不要给我党我军造成重大的无法弥补的损失？

周春雨也很担心，反复劝钟开泰上医院。钟开泰自然不予理睬。周春雨只好趁星期天钟开泰在家闲着没事，把自己在医院当内科主任的舅舅喊到家里来，要他给钟开泰看看。钟开泰觉得好笑，对周春雨的舅舅说：“你别听她瞎说，我什么毛病也没有。”说完，开门去了办公室，想一个人清静几分钟。

在办公室屁股还没坐热，东方晓就把电话打了过来，说：“打你家里电话，你不在，星期天不陪老婆，在哪里鬼混？”钟开泰说：“我在办公室，有点杂事。”东方晓说：“听说陆百里就要做财政局的党外副局长了，是真的吗？”钟开泰说：“已经报到常委去了。”东方晓说：“他这不是坐直升飞机吗？是谁看中他的？”钟开泰说：“你东方晓看中的。”

“看不出来嘛，钟开泰你也学会了幽默？”东方晓说，“你知道吗？做男人的美德就是幽默。”钟开泰说：“你不给陆百里敲门砖，他能有这么大的进步？”

接着钟开泰把事情的原委跟东方晓说了说。

东方晓闻言，有些不相信，说：“不可能吧？我们这不是弄巧成拙了吗？”沉默片刻，东方晓又说道，“你的事情呢？严部长有什么表示没有？”钟开泰说：“那 8 万元医药费全成了陆百里的资本，严部长还会对我有什么表示？”

东方晓说：“都是我自作聪明，把事情弄成这样，你到台里来给我两耳光。”

十

放下电话后，钟开泰还在办公室里枯坐着不愿离去，直感到从头到脚都已凉透。其实此时还是秋末，天气还暖和着哩。

钟开泰心里说，算了吧，命里有时终须有，命里无时莫强求，自己命运不好，又没有陆百里那样的手段，又能怪谁呢？这么自叹着，窗外的夜幕已经浓重起来。这时有人在外面轻轻叩响了办公室的门。钟开泰有些奇怪，这个时候会有谁来敲门？

打开门，竟然是胡小云。

钟开泰有一丝惊喜，说：“原来是你？这么晚了，还到办公楼来做什么？”胡小云说：“就兴你到办公楼来，我却来不得？”钟开泰说：“我可不是这个意思。”胡小云说：“我来取点东西，见你办公室有动静，估计是你，过来瞧瞧。”

钟开泰这才发现胡小云手上还提着一个布包，他心里就预感到了什么，忙问道：“什么东西这么重要，不可以明天来取？”胡小云说：“我要离开电教站了。”钟开泰吃惊不小，说：“谁要你走的？你不是干得好好的吗？我还说了，忙过这一阵，就给你到严部长那里说说。”话一出口，钟开泰便意识到自己说的是废话，自己眼看连办公室负责的都要不是了，哪里还有机会到严部长那里去为胡小云说话？

钟开泰恨不得狠狠给自己一记耳光，打掉一点自己的傻气。胡小云说：“是我自己决定走的。电台搞机构改革，不调走，又不回去，台里是要除名的。”钟开泰说：“你的决定也许是正确的，凭你的天资，继续做播音，一定会有所作为，肯定不比待在机关里差，只是……”

说到这里，钟开泰一时语塞，目光抛向窗外，不知如何往下说了。胡小云说：“只是什么？”目光里满含了期待。半天，钟开泰才把目光从窗外收回来，沉重地说：“只是以后难得再跟你在一起了。”胡小云笑了，说：“这有什么难的，你有心，打个电话，我就会出现在你面前。”

离开办公室后，钟开泰送胡小云来到市委大门口，要给她叫辆的士。胡小云说：“就要分手了，以后在一起的机会也不会太多，你不想跟我走走吗？”其实这也是钟开泰的想法，他正愁自己这浑浑噩噩的日子不知如何煎熬，有这么一位红颜知己在侧，暗淡的生活不也会增添几分亮色？

“好吧，我送你回家吧。”钟开泰说。两人于是并肩走进五光十色的街影里。

走着走着，钟开泰忽觉肚子饿起来，才意识到自己还没吃晚饭，就跟胡小云走进街边的小吃店。点了几道小菜，要了一瓶葡萄酒，两人慢慢对饮起来。钟开泰说：“葡萄酒可是女人酒，温柔缠绵，醉人还醉心哪。”

胡小云微笑着看着钟开泰，偶尔跟他碰碰杯，轻抿一口。钟开泰也不要胡小云劝，喝得很直爽，只是不怎么吱声。胡小云知道钟开泰心头的苦衷，也很少说话，只是静静地陪着他。在胡小云心里，这个沉思着不声不响喝闷酒的男人，确有几分厚道、可爱。

一瓶酒喝光后，半醉的钟开泰还要向店主要酒，胡小云怕他不胜酒力，不让了，将他拉出了店子。

后来两人就进了一条小巷。

“这是条回家的近道，白天去上班，我都是走的这条巷子。”胡小云说。开始巷子里还稀稀拉拉有几只亮着的路灯，后来那些路灯便哑巴一样没一只有动静了，越往里走也就越黑暗，行人也越来越少，最后巷子里就剩下钟开泰和胡小云二人了。胡小云不觉就往钟开泰身边靠近点。突然一个黑影吱一声叫着蹿向墙根，胡小云尖叫着扑进钟开泰怀里。钟开泰将胡小云搂紧点，在她肩上拍拍，说：“不用怕，是只该死的老鼠。”

这是两人第一次搂在一起。钟开泰觉得搂着胡小云的感觉实在奇妙。

就这么搂着走过了那段黑暗的巷子，直到出了巷口，头上有了几盏亮着的路灯，胡小云才从钟开泰的怀里抽身出来。不知是酒的作用，还是刚才搂得太紧，两人的脸上都热辣辣的，一时变得默默无言。

沉默着走到胡小云的家门口，钟开泰停下来，开口道："你走吧，我看着你进了屋再走开。"胡小云点点头，乖乖地向楼道口走去。见胡小云已经隐入那幽黑的楼道，钟开泰正准备走开，不想胡小云又忽然转身回来，对他说："你不想进去坐坐吗？"

钟开泰看看表，都快十一点了，说："这么晚了，不会影响你家里人休息？"胡小云扑哧笑了，说："你真是官僚主义，跟你在组织部同事这么久了，你还不知道我的父母都在县城里，我一直是一个人住。"

于是两个人进了那套老式的两居室的房子。

胡小云拉下宽大的紫色窗帘，回头给钟开泰倒了一杯水。钟开泰刚喝了两口，胡小云又起身去开了冰箱，端出一盘葡萄，要钟开泰吃。

"今天跟葡萄有缘啊！"钟开泰说，忽然他想起一句绕口令来，于是说，"吃葡萄不吐葡萄皮，不吃葡萄倒吐葡萄皮，你知道这是为什么吗？"胡小云说："那是用来说相声的，你也当真？"钟开泰说："那葡萄一定很好吃，吃的人只顾狼吞虎咽，自然没耐心吐皮，而一旁没吃葡萄的人见了，觉得不卫生，忍不住要劝吃葡萄的人吐葡萄皮，劝多了，吃葡萄的人有些不耐烦，对不吃葡萄的人说，要吐你就自己吐吧。"胡小云笑道："那今天你是吐葡萄皮，还是不吐葡萄皮？"

吃了一会儿葡萄，胡小云又坐不住了，起身开了墙边的音响，整个屋子就盛满刘欢那张力十足的嗓音。钟开泰熟悉这支曲子，是众所周知的《从头再来》。一双眼睛就合上了，不知缘何，泪水竟渗出了眼角。一曲终了，钟开泰还沉浸在那悲壮的旋律里，眼睛依然合着。

见状，胡小云又将音乐循环播放，而且过来拉起钟开泰，把他的双手放到自己柔软的腰上，合着节拍缓缓摇荡起来。摇着摇着，两人就紧紧黏住了，连两片滚烫的嘴唇都铆在了一起。一股强大的幸福的潜流将钟开泰整个地裹住了。他暗想，那个办公室主任的位置，又算什么呢？胡小云这风情万种的芳唇可比什么都重要啊！

钟开泰沉醉了，拥着怀里的女孩，倒在床上，下意识地剥开了对方……

就在钟开泰的双手向胡小云那瓷一样光洁的美乳上伸过去的时候，屋角的电话不识时务地猝然响起来。两人都吓了一跳，顿时松开对方。胡小云惊慌地从床上弹起，捂住自己的裸胸，仿佛不认识钟开泰似的瞧他一眼。钟开泰悲哀地发现，胡小云眼里那撩人的渴望和情欲已经消失得无影无踪，取而代之的是恐惧和哀怨。

胡小云匆匆走向屋角，拿起电话，旋即搁下电话，跌坐在沙发上，无奈地对钟开泰说："是催话费的电话。"

钟开泰颓废地坐在床边，无力地说："他们怎么这个时候来电话呢？"胡小云说："那电话是事先输进电脑里的，你的话费一天没交，它就每天定时给你打几个电话，叫你不得安宁。"钟开泰摇摇头，心里说，人走背运，连电脑都敢捉弄你。

胡小云这时已站到屋子中间，将胸前一粒扣错了的扣子扣好，歉意地说："要不要再听听刘欢的歌？"钟开泰已站起身，一边悲伤地摇摇头，一边缓缓向门边走去。

他喜欢刘欢的歌，尤其是这首《从头再来》，可他心里明白不过，世上有些事情，恐怕是不可能从头再来的。

十一

常委研究的结果很快出来了，陆百里被确定为财政局副局长。不过最近省委组织部对提拔使用干部增加了一道新的程序：公示制度。所谓公示制度，就是被提拔的对象在正式任命前，要先在新闻媒体上公布，让全市人民都来监督。公示时间半个月，确实没有什么问题，也无人告状举报的，才下达红头文件。

陆百里和另外几名被提拔的副处级干部的名字，随即上了当地电视和报纸。电视台的这期节目就是东方晓做的，做完节目他就给钟开泰打来了电话说："你知道吗？陆百里马上就要在电视里公示了。"钟开泰说："听说了，但还没看到电视和报纸。"东方晓说："今晚的电视，你注意看一下。"

钟开泰无话可说，只觉得浑身没力，正要放电话，东方晓又说："明天下午你在市委门口等着，我要跟你见一面。"钟开泰说："还想为我的进步出主意？我看算了吧，我认了，没当官的命。"东方晓说："难道你就这么经不起打击？"

拿东方晓没法，钟开泰第二天下午还是如约来到了市委门口。不一会儿，东方晓就赶了过来，肩上挎着一部小型摄像机，手里提着一个架摄像机用的小三角架。钟开泰说："要我陪你去搞采访？"东方晓说："今天没采访任务。"

钟开泰说："那你又扛着机子干什么？"东方晓说："扛个机子好玩，你也好学学摄像嘛。"

这段时间钟开泰工作积极性不高，在部里待着也不想做事，跟东方晓混混也无所谓。就跟着东方晓横过马路，再穿过两条巷子，来到一个叫阳光花园的宿舍区，进了一处单元楼道。爬到六楼，东方晓掏出钥匙，开了西边一套房子的门。

一股久无人居的腐味扑面而来。钟开泰问："这是谁的房子？"东方晓没出声，伸手捞开头上的蛛网。钟开泰又说："你这里还有一处房产，怎么从没听你说起过呢？"东方晓说："是过去我和女友住过的房子。"钟开泰说："你的女友哪儿去了？不是现在的老婆吧？看样子，这房子好像好久没住人了。"

东方晓把摄像机和三角架扔到布满灰尘的沙发上，回身轻轻掀开席梦思床上的床罩。床上的被子叠得很方正，床单也铺得平平整整。东方晓说："这床铺还是我女友离开这里时铺的。在这张床上，我和女友度过了三百多个最销魂、最难忘的夜晚，我一生中最强烈的激情和最美好的记忆都留在了这张床上。后来我尽管与另一个女人成了家，养了儿子，但那份刻骨铭心的幸福已经远去，不再回到我的心上。"

东方晓这么说着，显得有些伤感，这与他一贯的嘻嘻哈哈的风格大相径庭。钟开泰还从没见东方晓这么多愁善感过，也受到了感染，说："你当初为什么不跟她结婚？"东方晓说："她的父母都在日本，她在跟我认识之前就办好了出国手续，是因为我才拖延了去日本的日期，她要我也跟着她去日本。"钟开泰说："那你怎么没去？好多人想出国，还出国无门呢。"东方晓说："我是个地地道道的民族主义者，我非常恨日本鬼子，早就发过誓，这一辈子绝不跟任何日本人打交道，更别说到日本去了。"

钟开泰暂时忘记了几天来自己心头的烦恼，他已被东方晓的故事感动，说："我好像在听一个非常古老的经典故事，为了你的民族主义，你最后牺牲了神圣的爱情。这样的故事在我们生活中已经久违了。"东方晓说："别把我说得这么崇高。"

两人沉默了好一会儿，钟开泰把眼光从席梦思上挪开，转身将那扇紧闭的窗户打开了，西边的夕阳和悠然山影历历在目，有一股清新的风从窗外吹进来，将房里的腐味拂走。东方晓一边支开小三角架，一边说："我们开始工作吧。"

钟开泰有些不知所云，说："工作？什么工作？"东方晓说："你把我的摄像机拿过来。"钟开泰还愣在那里，仿佛不知摄像机为何物似的。东方晓说："你耳朵有点背是吧？"钟开泰这才拿起摄像机，送到东方晓手上。钟开泰说："原来你今天是要我来陪你拍风景片，可现在正好逆光，你能拍到什么？”东方晓说：“等一下太阳就会下山的。”钟开泰说：“你要拍片，什么地方不可以拍，非得到这六楼上来？何况这个角度也没什么好拍的。”

“谁说没什么好拍的？”这时东方晓已将摄像机安装到小三角架上，说：“你过来看看？”钟开泰就把头伸出窗外，东张西望了一会儿，也没发现什么好景致，摇了摇头说：“我是粗人一个，没有艺术眼光。”东方晓就指了指前方说：“你看那栋高楼是什么单位？”钟开泰说：“谁不知道那是财政局的办公大楼，可这样的楼房哪里没有？我看不出有什么值得入镜的地方。”

东方晓又往右边方向指指，说：“那里呢？”钟开泰说：“那是财政局的宿舍楼呀。”东方晓说：“我们这个地方的妙处，就是同时可以看到财政局的办公大楼和财政局的宿舍楼。”钟开泰说：“我还是不懂你的意思。”东方晓说：“陆百里每天要从大楼里或者宿舍楼里进出，你站在这个窗口前，自然一目了然。”

这一下钟开泰似乎意识到了什么，想了想说：“你是说，我们要通过这部摄像机，把陆百里的行迹拍下来？”东方晓说：“看来你并不笨嘛。”钟开泰说：“拍陆百里何用？”东方晓说：“当然不是随便拍，要选准时机。白天可拍的东西自然不多，那些见不得人的事情总是在晚上发生的。”钟开泰说：“我算明白了，你是在搞克格勃。”东方晓说：“你明白了就好，现在陆百里的副局长不正处在公示阶段吗？以后每天下午下班前，我们就到这里来盯着，如果陆百里下班后没有往家里走，或者晚上从家里出来要到哪里去，我们就拿着摄像机偷偷跟在他后面，只要逮住他的狐狸尾巴，再把带子整理出来，往纪检委一送，他陆百里就过不了公示这一关。”

钟开泰被东方晓说得亢奋起来，心里说，陆百里呀陆百里，你的副局长位置要想最后到手，还得过这一劫。但钟开泰还是极力抑制住自己的兴奋，说：“东方晓我算服了你了，你这样的人才做个记者实在太可惜了。”又说，“只是我们犯得着这么做吗？”东方晓说：“我想也犯不着，但你不觉得，我们的生活是不是太单调了点？”

钟开泰想想，很以为然地点了点头。

十二

此后，每天下午 5 点没到，也就是下午下班前，钟开泰和东方晓就会来到阳光花园，走进六楼西边的房子，手上提着在街上买的盒饭，誓要在这里守上一阵子。

只是这段时间，陆百里一下班就往家里走，回到家里再也没出门，仿佛是故意与他俩较劲似的。两人就很纳闷儿，一边瞟着窗外的灰色楼房，一边聊起来。东方晓说：“作为负责拨付全市三百多家行政事业单位经费的财政局实权科室的实权派，千人请万人求，我不信没人邀他出去。”钟开泰说：“他陆百里就这么洁身自好？”

东方晓笑笑，说：“你不知道，记者这个行当，报喜不报忧，看不惯的事情想曝一下光，领导又不签发，搞得我们自己都快瞧不起自己了，有时几个记者没事在一起，就把听来的这些段子拿出来发泄，让嘴巴过一下瘾。”

钟开泰就出点子，说：“反正我们待在这里也没事做，你今天再过过瘾吧。”东方晓说：“光我一个人说不行，一人一个段子地来，说不出就趴地上做俯卧撑。”钟开泰说：“这个主意不错，容易打发时光，你先说。”东方晓说：“你先说，你在要害部门，听得多，也见得多。”

两个人这么胡说八道了一通，钟开泰觉得有些无聊起来。钟开泰说：“我们还是说些别的吧，比如你跟你女友的事，你们当初是怎么认识的？她到底有什么独特的地方，那么吸引你？”东方晓仰着头，望了一会儿天花板，才悠悠地说：“想想她也没有什么独特的地方，无论是身材还是长相，但我喜欢她的笑容，喜欢她说话的声音，特别是她走路的姿态，轻盈、婀娜却没一点作秀的味道，给人一种朝气蓬勃又脚踏实地的感觉。”

东方晓说着，语调里显露着一种无法自抑的激动，脸上浮起无限的向往。他说：“第一次看见她时，我就站在这扇窗户前，当时我在赶写一期节目的台词，是台长吩咐的特稿。我花了一个下午的时间把稿子赶了出来，这才觉得背心酸痛，两眼发涨，就站起来伸了个懒腰，推开窗户，想望望远处，放松一下自己。这时夕阳已经西去，落霞满天，整个城市都融在美丽的霞光里。我从没见我们的城市这么美过，我的心情为之振奋起来。恰在此时，窗外的街旁挪过一个袅袅婷婷的身影，在霞光里显得那般生动，那般卓尔不凡。我简直被迷住了，忍不住拿过相机，把这个身影拍了下来。后来我每天下午唯一要做的功课，就是打开这扇窗户，等候那个身影的出现。不到十天，我桌上已经有了二三十张不同角度和不同色调的照片，我发现这是我做记者以来，拍得最好、最成功的一组照片。望着这些照片，发了一阵呆，最后做了一个决定，要把这些照片亲自交到主人手上。那天下午我不再等在窗前，我来到了那个身影经常出现的地方，就这样，我和她认识了。”

说到这里，东方晓停了下来。钟开泰却还痴在那里等待着下文，直到意识到东方晓已经停止了叙述，才问他：“你怎么不说了？我还在等着呢。”东方晓说：“该你了。”钟开泰却摇摇头说：“我可没你浪漫，这辈子没爱过，也没被爱过。”东方晓说：“不会吧？偌大的世界，难道没有一个令你倾心和倾心于你的女人？”

经东方晓这么一说，钟开泰忽然想起胡小云，想起那个难忘的开了花却没结果的夜晚。他若有所失地说道：“真的，我结婚是经人介绍的，除了妻子，没跟任何女人有过实质性的接触。”东方晓说：“你听说过一句话吗？人生没真正地爱过，就等于白来这世上一遭。”钟开泰说：“是呀，我也常常这么想，可你知道，真正的爱情是可遇不可求的。”

东方晓不肯放过钟开泰，说：“我把我的故事交了出来，你却什么也不说，我们刚才订的岂不成了‘《辛丑条约》’？你没爱过，即使编你也要编一个故事给我听听。”钟开泰说：“我有编故事的能力，当记者或作家得了，还用得着做这个说不起话也办不了什么事情的办公室副主任？”

两个人你一句我一句地说着，不经意间就到了夜里。估计陆百里不会出门了，才关上窗户回家，等着第二天下午再来。

不知不觉二人就在这个六层楼上的房子里待了六七个下午，也神聊海侃了六七个下午。钟开泰发现，尽管要做的事没做成，但却觉得每天来这里待上一阵子很有意思。在机关里待久了，每天都是文件呀、材料呀、会议呀什么的，最多也就一些谁谁谁进了常委、谁谁谁做了某局局长、谁谁谁被纪委传了去一类与己无关的小道消息，实在让人提不起兴趣。倒是这几天跟东方晓到这个无人知晓的地方来放暗哨，一边海阔天空地说些在机关里说不得的话，多少给自己沉闷的生活增添了些新的内容。

钟开泰想，自己这一辈子说过和听过的话加在一起，恐怕也没有这几个下午说过和听过的多。他想，能不能抓到陆百里的把柄，其实一点儿也不重要了，重要的是能跟东方晓一起，在这个叫作阳光花园的六楼里，度过了这么一段很有意思的时光。

十三

这天上午，钟开泰懒洋洋地走进办公室时，老主任那个空了几个月的座位上坐了一个人。那是二科的一位姓陈的副科长，钟开泰也不怎么在意，随便招呼道："陈大科长今天有空光临办公室了？"陈副科长说："是严部长要我来的，他说办公室力量不够，要我过来协助你负责办公室的工作。"

钟开泰傻傻地站在座位前，将陈副科长盯了半天。他终于明白过来这是怎么回事，苦涩地笑笑，说："欢迎啊，陈副科长，哦不，陈主任！你是能人，你来主政，办公室的工作一定会大有起色。"姓陈的就说："哪里哪里，还得钟主任你多多扶持。"

钟开泰的理解一点没错，下午的部务会便再没人通知他钟开泰，而是让姓陈的取而代之。钟开泰郁郁寡欢地在办公室坐了半个小时，就神情恍惚地出了门。

也不知自己要到哪里去，他低着头在街上绕了半圈，不知不觉来到一个处所，猛抬头，竟然是几天前的晚上跟胡小云走过的那条小巷。钟开泰这才意识到他一直在想念着胡小云。是呀，活了半辈子，事业无成，官不官民不民的，想想已没有一件东西值得珍惜，唯一使自己感到欣慰的就是遇上了胡小云，虽然他们没能走出那最后的一步。

钟开泰一边这么胡思乱想着，一边缓缓挪动着脚下的步子，不一会儿就来到了巷口。前面就是胡小云住的那栋不高的红砖楼，那一袭紫色窗帘依然垂挂在二楼的窗前。钟开泰不免又是一番浮想，思维一下子回到那个难忘的晚上。就在那紫色窗帘里面，两人的故事顺理成章地朝前发展着，谁知故事快进入高潮时，那个该死的电话响了，生生地断送了两人的善缘。

这就是人生的无奈啊！钟开泰深深地叹息一声，伸手在头上捶了捶，不甘心似的走进那个楼道。在胡小云家门口犹豫了一阵，钟开泰还是伸出手指，在门上叩了几下。然而里面却没有任何动静。钟开泰这才想起，此时正是上班时间，胡小云也许正在台里忙乎着哩。

离开红砖楼后，钟开泰没有往来时路走，信步上了一条刚修好的水泥路。这是新辟的经济开发区，两旁的门店如林。也没兴趣欣赏街景，钟开泰只顾低了头独行。走着走着，有人猛地撞了他一下，钟开泰抬起头来，是一个女孩横过街角，在欲进店门时与他遭遇了。女孩歉意地瞥他一眼，钟开泰的身上就电击般颤了一下。

原来那女孩跟胡小云非常相像，不细看还以为就是胡小云本人。尤其是那双大眼睛，美丽水灵，有一股勾人的魔力。女孩的目光只在钟开泰身上稍作停留，然后就低头进了店。

那是如今整个中国的城市里都能看到的普通的美容美发店。钟开泰瞧了瞧玻璃门上那带有色情意味的裸女图，继续懒懒地赶自己的路。走了几步，又忽然刹住了，若有所思地转身折回来。在门口徘徊了一阵，才鼓足勇气，迈进店门。

店不大，三四个服务小姐正在给客人洗头，只有刚才跟他相撞的那个女孩闲着，在看报纸。见有人进了门，女孩就用她那很职业的目光往外瞄了瞄。大概认出了钟开泰，女孩脸上浮出一层红云。她走过来跟钟开泰打招呼道："先生是洗头还是洗面？"

对女孩的问题，钟开泰毫无准备，一时竟然不知如何回答才好。他是组织部的干部，平时除了工作需要，陪上面来的处长、科长到这样的场合来过几回外，单独一人深入虎穴，这可还是头一回。而且他压根就不是来洗头洗面的。可扪心自问，到这个地方来，不洗头也不洗面，那不是发神经吗？

钟开泰心里想，洗就洗一个吧。死都不怕，还怕洗头、洗面吗？于是他冲着女孩点了点头。女孩的脸上就更灿烂了，说："下面没位置了，先生楼上请吧。"

钟开泰就跟女孩上到楼上，进了一个全封闭的半明半暗的小包房。女孩的双手又轻又柔，按部就班地抚弄着钟开泰的面部。钟开泰微合着双眼，把女孩想象成胡小云，一心感受着胡小云的抚摸。

洗面的程序很快进行完毕，女孩附在钟开泰耳边，柔声细语："先生还要别的服务吗？"钟开泰依然合着眼，仿佛已经睡着了。他当然知道别的服务的含义。如果是以往，钟开泰就是有这个贼心，也没有这个贼胆，他要为维护他组织部干部的光辉形象压抑住邪念，要为组织坚守贞节。但现在不同了，进步无望，前途暗淡，连一个小小的办公室主任都捞不到手，难道还有什么需要顾忌的？如果再这么苦行僧似的守身如玉，岂不显得有些虚伪可笑？

而且一开始，钟开泰就把这个女孩看作胡小云，今天就当是跟胡小云在一起，也好了却了自己的一分心愿。

见钟开泰躺在那里一动不动，女孩就开始动手去解他的裤子。将他剥光后，女孩又主动把自己脱得一丝不挂。这个过程女孩做得快速、简洁，完全是专业化的。然后女孩拱过来，偎进钟开泰的怀里，一边故作多情地喃喃道："先生真是艳福不浅，我可还是一个没开过苞的黄花闺女哟。”

钟开泰当然知道女孩的话当不得真，黄花闺女会这么老到？他并不在乎她是不是黄花闺女，他在乎的是这个女孩得是胡小云，哪怕是想象中的。这么不出声地自忖着，那个地方就剑拔弩张起来。

一激动，钟开泰猛地翻到了女孩上面。

这时钟开泰脑袋里产生了一个念头，他想近距离地仔细瞧瞧女孩那双美丽的大眼睛。他不就是冲着这双可爱的大眼睛来的吗？也许这双眼睛更能调动他的激情。这么想着，钟开泰睁开了自己的眼睛。

那双美轮美奂的大眼就在他的眼皮底下，焕发着比钟开泰刚进店门时更具震撼力的魔鬼一般的光芒。这也许就是每一个男人最渴望遭遇到的目光了，它有充分的魔力唤醒男人的情绪，把男人整个的能量和生命给调动起来。有那么一瞬，钟开泰彻底崩溃了，他没法抵挡这目光的攻击。

可不知怎么的，钟开泰还是在那双魔眼里发现了破绽，那是一丝不易察觉的邪恶和冷漠。而这样的邪恶和冷漠，在胡小云的眼睛里是绝对不存在的。钟开泰无声地说，原来这个女孩压根就不是他心目中的胡小云。钟开泰心中的幻影顿时消失得无影无踪，他那被挑逗得野马一样疯狂的激情受到重创。深深的悲哀像一团阴云，整个儿地覆盖了钟开泰。

钟开泰当然并不想就此罢休。他想，既然已经到了这个地步，哪怕这个女孩根本就不是胡小云，他也有必要把该做的事情做完，就为了那一分简单的欲望，为了心头那积压了许久的抑郁和怨恨得到一个宣泄的机会。他努力摒弃着心头的杂念，集中了全力去进行突破。

可钟开泰发现麻烦来了，不知何时他已经变得疲软无力，毫不中用了。

女孩也感觉到了这个变化，她想帮帮钟开泰，老到地腾出玉手去搓揉他，想让他重新变成男人。可没用，钟开泰毫无起色，依然是一副垂头丧气的样子。两个人都失望了。

钟开泰自怨自艾地想，一个男人不能走下坡路哟，一走下坡路，连小兄弟都变得不思进步，没一点出息了。

十四

钟开泰几乎是万念俱灰了。唯一还能激发他的兴趣的，便只有那个阳光花园了。这天下午，他在办公室昏昏沉沉待了一阵，又行尸走肉般出了市委大楼，在街上游荡起来。不知不觉又来到阳光花园，一看手表，才三点多，离跟东方晓约定的时间还差整整两个小时。钟开泰想，不是自己犯了瘾症吧？他本来想转身离去，等两个小时后再来，可一双脚却不听他的使唤，仍然往里挪动着，而且一步步往楼上登去。

到了六楼，钟开泰才意识到自己没有房门钥匙。也是怪了，他正木头一样在门口呆立着，楼道下面有脚步声传了过来，来人竟然是东方晓。

东方晓也发现了钟开泰，两人的眼睛都亮了。钟开泰说："你怎么也来了？"东方晓说："我是没事在街上乱窜，走着走着，不知怎么的就到了这里。你怎么也这么早就到了？"钟开泰说："我也不知道是怎么到了这里的。"东方晓说："我们不是有什么毛病吧？"

两人说着，先笑笑，又摇摇头，进了屋。

也是巧了，两人刚习惯性地来到窗边，就发现了情况，是东方晓最先发现的。原来陆百里恰在此时出了办公楼，径直回了家，不到十分钟，又从家里走了出来。东方晓在钟开泰肩上拍了一巴掌，小声道："看见了没有？那样子跟电影里的反动特务无异。"钟开泰也警觉起来，把头伸到窗边。

这时，陆百里已出了自家宿舍楼的楼道，慢吞吞地往传达室方向走去。东方晓的摄像机已经打开，他一调焦距，就把陆百里拉到了近前。待把陆百里从楼道口到传达室这个过程录下来后，东方晓就扛着机子转身飞快地下了楼。钟开泰也在后面关上房门，大步跟过去。

两人出了阳光花园，转过街角，就看见陆百里站在一幅广告牌下，正向一辆开过来的的士招手。东方晓的摄像机把陆百里上的士的过程拍下后，也跟着钟开泰钻进另一辆的士。钟开泰对司机说道："跟上前面那辆 0305 牌照的的士。"司机一踩油门，的士立即"嗖"一声跟上去，咬住 0305 的士的尾巴。

那辆的士在大街上转了两个弯，便进了新近才开张的全城最豪华的帝都宾馆。钟开泰瞧东方晓一眼，两人会心地笑了。陆百里果然不是一般的浪子或嫖客，他要去就去最高档的场合，而这正中两人下怀。钟开泰甚至想，陆百里呀，你也有走麦城的时候，今天你撞进了东方晓的摄像机里，看你还能神气什么？钟开泰仿佛看见纪检委的人把记录着陆百里丑行的带子送到了严部长手里，严部长无奈，只得把就要发出去的陆百里的任命书扣下来。

就在钟开泰提前享受胜利的喜悦的时候，的士不觉中停了下来，他们已到了帝都前面的大坪里。停在前面台阶下的 0305 牌的士的门已经打开，陆百里出了的士，反手把门关上，然后伸手在头上抚了抚，翘首望望头上帝都两个烫金大字，从从容容迈上台阶。玻璃大门后的保安见有人要进门，一只手把玻璃门拉开，另一只手一摆，做了个邀请的姿势。陆百里跟保安点了点头，挺挺腰杆，走进玻璃门，穿过大厅，径直上了通往楼上的旋转扶梯。

东方晓的镜头一直尾随着陆百里，直到他上了楼，东方晓这才关了摄像机，放入包内。钟开泰已经付了打的费，两人匆匆下车，进门追上二楼。一到楼梯口，东方晓重新打开了摄像机。陆百里已向过道尽头走去，到了最里的一间房的门口才停下来。在门上敲了两下，门就开了，陆百里隐身而入。钟开泰立即走过去，见陆百里走进去的那间房的门号是 3218，而对面的房间写着 3219 几个数字。

钟开泰缩回来，到大厅里交款订了 3219 号房间。

两人进入 3219 号房间后，东方晓让钟开泰瞄着门上的猫眼，自己拿出身上的起子，在门锁上动作起来。没几下，锁就被东方晓取了下来。锁孔虽然不大，但东方晓把摄像机的镜头往上面一扣，正好够用。他又支好三角架，调了调镜头，然后往对面看去，那 3218 的门号清晰可见。

一切准备就绪，东方晓才退下来，往床上四仰八叉地一倒，对钟开泰说："你好好地盯着，我先躺一会儿。"钟开泰一边恪尽职守地瞄着猫眼，一边说："好戏还没开场呢，你就成这个熊样了？"东方晓说："你来扛扛这机子试试？你以为记者这碗饭好吃？"

在猫眼上瞄了半个小时，钟开泰眼睛都有些发涩了，而对面还没动静。他说："这陆百里怎么啦？这么早就开始工作了？是不是在床上起不来啦？"东方晓说："你稳着点，我们在阳光花园一个星期都守了过来，现在到了关键时刻，你却挺不住了？"钟开泰说："这我知道，不过你给我拿张凳子过来，我这里站不是站蹲不是蹲的，怪难受的。"东方晓只得起身，照此办理，同时说："就你名堂多。"

又过去了大约二十分钟，钟开泰见对面的门开了，就轻声喊道："东方晓你快来，有情况。"东方晓"腾"地从床上跳起来，扑到摄像机前。果然从对面的门里走出一个女人，接着陆百里也跟着钻了出来。

摄像机让给了东方晓，钟开泰只好去瞧猫眼。女人的面貌开始还有些模糊，近一点也就清晰了些。钟开泰觉得那女人不像通常意义上的鸡，因为她没穿着奇装异服，也没有浓妆重彩，年龄看上去也有三十多岁了。钟开泰压低声音对东方晓说："不对吧？那女人怎么一点也不像鸡？"东方晓不理钟开泰，继续操作着摄像机。

"如果不是鸡，我们拍下来干什么呢？"钟开泰对东方晓说。此时陆百里已关上门，转身跟女人朝过道那头走去。东方晓把镜头撤下来，对钟开泰说："你别啰唆，把门打开。"钟开泰打开门，让东方晓站在门边，继续用镜头追踪陆百里和那女人。

陆百里和那女人去了餐厅，钟开泰他们两人没必要再跟过去，回到3219房间。东方晓说："先观察两天，再想办法给3218房间弄个针孔摄像头，把他们床上的镜头搞到手。"

但这天晚上，陆百里和那女人并没回3218房间。

钟开泰已经没了先前的兴致，嘀咕着对东方晓说："我以为有什么好戏看，陆百里跟一个三十多岁的女人在一起，说不定那女人根本就不是什么鸡，而是陆百里的远房亲戚哩。"东方晓说："你知道个屁！你见哪只鸡脸上写着鸡字？比起陆百里跟年轻、漂亮的鸡在一起，这对我们来说更有价值。"

钟开泰望望东方晓，一时并没明白过来。东方晓说："你知道吗？现在有钱的女人钱没地方花，也像男人玩鸡一样拿钱去玩鸭，这回陆百里不是花钱玩鸡，就是出卖自己的身子，去做女人的鸭，如果是这样，我们又摄下了他们在一起的镜头，不是更有杀伤力吗？"

被东方晓这么一说，钟开泰也就将信将疑地点点头，说："但愿能被你言中，我真佩服你们做记者的，总是这么富有想象力。"东方晓笑笑说："钟开泰你别说阴阳话，我这可是为朋友打抱不平。"

十五

接下来的两天里，一直没见陆百里进出财政局，自然也没法找到那个女人。

然而东方晓还是刻了一张光盘，把钟开泰从组织部约了出来。他举着光盘，向钟开泰扬了扬，有几分得意地说，那天陆百里从财政局宿舍楼到帝都的3218房间，再跟女人一起从3218房里出来的全过程都在里面了。

钟开泰伸手要拿光盘，东方晓却手一缩，收了回去，说："想这样拿去，没这么容易吧？”钟开泰愣在那里，一时没反应过来。东方晓笑了，说：“这可是我一手拍出来的，版权独家所有。”钟开泰说：“那你自己留下吧，我不稀罕。”

东方晓这才把光盘递给钟开泰。见光盘上贴着“陆百里帝都嫖妓记（上集）”的字样，钟开泰就忍不住笑道：“这题目还真有点肥皂剧的味道，而且还是上集，那你的下集呢？”东方晓得意地说：“我这是想吊吊纪检委的胃口，他们看了上集，肯定还会等着我们送下集去。”钟开泰说：“这上集又没有床上镜头，怕是没什么看头。”东方晓说：“你别管这么多，先去邮局跑一趟吧。”钟开泰说：“去邮局干什么？”东方晓说：“我们通过邮局，把光盘寄到纪检委去，而不要抛头露面，好省去许多不必要的麻烦。”

两人很快到了邮局。可要邮寄时，钟开泰突然觉得还有些不妥，他制止东方晓。东方晓说：“就你屎少屁多。”钟开泰说：“我是说，万一那女人不是鸡，陆百里也不是鸭，岂不冤枉了好人？”东方晓就摇了摇头，无奈地说：“就你优柔寡断，你这样的人看来是成不了大事的。”钟开泰说：“还是等下集出来再说吧，那样才有杀伤力。”

东方晓有些不耐烦，语重心长地说：“我的同志哥，你要知道，我们的目的并不是真要弄清那女人是不是鸡、陆百里是不是鸭。至于床上的镜头，有当然好，没有也无关紧要。我们是要让纪检委对陆百里产生怀疑，给陆百里添点麻烦，不让他顺利通过公示。”

钟开泰脑袋里有根筋还没弯过来，说：“我还是觉得有必要对那女人作点了解。”东方晓说：“犯得着吗？”钟开泰说：“犯得着。”东方晓说：“那你说怎么了解吧？”钟开泰说：“我们到帝都的服务台去查一查，看看那天 3218 房间的住宿登记。”东方晓说：“你以为住宿登记能说明问题？”钟开泰说：“住宿登记要填写客人的地址、单位，还有身份证号码，一查不就真相大白了？”

“真拿你这个老同学没法子。”东方晓说，“我说句直爽话，你是饱经风霜，却涉世不深，现在连父母亲都有假冒的，连市长专员都有赝品，你以为客人填写的地址、单位和身份证号码靠得住？”钟开泰说：“去看看总没什么坏处的。”

东方晓只得妥协，跟钟开泰去了帝都。

开始服务员对二人的要求不理不睬的，不太愿意拿出住宿登记簿。东方晓把记者证往桌上一摔，说：“我们有采访任务在身，你不让看也行，把你们的老总喊过来。”

见碰上了不好惹的，服务员才乖乖拿出登记簿。钟开泰翻到那天 3218 号房间的住宿登记，上面竟然明明白白署着陆百里的名字，备注栏里还龙飞凤舞地写着“财政厅行财处苏处长来我市检查工作住宿”几个字。

离开帝都后，钟开泰说："你看如果不来查一查，不是要闹笑话吗？"东方晓说："你没看出来？这是此地无银三百两，陆百里的智商可不低，他是为了遮人耳目，才不让女人本人去登记，而写上自己的名字，还美其名曰是接待财政厅的处长。"钟开泰说："你说的确实不无道理，但仅仅是一种推测。"东方晓说："推测有何不可？有人可以用爱因斯坦的相对论推测出过去没有发现的星座，我们却不可以通过陆百里写的单子推测那个女人是哪种女人？"

钟开泰笑起来，说："如果单子上写的都是事实呢？你总不能排除这种可能性吧？"东方晓说："那你说吧，现在我们该怎么做？"钟开泰说："给财政厅打个电话，问一下行财处有没有一个姓苏的女处长。"

东方晓就把手机拿到手上，朝钟开泰要财政厅的号码。钟开泰说："我又不是财政系统的人，哪来财政厅的号码？"东方晓说："那你要我怎么问财政厅？"钟开泰说："你可以问问省城的114嘛。"东方晓有些烦，说："你以为打手机不要出银子？我这是自费机子，没谁给我报过一分一毫。"钟开泰说："那就直接到财政局去问问。"东方晓说："你就不怕打草惊蛇？"钟开泰说："陆百里要当副局长了，我们一起去祝贺他，怎能叫打草惊蛇呢？"

跑到财政局，陆百里不在，行财科只有一个二十四五岁样子的女人坐在一台电脑前。钟开泰问："陆百里呢？"那女人就回过头来说："有事出去了。"

见女人还有几分姿色，东方晓激情就来了，忍不住开玩笑说："小姐，我好像在哪里见过你。"女人有些奇怪地说："我可不认得你。"东方晓说："你姓张吧？"女人说："你别蒙我了，我姓李。"东方晓说："这就对了嘛，不是张，就是李，不是他，就是你。"姓李的女人觉得东方晓说话有意思，就笑着说："你真的见过我？"东方晓说："我有这种感觉，而且是非常强烈的感觉。"女人说："在哪里？"东方晓说："在梦里。"

女人就掩着嘴笑起来。钟开泰也在一旁打边鼓说："我这位朋友做梦尽梦见女人，不过他梦见的女人都很漂亮。"

两个男人你一句我一句地讨好着女人，女人自然开心得不得了。一开心，就主动问他们是哪个单位的。东方晓说："我们是检察院的。"女人脸上的笑容陡然收住了，说："检察院？"钟开泰在一旁忍不住笑了，说："他是检察院的没错，他在检察院扫厕所。"

女人"扑哧"笑了，脸色也复了原，说："你们找陆科长有什么事？"东方晓说："我们领导听说财政厅行财处来了一位处长，有没有此事？"女人说："是呀，是来了一位处长。"

东方晓闻言，就有些泄气。本想就此打住，又不甘心，继续问道："那位处长姓什么、住在哪里？我们领导想去看看她。"女人说："姓苏，是个女的，住在帝都，这几天陆科长一直陪着她，还到县里转了一趟。"

离开财政局，东方晓就有气无力地叹一声，说："这几天我们算白忙乎了。"

两人垂头丧气地在街上走了一阵。东方晓把那张光盘抛起又接住，接住又抛起，像玩玩具一样玩了一会儿，不甘心地对钟开泰说："我还得给财政厅打个电话，谁能保证那个姓苏的女人不是跟陆百里狼狈为奸？"之后东方晓通过省城的114台，问到财政厅行财处的电话号码，再照着号码打过去一问，行财处也说苏处长到了他们这个城市。

"难道我们就这么放过陆百里？"东方晓嘀咕道。钟开泰像漏气的球，无力地摇摇头，没答话。东方晓又说："我看你还是把这张光盘寄给纪检委。"钟开泰说："那女人是财政厅的处长，寄有什么用？"东方晓说："纪检委的人怎么认识财政厅的处长？他们要调查这事，总得花些时间吧？调查期间，陆百里的任命书总不太好下吧？只要这样一拖，等公示期过去，陆百里赶不上趟，以后就难说了。"钟开泰想想也有道理，说："那就试试吧。"

恰在这个时候，东方晓的手机响了，台长要他速回电视台，有急事等着他。关上手机后，东方晓把光盘交给钟开泰，说："这光荣的使命就由你去完成了，我先走一步。"

到了邮局，钟开泰又犹豫起来。他在营业厅里绕了一大圈，还是下不了决心。却猛然听见一个甜甜的声音像是在喊自己的名字。钟开泰一激灵，觉得这个声音很熟悉。是谁在喊自己呢？

钟开泰想起来了，是胡小云。只有胡小云的声音才会这么动听。钟开泰走出邮局，去寻找那个声音，却并没发现胡小云。望着车辆在阳光下往来穿梭，望着如织的人群坚定地兴冲冲地走着自己的路，钟开泰坚信胡小云就在附近。

钟开泰把那张光盘随手塞进了路旁的垃圾箱，放开步子朝前追去。

脸 色

传达室门口有一块小小的坪地，门卫伍老头见它闲着也是闲着，便摆上两张小方桌，放了两副象棋，让机关里那些退休后赋闲在家的老头有些事情可做。于是，那风和日丽的晴日，或彩霞满天的傍晚，便有些人凑拢来，在桌边飞车走卒，撇马架炮，你方斗罢我登场，人气旺盛得很。

见此情形，伍老头就觉得这个主意不错，既娱乐了这些可怜的老头，又热闹了自己的传达室，脸上就要放出些得意的光芒来。

其实，伍老头最初仅仅是为了陆科长才这么做的。

这地方曾是一个热闹的居民区。伍老头记得他从乡下老家进城后就住在这里，一住就是几十年，直到四年前这里要建办公大楼，他才恋恋不舍地搬了出去。到这里来动员他搬迁的就是负责抓基建的陆科长。

当时伍老头正在屋门口和另一个老头漫不经心地下着象棋，没理睬陆科长。陆科长只好等着他们把棋下完，才耐心地过来说明了自己的意思。伍老头只说了一句："我没时间跟你磨嘴皮。"又摆开车马继续对弈，陆科长只好转身走了。

第二天，伍老头依然是这个态度。以后陆科长又来了几次，同样毫无结果。陆科长几乎是无计可施了，又不可能在伍老头脖子上架把刀子。

就在陆科长无计可施的时候，他望着伍老头手中那欲走还休的棋子，突然心生灵感，有了一个主意。之后，不太懂象棋的陆科长开始钻研起了象棋。陆科长年纪虽大了点，但脑瓜子还灵活，一个星期下来，竟然初通棋道，略晓马走日象飞田的奥妙了。

于是陆科长又来到伍老头的家门口。

这回陆科长没再跟伍老头说长论短，而是不声不响地在他对面的棋桌旁坐了下来。伍老头瞥一眼陆科长，并不发话，拈着棋子来了个当头炮，那般锋芒毕露。陆科长应之以马，守住中卒，一副绵里藏针的姿态。

就这样你来我往，厮杀起来。几局下来，夕阳西下，彼此各有胜负，一时难分伯仲，只好留着第二天继续战斗。

一连几天都是如此，陆科长只下棋，似乎把搬迁之事忘到了脑后。

伍老头心中当然明白陆科长的意图是什么，他开始还憋着劲，一副不动声色的样子，但最后他于心不忍了，开口说："陆科长你有话就说，有屁就放吧，你这么做，你不难受，我还难受呢。"

陆科长笑一笑，不慌不忙地说："伍师傅，我知道你几十年都住在这个地方，换了我也是难以割舍啊！"

伍老头说："是啊，我这把年纪的人了，土都埋到了脖子上，要咽气也只想在这个守了几十年的老地方咽气，你给我换金銮宝殿，也不稀罕啊。"

陆科长说："伍师傅的心情我懂，我比你的年龄也小不了多少，我知道到了我们这把年纪，随他什么都没了兴趣，只贪恋过去的旧事旧物，连做梦都是从前经历过的事情。"

两人你一句我一句地聊着，动情处同唏嘘，伤心处同叹息，竟然生出许多共同语言，有了种相见恨晚的感觉。

到了最后，伍老头主动说道："我也不为难你陆科长了，你这也是为公家办事，你要我什么时候搬，我就什么时候搬吧。"

这一下轮到陆科长不好意思了，他好一阵都不知说什么才好。

伍老头又说："就这样说定了，你以后如果没空，就别再浪费时间来陪我下棋了。"

从此，伍老头就跟陆科长成了朋友。

陆科长是个懂得好歹的人，此后一直没忘记伍老头，基建完工，机关搬进新办公楼后，他说服单位的赵局长，将伍老头请来做了门卫。两个人于是天天见面，关系更加密切。只是陆科长忙着工作，没时间陪伍老头下棋，让伍老头稍稍感到有点失落。

一晃陆科长便到了快退休的年龄。

退休就退休，这是自然规律，陆科长还是清楚的。只是有件事情一直梗在心头，让他不是那么痛快，那就是他的待遇问题一直没有得到解决。还是动手搞办公楼基建那阵，赵局长就给陆科长许了愿，在他退休之前，解决他的副团级待遇，据说材料都报了上去，但至今没有结果。

赵局长当然也没忘记他许过的愿，来动员陆科长让出科长位置的时候，他说："局党组正在为你的待遇努力哩。"

陆科长说："你这句话，我耳朵都听出茧子来了。"

赵局长说："我估计没大问题了。这样吧，你先办理移交手续，免得占着位置，年轻人上不来，至于退休手续迟点办没啥关系。我呢，立即就去找组织部长，你这事办不了，我这个局长就不当了。"

赵局长把话说到这个份儿上，陆科长也就不好意思再赖着不走，便顺从地给新上任的年轻科长办了移交手续。

可就在陆科长挪出科长位置、巴望着副团级待遇快点批下来的时候，赵局长本人也碰上了麻烦，上面要将他调整出去。给陆科长解决待遇，本来就是赵局长的意思，现在赵局长泥菩萨过河，自身难保，陆科长的科长位置又交了出去，找谁谁都不管，这就意味着这个待遇问题要泡汤了。

陆科长就有些消沉，天天在家里生闷气。想想也是的，工作了四十多年的时间，在科长的位置上就待了二十五六年，一起工作过的同事、带过的科员，都陆陆续续上去了，而自己连个副团级都没弄到手，心里能舒服吗？

这样一来，陆科长的老伴儿急了，怕他憋出病来，就赶他出门，要他去外面透透气。

陆科长去了办公室，见大家忙忙碌碌的，他坐在一旁，甚觉没趣，只好悄悄地离开了。他在楼上楼下绕了两圈，也无聊，最后漫不经心地朝大门口走去。

经过传达室时，有人喊了声陆科长。陆科长抬起头来，见是伍老头，便刹住脚步，顺便跟他打了声招呼。

只是陆科长心头记挂着的，还是他那副团级的事，情绪集中不起来，两人的话总谈不到一处，因此没说上几句，陆科长就走开了。

伍老头自然知道陆科长已经退了下来，但伍老头无法理解，退下来就退下来，何必这么愁眉苦脸的？

不过伍老头又想，这是他们官场上的事，我们这些普通老百姓是无法明白得了的。伍老头就觉得还是做个平民百姓好，无忧无虑的，没有那么多的烦恼。伍老头有些同情陆科长了，他担心陆科长这么闷闷不乐，会闷出毛病来。

第二天，当陆科长再次来到传达室的时候，便见门口的坪地上多了两张桌子和两副象棋。而伍老头已坐在一张桌子旁边，似乎正等着陆科长的到来。

陆科长迟疑片刻，便坐到桌旁，伸手拈起一颗棋子。

陆科长的身影从此便定格在了传达室门口的棋桌旁。那副团级的事，也因此想得少了。偶尔想起，他就在心里说，副团级算什么，没有副团级，却有棋下，不也同样快活吗？

有时望着正坐在桌子那一边全神贯注下棋的伍老头，陆科长甚至想，跟伍老头他们比一比，人家一辈子没当过什么科长、局长，连工人都不是，不也过来了，而且过得很快乐、很自在啊！

陆科长气顺了许多，下棋的心思也集中了，棋艺大有长进，没过多久就超过了伍老头。伍老头呢，见陆科长总是把自己打得落花流水，还暗自高兴，大大地松了口气。

当然，输多了，伍老头有时也想赢两把。伍老头有自己的办法，那就是通常说的打点擦边球，转移陆科长的注意力。

伍老头常打的擦边球，就是问陆科长一些局里的人和事，比如说，赵局长挂起来了，那么局里谁说了算。比如说，办什么事情，科长要向局长报告，但具体经办又非科长不可，那么到底是局长权力大，还是科长权力大。

这个时候，陆科长就会把头抬起来，望着伍老头说："下棋就下棋，问这些干什么？"

然后低了头继续走子。

然而陆科长的思路已没那么集中了，伍老头抛出来的那些疑问号，总是在他眼前闪来闪去的，让他心神不定。

有时候，陆科长也觉得伍老头提的那些问题还蛮有意思的。本来嘛，机关里的事情本来就复杂，人事之间的牵扯，权力之间的争夺，都是极其微妙的，谁也说不明白，又怎么跟你伍老头解释呢？

岂料伍老头并非真的要向陆科长讨教什么，他才懒得管你张三长李四短哩。他的目的太明显不过，那就是让你陆科长走神，一步出错，他再逮你个正着。

上了几回当，陆科长就有些警觉了，对伍老头说："你是不是成心捣我的乱？"

伍老头就笑笑，昏花的老眼里闪过一丝狡黠，说："你自己心中无乱，谁捣得了你？"

陆科长想想，觉得伍老头的话还有几分深刻哲理似的，就说："以后我不会上你的当了。"

果然，以后伍老头再拿局里的话题去戳陆科长的时候，陆科长便权当耳边风，努力把心思放在棋局上，使伍老头找不到可乘之机。

有一段时间，伍老头乡下老家要修路，想批点钱，找来找去找不到一条门路，打听到许多年前离开家乡的伍老头，在一个掌权的单位守传达室，便找上门来，要伍老头给帮个忙。

伍老头觉得自己只是一个守传达室的，虽然机关里的人都还面熟，但自知人微言轻，因此不敢接人家的报告。只是见人家老远跑了来，也挺不容易的，回绝的话就不太说得出口，加上伍老头这辈子还很少被人求过，现在有人求上门来，感觉自己还中点用，心里头就蛮舒服的，何况还是家乡的人，如果事情办得成，人家回去说起他伍老头，自然很有面子。

伍老头也就不再犹豫，伸手把报告接了过来。

接了报告之后，伍老头就老琢磨，该把报告递给谁才妥帖。伍老头首先想到的是陆科长，伍老头认为陆科长做了那么多年的科长，他说句什么话，肯定会有人听。

于是，这天两人下棋时，伍老头就对陆科长说："我们也是老朋友了，有件事情只好求求你，你得帮个忙。"

陆科长以为伍老头又搞声东击西，一双眼睛盯着棋盘，没有搭理他。

伍老头又说："我老家修路缺点钱，又没别的熟人，他们便找到我门上来了。"

恰好陆科长这时看到一着妙棋，便"啪"的一声，来了个炮二进六，一边胸有成竹地大声说："这一局你输定了。"然后又瞄了瞄伍老头，面带微笑地说道，"我再也不会上你的当了。"

伍老头就有几分不快。心想，我求你陆科长的时候也不多，你不答应就不答应呗，何必用下棋来搪塞呢？可又想，陆科长大概有自己的难处，他一个退下来的老头，不在其位，不谋其政，要回头去求人办事，也许不是那么容易。

伍老头也就不去计较陆科长，打算自己试着找找人。

那么找谁好呢？伍老头觉得还是应该找当官的。

这栋楼里当官的当然是局长们。局长里面，伍老头除了认识赵局长外，其余几位副局长他也认得。他们天天都从传达室进进出出，彼此都要点个头招个手什么的。如果他们是坐在车上，哪怕深更半夜，甚至是刮大风下大雨，伍老头都会随喊随到，屁颠屁颠给他们开门、关门，服务态度都是没说的。

因此伍老头相信，求他们办点事，大概不会有太大的问题。

但接下来伍老头又犯愁了，这么多的副局长，该找哪一个呢？总不能每个副局长都找到吧，那恐怕不但没什么作用，相反还会坏事的。

琢磨来琢磨去，伍老头决定找一找钱副局长。

钱副局长五十多岁，红光满面的，成天笑容可掬的样子。伍老头就是见钱副局长平易近人，好打交道，才觉得他会帮忙。

恰好这天傍晚，钱副局长优哉游哉地散步回来，伍老头见机会难得，立即凑上前去，递上一支烟。钱副局长也不客气，接过烟就叼到嘴巴上。伍老头见钱副局长接了烟，心想这事看来办得成，于是说："钱局长，我有件事想求求您，不知道您肯不肯帮忙？"

钱副局长将两股青烟从鼻孔里喷将出来，很热心地说道："你说吧，有什么需要我帮忙的，我尽量给你办。"

伍老头心里别提有多高兴了，赶忙从身上搜出一张折叠得方方正正的纸，抖擞着展开来，恭恭敬敬地递给钱副局长，说："我老家修路缺钱，找到了我的门上，没办法只得麻烦钱局长您了。"

钱副局长在报告上瞟一眼，一边把报告往口袋里塞，一边说："我争取吧。"

在伍老头看来，钱副局长说争取，又收下了报告，不用说这便是坛子里摸乌龟，手到便拿的了。伍老头又殷勤地给钱副局长递上一支烟，说："我等着您的消息。"然后目送钱副局长晃悠着向宿舍区走去，心头生出一分由衷的感激。

此后，伍老头就一心一意地等待着钱副局长的回音。

一个星期过去了，钱副局长没有什么反应。

又一个星期过去了，钱副局长依然没有表示。

跟往常一样，钱副局长依然经常从传达室门口经过，有时是白天，多半坐在小车里，那是有什么公事要出去办理。有时是傍晚，常常空手徒步，那定然是到街上或公园里散步什么的。见了伍老头，仍像从前那样点点头，笑一笑，显得很亲切，却只字不提"报告"二字，好像压根没那么回事似的。伍老头想向钱副局长打探一句，又忍住了，觉得不能着急，如今的事情，并不是说办就办得了的，总得给钱副局长一点时间。

就这样在企盼中又等待了两三个星期，钱副局长还是那么一副不动声色的样子。

慢慢伍老头就熬不住了。这天钱副局长又从传达室门口经过，伍老头终于鼓足勇气走上前，向他打听报告的事。

钱副局长很热情地说："哦哦，我忘了告诉你了，你的报告我早已交到科里去了，我再给你催催。"

伍老头就耐心等着钱副局长去催。

钱局长这一催又催了一个多月，伍老头再一次问起的时候，他还是那一句话："我给你再催催。"

如此三番五次的，伍老头就泄了气，终于对钱副局长不再抱那么大的希望了。

伍老头对钱副局长不抱希望，但伍老头的老家人却还对伍老头抱着希望，他们派人来问过几次了。一次两次，伍老头要他们等等，到第三次上，连伍老头自己都不好意思了，只好扯了个谎说："人家那里文件报告堆得太多了，弄来弄去的，就把报告给弄丢了，你们再给我一个报告吧。"

来人好像是有准备似的，立即又拿了一份报告出来，交给伍老头。

这回伍老头有了教训，不随便出手报告了，他得先摸清情况再说。跟谁摸情况呢？机关里除了陆科长，伍老头跟别人没过多交往，他打算还是套一套陆科长的口气。

这回伍老头没在下棋时打陆科长的岔，而是下完棋后，随意地问了问陆科长。伍老头也没说报告的事，他转了个弯。

伍老头说：“有一个熟人想调动工作，让我陪着去找钱副局长帮忙，钱副局长人蛮好的，态度很热情，答应得也痛快，可是两三个月过去了，却没有一点音信。”

陆科长听了，抿着嘴巴笑了笑，说：“你知道为啥他人那么好吗？”

伍老头摇摇头说：“不知道，我只知道钱副局长平时没架子，好打交道，才陪着人去找他的。”

陆科长说：“他平时没啥架子，好打交道，只有一个原因。”

伍老头说：“什么原因？”

陆科长说：“就是他没什么本事，也没什么实权，办不了什么事情。”

伍老头望着陆科长，半天也没搞明白没架子、好打交道，与没本事、没实权之间有什么联系呢？

陆科长说：“你在这个传达室里也待了几年了，你看到了没有，那些重权在握、说话算话的人，天天有人供，时时有人求，哪个不是下巴朝天，目不斜视，脸色比猪肝还要难看？钱副局长是单位里最不中用的角色，有实权的科长没一个买他的账，他几乎没什么事可做，所以他才会有时间优哉游哉，有时间对张三李四王二麻子都献上一张笑脸。”

陆科长的一席话，让伍老头听得既明白又糊涂，原来机关里还有这么多的奥妙，怪不得那个报告递上去，什么动静都没有。

伍老头记住了陆科长的话，第二次就多了个心眼。

伍老头先蹲在传达室门口仔细观察了两天，发现那几个副局长里面，脸色最难看的要数孙副局长了。按照陆科长的说法，孙副局长一定位重权大，要不然他不会整天都青着脸，一副谁都不愿理睬的熊样。

瞄准了，伍老头便决定把报告递给孙副局长。伍老头看见孙副局长走了过来，正要上前打招呼，却又胆怯了，那么难看的脸色，毕竟不是那么好接触的。

伍老头稍稍犹豫，等他鼓起勇气，准备再次上前的时候，孙副局长已经走出去好远了。

第二次看到孙副局长，伍老头还是有些畏葸不前。伍老头就在心里骂自己没出息，想给老家办点事，又不敢看人脸色。这么一想，伍老头的勇气就增加了不少。

他走近孙副局长，壮着胆子说道：“孙局长，您忙啊？”

孙副局长对伍老头的热情似乎没有什么准备，青着脸说：“我没事走走，忙什么忙？”

伍老头怪自己不会说话，人家忙不忙都看不出来。伍老头恨不得甩自己一耳光，他抖擞着拿出报告，嗫嚅道：“我老家想批点钱，请您给帮个忙。”

孙副局长面无表情地瞥一眼报告，又面无表情地瞥一眼伍老头，再面无表情地说：“报告就放我这里吧。”而后收好报告，背着手走开了。

伍老头出了一身冷汗，好像完成了一件多么重大的事，长长地松了一口气，这份报告递得还真不容易！不过他又想，只要能给老家弄到钱，无论怎样都值得，如果还像钱副局长那样，当面笑嘻嘻的，背后又办不了事，那又有什么用呢？

此后的日子，伍老头就专心致志地等待着孙副局长的好消息。他相信脸色难看的孙副局长是能人，办这点小事易如反掌。

伍老头甚至给老家透了口风，说这事大有希望。

然而事情并不像伍老头想的那么简单。

又是几个月过去了，伍老头的报告依然什么结果都没有。伍老头百思不得其解，终于忍不住把事情的原委告诉了陆科长，说：“这一回我可是按照你说的去做的，怎么还是毫无结果呢？”

陆科长意味深长地笑了。

望着桌上伍老头那被将得走投无路的老帅，陆科长说：“你又错了。”

伍老头不知陆科长指的是棋局还是报告的事，他说：“哪里错了？”

陆科长说：“你知道孙副局长脸色为什么难看吗？”

伍老头说：“你不是说有本事、有能力的人，脸色便难看吗？”

陆科长说：“一般情况下是这样，可孙副局长脸色难看，却另有原因。”

伍老头说：“什么原因？”

陆科长说：“上面将他的副团级提了半级，给了他一个正团级。”

伍老头说：“这是好事嘛。”

陆科长说：“提了半级，是给他正团级待遇，而要他把副局长的位置让出来。”

伍老头说：“好歹正团级比副局长高了半级，待遇高呀。”

陆科长说：“正团级算什么！”

伍老头想，这机关里的人也挺有意思的，当初陆科长因为想升半级没升成，老闹情绪，而今孙副局长却是因为给他升了半级，而变得气不顺脸色难看。这到底是什么缘故呢？

伍老头拈着那走投无路的老帅，在桌上轻轻地敲了敲，心里说，老家申请经费的事莫非就这样黄了？

陆科长说：“还来一盘吗？”

伍老头没吱声，只痴望着眼前的残局，心想，唉，这机关里的事情，一定比棋盘中的奥妙深多了。

通 道

黄历和许可成家后，一直住在棉纺厂的简易职工宿舍里。后来黄历进了机关，单位在棉纺厂墙外的一块空地上建了两栋宿舍，黄历也幸运地分了一套，再后来黄历拿出积蓄，稍事装修，一家子就搬了进去。

新居宽敞明亮，舒适安逸，而且水电畅通，不会断水断电。不尽如人意的是，这里虽然与棉纺厂近在咫尺，但许可要到厂里去上班，却非得走上个把小时，沿着围墙绕一个大圈，否则别想进厂。许可又是厂里的财务负责人，别人迟到早退，都由她照章扣票子，自己当然不好违反纪律，因此一天匆匆忙忙得跑两个来回，人便累得有些喘不过气来。黄历就将购房和装修后存折上还剩下的几百元钱取出来，买了一辆自行车，多少减轻了许可的奔波之苦。

许可很爱惜这辆自行车，常常擦得光可照人，上班时也不往厂里的车棚放，而是锁到财务室门口的走廊上，坐在办公桌前都看得见。骑回家里后，便锁进装了防盗门的煤屋，可说是万无一失。偏偏半年后自行车还是被人偷了去。那天财务室里的人仅仅在大礼堂开了个把小时的大会，回来后走廊上的自行车就不翼而飞了。

许可气得连饭都吃不下去，黄历却说："丢了算了，另外买一辆吧。"许可说："要是再丢怎么办？"黄历想想也有道理，于是上派出所买了辆无人认领的便宜旧车，交给许可，说："这样的破车，你随便扔哪里都可以，还省心些。"许可觉得也是，以后骑着旧车去厂里时，没再往财务室的走廊上搁了，而是扔到公共车棚里了事。

大概是旧车不惹眼的缘故，许可随心所欲地一骑就是一年，竟然没人打主意。许可就对黄历说："还是旧车好，又省心又不会丢。"黄历说："这样的话是说不得的，一说就会坏事。"许可笑道："你这是什么逻辑？我才不信呢。"黄历说："你不信？我话说到这里，你会信的。"

果不其然，那小偷好像是特意要印证黄历这句话似的，没过几天就将这辆旧车偷了去。

尽管是辆旧车，可穿熟的针，用熟的线，许可还是蛮心疼的。黄历却幸灾乐祸地说："丢得好，我高兴。"许可说："你伟大的预言变成了事实，你还能不高兴？！"黄历说："我高兴是因为我可以为你买一辆摩托车了。"许可说："要是以后摩托车又丢了呢？"黄历说："我就给你买辆小汽车。"许可说："别夸海口了，你如果有买得起小汽车的能耐，还不干脆把我从那个破厂里调出来？"

黄历就不再吱声了。许可要黄历给她调工作的话，说了也不止一次两次了，如果把这些话装起来，至少也装满了两大箩筐。可黄历有这样的能耐吗？要知道，如今的企业要么破产，要么半死不活的，有背景的都削尖了脑袋往行政事业单位钻，行政事业单位早已人满为患，没有通天本事谁进得了？黄历觉得许可这是哪壶不开提哪壶，就懒得理睬她，闷闷不乐地独自上床躺下了。躺是躺下了，却怎么也睡不着，黄历有些自卑。黄历想，许可说的其实没错，自己的确是没啥能耐，白做了半辈子的男人。

黄历过去是不知道自卑的。黄历大学毕业，一进棉纺厂就在厂办当秘书，一直是厂里的红人。黄历会说会写、能歌善舞，厂里还让他兼任团支部书记，准备当作厂领导来培养。黄历自然是春风得意马蹄疾，将自己的才干发挥得很充分，知名度也大起来，竟被市政府一个部门的头儿相中，一纸调令调过去，在重要科室担了大任。不想该头儿出了事，大权旁落，新头儿视黄历为旧头儿的人，将他扒至一旁晾起来。这一晾就是好几年，黄历至今还是一个不带长的副科级干部。不带长，别说是副科级，就是处级、厅级，也只是干部，不是领导，手里没权，不会有人来求你。没人求你，就意味着你求别人也求不灵，所以黄历想给许可调一个好点的单位，无异于天方夜谭。

黄历辗转反侧，一夜都未睡好，第二天早上起来，两眼都是血丝。许可心软了，说："都是我不好。车也没必要骑了，我走路上班，这样还可以减肥。"

许可说到做到，开始以步当车。现在不比从前，厂里效益不好，制度管理也严不起来了，上班按不按时无所谓，走路上班也不紧张，而且还能锻炼身体，许可就觉得这样子还蛮不错的。

许可觉得不错，黄历却觉得不是滋味，几次提出给许可买摩托车。许可坚决不同意，说："儿子马上要考大学了，你有钱还愁没地方花？丢辆自行车只几百块钱，丢辆摩托车，那可是好几千的事。"黄历说："你怎么老是想着会丢呢？你小心点就是了嘛。"许可说："现在丢摩托车的还少吗？为辆摩托车，天天提心吊胆的，我还不得心脏病吗？"

黄历没有再坚持，但黄历看着许可天天沿着高墙绕大圈，觉得太对不起许可了。那高墙的影子就常常在他的脑海里摇晃，欲拂之而不去。黄历站在墙下，气沉丹田，意运掌心，发力向高墙推去，可中途手掌又停下了，他怕自己的手掌受不了。

黄历还上了趟街，想买一把古代将士攻城略地时用的那种云梯，让许可也去翻墙。当然，黄历也只能这样想想而已，如今哪里还有这样的梯子可买？

这天，黄历什么事情也没有，在办公室待了半天，觉得没啥意思，就走出办公室，漫无目的地在外面绕了一圈。谁知绕一绕，就不知不觉绕到了一处高墙下，猛抬头，竟是离家不远的棉纺厂的围墙。黄历就站着不动，傻子一样发了一阵呆，好半天，呆劲才过去。黄历的肘子在墙根碰了一下，一块砖头黏着他的衣袖掉到了地上，墙上立刻露出一个小小的洞眼。黄历眼前一亮，不觉就有了一个主意。

吃完晚饭，黄历拿着一根钢管，鬼鬼祟祟地出了门。

回到家里后，黄历显得异常兴奋，他拉着许可就往外走。许可丈二和尚摸不着头脑，骂道："你拖我去哪里？你不是要发疯吧？"黄历兴高采烈地说："你先别问，跟我走就得了。"

不一会儿，两人来到一处围墙下。许可抬起头来，一个刚好可以过一个人的墙洞，仿佛狮子的嘴巴一样，在面前张开着。

从此，许可再也用不着天天绕道了，她要去上班，就直接从这个极少有人知道的通道里钻过去，两三分钟就可到达厂里的财务室。一个本来十分棘手的问题，就这样被黄历轻而易举地解决了。黄历想，三尺见方的一个小通道，其作用就抵得上一辆自行车，甚至一辆摩托车或小汽车，这办法真的是太妙了。

黄历心中的块垒稀释了，他的日子就少了许多的烦恼，而多了许多的温馨。有事没事，黄历都爱优哉游哉地走向那堵高墙，在那个通道前伫立片刻，欣赏欣赏自己的杰作，那得意劲就别提有多大了。黄历觉得，他在单位里写了一篇不错的材料，得到了领导的表扬，那感觉还没有这么好。

黄历的日子过得很自在。许可呢，天天从从容容地从这个通道里进进出出，虽然厂里效益差了点，但无绕道之苦，上班又不紧张，情绪也很放松，她感觉非常惬意。

就这样过去了大半年。

黄历所在单位开始给一批到龄的老科长办退休手续，科室岗位将有一次调整，单位里的中层干部，也就是那些科长、副科长们立即活跃起来。找领导的，找领导的领导的，找领导的亲戚、领导的朋友、领导的熟人的，一个个手忙脚乱，煞是热闹。唯独黄历按兵不动，他觉得自己要文凭有文凭，要资历副科级干部也当了那么多年，领导总该考虑考虑，给个科长什么的当当了，没必要去走夜路。

黄历完全想错了，天上哪有现成的馅儿饼往下掉呢？科室调整的结果，那些比黄历学历低、资历浅、能力差、年龄小的都上去了，黄历却外甥打灯笼——照旧还是个副科级干部，连副科长都没当上。黄历最初愤愤不平，继而怨天尤人，最后变得郁郁寡欢、垂头丧气，像秋霜打过的枯草一般。

许可同情黄历，但没把问题看得这么严重，她说："你没当上科长、副科长，但总还是机关里的干部，每月多多少少有固定工资可领，这比我们厂里下岗、半下岗的工人好多了。棉纺厂的人还挺羡慕你呢，都说还是你黄历有出息，从糠箩里跳进了米箩里，比他们强多了。"黄历说："这怎么好比呢？我已经不在厂里了，我是机关里的干部，我周围的人都趾高气扬的，我就缩头乌龟一般，这滋味好受吗？"

当然，黄历口上虽这么说，心里还是承认许可的话说得有道理。人嘛，总得找一点可以自我安慰的理由，要不谁还有活下去的耐心呀？事到如今，黄历也只好悄悄用许可的话来安慰自己了。

这一天，黄历碰上棉纺厂的老同事马达，他现在已当了车间主任。马达左一个黄科长右一个黄科长的叫着黄历，他说："还是你好，科长一当，好不得意！"黄历说："你当车间主任的还不得意？"马达说："这是什么车间主任，这是讨米主任，只差没卖短裤了。"黄历说："别说得这么难听嘛。"马达说："我说得难不难听，你问问你老婆就清楚了。我要像你有科长可当，这辈子也就别无所求了。"

告别马达后，黄历的情绪便莫名地好了许多。

后来，黄历无聊了，就喜欢从那个墙洞里穿过去，跟马达他们聊聊天。如今厂子不景气，马达他们没多少事情可做，就打打麻将，用以消磨时光。黄历在单位是不打麻将的，因为单位的人打麻将打得大，黄历没职位、没权力，自然便没工资之外的油水，打大麻将输不起。而马达他们打的是小麻将，输赢不大，黄历有时也忍不住上场摸两把。边摸麻将边说些如今的世道，大家就要感叹世风日下，今不如昔。说到厂里今后的前景，更是忧心忡忡，感慨万千。同时免不了要用羡慕的口气恭维黄历几句，说还是他黄历有奔头。黄历嘴里说着哪里哪里，心里就美滋滋的，码牌的速度也快了许多。

黄历发现，只有此时，他仿佛才活得有了个人样，心平气和，舒坦流畅，在单位里沾的那些晦气，也随之消失得不知去向。

不想这麻将就像鸦片一样，多接触几回也会上瘾，何况黄历还会得到些麻将之外的满足，黄历就这样迷恋上了麻将。麻将里有凄风苦雨，有灿烂阳光，有明枪暗箭，有潮起潮落，时而山重水复，时而柳暗花明，时而危机四伏，时而绝处逢生，麻将里的世界真是缤纷，缤纷得让黄历忘了尘世的烦恼和失意。

许可理解黄历的苦衷，觉得黄历沉浸在麻将里，能暂时忘掉一些不愉快的事，也未尝不可。加上儿子也争气，顺利地考上了大学，没啥事要黄历操心，他不打麻将确实也无聊。许可就依着黄历，没去阻拦他。

谁知黄历在麻将里越陷越深，有时一打就是十几二十几个小时，到了乐不思蜀的地步，许可就有些不高兴了。许可倒不是怕黄历输钱，打这种小麻将输不到哪里去，许可担心的是黄历的身体。黄历原先在厂里当秘书，后来进了机关，都是坐办公室，几年前就落下了腰肌劳损的病痛。许可担心的就是他这么没日没夜地坐在麻将桌前，会旧病恶化。加之许可是个心里装不得事的人，心里一有事，就食不甘，睡不稳，每每黄历夜战不归，她总是翻来覆去，无法成眠。

许可终于忍不住了，对黄历说："你老这么打下去也不是个事，也该收敛收敛了。"黄历说："如今这个年代，谁不在打麻将，你也是太平洋的警察管得宽。"许可就来了气，说："你不对我负责，你还要对你自己负责，你有腰肌劳损也不注意，你哪天会趴在麻将桌上起不来的。"黄历用手捶了捶腰，自我感觉良好地说："这就怪了，自跟麻将结缘以来，我这腰也不痛了。"说完，拍拍屁股出了门，一溜烟钻过大墙下的通道，又上了麻将桌。

这之后，许可好几天没理黄历。黄历从麻将桌上下来，饭锅是空的，菜是凉的，衣服起了厚厚的油垢没人管，袜子臭烘烘的没人洗。黄历意识到了问题的严重性，忍了好几天没去钻那个通道。

脱离了麻将，黄历有点失魂落魄，站不是，坐不是，行也不是。在家里，睡觉睡不安稳，吃饭吃不出味道，看电视看上半天，还弄不清屏幕里在放些什么。白天还是去上班，可看着那些无德无能的家伙占着科长、副科长的位置，在那里颐指气使的，心理就不平衡，情绪更加低落，于是厕所里蹲一阵子，窗口边站一会儿，或面朝天花板发痴，偶尔翻翻报纸，但除了东南西北中发白几个字，其余什么都不认识。

黄历终于熬不住了，又过了那个通道。

许可没办法，只得给派出所打电话，说出黄历他们打麻将的地点，要他们去抓赌。派出所的人以为是条大鱼，满怀希望地去了棉纺厂，不想黄历他们打的是一二四，一炮才一块钱，属于消遣麻将，哪够得上赌博的档次？如今派出所至少得上了五一二，也就是一炮在五块以上才抓人。

连派出所都不抓，黄历打麻将就打得更放心，更义无反顾了。许可没想到这一着不但没能制止住黄历，相反还起了推波助澜的作用。许可就对黄历说："你如果硬是觉得麻将比老婆要紧，我也没别的办法，把婚离掉算了。"黄历说："都老夫老妻的了，还离什么婚呀！"许可说："不离婚也行，但你得收敛点。"黄历说："我尽量少打些，行不？"许可说："少到什么程度？"黄历说："一个星期打一两次。”许可说：“还要加一条，每晚不得超过十点。”黄历咬咬牙，点头答应了。

开头几个星期，黄历果然硬撑着坚持了下来，每个星期只钻一两次通道，而且晚上十点一到，马达他们再怎么强留，再怎么嘲讽他怕老婆没出息，他都会毫不犹豫地推牌起身，离桌而去。可久而久之，黄历却无法坚持原则了，尤其是碰上手气顺、连抓好牌的时候，黄历就会将许可给他定下的游戏规则忘到脑后。

在黄历将同一个错误犯了一次又一次之后，许可向他发出了最后通牒。黄历知道这样的错误再不能犯下去了，又偃旗息鼓了几天。然后他采取了另外的方式，比如找个单位开会或上级来人要陪同的借口，在外面过几回瘾。这一着还有点灵，许可以为黄历真的是单位有事，没有责怪他。但多了几次，许可就警觉起来，不相信黄历单位有那么多的事情。有一回黄历又找借口不回来，许可就打电话到黄历头儿家里去问，结果黄历便露出了狐狸尾巴。

许可动真格的了。许可知道离婚是一时半会儿离不了的，她打算辞职到广东去。许可大学时一位同寝室的同学在珠海一家大型合资企业里做部门经理，曾几次打电话要许可过去当财务主管，许可怕黄历一个人在家没人照顾，一直没有答应那位同学。如今黄历自己都对自己不负责，许可也寒了心，加上儿子读大学，学费、杂费、生活费什么的，开支大得很，不弄点钱不行。许可于是打了辞职报告，去找厂长。厂长不同意，许可就把自己负责的几本账抱到厂长办公室，说：“我的账都做好在这里了，现在就交给厂长你，你同意我要走，你不同意我也要走。”厂长没办法，只得收下许可的报告。

这一下黄历急了，赶忙找到厂长，说：“我老婆是因我打麻将生我的气才要辞职的，厂长你可千万不能同意。”厂长说：“如今厂里是这个样子，你老婆要走，我不同意就阻挡得了啦？你老婆是客气，才来跟我说了一声，厂里其他几位技术员离厂时，我连风声都没闻到。”

黄历只好回去跟许可交涉。许可只顾清点自己的行装，理都不肯理黄历一下。黄历知道无法挽回了，叹息一声，跌坐在沙发上。

许可是第二天上午出的门，黄历站在阳台上，目送许可走过宿舍前的草坪，走向那堵高墙，然后低了低头，慢慢从那个三尺见方的墙洞里钻过去，消失在棉纺厂厂区那条浓密的林荫道的尽头。

黄历伤感极了，他久久地望着不远处的那个通道，觉得千不该万不该，自己是不该开出这条该死的通道的。

最后，黄历离开了阳台，下楼进了自家的那个煤屋。等黄历从煤屋里出来时，他手上多了一把菜刀和一个不大的绿色塑料桶，塑料桶里还装着些装修房子时剩下的水泥。黄历很快给水泥兑了水，来到那个墙洞下。洞前还堆着原来从墙上掏下来的旧砖，黄历就动手用这些旧砖砌墙洞。黄历要把自己捅开的这个不该捅开的墙洞堵起来。

过了一段时间，黄历单位搞机构改革，除了一部分人按政策提前退休外，另一部分多余的人必须分流到二级机构去。所谓的二级机构，就是单位近几年办的两家连贷款利息都无力偿还的破企业。改革方案已定，这一天单位领导在礼堂召开大会宣布结果。会议牵涉到干部职工的去留问题，任何人都不得缺席，开会前先清点人数，结果除了黄历，其余都已到场。派人四处寻找，最后才在宿舍区前的墙洞下发现了黄历。

黄历提着那个装了水泥的塑料桶来到会场。当会议主持人宣布他被分流到二级机构的时候，黄历当场就傻了，眼珠子嵌在眼眶里，再也没法转动了。

自此之后，就有人经常看见一个目光呆滞的男人，摇摇晃晃的，提着一个绿色塑料桶四处闲逛。塑料桶里有一把菜刀、小半桶水泥。他的目标永远是那高高矮矮的砖墙，只要哪堵墙穿了洞，或有了豁口，他就提着刀，很认真地给这堵墙补缺，直到把缺口完全堵住为止。

蓼莪堂

半边街东侧，有一个不大的铺面，曰蓼莪堂。蓼莪堂与别的店铺不同，既不销售皮毛百货，也不供应茶水饭菜，却经营灵牌和墓碑。

原来半边街虽只有半边街，却占据着左走桂林、右入沅江的陆便水利，自然三教九流，鱼龙混杂，热闹非凡。就连山上的强人也往来不断，以饱囊橐。免不了要白刀子进红刀子出，弃几具死尸于街畔。半边街人心善，从家中搜一床竹篾席，拿来裹了尸首，埋至街后的山岗上，十天半月或者更长的一点日子，死者亲属或同伙会来收魂，收尸人便带了路，爬上岗去，视那荒冢。收魂人感激不尽，拿了钱币相谢。收尸人也不客气，接了，拿回去扩充自家铺面。也有最终不见收魂人的，收尸人也无所谓，权当积德，下回有弃尸，照收。

能与强人抗衡的，恐怕就是那帮排佬了。排佬们从巫江上游放排下来，在闯巫江的大漩涡之前，必在半边街外弯排休整。他们人多势众，加上入沅江过洞庭，早练就一身豪气，手中竹篙挥舞起来，不比强人的刀子差劲。龙虎相对，自然有两败俱伤的时候。这样，街后的岗上免不了又要平添许多坟堆。

蓼莪堂就这么应运而生了。

蓼莪堂常年堆着打磨好边角的石料和削好了式样的木片，没买主时，是不上字的，待收魂人到岗上祭拜过亡灵，来蓼莪堂购置灵牌和墓碑，再按买主要求雕字。灵牌是收魂人捎回去立家先牌位的，才二尺见长，刻上亡灵名讳即可，故立等可取。墓碑复杂些，除了名讳，还有生卒年月，籍贯生平，得多费些功夫。所以收魂人述完碑记内容，雕匠便说："先去别处买点土纸香蜡，给亡灵寄些零花钱。墓碑明早来取。"买主便"嗯"一声离去。第二天清晨，铺门一开，买主与灿烂阳光一起晃入蓼莪堂，墓碑已雕就置于堂侧。见那碑字隽秀灵动，买主已是眼亮三分。将墓碑弄去岗上安毕，离开半边街前，还不忘到蓼莪堂来向雕匠说句感激的话。雕匠于是行个喏，目送客人幽幽离去，走进那缠绕着艳阳的氤氲里。

这雕匠姓王，生得额高颐阔，唇厚嘴宽。半边街人有句"男人嘴大吃四方"的俗语，大家都叫雕匠为王四方。王四方不是半边街人，系巫水上游一户远近闻名的石匠世家之后。据说，他曾与一位叫麻大炳的拜把兄弟召集起一个排帮，在巫、沅线上闯荡过好几年。自然常在半边街弯排，与横行一时的蒋老五匪股遭遇过几次，结下了宿怨。这天风高浪恶，王四方和麻大炳的排帮比往常晚了一个时辰抵达半边街。明日要闯巫江口那个大漩涡，当然要弯排上岸，以养精蓄锐。谁知刚一离排，就与蒋老五匪股相遭遇，稀里糊涂厮杀起来。这伙匪股非常凶残，县保安大队多次围剿都无功而返。当然，自巫江口闯荡过来的排佬们也并非等闲之辈，谁身上都有些本事，一上场就用竹篙将匪股扫翻一溜。不料这伙匪股新近弄了几支破枪，开起火来，排佬们只得弃木排和死难的兄弟，作鸟兽散。王四方在水底浸了一宵，第二天蒋老五离开半边街后，才敢冒出水面。可他的排帮已不复存在，木排被匪徒们搅散，随流漂走，兄弟们不见踪影，连麻大炳也不知是死是活。王四方在岸边站立良久，最后沿石级上了半边街。雇人葬下死难的兄弟，再租间木屋，动手取石料，錾石碑。兄弟的坟上都竖起墓碑，王四方也就暂时了却了一件心事。但他没走，开起了蓼莪堂。

蓼莪堂的生意很兴隆，这与王四方的手艺是分不开的。王四方刻牌錾碑从不书样。先将木片或石碑瞄上一眼，方嘴巴略微一抿，便动手雕字。雕灵牌，技法与木刻艺术相似，容易出字。墓碑上的字难雕一些，究竟是石块。錾得深，还不够，一笔一画都得錾成方槽。王四方錾字，錾子与石碑平面成直角，是垂直着往石上錾的，那笔画的凹槽不会是上宽底窄的锐角，而是表层与里层完全一致，方正平直。这样的字就经得起风霜雨雪的磨洗，过得古。字形也好，洒脱典雅中，似乎还有几分沉郁和幽深的意味，与碑论风格吻合，备受收魂人的青睐。因此，蓼莪堂一开张，半边街及方圆数十里的人们，都在王四方手上购置灵牌石碑。至于半边街后岗上的墓碑，自然无一不是出自王四方的手迹。

就这样，王四方在半边街一待就是二十年。再没人觉得他是外来的石匠，他已是地地道道的半边街人。

这一日，王四方正拿了錾子准备在堂中的石碑上錾字，街上一幽幽身影忽然晃进蓼莪堂。那影子悠长，恰好投到碑上，将光线悄悄吞噬掉。王四方一时迷失了要下錾的位置，只得停下手中的动作。但他并未抬头，仍面向墓碑，只启动那张大嘴：“客官请堂上坐吧。是要木牌，还是石碑？”

没有反应。那影子丝毫未动，仍遮在墓碑上。

“那就把碑文留下吧。”王四方这一刻已适应了石碑上的黑暗，准备扬锤錾字了。“或者念一遍，我听着，照你的意思办理。”王四方有这个本事，人家的碑文只要给他念一遍，他不用笔录，就记得很牢，錾到碑上时一字不差，保证货主心满意足。

还是没有反应。那影子却不知不觉从石碑上移走了。

“呃？”王四方这才觉得有点奇怪，忙抬头去找影子。可那影子已不在蓼莪堂，消失得无踪无迹。

却也怪异，待王四方再拿起錾子去碑上錾字时，那錾子竟不听使唤，老打飘，錾不出像样的笔画。王四方只得放下錾子，停了功夫。

从此，王四方再也没有心思拿了錾子去那石碑上錾字，那石碑成了一块无字碑，随便搁置在蓼莪堂中间。

蓼莪堂的门也关了。

半边街人就惋惜，王四方放着这么好的营生不做，恐怕是疯了。

王四方自己不惋惜。每天，或是艳阳初露的清晨，或是落霞满天的傍晚，他就出了侧门，横过半边街，顺一溜石级下到巫江岸边，独自悠悠踱步。偶尔也在一块大石头上坐坐，望几眼巫江上流动的彩色波光，还有那无帆的小舢板，被人划着桨或撑着篙，驶向江心，荡漾起圈圈美妙的涟漪。

每每这时，王四方的脸上就有一种殊异的神色。那大嘴轻轻张合着，眼睛里浸着深邃的目光。

半边街上了年纪的人便说，二十年前王四方的排帮被蒋老五匪股击溃时，王四方就是在这块大石头下面的深水里泡了一夜。

就这样，王四方的影子在江边晃悠了两个月。

两个月后，半边街人不再见王四方跨出过蓼莪堂。是有什么变故吧？半边街人议论，王四方是不是在街外的江边辞了脚尖？辞脚尖是当地人的词汇，意谓人临去阴间之前，去生前走过的地方辞行。

人们便撞开蓼莪堂，拥进王四方的住宅。王四方蜷缩在床上，已经奄奄一息。那大嘴巴张着，往外冒白沫子，似要冒句什么话出来。

待王四方一落气，半边街人就搜出王四方平时经营灵牌和墓碑积下的钱，去请了道士、歌师、吹鼓手，给王四方超度亡灵。王四方的老相还算熨帖：腿脚伸展，臂膀平直，且双目也闭合得紧。只有那张嘴巴仍张着，不愿合上。道士打了三次卦，念了三道咒语，用手在他脸上拂了三轮，也不管用。有人去街上弄来一枚货真价实的小银子，让王四方衔了牙，那大嘴巴还是倔犟地张开着。这种模样，到阴间阎王爷见了，是要遣去独木桥上做厉鬼的。

就在半边街人给王四方大做道场的那个晚上，好几个月不见木排的巫江上，忽然漂下一卦长长的大木排。木排驶近半边街时，巫江下游也漂上一溜船队。据目击者说，那是蒋老五的船队，船上人身上还扛着长枪呢。船排快相遇时，船上的人开了火，排上人便一个个都跳进水中。船上人往水里扫了一阵子弹，准备往岸上靠时，才发现刚才还好端端的船只被戳了窟窿，哗哗哗往里进水。船队于是大乱。刚才跳入水中的人这时纷纷爬回排上，举着长篙往船上扫，船上人被扫入水中。只有为头的蒋老五了得，左手用勺子往船外舀水，右手摇桨，往巫江下游遁去。但到了巫江口，那船却不肯再听使唤，死劲往大漩涡处蹿。蒋老五只好放下勺子，双手去划桨。可没用，船似着了魔，不肯改变方向。眼见离漩涡中心越来越近了，那船突地倾斜起来，“轰”的一声，将蒋老五摔入大漩涡中心。原来船底有一大汉，是他一直在操纵着这只船。

江上的事仿佛与半边街人无关，他们只对王四方的丧事有兴趣，热热闹闹忙活了一个通宵。江湖上的你死我活，他们耳濡目染的多了，感觉自然麻木。

第二天，半边街来了一位陌生汉子。他衣冠不整，有些憔悴，但眉宇间却透着一股英气。他拂拂身上的风尘，径直走进蓼莪堂。但见他单腿跪在灵前，戚声道：“王兄，小弟迟了一步……”而后，汉子便将一只大手伸到王四方脸上。这只大手几乎将王四方那灰暗发青的脸膛全覆住了。大手自上而下，只轻轻一抹，就移开了。

奇迹就这样出现了。

那张死劲张着的嘴巴已合上，且合得那么紧，那么安然，竟给整个面目，无端添一分悠闲、一分自得。

半边街有人说，这一天，正是二十年前王四方的排帮被蒋老五匪股击溃的同一个日子。

之后，汉子在半边街建立起镇人民政府。镇址就设在蓼莪堂。镇名錾在门外的石碑上，那原是王四方动过錾子却未錾上字的无字碑。

汉子自然就住在蓼莪堂，人称其为麻镇长。

鲤鱼刀

黑三回到半边街的时候，七爷已逃离墨香园。

黑三回到半边街的时候，夕阳正浸在雄河里面，洇了一滩浓重的黑红，把半边街的拙朴和黑三的情绪，映射得分外辉煌。

不就是一场小小的农运吗？黑三横竖悟不明白。要知道，七爷可不是等闲之辈，几把系着红绸子的钝刀也吓唬得了？黑三将脑袋左右摇了几下，脸上涂着疑惑。黑三决定离开墨香园。

就在他转身的时候，骤起的晚风撩起他的衣襟。一道白光遂从他的腰际闪出。

那是把刀子，鲤鱼形。

被七爷请做排佬大前，黑三是这半边街蛮雄的屠户。他的猪杀得极有水平，见红快，皮毛除得干净。所以半边街人逢年过节或婚丧喜庆，非请黑三杀猪不可。杀了猪，主人给三升米做工钱，猪尾巴上那四斤屁股肉，也归他拿回去煮浮汤肉吃。黑三的日子于是过得并不赖，他为此很得意。

“黑三，你男子汉大豆腐，一身力气，就捉着几头关在栏里的猪捅，算是雄河边上的男人？”

有一天，七爷拍了拍黑三的肩膀，故意改大丈夫为大豆腐，激黑三。“我有几码木头，要雇个排佬大放到洪水去，不知道你怕不怕雄河里的乌龟把你的卵咬了去。”

排佬大就是二老板，是排帮的头儿。黑三小时候就跟父亲放排走雄河，跑洪水，水上功夫深，当然不怕乌龟咬卵。他毫不犹豫地点点头，扔了屠刀，组织起一个排帮，撑着长长的木排就下了洪水。

当排佬，抢水道，争码头，免不了要跟恶人打交道，有时甚至要拿出拼死拼活的劲头，搅他个鱼死网破。一来二去，黑三渐渐就悟出了一个道理：人活在这世上，就是要恶。故此，他与人争斗时，就毫不顾惜自己的四两小命。

这次放排至洪水，因与人争码头，黑三就带着自己排帮的兄弟，大打出手，竟将人家一排人全都击落水中。黑三自然得意，站在排头打野喊。谁知身后冒出一个狭长的脑袋，拿着雪亮的刀子向黑三猛扎过来。黑三感觉到脊背上一股袭人的冷风，情知不妙，赶忙将身子就势一斜，那刀子于是狠狠地刺进他的臂膀。只是黑三究竟是黑三，但见他一个金鸡独立，旋动右脚，往身后便一扫。那人本来已在排沿上站稳，不想黑三这一扫，竟把他扫出去好远，“咚”一声落入水中。待黑三回过头来，那人很快又从水里伸出那狭长的脑袋，冲黑三吼道：“刀子就留在你身上了，咱们后会有期！”之后那狭长的脑袋就从水面消失了。

黑三这才悟起身上还有把刀。低首去瞧受伤的手臂，发现那把斜插在臂膀里的刀子，已被喷涌而出的血液染得绯红。黑三将刀子拔出来，去水里洗尽血迹，竟是一把上等的鲤鱼刀，锃锃地喷射着寒光。“好刀！”黑三不禁叫道，挥刀往水中砍去，水里裂一道细痕，却无丁点水声。

黑三拿着鲤鱼刀，兴冲冲地回到半边街。不想七爷已不在。黑三无论如何也不肯相信，七爷竟会栽倒在那几个搞农运的毛头小伙子手里。说实在的，黑三这辈子出生入死，见过和碰过的多得很，但直到今天，他真正佩服的，还是七爷。想想看，这雄河上上下下几百里，有谁不知道七爷的赫赫大名？别的不说，就说那次前清的刽子手在雄河岸边的草地上剁七爷的脑袋，七爷是何等的壮烈而威风！

那时黑三才十余岁，仿佛听说七爷因犯了什么死罪，朝廷派命官前往半边街捉拿他，并且就地正法。七爷倒好，一步不离半边街，待在他那红漆槽门黑漆巷的墨香园里等死。命官进屋后，他就服服帖帖地让他们绑了双手，牵往街外的雄河岸边。那是个正午，恰如古书上所说的午时三刻。太阳惨烈，河面冒着绿蓝绿蓝的热气，两岸层层叠叠观热闹的人虽然兴奋，却被烤得蔫了吧唧的。七爷昂首挺胸，血气方刚，满面红光，自然见不出半点惧色。开斩了，刽子手的大砍刀闪着逼人的亮光，呼地朝七爷的脖子劈去。观热闹的女人和孩子们早捂住眼睛，将头别到一边。男人们虽然眼睛鼓得很大，全身的血液却不由自主，全涌到了猛跳的心口上。

嘣！终于听到一声响。却很怪异，刽子手的砍刀根本就没劈进七爷胀鼓鼓的脖子，相反被很不客气地弹了回去，就仿佛七爷的脖子并没有长肉，却是用厚厚的牛皮绷起的圆鼓，而刽子手的大砍刀成了一根鼓槌。

再劈，又被弹回。

劈第三轮的时候，刽子手脸色惨白，双手发颤，砍刀已无法举到平肩的高度。最后，刽子手双脚一歪，再也支持不住，软到了地上。那七爷仍然山样屹立着，面不改色，镇定自若。一旁的命官，当时也吓出一身臭汗，只得仓皇回京，细细奏明皇上，皇上念七爷命大，赦了他的死罪。大难不死，七爷的心便开始膨胀，他狠下功夫，经营生意，购山买田，积聚起的家财，一天厚似一天。后来还派儿子东渡日本留学，以图远志。要不是农运来得这么快，七爷恐怕早就有了大的动作。

七爷不在，排佬大已当不成，黑三感觉有些茫然。还是重操旧业，给人杀猪去吧。可黑三生来死去，颠了那么多年，他不确定自己还沉得住气，去干这规规矩矩的营生。黑三晃着衣襟，时不时摸摸腰际的鲤鱼刀，就这么幽灵般地在墨香园周围转悠了两天。

第三天，黑三一转一转，便转出街口，到了当年清廷刽子手剁七爷脑袋的雄河边上。河面上没有绿蓝绿蓝的热气，河岸臂膀一般拥着雄河，不见当年七爷威风大振的丁点痕迹。如今这里已成为雄河上有名的落叶渡，南通桂林，北接衡邵，来往商贩络绎不绝，很是繁荣。就是到了夜晚，生意人或要赶时间，或因白天炎热，晚上凉快好上路，也有撑着竹篙过渡的。那柳叶一般的木船就泊在河岸，没人过渡时，就静静卧着水波，有如处子。船佬已回到半边街去了，船上难得见着人，过客总是自己撑船过渡。有时船恰巧在对岸，过客也不着急，只稍候，对岸的石坎坎上，就会出现挑着货担过渡的人。也有的过客不会撑船，搓着手正急躁的当儿，河中的渔人或撩波耍浪的顽童，已起动翅膀似的双臂，凫水近船，替你撑往对岸。

这天傍晚，渡口却一阵难得的宁静。唯见黝黑山影浸润水底，间或一丝悠然的颤动。黑三的感觉就莫名其妙地跟着悄悄振了一下。他的手慢慢摸向腰际，接着刷地抽出了那把鲤鱼刀，举到齐眉的地方。左瞧一瞧，右看一看，还伸出舌头舔了舔刀锋。而后，黑三就不自觉地慢悠悠点了点头，那似笑非笑的脸色，在夕阳的光辉里，犹如一块炒熟的猪肝。

当晚，黑三那强健的身子，便浸到了船底墨黑的水中。

当晚，落叶渡就来了过夜船的客商。客商上得船来，放稳货担，执了竹篙便往水里戳。船行至河中水深处，异异怪怪地晃动起来，使劲使竹篙都无用。客商疑是水鬼，心下就慌，手脚一齐软，只差没将篙扔到水里了。船下那双猿臂趁机一用力，船便猛地一倾，把客商抛入水中。而后，船箭一样射向岸边，船沿外有影子跃出，只身上船，把货担里的钱币搜刮罄尽。布匹绸缎、皮毛百货却不动，原样留在船上。总得给人留条后路，凡事都不能做得太绝。这是黑三的良知。

这一系列动作，黑三做得从容麻利，干净利落。可末了，他仍不忘回头，用目光去水面巡视一番。但见那客商正在水里一沉一浮，很不得要领地扑打着、挣扎着，被雄河水制得半死。

黑三想，他谋了人家的财，但总不能害人家的命，良心还是不要黑透。于是一头扎进水中，潜近客商，抓牢了双脚，倒拖至河岸上。客商吞了一肚子水，肚皮像锅底一样很凶地凸着，人已是奄奄一息。黑三就把他撂倒到圆滚滚的大石头上，倒卧着，自己爬上去，用脚在客商后背狠命一踩。客商肚里的水被这么一压，立即就像大水牛撒尿那样，哗啦啦从口鼻处倾泻出来。水吐得差不多了，人便渐渐地活过来。黑三就指着仍放在船上的货担，对客商说：“只拿了几个钱币，货物纹丝不动。”

客商鼓着眼睛，一副懵懂样，未知刚才究竟发生了什么事。但听黑三又粗声恶气地吼道：“救你一条不值钱的小命，总该收点酬金。”

自然也有无须黑三救命，不甘愿出这“酬金”的。所以船刚刚着岸，黑三还来不及数数搜出货担里的钱币，那落水的客商早已爬到船上，捋着手把子，要与黑三拼命。黑三猛地转过身来，“嗖”的一声，从腰间抽出了鲤鱼刀。虽然夜色正浓，但那鲤鱼刀却晃着幽光，透着几分杀气。客商不免胆寒，一个频率极大的尿颤一打，就畏畏缩缩收住了挥动着的手臂。其实黑三并不是想要伤人。他便举起鲤鱼刀，往船舷上一刺。那厚厚的木枋于是就被捅了个对穿，刀尖已刺到船舷外边，船里头仅余个刀把。客商走南闯北，经历的自然也不少，哪里碰到过此等场面？身上不由得哆嗦起来，退至船尾，再不敢吱声。遂眼巴巴盯着黑三搜了货担里的钱币，再顺手拔出船舷上的鲤鱼刀，转身，下船，消失于茫茫的夜雾之中。

黑三就这么在落叶渡的水底，浸泡了好多年，竟然没有过闪失。就连雄河一带的枭雄会、屠刀会、短铳党，各占山头，称霸一时，相互搞得乌烟瘴气，也没有谁去惊扰过黑三。黑三一直守候着这方小小的黄金口岸，倒也威风而又自在。

后来就闻七爷回到了半边街，是跟他那留学日本的儿子一同回来的。这小子给日本人当翻译，从东北沈阳一窜窜到了宝庆城。这时候雄河边上的枭雄会、屠刀会以及短铳党，不再相互残杀，自愿合一处，组织起雄河别纵队，专门割日本人的脑袋、割日本人屁股后面的汉奸的脑袋。前不久还在宝庆城里，割了几个日本人的小脑袋，挂在城门上，滴溜溜往城门下的青石板上垂滴墨黑的血。

日本人这下慌了，让七爷的儿子拿主意，因为他是这一带的人。这小子便设法将七爷找了来，要他组建清匪军，去剿雄河别纵队。七爷开始不从，觉得替日本人卖力，是件丢脸的事。可转念一想，儿子在日本军队里照应着，不正好是个扩展势力，以实现当年夙愿的极好时机？七爷终于答应下来，一边让儿子去日本人手里弄几杆枪，一边着手在半边街招兵买马。

据说还找过黑三几次，想让黑三纠集当排佬大时排帮上的人，加入清匪军。可这黑三虽然在落叶渡行劫多年，但心却没有全黑，知道给日本人当汉奸，比不得拿着鲤鱼刀搜客商货担里的钱币，是要被半边街人日十八代祖宗的。所以一直不浮头，不肯与七爷谋面。倒在心里暗暗佩服雄河别纵队那帮汉子，胆敢割小日本的脑袋，是些真正的血性中国人。

黑三这晚又一如既往地潜入落叶渡。渡口异常静穆，无风亦无浪，且无人撑船过渡。

忽然就闻见唢呐声，那般优优美美、响响亮亮，将整个雄河上的水皮都撩拨得有些颤动。这是《贺郎歌》的曲子，黑三一听就知道。虽然这曲子从岸上飘到水上，再悠悠颤入水底，到得黑三耳里时，多少有些迷蒙且走样。来雄河一带的人家，行收亲嫁女之事宜，就最喜欢奏这支曲子。这曲子音域宽广，繁复多变，不会吹奏这支曲子的吹鼓手，哪怕别的曲子奏得再好，也算不得真正的吹鼓手。

唢呐声渐渐近了。就愈发地显得激越悠扬、热烈奔放，宁静的雄河好似泼满了辉煌。黑三忍不住将头稍稍探出水面，这才望见唢呐的背后，还有两人抬着一个大柜子，上边似贴了红纸，像是赶时辰去送定亲聘礼的。黑三赶紧沉入船底，单候那财喜上船。

那船一会儿就到了水中央。下面的黑三这时一用劲，船便陡地一掀，三人落入水中。黑三迅速将船推到岸边，跳上船去。却见船上的柜子，竟然牢牢地锁着一把大锁。不就是些聘礼吗？也值得这铁将军把守？黑三不由得伸出手，提了提那套在柜子上的索子，沉沉的竟没法提起来。

此时水中的人就在呼喊救命，水被扑打得“扑通扑通”响。钥匙肯定在人身上，把人救上来，拿了钥匙再开柜子也不迟。黑三复又跳入水中，一下子拖上来两个。钥匙却并不在这两人身上。但另一个却不知去向。莫非这么快就喂了大鱼？黑三一双眼睛在幽黑的河面上睃着。忽然发现河里的船轻轻晃了一下。黑三心想，那死鬼一定就搁在船底。于是一个鹞鹰舒翅，扑入水中。

那家伙果然秤砣一般，在船底的深水里浸着。黑暗中，黑三那被冷水浸泡得十分明亮的双眼，还清楚地望见那支唢呐，仍然插在那死鬼的嘴上，且一双手很规则地把唢呐握着，手指似按着音孔，一副神气活现的吹奏的姿势。黑三当然没时间欣赏，拽着那家伙的双手就往回拖。上得岸来，那家伙的滑稽样仍然未改。黑三就好笑，这死鬼小命可以不要，但这唢呐就不可不吹。黑三正觉得有趣，就瞧见那唢呐下面，还撩着一样东西，正是一枚钥匙。黑三毫不犹豫，伸了手，就去扯那钥匙。

这一扯不打紧，竟将那死鬼也扯起来，他坐佛般盘踞于地。几乎是同时，那唢呐陡地喷出一段响亮，把沉沉的夜色喷得一晃一晃的。就是《贺郎歌》的一段主旋律，最高亢，也最悠扬。

“你到底是人还是鬼？”黑三的手早已松开，忙后退至船上。心下虚脱，嘴上却还要凶悍。且一边从身上搜出那把锃亮的鲤鱼刀，往船舷上捅去，以示刚强。那人却仍然端坐在沙地上，这时已停止吹奏，慢慢将那唢呐从嘴巴上取下来。这回黑三更诧异了，嘴巴张开着，眼睛鼓得溜圆，半天了还定格着。这下子，黑三完全看清了，一屁股跌在船上，一半是惊，一半是惧。

那是一个狭长的脑袋。

就是十多年前，那个自洪水码头上的水面消失了的狭长脑袋。

狭长脑袋一声不吱，站起身，向船上走过来，用唢呐上撩着的钥匙去开柜子。柜盖一掀开，黑三又吓一跳。这哪是什么聘礼，分明是一柜子的长枪和短枪，油黑发亮，寒气逼人。狭长脑袋无声地阴阴一笑，复盖上柜盖，锁住，一仄身，拔出黑三戳在船舷上的鲤鱼刀，先放手上掂了掂，一抬臂，“嚓”一声往船底捅去，再捏紧刀把，用力一旋，那船底就刮出一个茶杯大小的洞。便见那幽白幽白的水，一股一股自洞口朝上直冒。而船就渐渐往水底沉将下去，连同那个装着长枪短枪的柜子。

翌日，是七爷的清匪军正式挂牌成立的日子，七爷请来了宝庆城里的日本头目，和半边街的大小乡绅，要在墨香园设宴庆贺。连黑三也浮了头，去给七爷杀猪。七爷还向黑三露了层意思，如果黑三日后愿意招拢他的排帮人马，加入七爷的清匪军，那七爷会拿副司令的交椅给他黑三坐。半边街的人也说，黑三就是奔着这层意思去给七爷杀猪的。

黑三来给七爷杀猪，拿的就是那把鲤鱼刀。未进墨香园，就闻见唢呐声一声长一声短，一声急一声缓的，响得非常热闹。唢呐匠就坐在正厅侧面，把个狭长的腮帮，鼓得胀鼓鼓的，吹奏得极专注。黑三进墨香园后，他就换了一支曲子，奏起《贺郎歌》来。一支曲子从头至尾，他的腮帮子没瘪一下，那声音找不出丁点断裂，仿佛一口气吹成的。曲子抑扬顿挫，高潮处，整个半边街都震动了，好似千军万马一齐奔跑着、嘶鸣着，悲壮而激烈。这千军万马当然都是从唢呐匠那圆圆的喇叭里奔驰出来的。七爷于是非常满意，觉得这大大壮了他的声威。

就要杀猪了。

那壮猪足足五百余斤。但见黑三口里衔了鲤鱼刀，双手将猪耳朵揪住，而后朝背后用力扯着猪尾巴的汉子点点头，一用力，就把壮猪拽离地面，撴到了凳子上。再腾出一只手，取下口中鲤鱼刀，问七爷是要“迅”，还是要“响”？七爷曰，要响，因为响，便能热闹场面。黑三得了七爷的话，这才将刀尖缓着往猪身戳去。壮猪就老不断气，厉厉地叫了好一阵，仿佛要和唢呐声争个高低。直到殷红的血液“哗哗哗”泻了半天，泻得差不多了，叫声才渐渐小下去。把断气的壮猪拖到两个脚盆上，淋了开水，在猪脚上割了个口子，用铁棍从口子里捅进去，捅通了猪身上的气路，黑三这才伏身下去，用嘴对着口子，给猪吹气。这样猪吹胀了，毛才刮得干净。黑三杀猪，一向以力气足、猪吹得特别胀、毛去得很干净，为人所称道。

可这天，黑三耳朵里装满了正厅里洒过来的唢呐声，心思总集中不到肺部，感觉到中气不足似的。吹了半天，那壮猪总鼓胀不起来。是这头猪太大了，还是别的什么原因？旁边围观的人都疑惑。因为他们知道，黑三杀猪，从来都只要三五下就能把猪吹胀的。也许是黑三在落叶渡的水底，浸泡了那么多年，把身上的气力浸泡得所剩无几了吧。

其时，正厅里的唢呐声陡然间停止了。正是那千军万马奔腾呐喊最激昂慷慨之处，整个墨香园骤然静息下来。唯有街外雄河的风拂至，将屋背上枯黄的落叶轻轻揭起，旋又弃之而去。

“让我来试试吧。”那唢呐匠一摆狭长的脑袋，拿着唢呐走过来，对黑三说道。

一旁的众人都在疑惑，你唢呐匠吹唢呐是角色，在行，吹这猪脚，就未必比黑三强吧！

却不料，这黑三竟然乖乖放下猪脚，起身，站到了一边。

“不过我有个条件。”唢呐匠把唢呐递给黑三，拾起猪旁边的鲤鱼刀把玩着。“你得答应拿这把鲤鱼刀，替我杀一头猪，并把猪头割下来，我有用。”

“那好说。”黑三满口答应。

“够朋友！”唢呐匠一拍黑三的肩膀，弯腰，扯过猪脚，鼓起腮帮就吹。也怪，唢呐匠似乎不用什么劲，连气都不换，一会儿那壮猪就鼓胀起来，且胀得非常圆满。

众人甚觉有趣，想不到这唢呐匠还真的气足一筹。

“其实我祖上都是屠户，我也杀过好几年猪，还杀过洋猪。”唢呐匠直起腰，接过黑三递过来的唢呐，“不过祖上有个规矩，要当屠户，得同时学会吹唢呐。杀猪可办喜事，也可办丧事；吹唢呐可贺喜，也可送葬。”

众人莫名其妙地笑了，不知唢呐匠说的是真话，还是在调侃。只有黑三把着鲤鱼刀，用拇指试了试刀锋，会心地点了一下头。

只有七爷脸上涂着猪肝，暗怪唢呐匠在他的喜庆日说不吉利的话。

那唢呐声又响了起来，激越了半边街，激越了街外深邃的雄河。

当晚，月黑天高，雄河上的落叶渡顷刻间响起惨烈的枪声。七爷宴请的日本人再也回不了宝庆城，统统葬身于雄河墨黑的水底。而第二天，墨香园当街的槽门上，也挂了一个脑袋。没人敢去细看，不知是哪个冤枉鬼的脑袋。到了黄昏，如血残阳喷红半边街，才有大胆者战战兢兢地走过去。

竟是七爷的脑袋！

没有谁相信，这世上还有什么刀，能割下七爷的脑袋。半边街稍上点年纪的人，都亲眼目睹过当年清朝刽子手砍七爷脖子的场面。

可半边街的人又恍然悟起，头天黑三替七爷杀猪时，黑三那把锃亮锃亮的鲤鱼刀，还有狭长脑袋的唢呐匠所说的那番阴阳怪气的话。

隔夜，半边街有人见一队人马耀武扬威自街口走了过去，队首汉子的腰间晃着一样东西，在月辉下闪着清幽清幽的寒光，很映眼。

半边街的人打赌，那一定是黑三那把鲤鱼刀。

字与画

打卦师与独眼爷是镇上最有名望的两位人物。两人都住在儒林街上，打卦师的屋子坐西朝东，独眼爷的屋子坐东朝西，两家可谓门当户对。

打卦师并非人们常说的占卜打卦的师公、道士之类。他天生一双大得出奇的鸭脚板，任凭你号码再大的鞋子都没法全塞了进去，必须趿着，走路时鞋屁股一下一下往脚后跟拍打，敲出极重极脆的响声，犹如打卦一般。打卦师说自己的鞋是打卦鞋，街上人便称他为打卦师。

打卦师其实是镇上一流的书法家，他一辈子就是吃自己的字、穿自己的字。他用自家的屋子临街开了一个铺面，专门卖自己的字。卖了几十年了。潮涨潮落，街口的买卖人过山鸟一样，换了一批又一批，有的发了，有的亏了。打卦师虽然没发大财，但他的字却从来没有滞销过，铺面一如既往地敞开着。铺面不大，里面挂着大大小小、宽宽窄窄的字幅。皆是一流的宣纸，有行草，有楷书，有隶字。大者如“寿比南山”、“松鹤延年”、“室雅人和美”、“吃亏是福”之类，小者如《长恨歌》、《岳阳楼记》等诗文的蝇头细字，应有尽有，不一而足。人们从街上经过，不管买不买字，都喜欢在打卦师的铺外站上一阵子，将打卦师的字观赏一会儿。其中自然不乏书法方面的行家，便点了头，赞曰：“这可是地道的颜筋柳骨哩。”

打卦师每天太阳出山时，趿着一双拍得“吧嗒吧嗒”响的打卦鞋去开铺门。先用鸡毛掸子掸一掸铺面和壁上的字幅。如有客人，便给人取字。没人，就在桌上铺开宣纸，用那支据说是象牙做成笔杆的老狼毫，即兴写上一幅。那轮鲜丽的朝阳正好投过一线光亮，在未干的墨迹上洒一泼灿烂。有些买字的人，是早就相中了壁上的某一幅的，所以一过来就交了钱，取了字兴冲冲地离去。有些偏偏不要现成的，一定要打卦师当面书写一幅再拿去，说这样墨鲜字鲜更有意趣。打卦师当然会满足顾客，拈了狼毫，问清客人要什么字，然后开笔，惹得周围的人一齐咬着舌头啧啧称赞。大凡那些随写随要的，都是四五个、七八个字的居多，一挥而就，写得快也取得快。但也偏偏有性憨的，硬要打卦师书写诸如《琵琶行》那样序在外仍有三百一十五言之多的小字幅，就是等上老半天也心甘情愿。打卦师写“闻鸡起舞”四字时最见风格。他起笔之前，狼毫在纸上做欲扬先抑之状，而眼睛他顾，头部稍偏，似在倾耳细听。同时，额上拧紧的皱纹缓缓向外舒展开来，整个面部笑意徐至，让你相信他确已闻到了那曙色将至时的鸡鸣声。就在你还沉浸于他那如醉如痴的境界的时候，他的笔锋已风驰电掣般地神运于纸上。瞬间，前面三字已历历在目。待“舞”字的最后一竖写成，打卦师忽然左脚离地，身子向半空一蹦，右脚往后一勾，狼毫陡地向那“舞”字右腰上戳去。几乎是同时，打卦师的打卦鞋“啪”的一声击响，“舞”字右腰上已活灵活现地戳上一点。一旁的人不由得齐声喝道：“好一个闻鸡起舞！”原来打卦师写那“舞”字一横上的四点时，先只写了三点，最末那一点留到收笔时“起舞”的那一瞬才出其不意地补上去。有人还说，神就神在打卦师这最后的一舞一点，一定是从李白当年回马飞笔写“卜”字那一点受到的启迪。

都曰，打卦师把字写绝了，这么几十年，还从未见过谁的字超过打卦师呢。

独眼爷则是一位画师。他生得瘦瘦小小，像一位身轻如燕能够踩在空火柴盒上面发功的气功师。他作画时，右眼瞪得特别大，左眼却是眯着的。画作好后，他又眯起左眼，略有所思地自我欣赏一番。镇上人都清楚，他赏画时，如果左眼眯得不够紧，且眼角在稍稍做颤动状，说明他对自己的画不太满意。如果他把左眼眯得极深、极紧，左脸上的皱纹一齐向眼角奔去，那独眼爷这天的画一定作得很成功，挂到壁上后保证能卖大价钱。独眼爷爱眯眼，久而久之，习惯成了自然，不作画不赏画，左眼也成了眯着的了，看上去像是瞎了一只，人们便都叫他独眼爷。镇上人断定，独眼爷由于几十年那左眼都是眯着的，如今已失去了视力，无法再睁开了。用进废退嘛！

独眼爷的画店开在打卦师的字铺对面。独眼爷画画的路子很广，国画、素描、水彩，样样皆通。画八仙过海，画武松打虎，画山画水画禽画兽，画松竹梅，画风花雪月。镇上有个祁剧团，那些关公、唐僧、薛仁贵、四仙姑的脸谱都出自他的手笔。镇电影院请他画广告，他也画。但那些半裸或比基尼式的广告，他拒绝合作。三月三，七月半，他还给人家祭祖用的冥钱包画人民币。镇上人每年这两个时候是要给阴间人大烧冥钱的。阳间人的钱有五块、十块，甚至五十块上百块的票额，阴间人自然也不例外，票额越大用场会越多。画人民币是独眼爷最赚的时候。阳间人为了让阴间人也搞活经济，让自己的祖先过得大方、气派，不惜重金买独眼爷这种奇特的不算画的画。独眼爷画的人民币看不出是画的，到了几可乱真的地步，人民银行还特意检查过独眼爷的画店。但独眼爷仅仅画人民币的正面，不画背面，且都是画在黄色的火纸上，不会给买画人提供犯罪的可能，银行便没深究。至于阴间会不会发生货币市场上的混乱，银行里只顾自己的行业，才懒得去管呢。

当然，独眼爷还是以画山水和人物为主，别的只偶尔为之。他的画究竟有多高水平，镇上人说不出道道，但有一层意思是肯定的，那就是人人见了，都会像六月天喝了井水，浑身感到清爽。特别是他的中堂画，据文化馆那位毕业于广州美术学院的年轻大学生说，既有张大千的恢宏雄伟，又具刘海粟的灿烂瑰丽。有人干脆宣布，当年徐悲鸿用“踏花归来马蹄香”为题招考学生时，那位在马蹄旁边画了一只嗡嗡而吟的小蜜蜂，从而一举成为徐悲鸿高足的考生就是如今的独眼爷。但不管怎样，独眼爷的画遐迩闻名这是天经地义的。远的且不说，就说前年县上来了一位中央大首长，县上领导送了许多珍稀古玩，他总是不满意，后来硬是得了独眼爷眯眼画成的一幅中堂画，才欢喜得屁颠屁颠地离开了县镇。为此，独眼爷更是让人敬慕三分，县政协主席还几次亲自出马，来邀请他去当什么委员，以共商济国利民之大计。独眼爷当然还是谢绝了，觉得没必要去添那分外的麻烦，仍天天不离画店半步。

独眼爷其实不是本地人，是 1949 年前夕从北方逃亡到此地的。据说还是某学院的一位教师，和学院老师逃亡出来后失去了联系，见这地方天高皇帝远，还较宁静，便安了家，落了户。他的口音却不是纯北方音。打卦师是曾出过远门的，他说独眼爷话含吴音越韵，定系江浙人氏无疑。且那些地方历来文人辈出，独眼爷不是那里人，自然不可能有如此高超的画技。此言极有道理，镇上人便首肯了打卦师的合理论证，把独眼爷看成江南才子。也是由于打卦师的器重，独眼爷当年才得以在这块生疏之地立稳脚跟。比如独眼爷现在的这屋子、这店面，当年就是打卦师从中极力地斡旋，最后才以不算太贵的价格到了独眼爷手中的。地方上人欺生，开始有人还老找独眼爷的岔子，都是打卦师以其在地方上隆高的威望将寻衅人镇住。打卦师每次都说，独眼爷是位大才子，他人品画品皆为上乘，我地方上人理应尊重。独眼爷在心中铭记着打卦师的大恩大德，对打卦师其人更是敬仰三分，每年都要选中一两幅最得意的中堂画送打卦师。早上，独眼爷也要等打卦师开了字铺的门，才打开自家的画店。平时两人来往甚是密切。碰上两家的顾客稀少，有了一点点清闲，独眼爷就隔着街对打卦师大声喊道：“老兄，今日早些关门，过这边来喝几盅吧。”打卦师比独眼爷略长。他在这边朗声应道：“老弟，就听你的，恭敬不如从命嘛。”于是傍晚，当皓月悄然东升，街上一半幽暗一半银辉，人们便见打卦师与独眼爷在临街处摆一方小桌子，各执一杯对饮。月华洒在酒杯中，溢出熠熠光辉。两人喝得耳热心跳，知心话也多起来。待至酒酣兴起，便起身各自拈毫题字作画，以互相交换，而后欣然离去。

独眼爷最欣赏的，还是打卦师挥毫书写他那最为得意的“闻鸡起舞”四字。

碰到这样的时机，哪怕自家店里再忙，独眼爷也会抽身出来，横街跑进打卦师的字铺，将围观的人扒开，挤到最前面，看打卦师即兴表演。一旁的人们发现，几乎是在打卦师身子往半空一窜，右脚一勾，鞋底一拍，最末一点猝成的同时，独眼爷的双手也跟着“啪”地一声击响，口中不由自主冒出一个响亮的“妙”字。且那只左眼也眯得异常深邃，与瞪大的右眼形成强烈的反差。

打卦师也喜欢欣赏独眼爷的作品，尤其是独眼爷的中堂画，几乎每一幅他都要品味一番。他品得极认真，常端着一杯龙井，站在画下一边品茶一边品画，直到那杯茶喝光，连茶叶也细细地嚼完，最后才悠悠离去。细心人发现，打卦师有时竟是盯住画面左下方那枚不方不正、不扁不圆的印章，目光又痴又呆，老半天都收不回。后来许多人都爱看独眼爷的印章了，觉得里面有一层道不明、说不透，但却硬是蛮来劲的意味，越读越觉得神。不是精于书法的人，定然刻不出如许精妙的印章。大家都这样说。

这一天，打卦师又端着一杯龙井茶，从街对面踱了过来。独眼爷早迎了出去，将打卦师让进画店。独眼爷知道打卦师的习惯，也不搬凳让座，就让他站着赏画。只是候在一旁，说道：“老兄，这些拙作之中，你能相中一幅吗？这就可给你取下，送过贵店去。”打卦师却不回答，眼光在一幅画上定格着，不肯移动。嘴巴却将杯中的茶水喝得“嗞嗞”响。半晌，他才把目光移开，转过他那红光发亮的脑袋，说：“老弟，有一句话，愚兄在心中藏了许久了，不知道可不可以冒昧相问。”

“老兄，这就见外了，你我亲如兄弟，情同手足，彼此之间还有什么不可以说的。”独眼爷急了。

“我赏了你许许多多的画，可我发现……”打卦师欲言又止。

独眼爷的脸上竟有点不自在了，那只右眼里含着难为情的目光。独眼爷似乎知道打卦师要问什么了。

“你的画好，印也好。”打卦师顿了一下，“可你为什么从不在画上题过一字呢？”

“这……”独眼爷显得不知所措起来，那只眯眼连连颤动着。

打卦师把杯里最后一片茶叶吞进嘴里，一边嚼着，一边缓缓朝店外走去。

独眼爷赶忙抢上一步，对打卦师说：“老兄，有了你的字，愚弟是不敢班门弄斧呀。”

打卦师也不回答，只将头撇转来，朝独眼爷望了一眼，那目光有点陌生而复杂。

独眼爷的画有印没字，这消息一下子传遍了全镇。人们赶忙去细看自家收藏着的独眼爷的画，果然都是有印没字。连蝇头大小的字都没有一个。大家都迷惑了，看独眼爷的画看了几十年，怎么却从没觉察出他的画没题字呢？而国画历来就是讲究字画印三位一体，互为映衬，唯独眼爷的画只字未题，其缘由何在？于是，各种猜测纷起。有的说独眼爷的画绝得很，但他的字未必高级，故不敢上画。有的认为，独眼爷不是字不好，而是与打卦师比较，也许略逊一筹，因而不想弄巧成拙。有的则说，独眼爷其画造诣已深，也就不想再用字来装饰，以免画蛇添足，几十年来他从不在画上添过一字，买画人竟然觉察不出，即说明了这一层意思。真的是公说公有理，婆说婆有理。

没过多久，打卦师的七十大寿到了。这一天，艳阳高照，紫气东来，镇上许多有头有脸的人都给打卦师祝贺来了。独眼爷早已做了准备，精心绘了一画，裱好，卷成轴给打卦师送去。打卦师高兴异常，紧握独眼爷的手，将他请入首席。酒过三巡，打卦师起身致辞，感谢众人美意。大家也频频起身，向打卦师敬酒，祝他身体健康，寿比南山。礼毕，打卦师忽将话锋一转，说："为了让众人高兴高兴，我要拿一样东西让大家饱饱眼福。"

大家立即静下来，等待着打卦师的手段。只见打卦师拿出一卷画轴，轻轻展开来。咦！众人眼睛亮了，目光盯在画面上，硬是无法拽下来。

这是一幅《雄鸡图》，还有一轮旭日作为陪衬。大家虽然拿不出文化馆那位美院毕业的大学生的高深术语来评说，但却懂得这实在不是一般的手笔，其间确有一股无形的磁力，能把你一切的感官都吸引住。作为赠给打卦师的礼品，这《雄鸡图》也许是再奇妙不过的了，大家都说打卦师就是有福气，古稀之年竟得如此珍品。

"这样大手笔，众人一定看得出是出自谁了。"打卦师特别兴奋，将独眼爷让到前面。独眼爷忙打拱手，说道："在下不才，献丑了，献丑了。"

"今天，当着诸位的面，"打卦师脸上一片红光，他低了头对独眼爷说，"我这里有一件事相求，未知贤弟可否赏脸？"

独眼爷有点不好意思起来。他知道这一天终于还是到了。打卦师接着又说："我这位情同手足的贤弟，堪称当世画圣。但诸位很清楚，四十多年前他在此开了画店之后，就再没见他在画上留过一字一句。今天，我要恳求他在给我的这幅画上题上几字，诸位意下如何？"

大家齐声称好，说打卦师主意高明。有人早腾出一张桌子，将《雄鸡图》铺于桌上，一旁置了笔墨。

独眼爷面呈难色，推辞再三，最后还是走到了桌边。屋中早围得水泄不通，大家屏声静气，要一睹这位四十年未在画上题过一字的大画师挥毫作字的风采。然而，独眼爷沉吟良久，就是不愿下笔。几次拈笔在手，又犹豫着回头望望身后的打卦师，说："老兄，你这可是与我为难啊？"打卦师却不语，一脸的企求之情。良久，独眼爷将笔放回笔架上。他忽然五个指头一齐插入墨盘中，而后抽出，迅捷地落到画上的空白处。但见他五指交替着神运于纸上，一点、一挑、一横、一竖、一撇、一捺，泼然而出，纷至沓来，无不错落有致，激越跌宕。顷刻间，众人目光还未跟上来，画上四字已猝成，洒脱如一股风，飘逸似数缕云。粗看似乎与毛笔字无异，细瞧又非毛笔字所能企及；集晋字唐墨宋体于一炉，同时又超然出乎其上。而整个画面犹如锦上添花，其风格、境界竟然又高一筹。

原来，那是“雄鸡一唱”四字。众人这时全明白过来了：打卦师素以“闻鸡起舞”著称，独眼爷这边有“雄鸡一唱”，的确别出心裁，意蕴深远。

还有人发现，就在独眼爷四字猝成的那一瞬，他眯着的左眼极迅地闪了一下，一道亮光倏然而出，竟比右眼还要闪亮。

自此，打卦师便不再开办他的字铺。以后也见不到他卖字。虽然他与独眼爷的往来日见密切。独眼爷还以卖画为生，但他的画仍然不题一字。但人们偏要买他题了字的画，有的干脆就只买他的字，而不买他的画。只是，独眼爷再也没破过戒，不肯在画上落字，当然就更不用说书写字幅了。而人们也就无法再从独眼爷那眯着的左眼里看到那熠熠的闪光。

直到如今，人们还只见过独眼爷写过“雄鸡一唱”四个字。别无他哉。

酒与棋

镇上人喜欢喝几盅，镇上人喜欢摆几盘，于是乎，镇上出了一个老哑。

“哑”这个词儿，在镇上人的思维里，是倔强、蛮横的意思。镇上人将老哑称作老哑，多少有点赞赏的味道。镇上人崇尚“哑”的精神。而老哑，对于这一荣誉称号，自然当之无愧。

远的不说，就说“文革”那年的初夏。镇长因为发了不少横财，萌发了修造私宅的念头。

他请了一位风水先生来选地基。风水先生端个罗盘在镇上测了两天，最后测定镇口一块小坪地。这块小坪地左青龙、右白虎，一条小溪自山前缓缓流近，实为全镇的风水宝地。据说新中国成立前镇上一位大财主也曾动过在此造屋的心思，终因镇上人怕挡了全镇的风水极力阻挠而未能遂愿。坪地上还有一棵古槐树，镇上人出镇入镇、有事无事，都喜欢在这里歇息纳凉、谈古论今。相传三国时的诸葛孔明就是坐在这棵树下设定镇定西南的大计，从而创立了七擒孟获的奇功的。老哑没有羽扇纶巾，只有一把半旧蒲扇。他常常摇了旧蒲扇，到这树下来，或呆坐，或静思，或侃大山，或与人对弈，乐在其中。

镇长看中了这块宝地，当然就不像过去的财主老爷那样，是镇上人所能阻得住的了。大家都说镇长比过去的财主还凶神恶煞，过去的财主有财势却没权势。要造屋，首先得砍掉坪中心的古槐树。当镇长派的几个彪形大汉拿着利斧赶到坪地时，见老哑喝得满脸通红，摇着把蒲扇，悠悠然躺在树下。砍树人不敢贸然动手。他们知道，不是狠角色，谁敢来碍镇长的事？只有好言相劝，要老哑快点走开，不要惹出镇长的火气。老哑只当没听见，一如既往地躺着，且眼睛微闭，二郎腿高高跷起，脚上趿着的烂布鞋吧嗒着，一副怡然自得的样子。砍树人只得去请求镇长。镇长恼火得很，大声吼着来到树底下，欲镇住老哑。老哑是那么轻易能唬住的吗？他还是不动。镇长便命令他请来的人去拖老哑。可那些人都不敢上前。谁不知道老哑是学过几年拳脚的？那腿功恐怕不亚于霍元甲的弟子陈真哩。前不久镇上来了一个拳师要在镇上授徒，就是被老哑脚上那趿着的吧嗒吧嗒的烂布鞋吓跑的。何况老哑刚刚才喝了几壶。有几壶在肚子里垫底，即使是天王老子，他老哑也不会放在眼里的。镇长本人更是不敢动手。他是好汉不吃眼前亏。老哑就这么样“哑”掉了镇长的如意算盘，从而大长了镇上人的威风。大家扬眉吐气，呼喊着老哑万岁。

那么，老哑究竟有多大酒量？若景阳冈是三碗不过岗，而武松十八碗过岗，老哑恐怕三十六碗才会过岗。镇上人好酒，谁家办喜事不醉倒几个英雄汉，就说明这家人不行，连镇上人都跟着失面子。要醉人自然少不了老哑这块王牌。老哑喝酒有个特点，不喝就不喝，要喝就用菜碗干。往往使得对手没上场就胆寒三分。这叫先发制人。镇上人烤酒，只要第一、第二锅水，所以酒很冲，没有几人能喝得下三大碗的。老哑喝酒喝出了名，有四方酒客来镇上要与他比试高下，老哑便说：“可以，一口气喝他四大碗开头，喝个四季发财。”来人望望筛起丝丝的糯米酒，摇摇头，退下阵去。也有壮了胆子开喝的，结果往往喝到第三碗，就打一个尿颤，伏到桌上不肯动弹了。老哑把第四碗也一口气喝下肚，抹抹嘴巴，对众人说：“我的酒一下肚就变成了尿，憋得不行，先出去一下。”说着就往有尿桶的地方走。有人以为他坚持不了，躲着众人呕吐去了，跟到外面聆听，却并没有听见呕吐声，只听见尿桶里“咕噜咕噜”，要响好一阵，好像那四大碗米酒都一滴不剩变成了尿。老哑离开尿桶回到席上后又喝，又可以一口气喝几大碗。

这一天，镇上一户人家娶亲办酒。刚好老哑有事到镇外去了，结果镇上的酒师都在一位外地酒客手里败下阵来，一个个歪倒在桌子边，稀泥一样。那外地酒客姓秦，因头上生着癞子，人称秦癞子。秦癞子得意地说：“你们知道我还有一个名字叫什么吗？叫秦中南。我喝遍中南数省，还从未碰上一个对手呢！”

第二天主人复席，镇上再没有人敢与秦癞子喝了。这时老哑赶了回来。镇上人像碰到了救星，一个个眉飞色舞了。他们赶忙推出老哑。老哑提出，一轮各喝八大碗，一口气喝下去，喝了一轮再喝一轮。主人于是在堂屋中间放两张八仙桌，一张桌上摆八只菜碗，筛了酒，让两人分左右各守一张桌子，举碗对饮。那秦癞子也了得，一眨眼的工夫，八碗点得火燃的酒便一滴不留地下了肚。老哑的速度也不慢，与秦癞子同时放下最后一只碗。老哑打打拱手，说：“我的酒已变了尿，请稍候一下。”提着裤头跑进了厕所。回来又喝。也不知喝了多少轮，反正一旁的观众只顾瞪着眼睛望他俩一碗一碗地喝，早忘了记数。最后一轮，秦癞子喝到第七大碗时，便脸皮寡白，嘴唇发紫，哆嗦着倒在了桌边。有人走过去，见秦癞子头上的每粒癞子都变成了泉眼，似在往外汩汩冒水。老哑将第八碗酒喝了下去，脸上立即浮起一丝得意的笑。随即，这笑便变成狂笑，老哑手之舞之，足之蹈之，疯出堂屋，还将一身衣裤脱得精光。来不及把未变成尿的酒屙到地上，就四仰八叉倒在了禾堂中间。有好事者便用铁锹去火膛边锹一锹烫热的火子灰，往老哑那全是黑毛的部位就是一倾。众人自然忍俊不禁，大笑不止。老哑兀地跳起，赤身裸体跑进堂屋，大声吆喝着：“来来，再来八大碗……”

除了海量，老哑最得手的，要算他的棋艺了。

其实，开初老哑对棋道并不怎么感兴趣。镇上人在老槐树下下什么军棋、象棋之类，他在一边只顾躺他的，连瞧都不瞧一眼。有人喊他：“老哑，你也来几盘吧！你喝酒那么神，棋这玩意儿你却不愿沾边？”他毫不动心。“干那把戏，伤脑子，哪有喝酒痛快？”

后来，镇上人不再下军棋、象棋了，却玩起一种新的名堂来。那是一张比象棋盘还要宽大的棋盘，中间划满了横横竖竖的方格，双方各端了一个纸盒，用食指和中指从里面夹出或白或黑的棋子往格子上填，一直将棋盘填满。这是围棋。下完棋后，赢的一方便要惩罚输的一方。

惩罚方式特别，惩罚人把中指弓在拇指上，然后在被惩罚者额上一下一下狠命地弹。其数额依据所赢棋子的目数来定，有时输赢悬殊，被惩罚人的额上会被弹得鼓起隆高红肿的疱。那疱鼓起来清亮清亮的，棋家们说这是“点灯”。老哑对围棋虽然没兴趣，却觉得“点灯”是一件很有意思且又非常痛快的事。对“点灯”有了兴趣，免不了要去关心“点灯”者的棋运。原来那围棋甚是简单，不过就是占地盘那么一回事，谁的地盘多算谁赢。慢慢的，老哑就看得有点懂了。慢慢的，就迷恋上了观棋。旁观者清，有时当事人在迷宫里费尽了心机，左冲右突，无所适从，老哑只在一边稍加指示，竟有点铁成金之妙，让人茅塞顿开，反败为胜。另一方眼见得胜利在望，即可在对方头上过“点灯”之瘾了，不想半路杀出个程咬金，套路全被打乱，搞得落花流水，自然十分恼火。于是吼道：“你行，你来与老子试试？”

老哑也不谦让，坐下来，抱了盒子，学着斯文样，用食指和中指夹子往棋盘上扣得脆响。一盘棋下完，竟赢得三五粒，使得一旁的观棋者惊叹不已：“这丑八怪，从没见摸过棋子，一上场竟出手不凡。”按规矩“点灯”。中指从拇指间扣出，突地弹向对方额头时，老哑忽然觉得自己陡地高大了许多，脑子里一下生出读中学时念到“问苍茫大地，谁主沉浮”所产生的那种豪情来。同时浑身一阵爽快，简直比那次喝赢秦癞子还要神气、过瘾。老哑从此一发而不可收。凭着他的哑劲钻研棋道，不久就到了炉火纯青的境界。镇上早先那帮威风凛凛的棋手们早被他制伏。老哑见镇上渐渐没了对手，便把战火往镇外燃烧，竟然从没败北过。还赴州里参加了一次擂台赛，据说轻而易举夺了魁。那次擂台赛是选拔赴省参赛棋手，但老哑却早早地跑了回来，放弃了机会。他说：“那种比赛真的没意思，赢的目数再多也不让‘点灯’。”老哑于是天天自己在老槐树下摆了围棋，与各方棋手对弈，以过“点灯”之瘾。

也不知从哪天开始，在老哑与人对弈时，旁边围观的人群中多了一位不声不响的陌生人。

陌生人戴着一顶油纸斗笠，且扯得极低，将眉眼都遮住了，只留着一个蓄有黑胡须的下巴在外边。没有人意识到他的存在。他总是站在老哑后面观棋。他是真正的观棋不语真君子，无论哪个下了妙着或臭子，从不跟着棋迷们呐喊或唏嘘。那陌生人每天都来得极早，几乎是老哑摆开第一盘，动手夹住第一粒棋子扣到棋盘上的那一刻就赶到了，直到老哑最后一盘成了定局才离开。这时夕阳会把他的影子拖得很长很长，就如一个幽灵一般。没有人注意陌生人，他就这么每天来来去去，似乎并没留下任何痕迹。直到有一回陌生人忽然从老哑身后转到了老哑对面，人们才仿佛隐隐约约觉出有这么一个人。那天也怪，老哑连连失利，连最简单的布局也弄错了，一时竟不知所措起来。是那陌生人突然提前离开了老槐树，老哑的思路才慢慢清楚起来，最后险胜了对方。

第二天，老哑在古槐树下又摆开了棋盘。也许是这一带的棋手都成了老哑手下败将，再没高手敢来对弈了，老半天没一人上前与他对弈。那陌生人也姗姗来迟。见老哑前面的小凳空着，他便扯扯斗笠，坐了上去。

“老规矩，点灯。”老哑望都不望一眼对方，夹一粒黑子扣了个星位。这是棋道上的礼貌，先拿黑子者表示谦虚。陌生人也不答话，摸一粒白子就往棋盘下扔。说来奇怪，金边银角，他不去守边占角，却将棋子放在了最中间那个星位。老哑心里顿了一下，他还从没碰到过这种下法，下意识抬了抬头，去望对方，却看不清眉目，只看得见他蓄着胡须的下巴。接下去的棋，那陌生人似乎是胡摆一气，东一榔头，西一棒子，不着边际。老哑一时竟摸不着头脑，莫名其妙地有点慌乱了，鼻尖上冒出细细的汗珠。当然，老哑毕竟是位老手，他处乱不惊。他小心翼翼地去占实空，欲避虚就实，稳中求胜。过了中盘，老哑所占的两条边和三只角，眼见得慢慢就要补牢了。谁知天有不测风云，老哑自己也弄不清楚到底是哪一手失的算，竟被陌生人出其不意作成一劫，变得顾此失彼了。这一劫打完，陌生人先前胡乱摆着的棋子竟连成了片，围住了一个牢固的中腹。老哑则无可奈何地拱手交出一个小角。局终复盘，陌生人扎扎实实赢了七目半。

老哑第一次输给了人家。这可是他万万未料到的。他过惯了给人家“点灯”的瘾，现在该轮到自己尝尝受罚的滋味了。他乖乖地伸过脑袋，让陌生人在他头上“点灯”。一旁的人，平时大部分是尝过老哑的苦头的，见他也有今天，一个个兴奋异常。呼道：“给老哑点灯，给老哑点灯喽，大家都来看喽……”

老哑一直毕恭毕敬地等待着。牙关紧咬，眉头紧皱，一副临上绞索的惨相。

好一阵，仍不见陌生人的指头弹过来。这不是让人活受罪吗？憋着气等待惩罚，这比惩罚本身更残忍。老哑忍不住抬了抬眼皮，去看陌生人到底在做什么。

陌生人并没有“点灯”的意思。他慢慢抬起手来，又慢慢揭去头上的斗笠。

“嗬，癞子，秦癞子！”

众人哗然。

“是——你……”老哑着实吓了一跳，口张着再收不拢，想不到那年败在自己酒碗之下的秦癞子，今日竟成了自己围棋的克星。

“是的，是我。”秦癞子捋捋下巴那绺黑胡须，将眼睛射出逼人的光芒。“老哑，我并不是要点你的灯，我是要你回我一句话。”

“什么话？”老哑懵懵懂懂的。

“你的酒量堪称海量。”秦癞子说，“可老哑你说，你是真的八大碗一下肚就立刻变成尿了吗？”

老哑无言以对，蔫蔫地垂了头，犹如一棵秋霜打过的芭芒草。

“你瞒得了天瞒得了地，可你瞒不了我秦癞子。那天我就听出了尿桶里“咕噜咕噜”的响声，那可不像堂堂男子汉屙的尿那般逼促而迅急……”秦癞子说完，将斗笠往头上一扣，扬长而去。

局长红人

一

墙上的钟还没到6点，办公室的人就已经走光。方浩心里有事，也收拾了一下桌上的文稿，准备离开办公室。

恰在此时，门外响起了脚步声，方浩大学时的校友伍怀玉走了进来。伍怀玉大学毕业后一直在律师事务所工作，跟方浩有些往来。方浩说："今天有空来走走？"伍怀玉说："想请你去外面喝几杯。"方浩说："有什么大喜事？"伍怀玉脸上一丝得意，说："哪是什么喜事，老所长退了，司法局的头儿硬要我负所里的责。"方浩说："那恭喜你了！"接着又说，"照理应该陪你去喝几杯的，可晚上有事，改日再去吧。"

伍怀玉又说了几句盛邀的话，见方浩执意不从，只好作罢，说："那下次请你，你一定得给面子。"然后先出了办公室。

方浩没去细想伍怀玉要请他的动机和意图，他把这仅仅看成友谊的表示。他将门窗和电灯都关好，又习惯性地扫视一下办公室四周，才关上门，从容离去。下楼来到传达室门口，见外面下着雨，他就停住脚步，呆立了一会儿，心想这雨大概不会下得太久吧，不然又要误了事。

这么想着，就听见有人喊了一声方浩。

街边躲雨的人不少，方浩弄不清是谁在喊他。这喊声让方浩觉得有些耳熟，但凭直感，又意识到似乎许多年没跟这个声音接触了。

很快就有两个人从人群中稀释出来，蹒跚着走近方浩所在的传达室门口。那是两个农村汉子，一个四十多岁的样子，穿着皱巴巴的灰色西服；一个五十开外，有一只眼睛上翻着，没有了眼眸。

直到两人走到面前，方浩才认出穿着西服的汉子，原来是自己老家隔壁村子里的板栗，曾和方浩在同一个班上念过初中。板栗在方浩肩上重重拍了一下，说："您还认得我板栗吧？"方浩身子斜了斜，心想这两位罗汉不知是来找自己什么麻烦的，看样子自己又在劫难逃了。尽管心里这么想着，方浩脸上还是露出礼貌的笑容，说道：“你板栗我怎么会不认得，那一回我衣服上的墨水就是你泼的。”

听方浩这么说，板栗自然很快乐，把身上的黄布挎包从右肩换到左肩，大声说道：“您一点不显老，看上去不到三十岁。”他又把旁边的独眼汉子介绍了一下，说是村里的支书，这次特意来找财神菩萨的。还说，想不到财政局这么难找，两人问了不下十个人，找了大半天才找到这里，却碰巧在门口遇上老同学，还是很顺利的，看来此行一定马到成功。

方浩已经猜出对方的来意，无非是哪口山塘缺了堤没钱修复，或是村子里改水少点资金缺口，或是要想富先修路，村上那条毛马路再不修已不行了。方浩怕就怕这类事情。他曾给乡里的一个村子弄了一小笔水利资金，他费了好大劲，在农财科长那里说了不少好话，才批到的。本来口大不折本，嘴巴除了吃饭，就是用来说话的，说两句好话，身上也没掉肉。然而方浩是读书人出身，自尊心强，觉得同在机关里做干部，凭什么自己就要涎着脸，低声下气向人说好话？之后他就下决心再不做小人，行这种劳心费力的善举了。

谁知那个村子把他弄钱的事传了出去，周边那九村十八寨的乡长、村长都纷纷找了来，有的甚至请动了方浩的母亲，害得方浩又不得不厚着颜面，找了几回行财和预算的科长大人。想起这些烦心事，方浩不由得就皱了一下眉头。但他还是壮着胆子，问了板栗两位一句：“你俩找我有什么事吗？”

支书用手在板栗的背后戳了一下，同时那只独眼里的眸子朝板栗转了半圈。板栗仿佛打了一个小激灵，赶紧趋前一步，向方浩讨好地笑着，同时说道：“您可能好久没回老家了，对我们村的情况不太了解，我们最头疼的是村里的小学还放在河对门的破庙里，四面无遮拦，日晒雨淋，苦了孩子们。这还不算，破庙挨着河堤，一涨洪水就被淹掉，去年春季发水时就进了两次水，差点出了人命。”

说到这里，板栗那张因营养不良而显得又黄又瘦的脸朝支书别了一下，支书立即附和地点了点头，好像导演对演员背的台词表示首肯一样。板栗得到鼓励，劲头自然更足了，清清嗓门儿，继续说道：“见伢伢们再不能待在破庙里了，支书把全村人喊拢来开了个会，决定在村边修座学校，并在村里筹了两万元资金，现在已打好基脚，开始砌第一层。为修学校，村里人有钱的出钱，没钱的出砖瓦出木料，大家都被搞穷了，支书还把给他老娘做寿材的木料也卖了钱，付了基建队的工钱。眼看学校再也修不上去，明年春发大水前将伢伢搬进新学校上课的计划就要落空，我们才不得不跑到这里来找您，想请您给帮个大忙，解决点资金，让学校能够修上去，让全村的孩子有个安全点、像样点的场所念书，我们这些做父母、做爷爷的也心安点。”

板栗一口气说了这么多，把要钱的理由说得头头是道。方浩记得初中时的板栗是有些木讷的，每次被老师喊起来回答问题都结结巴巴，说不出个完整点的句子。方浩怀疑板栗这些年是不是在外面卖过狗皮膏药。

说完要说的，板栗一双眼睛就眼巴巴地望着方浩，那情形就像当年结结巴巴勉强回答完老师的提问后，诚惶诚恐地望着老师，等候老师的判决一样。一旁的支书也鼓着那只独眼，认真地望着方浩。方浩觉得那只独眼格外明亮，仿佛收集了另一只瞎眼的光芒似的。这只亮闪的眼睛里的内容很复杂，包含着倔强和执着，也包含着期冀、乞求和怯懦。

方浩的心莫名地动了一下。他下意识地晃了晃自己的脑袋，似乎是要把刚才灌进耳朵的板栗的声音晃出去。然后方浩的目光从板栗和支书的头上游移开去。他不敢面对从那三只眼睛里透射出来的恳切的目光，不知如何答复他们才好。他当然可以说，现在企业纷纷破产，税收缴不上来，干部的工资都无法兑现，财政根本没钱往基层下拨。他还可以说，如今要点钱太不容易，求了科长求局长，求了局长回头还要求具体划单子的办事员，哪个环节都不能少烧香，而自己不在要害科室，天天写一文不值的方块字，不像写阿拉伯数字的要害科室，一字千金。

过去方浩就是用这些话，来搪塞那些乡下跑来求他办事的人的。实际上也不完全叫搪塞，这些话句句是真，没半句是假的，若这么跟板栗和支书讲，他们也一定能够理解。但不知怎么的，方浩这天却没有这么说，而是说："我也没有多少把握，不过你们回去后，可以给我寄个报告来，我试试看。"

说完这句话，方浩才不觉得吃了一惊。这不等于说，答应给他们弄钱了吗？而在他们的眼里，他方浩只要答应帮这个忙，哪里还有帮不到的道理？说不定，他们已经在心里把方浩"试试看"这三个字当成了亮花花的钞票了。

果然，那三只眼睛立即喷出抑制不住的兴奋的光芒。

只听支书乐呵呵地说："报告已经带来了。"又侧首亮了嗓子对板栗说："还不赶快把报告交给方主任！"

板栗于是一阵忙碌。他伸手就往自己那皱巴巴的西装口袋里掏。掏了左边，没有，又赶忙去右边掏。旋即他那有些慌张的脸上就露出了得意的笑，他将手伸进了西装的内袋，嘴上说："我把它放在了最安全的地方。"然后掏出那个折叠得方方正正的报告，小心翼翼打开，双手捧着递给方浩。一旁的支书还插话说："这是村里的文曲星写的，他是村上的文书，不知报告这么写要得不？"

方浩把报告拿在手上，只瞟了一眼，就放进自己的口袋，嘴上说："这样写可以。"心里却嘀咕道，报告的意义实在只有那么大，关键是递报告的人和递报告的方式，这里面才真有点学问哩。

见方浩把报告收了起来，板栗和支书都长长地舒了一口气，好像完成了一件多么了不起的大事业，好像报告上请求解决的资金已唾手可得，村里的伢仔们就要搬进新学校了。

还是老成的支书没有忘记补充一句客套话，他拱着双手，对方浩说："我就代表全村的父老乡亲和伢仔们拜托方主任了，我们是永远也不会忘记您的大恩大德的。"

方浩心想，八字还没一撇呢，我怎么受得了你们这番颂词，只好说道："我会把这事放在心里，去尽力而为的。"

听了方浩的表白，两人心里感激不已，同时说道："我们知道方主任是会尽力而为的。"随后支书给板栗使了个眼色，板栗便对方浩说："我们就不打扰您了，您的工作很忙，我们也该走了，现在就去车站赶夜班车。"

板栗说这话的时候，天上的雨开始大起来。方浩当然不便留两个大男人住到自己家里去。家里那两室一厅住着三口人，已经没有余地，平时添一个人，还可让跟儿子挤一挤，添两个就不好办了。但方浩还是想安排他们吃餐饭。办公室有定点饭店，专门用来招待县财政局来人，两位虽然不是财政部门的人，搞一回小小的假公济私，方浩这个当副主任的还是搞得来的，何况吃吃喝喝的事是不会犯错误的。方浩就说了留他们吃饭的意思，两人执意不肯，说："已经给您添不少麻烦了，怎么还好意思破费您的饭钱呢？"方浩想说我这是公款，但又觉得这话说出来别扭，就忍住了，任板栗和支书走进雨中。

方浩正要走开，不想板栗又突然从雨中返了回来。他走近方浩说："有句话支书在场我不好说，但我还是告诉您吧。"板栗贼头贼脑地望了望远处的支书一眼，继续说道，"我生第三胎时，村里把我家的木屋子没收做了会议室。这次出门前支书和村委会跟我说了，只要我能给村里弄了修学校的钱回去，就把我的木屋子退还给我。这次麻烦您给村里解决资金，实际上也是请您给我私人帮忙，不然我一家五口在茅棚里不知要住到何年何月。"

说这话的时候，板栗的鼻子就吸溜了一下，显出很辛酸的样子。方浩的情绪似乎受到了感染，感觉有些不是滋味。他没有吱声，只在板栗面前点了点头。

二

大雨开始小起来，街上多了些不慌不忙走动的人影。

这时从中心路方向荡过来一把荷叶般的绿伞，伞下是一袭浅红的短裙，把一个窈窕的身段和两条修长的白腿装饰得格外生动。那把伞罩得很低，因此看不见伞下的面容，方浩只得把目光倾注在短裙上。

这让方浩忽然忆及十四年前某个傍晚的一幕。也是这么个大雨将息未息的时候，他躲在印机厂传达室门口等雨，觉得心头那失恋的悲凉，就像这雨一样拂之不去，恰好一位打绿伞、着红裙的姑娘从厂外飘逸而至，一下子吸住了他的目光。这位姑娘名叫曾红，在方浩与夏雨分手的那段痛苦的日子里，给了方浩不可忘怀的温情，使方浩从自己的阴影里走了出来，尽管最后方浩没有选择曾红，而重新与夏雨言归于好。

方浩离开传达室来到街上。雨后的黄昏渐渐被夜色浸染。方浩加快了脚步。他担心金店已经关门，他赶不上趟。方浩昨晚答应夏雨，给她买一条金项链。结婚这么多年，孩子都已上小学了，方浩那个要给夏雨买条真正的金项链的承诺，一直未能兑现。想想这十多年，自己也不容易。结婚那阵，两人住在厂里的单间宿舍里，无挂无碍，倒也快活。那时方浩就提出攒点钱，给夏雨买条金项链。夏雨虽然平时喜欢跟方浩唠叨金戒指、金耳环、金项链的价格多少多少，但方浩正式提出买金项链，她又犹豫了，说她心里是很想购几件金器，可结婚时借的钱还没还清，今后带小孩又要花销，还是等等再说吧。

这一等就等了十年。儿子出生了，上了幼儿园，又上小学了，方浩也从印机厂调入财政局，家庭经济状况有了好转。方浩没忘记先前的诺言，又旧话重提。可此时又开始集资建房，领了新房钥匙后，又是搞装修，又是添家具，不但原来的微量积蓄全部用光，还在亲友那里借了1万多元债务。直到昨天，方浩领到一笔款子，是半年前给人家写报告文学搞赞助的稿费和回扣，总共1100元，外加单位发的500元超收分成奖，合起来1600元，也才又信誓旦旦地跟夏雨说，这回一定要将金项链买回来。夏雨被方浩的决心打动了，她说，有他这句话她就满足了。而后，她用手托起脖子上那根仿真金项链瞄了瞄，自言自语道，其实这根项链挺好的，厂里的姐妹们都说是真的金项链，成色还不错呢。

望着夏雨脖子上的假货，听她用轻松快活的口吻说出这番话，方浩就无端地生出一种酸不溜丢的感觉，心头像灌了铅一般格外沉重。为卸掉这份久积心头的沉重，方浩没听从夏雨的劝阻，毅然决然走向中心路的金店。

不巧的是，方浩赶到中心路的时候，金店已开始打烊，柜台里的金器已陆续收走。方浩问服务员，正是做生意的时候，怎么就收摊了？服务员说他们何尝不想多做点生意，只是如今吸毒、赌博的人太多，跟着抢劫案也多起来，市内几家金店连续几个傍晚遭劫，所以他们的店子也不敢开得太迟。

闻言，方浩只得点点头，认同服务员的说法。心下却暗想，好不容易下决心跑到金店来，却碰上人家打烊，真是烦人。就听服务员又在背后说：“先生真是对不起，明天请再来吧，明天任您选购。”

方浩没吱声，走出金店，心里说，到了明天，这根项链还不知道买得成买不成呢。

这时外面又开始下起雨来。方浩意兴阑珊，回了家。

进了家门，方浩不免小小地吃了一惊。因为门后挂着一把似曾相识的绿伞，勾起他一段一个多小时前的想象。更有意思的是，客厅里此时正坐着一位身着粉红短裙的姑娘，而且姑娘正笑吟吟地站起身，向他迎过来，一边喊了声姐夫。

原来下午这个曾打动过方浩的姑娘，竟是夏雨的亲生妹妹夏云。

方浩的目光在夏云的身上飘忽了一会儿，心想这个夏云，这一身风采怎么竟跟当年的曾红那么相似呢？夏云出落得这么漂亮，也不知将来便宜了哪个野杂种。他嘴上说：“夏云你好像许久没到姐夫家来了嘛。”夏云说：“姐夫是个大忙人，小妹怎好常来打扰你？”又回头瞥了一眼正在桌上摆筷子的夏雨，故作神秘地说，“来多了，还怕姐姐有想法呢。”

夏雨在那边听见了，逗趣道：“谁会有想法？你姐夫这三等残废，就是残货半价，恐怕都抛售不出去，我巴不得你给我排忧解难呢。”夏云逮住夏雨的话，说：“姐姐你这话是不是当真？如果当真，那我就下手啦。”又说，“姐夫身材是困难点，可人品好，有内秀，柔中有刚，绵里藏针，是珍品男人，你还有什么不满意的？我这辈子要是像你一样，能摊上姐夫这种角色，就算造化了。”

姐妹俩一边嬉笑着，一边把饭菜摆上了桌子。正在房里做作业的儿子方之夏也出来了，四个人开始围桌吃饭。饭菜虽然填着嘴巴，却堵不住要说的话。夏雨说：“夏云这个做姨的常惦记着之夏，听说之夏的扁桃体容易发炎，特意送来了制药厂新出产的麝香喷药。”夏云说：“这是我们厂里新研制出来的，销路不错，之夏先试试，如果效果好，我再弄两瓶来。”方浩就要之夏感谢小姨，之夏说了声“谢谢小姨”，继续低头吃饭。方浩望一眼之夏，说道：“但愿这种药有效。之夏还是体质差了些，不知用什么办法，才能使他的体质强壮起来。”

说着，话题又回到了工厂。三个大人中，夏云夏雨都在厂里，方浩也在厂里待了那么多年，自然对如今工厂那朝不保夕的命运很关心。夏雨说：“夏云他们的制药厂可能还维持得下去，我们的印机厂就要破产了，下午厂里开职工大会，要大家支持破产，然后搞股份制，大家入股。”

“我们厂也是徒有虚名，贷款越背越厚，工人工资发不出去，已经有部分职工下岗了，可能很快就会轮到我了。”夏云说着，瞟方浩一眼，继续道，“不过我不怕下岗，我姐夫在财政局当主任，我下岗后会给我找个实惠的单位的。”方浩说："你想得也太天真了点，我若有这方面的能耐，早给你姐挪窝了。"

饭后，夏云帮姐姐收拾了碗筷，就准备回厂了。方浩要给方之夏检查作业，就由夏雨送夏云到街口去坐公交车。等夏雨回来时，方浩已检查完作业，并招呼方之夏洗澡睡下了。两人于是又聊起工人下岗的事，夏雨说："夏云刚才讲的也是实话，她下岗是迟早的事，你当姐夫的，到时还真得给她帮帮忙，不然她这个二十五岁的老姑娘，又没了工作，怕是嫁都嫁不出去了。"

方浩不说话。夏雨又说道："至于我的事，你就省了这份心。上半年你跑我的调动没跑成，我就说了不要再去跑。从以后的形势看，厂里破了产，能抖掉贷款包袱，再重新组合搞股份制，也许还有一线希望。只是厂里已经决定，搞股份制每人要入股 1 万元，我愁的就是没这笔资金，所以买金项链的事就算了。"

方浩叹息一声，依然无话。他想告诉夏雨，他已去了金店，如果店子不打烊，已买回了蓄谋已久的金项链。但方浩意识到，这只不过是通废话，没有任何价值，所以没有提及。方浩也早已料到，这根金项链一旦下午买不成，恐怕一时半会儿再难买成了。

方浩感觉内心一阵凄楚。但他不知这是为自己，还是为想戴真正的金项链想了十年还没戴成的妻子夏雨。

最末，方浩无精打采地说道："早点休息吧，明天上午老板要跟我谈点事，我还得早些赶到局里去。"

三

第二天方浩提前半个小时赶到了局里。他知道老板有个习惯，喜欢提前上班。老板就是局长。也不知从什么时候开始，人们很少叫单位的头儿为经理、厂长、局长，叫起老板来了，甚至连市委书记、市长也有喊做老板的。

方浩的老板五十二三岁的年龄，这个年龄的人睡眠已经不是很多，早晨 6 点不到就睡醒起来，弄点早点吃下，也要不了多长时间，在家待着，怕找上门的人缠住不放，干脆提前到办公室去，省了老伴儿给人敬烟倒茶的麻烦。何况办公桌上堆积的待审、待签的文件和报告总是小山样高，上班前那半个多小时如果没人打搅，可以处理一部分。

方浩进了办公楼，直接来到老板的办公室门外。但门是紧闭着的，方浩想可能是自己太性急了，赶在了老板的前头。估计老板很快就会到，方浩就站在门口守株待兔，一边偏了头，瞟着远处的山影。

也许是昨天晚上下过雨的缘故，远处的山色格外清明。方浩干脆走到栏杆边，舒目远眺起来。于是他又看见了山影下的河流，以及河流旁的工厂。方浩蓦然想起，那就是他曾待过多年的印刷机械厂，那里曾孕育过他的梦想和爱情、青春和事业，然而后来他还是抓住一个机会离开了那里。否则，他现在也难免要面临工厂破产、下岗再就业的严峻现实。

这个机会，就是方浩现在的老板给予的。方浩记得那个时候还没有称单位的头儿为老板的习惯，厂里的人传统地叫厂长为厂长，叫财政局去那里考察投放周转金项目的向局长为向局长。向局长那时候刚上任财政局局长，他的前任就是因为大量的周转金投放给了不该投放的企业和皮包公司，几乎全部成了烂账，最后只得乖乖交出财政局局长这把交椅。前车覆，后车诫，向局长当然懂得这个古训，所以一上任就着手清理周转金，对每一笔将投放出去的周转金都要过问之后才签字。印机厂扩建生产线的周转金申请报告在向局长手里放了两个月了，他因工作忙，没亲眼到厂里看过，硬是不肯画押。这天向局长终于有空进了印机厂的大门。看了看生产设备和生产规模，又翻了厂里的财务报表，向局长基本满意，这才走进厂长办公室，洽谈投放周转金的事宜。

方浩记得，那天厂长为了增大借贷周转金的保险系数，特意要他这个厂办秘书拿出部优、省优产品证书给向局长过目，末了又拿出报上报道厂子的剪报册和上星期省里一家刊物登的关于印机厂先进事迹的报告文学，请向局长过目。向局长看了几段报告文学，觉得文采不错，而且事实和数据都比较扎实，就顺便赞叹道："写得真不错。"这下厂长更得意了，对向局长说："您知道这是谁写的吗？"向局长说："不是作家就是记者，还能有谁？"厂长笑了，指着一旁的方浩说道："就是本厂的笔杆子方秀才写的。"

向局长就认真地望了方浩一眼，想起财政局能算能说的不少，就是缺一个得力的笔杆子，心下就起了意。所以临在合同上签字的时候，向局长半认真半严肃地说："合同上的字我马上就签，不过如果你不尽快把方浩的档案袋调到我局里，那周转金转户单上的字，我是不会签的哟。"

就这样，方浩毫不费力进了人家削尖了脑袋都钻不进的财政局。士为知己者死，方浩当然会死心塌地给向局长干事。全市性的财政工作会议，方浩不仅要写局长的工作报告，还要写市长、书记的讲话稿，常加班加点没有任何怨言，而且质量上乘。每年人代会上的预算报告都要搞铅印，方浩除了文字精练、数据准确外，连标点符号都校对得无一纰漏，人大代表和政协委员都交口称赞，向局长本人也很满意、很高兴。不久向局长就给方浩提了办公室副主任的职务，尽管办公室没新增秘书，他的实职还是秘书，但他依然干得很努力，得到全局上下的一致好评。有人还在他和向局长的面前赞道，向局长慧眼识英才，才选中了这么出色的笔杆子。也不知是讨好向局长，还是夸奖他方浩。

不过，尽管方浩一直对老板心存感激，但在局里待久了，事情遇见得多了，心里也慢慢失去了平衡。不错，自己是财政局的笔杆子，写得一手拿得出去的文章，可这毕竟是太虚了。在这么个日趋实际的年代，光会爬格子又有多大的意思呢？而就在自己的眼皮底下，那些掌握着支出大权和发放周转金大权的科室的科长、副科长乃至一般科员，却能呼风唤雨，要给老婆换个轻松实惠的单位，给亲戚朋友解决个工作，给老家弄几笔款子，简直易如反掌，就更不用提吃请、钓请、唱请和今天在甲部门开会领误餐费、明天在乙单位剪彩拿纪念品了。反过来，他方浩却只有在办公室写方块字和接电话的资格，老婆的厂子要破产了想换个地方，难上加难；给家乡弄点小经费要代人向业务科室讲好话、送礼物，人家高兴了施舍一点儿，不高兴你就白忙半天。正应了财政系统办公室主任会上大家说的顺口溜，干办公室的政治上是红人，经济上是穷人，办起事来是废人。

心上有了不平，自然就会思变，想进业务科室。小人不可一日无财，大人不可一日无权，更何况如今的权和财是对孪生兄弟。恰好碰上机关要实施三定方案的大好时机，方浩心中升起一线希望。三定者，定编定岗定人之谓也。三定期间机关人员自然会有一次调整。方浩趁机给老板递了一个报告，想在此次三定中调整到业务科室去，也好趁还年轻学点财政业务。老板没表态，只说了句到时再说吧。上星期据说市里三定方案已经下达，而老板又通知他今天上午跟他谈事，莫非是关于他调换岗位的事？

可是已经过了 8 点，上班的人都陆续进了办公室，还没见老板的影子，方浩估计他一时来不了，便兀自去了自己的办公室。一进门，桌上的电话机就响了，拿起话筒，是老板从市政府打过来的，说他正在开市长办公会议，上午就不来财政局了，要方浩发个通知，下午召开全局干部、职工大会，有重要事情布置。

放下电话，方浩就拿了粉笔，到办公楼前的黑板上写通知。写完通知，见手上沾了不少粉笔灰，便到龙头下去冲洗。洗毕，伸手去衣袋里翻找揩手的手绢，结果手绢没找到，却翻出一张纸来，竟是昨天傍晚板栗郑重其事地交给他的要钱的报告。

方浩想，上午老板不在家也好，先去找一下行财科的罗科长，把报告交给她，看她的口气到底如何，自己心中也好有个数。

四

行财科在五楼西头最偏僻的角落里。好像那是一个最不重要的科室，所以才随便搁在一个不起眼的地方。其实恰好相反，那是一个负责全市行政事业单位财政支出的实权科室，用炙手可热来形容其热门亦不为过。拿财政局内部的话说，那是第一世界，像地球上的美国、俄罗斯一样排行老大。

想想也是，如今是个重实权实利、讲现买现卖的年代，理论联系实惠，有道是有钱不是万能的，但没钱是万万不能的，过去传说有钱能使鬼推磨，现在有钱甚至能使磨推鬼。社会上不是流行“财政是爹，银行是娘”的口头禅吗？那么行财科就是爹手上负责开启保险柜的金钥匙，每一个行政事业单位的头儿和财务科长都眼巴巴紧盯住这枚钥匙，只要这枚钥匙愿意往锁孔里戳，那些单位就乐意赔笑脸，赔比笑脸更为实在的东西。

因此像行财科这类科室即使再偏僻，也会车水马龙、门庭若市。酒香不怕巷子深，老话是不会过时的。倒是像办公室、政工科、监察室这一类科室，尽管就在二楼的楼梯口和显眼的地方，还是门前冷落鞍马稀。怪不得全局的干部、职工都觑着行财预算这些第一世界。

这天上午方浩离开二楼的办公室，到五楼西头的行财科找罗科长的时候，他满脑子都是这些杂七杂八的念头。方浩想，是不是自己的心理变得越来越阴暗了？他知道，阴暗心理多了总不是什么好事，至少带着阴暗心理去办事是不太聪明的。方浩有意识地调节着自己的心绪，尽量去想些令人满意的事情。他想自己这半辈子总体来说还是幸运的。读中小学那阵正搞“文化大革命”，虽然衣食不足，却幸运地不必像现在的学生那样读死书，死读书。高中毕业，“文革”结束，恰逢高考恢复，凭一点小聪明考上大学，幸运地没被高额学费挡在大学门外。大学毕业，企业还像企业，幸运地在厂里做上技术员和厂办秘书。企业快不行了，又幸运地进了机关。而且这一切都那么顺理成章，没有过刻意追求和苦心钻营，每走一步都似有神灵暗中相携。

这么一想，方浩就变得心明眼亮，心绪大为好转。等他走到行财科门口的时候，已是神清气爽，天宽地阔。无意中在走廊尽头的玻璃里瞥见自己的光辉形象，气色还挺不错的，简直阳光得一塌糊涂。方浩心想，这就对了，如果满脸的晦气，谁会欢迎你？

恰巧有一拨人陆续从行财科出来，给方浩留下一个空隙。罗科长送走客人，刚回到座位上。见方浩走进去，赶忙去挪椅子，被方浩抢先把椅子抓住，移到罗科长侧面，主动坐下。罗科长说："今天什么风把大主任吹上了五楼？"

"不是东南风就是西北风。"方浩说着，偏偏头在罗科长身上瞄一瞄，说道，"罗科长如今是越来越俏了，你这身淡紫色连衣裙，起码让你年轻了十岁。"罗科长脸上溢满笑意，说："真的？"她起身扭扭腰，低头自赏起来。方浩说："不是真的，难道还是假的？不是我夸你，这淡紫的颜色配你白净的肤色，这飘逸的款式套你丰盈的身材，简直是浑然天成，恰到妙处。"

罗科长已被方浩奉承得喜不自胜，坐回到座位上，嗔道："你这种摇笔杆子的人，摇起舌头来也这么厉害，看我用胶布把你的嘴皮子粘住。"方浩说："我这可是发自内心深处的感慨，绝无半点水分。"罗科长说："你的赞美诗拿去逗那些十八岁的少女吧，我这半老徐娘怎么会听你哄？"方浩说："你半老什么？咱俩到街上排排对子，保证别人会说你是我的小情人。"

罗科长拿起桌上的鸡毛掸子去敲方浩，骂道："拿大姐开心，看我敲烂你的脑袋。"

说笑了好一会儿，罗科长才问方浩有什么事要她办。方浩知道自己这一番半真半假的吹捧已经见效。要不是高兴，罗科长怎么会主动问自己？为保险起见，方浩没有急于拿出板栗的报告，他还要绕一个圈子。他说："刚才老板从外面打电话回来，要我发通知，下午召开全局干部、职工大会，而且光写在黑板上还不行，还要口头通知到科室。"

方浩这是添油加醋，其实老板根本没说要口头通知，他是为了寻找一个来行财科的最冠冕堂皇的借口。罗科长说："是什么重要会议，这么郑重其事？"方浩说："这我可就不得而知了。"罗科长说："是不是三定的事？"方浩说："据说三定方案已批了下来，只是不知是不是这事。"罗科长说："方案早下早定，我也好到清闲的科室去轻松一下，免得在这鬼地方做不完的啰唆事。"方浩说："据说根据三定方案，局里人员交流起码在50%以上，但我想这个50%绝不会有你在内，因为你是年前才接替老科长上岗的，不可能这么快就挪动，否则也不利于行财工作的连续性。"

罗科长望定方浩，说："你的话是不是代表了老板的意图？"方浩诡谲地笑道："这种观点估计老板也会接受的。"罗科长也笑了，半开玩笑道："你是老板身边的人，如果能让老板接受这个观点，我给你烧香磕头，今后凡是你老弟交办的事，我做大姐的一定遵照执行。"方浩说："真的？"罗科长说："我何时说过假话？"方浩说："那好，我这里就有一事祈求于你。"

说着，方浩拿出了板栗的报告。

罗科长接过报告瞥上一眼，问方浩：“这个报告重要吗？”方浩当然知道罗科长问这话的含义，于是慎重地点了点头。罗科长说：“方主任我实话对你说吧，你这种报告，我这里有不少，有些是挂号寄来的，有些是托熟人转交的，有些是缠着我硬要我收下的，有些甚至是先在市长、书记那里签了字再送到我手上的。要钱的理由也很充足，学校要改造危房、医院要修补围墙、机关的办公楼要塌陷、派出所的枪械老化、监狱的厕所粪池缺了口……真的是应有尽有。”

罗科长一边说还一边拉开了抽屉，要方浩瞧，说都是要钱的报告。方浩伸伸脑袋，果然就瞧见满满一抽屉的报告。罗科长说：“有好多还被我当作废纸扔进了纸篓，不然我没这么多的地方保管。”她又在抽屉边上敲了敲，说，“这些报告其实也都是废纸，包括市长、书记签了字的。你想现在经济环境跟不上，一搞分税制，财力往中央集中，地方上守着几个破产企业和小额零星的农林特产税，还背着赤字包袱，干部工资都发不出去，哪里还有余钱办事？以往省里每年还有一两笔专项经费拨下来，给基层的学校或医院撒点胡椒粉，今年全省水患严重，有两个钱都拿去救灾了，这些专项经费恐怕也泡了汤，没指望了。”

罗科长滔滔不绝叙谈这些大道理小道理的时候，方浩认真地在一旁听着，那情形就像课堂上那最听老师话的乖孩子。其实，方浩经常要综合财政情况，他自然清楚眼下的经济和财政形势，那是用不着到罗科长这里来补课的。但方浩深知自己现在是求人办事，虽然没手拎礼品，怀揣红包，可听人发表宏论，满足其可爱的表达欲这么个小小的义务，还是应该尽到的。而且方浩相信，万变不离其宗，罗科长的话终究会回到主题上，对此他没有任何理由持怀疑态度。相信群众相信党嘛，包括罗科长。

果然，罗科长用手扬起方浩那个报告，说道：“话又说回来，方老弟你的这个报告跟人家的报告不同，我是不敢儿戏的。”说着，罗科长把报告翻过来，用铅笔在背后左下角标上一个小小的方字，表示是姓方的送的，然后把报告塞进左边的一个小抽屉。

“研究经费报告时，我们是先看背面，然后再看正面的。”罗科长笑笑，放低声音说道。方浩说：“我知道了，你们是教古文的教授，先看注释，再看原文。”

五

中午下班后，方浩特意到农贸市场转了一圈，买了一只仔鸭和鲜辣椒、仔姜之类，兴冲冲拎回家里。没多久，夏雨也下班回来，见了鸭子，问方浩是不是家里要来客人。方浩说好久没吃老家那种炒法的血浆鸭了，中午把鸭子宰了，晚餐炒着吃。

夏雨在方浩脸上瞧瞧，见他气色挺不错，心想，平时要他去买菜，好像是要他上杀场，今天却主动买鸭子回来，又不是为了招待客人，那一定是有什么值得高兴的事。夏雨说："厂里没事做，下午我就不去了，在家把辣椒和姜切好，下午下班后，你再回来宰鸭子也不迟，那样鸭血还鲜一些。"方浩点点头，认可夏雨的建议。

夏雨的猜测一点没错，这天中午方浩心中确实有几分高兴，因为上午跟罗科长谈得比较投机，把板栗的报告交给了她，这事也算有了一点底。为家乡的事高兴，方浩就想起要用家乡的炒制方法炒血浆鸭犒劳自己。

问题是，方浩这份高兴劲并没能维持多久，下午局里的职工大会一开，他就泄了气。

这个职工大会与方浩跟罗科长论过的什么三定方案，其实一点关系也没有。编委下达的三定方案的编制和职位自然已经到了财政局，但那只是纸上谈兵，并没进入实质阶段。难度也不小，具体到干部的安排，也就是说哪些人下、哪些人上、哪些人占哪些岗位，牵涉到每个人的切身利益，定起来并非那么容易，也许没一年半载是扯不清的，不可能这么快就开大会公布方案。

下午的大会讲的是有关机关经济实体的事情。老板在台上振振有词道："兴办经济实体，赢利弥补办公经费的不足，这是市委市政府早已下文大力提倡的，局党组经过讨论研究，决定创办一家大酒店和一家娱乐中心。"

兴办实体，方浩当然还是支持的，办得好，能得点福利，何乐而不为？问题是老板接着就发了一个号召，这让方浩顿时就傻了眼。老板说："办这两个实体，其设施规模和装修工程都较大，估计投入会超过 800 万元，但大投入，才会有大产出，舍不得孩子，套不住狼。那么投入资金从哪里来？我们的原则是，不动用国家财政的一分一厘，而靠两条腿走路，一条是到财政厅要一部分低息周转金，另一条是全局干部、职工入股，每个职工至少要入两股，也就是大酒店和娱乐中心一家入一股，每股 1 万元。”

接着老板还说道：“我知道大家也不富裕，一下子拿 2 万块钱出来有一定困难，但借也要借拢来。这是大家的事，大家的事大家来办，把实体办好了，红利福利大家得，还可安排部分职工的家属子弟就业。当然，入股不带强迫性，万一有人不入，以后分红和发福利轮不到你，别有意见就是。”

散会后，方浩蔫着脑袋走出了会议室。

方浩一筹莫展。这入股的钱哪里来？像老板说的，去亲戚、朋友那里借？方浩的亲友都在乡里，交农业税的钱都凑不齐，哪有钱借给他？老板话说得艺术，入股不带强迫性，可你真的不入，那又是集体观念不强。国人喜欢泛政治论，动不动就上升到政治的高度，说你对党组的决定不支持，对党和人民的事业不关心，缺乏政治责任感。

说实在话，方浩并不在乎以后有没有红利和福利可分，他这个人自小穷习惯了，没饭吃、没衣穿的日子挨过不少，那都过来了，如今有工资有住房，已别无他求。但这入股的事并不仅仅为了日后的红利和福利，而是关系日后的政治命运的问题。尤其是在三定方案将要确定的节骨眼儿上，如果你连领导要你入股都不踊跃，领导还放心把重要岗位交给你吗？如此说来，即使领导不给你上升到政治高度，你自己也会悄悄往政治高度上升。

自然，这天晚餐虽然夏雨炒的血浆鸭相当不错，方浩却食之不甘，味同嚼蜡。夏雨弄清方浩胃口不好的原因后，也唉声叹气，吃了两只翅膀就放下了碗筷。一家三口的饭都吃完了，一钵鸭肉仿佛还是原样。

饭后两人动手清理餐具，给小孩检查作业，然后把小孩安顿到床上，接着就没别的事可做了。看了几分钟电视，实在没有意思，干脆把开关揿掉。两人呆坐了一会儿，夏雨叹息一声，先开了口，她说：“我记得咱家的存折也上过 2 万，要不是买房子、搞装修，或许也不至于这么紧巴。”

方浩把垂着的头往上抬了抬，不经意就瞥见了夏雨脖子上那根伪品金项链，心头不觉愈加沉重。心想自己也真不中用，老婆跟自己生活了十年了，连给她买根金项链都买不起，真枉做了半辈子的男人。于是苦笑道：“只怪我不会偷不会抢，要会这两样本事，晚上出去一趟，便什么都解决了。”夏雨说：“不偷不抢，但别的办法还是得想想，大活人总不能被尿憋死。”方浩说：“有办法的话，我还不知道去想？装修房子的时候，就借过人家的钱，至今没还，现在想借都没地方借了。”夏雨说：“这样吧，我们厂里搞股份制要入股 1 万元，我自己去找人借，你就负责你自己的那 2 万。”

两人正有一句没一句地聊着，有人在门上重重地敲了几下。方浩起身走过去，透过猫眼往外一瞧，不禁吃了一惊，赶忙打开门，说道：“你昨天没有回去怎么的？”

原来门外站着板栗，一身湿透，落汤鸡一般。方浩这才意识到外面下了大雨，赶忙往屋里让板栗。板栗伸着脑袋，往一尘不染的客厅里觑了觑，又把脑袋缩了回去。

“昨晚我跟支书已经上了车，才记起离开财政局时忘了一件大事，所以支书先走了，让我下了车。”板栗说，“我本想昨晚就来找你的，一怕夜里不好找，二怕影响你的休息，就决定在候车室待一晚，白天再去财政局找你。不想在椅子上一觉睡过去，醒来时已是今天中午，赶快往财政局走。走着走着竟然迷了方向，好不容易找到财政局，你们已经下班，才又拐弯抹角，左打听，右打听，这个时候才找到你的住处。”

板栗一边得意地叙述着，一边伸手在黄挎包里摸索起来。最后摸出一个裹着土纸的包，一把塞进方浩手中。板栗说：“如果我不把这个包交给你，支书会要了我的小命的。”

方浩拿着纸包，却不知是什么。板栗于是笑了，抬手在仍然淌着水的额发上撸一把，闪着一对发光的眸子说道：“这是村里自种的三七。我跟支书来市里前，去过你家，你娘说你现在什么都好，就是小孙子体质弱，常患点感冒、喉炎什么的小毛病，所以我和支书就带了这包三七。你有空的时候，将三七用水泡发，切了片，用茶油炸燥，再碾成粉末，用瓶子装好，小孩喝牛奶、豆浆或是蒸鸡时撒点上去。这是祖上传下来的土办法，效果不错，你不妨试试，说不定小孩会像狗崽样健壮起来。”

之后板栗又补充道：“你看这样的大事，我昨天下午都给忘了，可能是当时你接了我们的报告，我心里太高兴的原因。”

方浩的心头不觉就热了一下。他想，真难得板栗这一番良苦用心。一时竟不知该如何感激板栗和支书他们才好。

只顾听板栗说话，方浩竟然忘了人家还湿淋淋地站在门外，这一刻才猛然回过神来，忙请板栗进屋。板栗坚决不肯进去，说：“我今晚必须赶回去，与支书说好的，明天跟他去开石山，城里基建多，石头起价，好为学校贴补一点。”

话没落音，人已转身往楼下走去。方浩欲再挽留，已来不及，只好把一包三七放到夏雨手上，拿把伞追下楼去。

外面大雨滂沱，板栗的身影已被夜色和雨幕吞没得了无踪迹。

六

购房和装修房子时，方浩曾向两位亲友借过钱，如今再向他们开口，实在不好意思。方浩只得挖空心思，在记忆里搜寻别的有钱又有可能把钱借给自己的朋友和熟人的名字，结果发现同时具备这两点的朋友和熟人实在太难找了。认识的有钱人有好几个，但仅仅认识而已，要开口向他们借钱，那等于把句话丢进水里，泡泡都不会起一个。

后来方浩想起两个人来，一个是易大顺，一个是陈建军，说不定他们能解自己的燃眉之急。

易大顺是银信酒家的老板，他和方浩是大学同学，毕业分配时两人又一同进了印机厂，还算有些交情。易大顺是方浩离开印机厂的第二年停薪留职出去开酒家的，生意由小至大，一直红火，方浩心想朝他借一两万，也许不难。于是给银信酒家打去电话，易大顺不在。便问了易大顺的手机号码，然后再拨他的手机。结果易大顺的手机总占线，方浩将电话机上的重拨键揿了好几回才揿通。

问清是方浩后，易大顺那股亲热劲就别提啦，在那头嚷道："原来是老同学，好久没你的消息了，是不是当了局长，要给我拉生意？我一定给你10%的回扣。"方浩说："局长没我的份儿，不过办公室请人吃饭时，我会考虑到你那里去，只是你那里太远了，有点不方便。"易大顺说："远点没关系，打的就是，我出打的费。"

两人漫无边际扯了一通，方浩不愿老占着办公室的电话，怕别人说闲话，就把话题转换回来，说道："你现在在哪里，我想找你一下。"易大顺说："我正在包房里陪客，你有什么事吗？"方浩心想，易大顺也不可能把票子通过电话线路传过来，就说道："我马上就去你那里，你别出去。"然后挂了电话。

当方浩爬上出租摩托，飙到银信酒家，对易大顺说要借钱时，易大顺的口气立刻变了样。他苦着脸说："方老兄，你也许不知道，我这个酒家办得多么艰难，我早就想把它转让出去了。算个细账给你听，我这里一个月的房租、水电费就是10多万元，租金和工商管理费占毛收入的30%，还要支付贷款利息以及厨师和服务小姐的工资，而且各部门在这里吃饭挂的账，有些几年都收不回，我这酒家已经支撑不住了。"

方浩不太相信易大顺的话，说："你的账只有你自己算得清，我可不是来听你算账的。”易大顺急了，说：“你不相信，我也没法，我如果说了半句假话，明天就在汽车轮子下面碾死。”他又放低声音说，“原来我户头上确有过几万余钱，都被我拿去炒股，全部套牢在那里，我只差没去跳楼了。”

易大顺那线希望断掉之后，方浩便去找陈建军。陈建军按说还是方浩母亲娘家的远房亲戚，在外面当了几年兵，三年前转业到市政府行政科弄了个副科长。这家伙脑瓜特活络，拿着公家的钱，通过广东那边的战友，弄到外国进口走私车过来转手，一台车就能赚好几万。上个月他还到财政局来办走私车的控购手续，还是方浩把他送进控购办主任的家门，说他是自己的亲戚，控办主任这才留下了陈建军那个红包。办好控购再转手的走私车自然又可多赚几万，所以事成后，陈建军在方浩面前把胸脯拍得山响，许诺说有啥事，尽管找他。方浩想起陈建军当时那个豪爽劲，估计到他手里借一两万没有太大的问题。于是给陈建军家里打了几个电话，白天他家没人接，晚上的电话是他妻子接的，说陈建军去了广州，一个星期后才回来。

一个星期很快过去，方浩下班后跑到陈建军家，他妻子说回是回来了，但晚饭在外面陪客，可能要晚点回家。方浩想，单位里大部分的职工据说已入股了，自己不能再拖下去，就铁了心在陈建军家等。等到十点半，见陈建军妻子连连打着哈欠，方浩不好意思了，只得起身告辞。走到街口，才想起还没吃晚饭，肚子“咕噜咕噜”叫得烦人，就到街边的露天排档上去吃蛋炒饭。

刚吃完饭站起身，就见街口的的士上走下一个人来，方浩不禁一阵惊喜，赶忙朝的士走过去。那人一见是方浩，叫道：“表兄怎么是你！”方浩说：“好你个陈建军，你让我等得好苦！”陈建军说：“算我罪该万死，我受罚请客，让小姐给你按摩按摩，台费和小费全包。”说着，将方浩往街边亮着霓虹灯的美容美发店推搡。

方浩把身子稳住，说：“我才不稀罕你请这个卵客，我有重要事相求，你一定得帮个忙。”陈建军见方浩的正经样，有些警觉，说：“是啥事让你等这么久？”方浩就把借钱的事和原因跟陈建军说了。陈建军闻言，沉默着不吱声。方浩的一双眼睛盯住陈建军的两片嘴唇，觉得在这暧昧的街灯下，那两片嘴唇青紫得有些怪诞。最后方浩不耐烦起来，说：“你到底是什么想法？借与不借，你都得说句话呀。”

陈建军的两片青紫的嘴唇这才动了动，说道：“这次上广州弄了三部凌志，结果在韶关被查出来，罚了整整 10 万，把我的家底全赔了进去。现在车子还没有转手，你能否等我把它们转手后，再借钱给你？”

也搞不清陈建军说的是真是假，但人家把话说到这个份上，方浩又怎好逼他？

方浩只好说：“你转手要多长的时间？”陈建军说：“这个说不准，顺手的话一两个月，不顺手三五个月甚至更长的时间，也很难说。”方浩心里说，见你的鬼去吧，掉头走开。

大约已经超过11点，街上的行人逐渐稀少起来，只有街两旁的夜总会、音乐厅，还有数不胜数的美容店、按摩院以及挂着旗幡的当铺，依然灯火闪亮，时有雄男靓女进出其间。方浩没兴趣关心别人的夜生活，只顾低着头无精打采走自己的路。想起学生时代，手头没钱，却从没被钱逼迫过，刚参加工作那些年，虽然厂里福利不高，只有些基本工资，也不用考虑自己是不是穷人。进财政局后，照理收入比原来多了几倍，各方面条件都好多了，竟然成了一个束手无策的穷光蛋。

方浩越想心里越不是滋味，脚下的步子也多了几分沉重。

这么一路走一路想着心事，不觉就到了人民医院的大门外。忽然听见一个清脆的声音在身后响起。心绪低沉的方浩听出是喊自己的名字，于是掉转头去。只见街边的巷口飘出一个女人的身影，袅袅娜娜，几分妖娆。

方浩一下子便认了出来，原来是曾红。

尽管曾红已过了打绿伞、着粉红超短裙的年龄，但她那飘逸的身姿依然让方浩感到那么熟悉和亲切。方浩心头莫名其妙地颤了一下，不由得又想起自己和曾红曾有过的那段小小的旧事。那是方浩和夏雨的爱情因另一个男人的介入而出现危机的那段日子，刚师范毕业的曾红被分进印机厂的子弟学校，并在那个大雨将息未息的傍晚，走进方浩那伤感而又充满期待的目光。失意中的方浩立即振作了许多，两人的关系很快密切起来。但夏雨的影子一直笼罩着方浩，所以当曾红主动向方浩提出确定恋爱关系的时候，方浩一直犹豫不决。曾红知道方浩难忘旧情，愤然与他断交，而夏雨也因那个男人的变心觉醒回头，跟方浩重修旧好。只是曾红以后好久都孤身一人，直到成了老姑娘，才勉强嫁给厂里一位工人，两年后又离了婚，至今没有再嫁。

这天深夜两人邂逅街头，自然双方都有一丝意外和惊喜。方浩暂时忘掉刚才借钱未果的不快，问曾红怎么这个时候还在这里。曾红说她到表妹家打麻将打到这个时候，想起明天有课，不得不找人接替，自己才抽身出来。又说方浩，这么晚还在街头逗留，不怕回去当床头柜（跪）？

方浩本不想说出实情，但不知是为了证明自己不会做床头柜，还是为了得到曾红的同情，他犹豫片刻，最后还是说了今晚的遭遇。

曾红就拿方浩开心，说：“你堂堂的财政大臣，天天不离一个‘财’字，要用几个钱，还得这么深更半夜的在外面求人？”方浩说：“我就知道你会开心。”

曾红说："遇事开心才是福，你要我忧国忧民，我还沾不上边呢。就是忧自己，也犯不着，只要厂子没停产，学校有点基本工资打发，我就会心安理得上几节课，课余再搓几把，算是第二职业，墙内损失墙外补。"方浩说："你永远是个乐天派，怪不得你总是这么年轻。"曾红说："真的吗？你不是逗我开心的吧？"

方浩借着灯光，望着曾红那依然灿烂、姣美的面容，心想，她说得也许没错，杞人忧天又有何用？大约就靠的这种乐天知命的哲学，曾红才摆脱了爱情与婚姻的不幸，活得这么洒脱。方浩说："我没逗你开心的义务，说的是真话。"曾红乐了，说："感谢你的恭维！不管你说的是真话还是假话，但恭维女人是男人的美德，我愿意为你的美德奖赏你。"方浩说："奖赏我？"曾红说："没错，你现在就跟我走。"方浩说："跟你走？走到哪里去？"曾红说："是的，跟我走，到我家里去。"

方浩一时没反应过来，说："这么晚了，还上你家去做什么？"曾红笑道："你不是急需钱用吗？我有一个 1 万元的存折，你先拿去应了急再说。"

闻言，方浩自然对曾红感激不尽，但他觉得自己从前就欠了曾红，如今再朝她借钱，这手怎么伸得出去？于是立在那里，迟疑着，拿不出迈动步子的勇气。见方浩这个熊样，曾红暗觉好笑。她深知方浩是个死要面子的家伙，说："是不是向一个女人借钱，有失你男子汉大丈夫的风度？"

说着，曾红趋前一步，把手臂往方浩的臂弯里一伸，挽住方浩，朝印机厂方向走去。

这天晚上，等方浩从曾红家里回来，走进自己的家门，已经凌晨 1 点了。他换了鞋，走进卧室，准备去拿换洗的衣服，再上卫生间洗个澡。就见大床上的被子还叠得好好的，竟没有夏雨的影子。于是跑到儿子住的房间，儿子也没在床上。

方浩心里不免忐忑一下，觉得情况有些不妙。他重新穿好那双沾满灰尘的鞋子，又匆匆出了门，来到大街上。

七

方浩毫不犹豫，径直朝人民医院赶去。

根据方浩的猜测，十有八九又是方之夏的喉炎急性发作了。方之夏自小体质就弱，稍感风寒，咽喉就脓肿起疱，诱发高烧。往往这高烧容易在睡下一个多小时突发，搞得夫妻两人手忙脚乱，只有急急往医院赶。方浩估计又是老情况，所以赶紧去了医院。

来到医院门口，方浩的步子迟钝了那么片刻。他往两个小时前自己和曾红站过的地方瞥了一眼，然后才转身进了医院那道开着的侧门。方浩多次跟夏雨来医院给方之夏看病，对这里的地形、方位很熟悉，拐几个弯就来到了儿科急诊部。

白天这里常常拥挤不堪、闹闹嚷嚷的，此时就静如止水，只偶尔有一两个穿着白色工作服的医生或护士在过道上出没一下。经过医生值班室的门口，方浩侧头往里瞥了一眼，见值班医生正低头看一本什么杂志，随便往外瞟了一下，又继续低下头去。方浩闪过医生值班室，直接走向最里层的注射室。

白顶白墙白灯的偌大的注射室里，夏雨抱着方之夏蜷缩在墙角，他俩的上方，是白色的输液管和白色的倒挂的盐水瓶。

一切都在方浩的预料之中。

在门口稍稍停顿一下，方浩轻手轻脚走进注射室。抬眼去瞧输液管，只见那液滴缓慢地滴着，好像一个世纪才滴那么一滴，似要把时间凝固在那里。

收回目光，方浩望夏雨一眼。夏雨两眼望着对面窗户外的夜色，仿佛并没发现方浩的到来。方浩用手在儿子的头上探探，烫得厉害，他便坐到夏雨边上，伸手欲把她怀里的儿子接过来，却被夏雨反手狠狠地推开了。方浩这才感觉气氛有些不对，发现夏雨那抛向窗外的目光里，满含着愤怒和怨恨。

方浩心想，偏偏自己晚上不在家时儿子生病了。这也难怪夏雨有气，深更半夜在这里给儿子吊水，丈夫这个时候才赶来。女人的气易生易消，方浩并没往心里去，只枯坐一旁候着。

然而方浩估计错了，这回夏雨的气一下子消不了了，一直到第二个星期的周末。

这天夜里儿子的吊针直到凌晨 3 点多才打完。护士抽走针头后，夏雨抱着儿子就走，依然还是气呼呼的。方浩只得在后面小心跟随着，不敢去惹她。回到家里，夏雨抱着儿子进了夫妇俩的大卧室，同时用脚狠狠踢上房门，将方浩关在外面。

木然站在客厅里的方浩想进去跟夏雨解释一下，自己今晚是因为借钱才没及时回家。又觉得她正在气头上，解释也无用，只好作罢。走进儿子卧室的小床上躺下，想起今晚曾红说过的回家要做床头柜的话，方浩不觉自嘲地苦笑了一下，心里说，现在倒好，虽然还没做床头柜，却做了孤家寡人。

第二天儿子的烧已退，方浩心里稍安了些，依然去上他的班。把办公室的杂事处理了一下，就去银行里取曾红存折上的 1 万元钱。把单子填好，递进取钱的小窗口，银行小姐在电脑上敲了几下，要方浩揿存折的密码。方浩这一下傻了眼，因为昨晚曾红并没告知密码。他只好把存折要回来，决定先去问曾红密码，再回来取钱。

不想刚到门口，就碰上了曾红。

曾红说："昨晚忘记告诉你密码了，今天在讲台上忽然想起来，赶忙给学生们布置了作业，就溜了出来，你果然在这里。"

曾红替方浩取出钱后，说还要回去上课，跳上公交车就走了。方浩目送曾红的影子被公交车的大门吞进去后，才转身往另一个方向迈动双脚。回到财政局，方浩就往入股的地方走，心想，2 万拿不出，先拿 1 万再说。

交了款，问别人交款的情况，才知道除部分人交足 2 万外，还有一部分人也只交了 1 万，且有个别人分文未交。这一下方浩心里才安稳了些，不然老板若过问入股的事，自己还不知怎么说呢。三定方案就要最后敲定了，这可是关键时刻。

拿着入股收条回办公室时经过局长室，恰巧被老板瞥见了，便把方浩喊了进去。待方浩在老板办公桌对面的沙发上坐定，老板就开始发话，他说："小方，局里号召大家入股，你入得怎么样了？"

方浩暗暗庆幸昨晚碰上曾红，说："好不容易借到 1 万元，入了一股。"

老板点头称是，说："入一股也不错嘛，像你们年轻人，家底不厚，余钱肯定不多，你能有这个表现，也算是对党组的支持了。"

方浩舒一口气，心想大概全局干部、职工对入股并不踊跃，所以老板对像他这样单位的穷人能入股 1 万元，已经感到满意。接着又听老板说道："小方，早就要跟你谈一下的，这两个星期除了出差，天天开会，今天好不容易有一点空闲，正好跟你通个气。"

说到这里，老板点了一支芙蓉王香烟，很惬意地喷一股烟雾出来，然后继续说道："三定马上就要定人了，对于你来说，有两种可能。一是办公室主任年纪大了点，已不太适应当前工作，想让你挑起这副重任；二是你自己好像有到业务科室去的意思，给你安排一个重要科室，也不是没有可能，只是这些科室的正职都是提拔不久的年轻业务骨干，你要转正有点难度，恐怕还只能做个副手。"

说这番话的时候，老板的目光一直透过缭绕的烟雾盯着方浩的脸。方浩心想，如果让自己选择，当然会是后者。他知道，能当办公室主任，管局里十来台小车和每年 300 多万的机关经费，看上去还有点权力，但这是费力不讨好的事，天天纠缠于事务之中，是纯粹的管家婆。到业务科室去则不同，哪怕是副手，也会管几个战线的支出业务，到外面去办点事容易。只是方浩不清楚老板的真正意图，一时不好吱声。

见方浩不出声，一副洗耳恭听的样子，老板又说："当然，对于我来说，自然希望有一个既可靠又能干的角色给我当好内当家，这个人选不好物色啊。"

老板的意思已经非常明显，方浩听得出来。但当办公室主任，实在不是方浩的本意，所以他的回答不是特别爽快。方浩说：“一切听老板的安排，只是我怕自己的能力和经验不足，担不了办公室主任的大任。”

从老板办公室出来之后，方浩又把刚才两人的话回味了一下，觉得自己后面那句多少流露了一点不甘愿做办公室主任的话，显得多余而又愚蠢。方浩清楚，老板对他还是器重的，尽管这器重是建立在他好使用这么一个基础上。明摆在这里，老板更希望你能留在身边，继续替他卖力，为我所用，并不愿意按你的意图，安排你到自己想去的地方。财政局并不缺业务骨干，缺的是方浩这样既好使唤又有协调能力的综合型人才。那么老板既然心中早就有了打算，问问你，只不过是表示客气而已，试试你对主子的忠心程度，并不是真的让你自己进行选择。换言之，如果你有选择权的话，那局长就不是他，而是你方浩了。

覆水难收，说出去的话就是泼出去的水，方浩此时后悔已经来不及。他敏感地意识到，如果以后坏事，那一定就是坏在后面这句多余的话上面。

这么一想，方浩的心情又低落下来。

这种心情一直持续到下班回到家里。方浩原来还想找个机会，跟夏雨解释一下昨晚借钱的事，让夏雨把气消掉。现在他已没了这份情绪，自然懒得理夏雨。他连中饭也没吃，倒到床上，昏沉沉睡了过去。

这一睡就睡过了头，等方浩睁开眼皮，外面已是暮色初降。他把下午的上班时间都睡掉了。下床后，准备上趟卫生间，可一站到地上，却头脑发涨，四肢无力。以为是睡多了的原因，过一会儿会好起来。于是趔趄着上了卫生间，不想竟然跌倒在门后。喘息了好一阵，才又艰难地回到卧室，觉得支撑不住，不得不又重新躺到床上。

再一次醒过来的时候，已是子夜时分。方浩大汗淋漓，浑身热烘烘的，像燃烧着的火炉，这才意识到自己病了。迷糊中，方浩想，也许是这几天为借钱的事到处奔波，休息得太少，加上又跟夏雨怄气，还在老板那里说了不该说的话，心情太抑郁的缘故。就怨自己没出息，为一点小事和一句话，竟把自己弄成这个鸟样子。张开嘴巴，想骂自己一句，却感觉喉咙干涩生疼，骂不出声。咽一下口水，却什么也没咽下去，嘴里和喉咙仿佛久旱无雨的沙漠。只得勉强爬起来，昏头昏脑走到厨房里去倒开水，谁知连开水壶也跟他过不去，空空如也，倒不出一滴水来。

在厨房里立着，方浩一时不知如何是好。忽然鼻子一酸，滴下两滴清鼻涕，也搞不清是因为生病，还是别的什么缘由。

八

第二天上午，方浩硬撑着上医院吊了两瓶水，下午才轻松了许多。本来就不是什么大病，一时还不会把人压垮。

夫妻俩依然还是互不理睬，各行其是。早上，夏雨带着方之夏在外面吃粉条，然后方之夏到学校去上课，夏雨到厂里去上班。中午，方之夏在学校食堂吃饭，夏雨也在厂里食堂买几两米饭吃了再回家。晚上，夏雨只做她和儿子的饭菜，睡觉她也跟儿子在一起。方浩则一日三餐都在外面混，单位有客要陪，就陪客吃社会主义；没客陪时，就买盒饭吃。晚上回到家里，夏雨的脸色总阴着，正眼都不瞧他一下，他的脸色也晴朗不了，不声不响看阵电视，洗了澡，到儿子那张小床上躺下，做些无头无尾的梦。

这天下午，恰巧伍怀玉又来请方浩。这回方浩没推辞，跟这位校友进了一家酒店。心中烦闷，便多喝了几杯，也不怎么要伍怀玉劝酒。方浩一边喝，还一边说些感谢伍怀玉相邀的话，仿佛从没喝过酒似的。伍怀玉说："用不着客气，以后有求兄弟的时候，可得帮忙啊。"

就这么喝了三个多小时，回到家里已快 10 点了。不想夏云来了，正坐在客厅里和夏雨说话。见方浩半醉的样子，夏云笑道："姐夫这段时间可是个自由人了，平时你是不敢喝醉，也不敢这个时候才回家的吧？"

听夏云这口气，方浩知道她已经在夏雨那里摸到准确情报，说："'钟鼓馔玉不足贵，但愿长醉不愿醒'。"夏云说："'古来圣贤皆寂寞，唯有饮者留其名。'男子汉大丈夫，该豪爽就得豪爽一把。"方浩说："还是夏云理解我，人生得意须尽欢，莫使金樽空对月'。"夏云笑道："我担心你得意得有些勉强，莫不是'抽刀断水水更流，举杯浇愁愁更愁'吧？"

两人唇枪舌剑了一番，夏云把话引入正题，说："姐夫，现在制药厂正式破产，你听说了吧？"方浩说："你们厂子破产那是活该，过去为了搞垮同行，争取药商，大兴回扣之风。如今药品行业清理回扣，再没人进你们厂的药品，你们厂怎么会不破产！"夏云说："厂子破产活该，可我下岗不活该吧？姐夫总得给我想个别的什么办法吧？"

方浩笑起来，说："嫁个有钱的老板，就什么都不用愁了。"夏云说："有钱的老板倒是不少，可像姐夫这么有魅力的男人就难找了。"方浩说："你就别挖苦我了，我是最不中用的角色，穷得响叮当。”夏云说：“你还穷？待在财政局的钱窝里，我若能嫁你这样的穷人，这辈子就满足了。”方浩说：“会不会满足，你问问别人就知道了。”

夏云自然听得出方浩嘴里的别人是谁，就说：“姐怎么不满足？她怕就怕你被别的女人抢了去，心里不踏实。”方浩说：“怎么不踏实？怕是巴不得哩。”说着，方浩用眼角斜了夏雨，发现她的脸色已不再那么阴沉。

这天晚上，夏云赖着不肯走，要在方浩家留宿。她还说：“姐夫不给我找个工作，我就不出这个家门了。”说罢，她就抢占有利地形，睡到了方之夏的小床上。

没办法，方浩只得上了自己这边的大床。已经两个星期没碰夏雨，这一下又回到女人身边，两个身子一挨，方浩就情不自禁起来，有些难耐地把手往夏雨的胸前摸去。却被夏雨一把挪开了，她说：“你别碰我，去找你的老情人去。”方浩说：“别冤枉人，我的老情人在哪里？你给我找出来，我请你的客。”夏雨说：“你还要装蒜。”方浩说：“跟你结婚这么多年了，你还不了解我？”夏雨说：“如今的男人没有几个好货，一有机会就在外招蜂引蝶。”

“那是什么人？那是有权有钱或至少有貌的男人。”方浩振振有词道：“有权可以为女人办事，有钱可供女人享受，有貌可取悦女人。这三样我都不具备，拿什么去招蜂引蝶？那可不是我想招就能招，想引就能引的。”

夏雨撇撇嘴巴，说：“说的比唱的还好听。告诉你，若要人不知，除非己莫为。深更半夜跟老情人在街头勾肩搭背，还要死不认账。”

这一下方浩无话可说了。他知道夏雨一定是指那天晚上在人民医院门口，自己和曾红碰到一起的事。他恍然大悟，肯定是夏雨抱着方之夏到医院去吊水时，碰巧撞见了，怪不得夏雨的气这么难消。

方浩记得那天夜里，曾红一直挽着自己的手臂，走完人民医院到印机厂子弟学校那段不长也不短的路程。多年前，曾红也这么挽着方浩，在这条大街上走过不止一次两次。不过那时不同，两人都未婚，完全有可能从这条路上一直走进婚姻的殿堂，尽管最后他们还是分了手。如今两人的身份都已改变，曾红是结过婚又离了婚的独身女人，方浩则是有妻儿的男人，他们沿着这条路走下去，只可能有一个结局，那就是再度分手。所以方浩几次都用了用力，想把手抽开，但曾红没有舍弃，一直紧挽着他。在这条夜深的灯影迷蒙的路上，他们连话都很少说，只用缓慢的脚步敲击着夜的沉静，把两条挨着的影子拉得老长老长。

到了曾红的单身宿舍门口，曾红才松开方浩的手臂。她打开坤包，掏出钥匙开了门，把方浩让到桌边的椅子上，给他倒了水，然后再到柜子里去找存折。存折很快找到了，曾红拿着它，走近方浩，把它交到他手里。曾红的小手和那个存折偎进方浩的掌心时，略微停顿了一下，方浩就有一种把这只小手紧紧握住的冲动。

但方浩没有这么做，让那只小手抽了回去。旋即方浩就从椅子上站了起来。他已经感觉出曾红那份哀怨而炙热的目光里所蕴含的期冀。他不敢面对这种目光，只得缓缓走向门口。快出门时，忍不住再次回首，见曾红的眼眶里已盈满晶莹的泪水。

离开子弟学校后，方浩的脑海里再也驱不走曾红的影子。他觉得欠曾红的太多了，而且不包括手中这个存折。如果不是要入那该死的股，方浩绝不会接曾红这个存折。他也知道曾红完全是出于真心，因此觉得更加愧对曾红。方浩心里明白，他是无法回报曾红的。他找不到一种恰当的方式。去爱她吗？这也许是曾红所渴望的。人说男人好色、英雄本色，在妻子之外有女人可去爱，方浩内心里自然求之不得。可理智告诉他，这只会给曾红造成更大的伤害，因为这样的爱情，就像那首歌所唱的，只能是一个无言的结局。

方浩很想把那天晚上的经过和自己的一些想法跟夏雨说说，可觉得这样的事情是无法说得清的，只能越说越说不清。方浩只能保持沉默，听任夏雨数落。数落男人，是妇女解放运动搞得最成功的中国女人的专利，等到女人不数落男人了，这个男人大概也只能卷了铺盖走人，有时甚至连铺盖都卷不过来。

夏雨唠叨了一阵，也许是口水已干，也许是困倦难耐，最后缄口不语了。方浩侧头去瞧，见她已安静地合上双眼，不一会儿就起了轻微的鼾声。

方浩也没去细想，夏雨为什么不再追根究底，继续纠缠他跟曾红的事，其实那是有一定的原因的。

九

这个原因就是夏云已经下岗，夏雨还得靠方浩给妹妹去安排工作。

只是方浩一介书生，尽管待在炙手可热的财政局里，除了写写画画，手中并无实权。没有实权就办不了实事，他真不知道该怎样去给夏云安排工作。何况现在经济不景气，工矿企业大部分难以为继，勉强能够维持下去的，也朝不保夕，这条路基本行不通。行政事业单位早已人满为患，平时大中专毕业生分配和军人转业安置，市委、市政府硬性指派给单位，都不见得就能兑现，更何况普通的下岗工人。退一步说，就是单位愿意进人，还要编委研究几次，人事局给进人计划，财政局同意工资指标，没硬后台或通天的本事，谁也别想打通这么多关节。

方浩猛然想起伍怀玉来，想起伍怀玉当了律师事务所所长后请他喝酒的事。方浩于是从侧面对律师事务所做了一点了解，才知道这是一个企业化管理的事业单位，也就是说，它的性质是事业单位，干部、职工在人事局备案，但财政不负担工资和别的开支，其人员编制和人事管理，相对那些由财政安排工资的单位要宽松得多。方浩还了解到，如今经济案子多，律师事务所的业务量充足，所以工资和福利都能保证，是一个还过得去的地方。

有了这个想法，方浩就跟夏雨通了通气。夏雨觉得还行，打电话要夏云过来一下。夏云过来后，听方浩谈了他的想法，也表示满意。方浩于是决定先跟伍怀玉约个时间，再带夏云去他家见个面，然后递交请调报告什么的。

方浩跟伍怀玉约的时间是星期五晚上。这天方浩准备了一个千元的红包，然后早早吃完晚饭，带着夏云往伍怀玉家里奔。

伍怀玉刚吃过饭，伍夫人收拾好碗筷，便把茶水果品端到桌上。将夏云介绍给伍怀玉后，方浩先不忙说事，和伍怀玉聊起大学时的趣事，逗得一旁的两位女人都开心地笑起来，屋里的气氛因而显得轻松和谐。方浩对此很满意，心想在这样的气氛下，再谈正事，那效果一定会不错。

正聊着，伍怀玉那个正读小学六年级的儿子从卫生间洗澡出来了。伍夫人就嚷道："快去睡觉，明天早上还要早点起床背课文。"又回头向方浩他俩解释，说就要毕业了，老师抓得特紧。方浩望望伍家小子，想起那个红包还在口袋里装着，忙起身掏出红包，抓过伍家小子的小手，将红包塞进他的手心。同时嘴上说道："叔叔听说你读书很用功，给个红包奖赏你，希望你考上市里一流的中学。"

伍怀玉见状，骂方浩道："你这是混账，怎么能来这一套？！"跳过去扯方浩的手。方浩推开伍怀玉，吼道："我这是奖励侄子，又不是给你的，你操什么闲心！"方浩的话说到这个份儿上，伍怀玉也不好坚持，只能听便。

接下来又聊了一会儿，方浩见时机已经成熟，就说了妻妹夏云下岗失业想进律师事务所的意思。末了还补充道："你不让夏云进你的单位也行，只要我老婆跟我离婚后，你负责给我重新找一个就得了。"伍怀玉说："那没问题。你没听机关里流行的口头禅吗？如今男人有三大喜事。"

方浩天天待在机关里，自然早听说过这个口头禅，却不想扫了伍怀玉的兴，装作饶有兴致地问道："哪三大喜事？让我们开开眼界。"伍怀玉说："升官，发财，嫁老婆。"说着，还侧首瞥老婆一眼。伍夫人骂道："男人都是坏家伙。"方浩说："男人坏一点好，男人不坏，女人不爱；男人不骚，是个草包。只可惜我升官、发财、嫁老婆一样不沾，也太没出息了。"伍怀玉说："所以你要积极创造条件，出息起来才好。"

又说笑了一会儿，伍怀玉说：“笑话是笑话，方老弟你吩咐的事我伍某是不敢怠慢的。夏云运气不错，我所里正好缺一个打字员。这样吧，尽快送个报告来。本所归司法局管辖，我去找找局里的头儿，相信他们会给我面子的。”

听伍怀玉如此说，方浩真是感激不尽，心想，姓伍的还真讲哥们儿义气，这样的朋友，如今这个世道，也真的不太好找了。

满怀着感激之情，方浩和夏云起身告辞，准备回去向夏雨报告好消息。伍怀玉很热情地把他俩送到楼道口。方浩正要扬手道再见，伍怀玉又走近方浩，把他拉到楼角，放低声音说：“为了在所里的人和司法局的头儿那里好说话，使调夏云的理由显得更充分，我想请你也出点力。”

为夏云的事出力，方浩自然责无旁贷，他说：“我能出什么力？”伍怀玉说：“我们所里正在砌宿舍楼，还差10多万元筹不拢。你正好待在财政局，若能给弄个五六万过来，那调夏云的事就更加有把握了。”

方浩猛然想起伍怀玉请自己喝酒时说的以后老兄有难处，还请老弟帮忙的话，心里骂道，伍怀玉你这狗娘养的，原来你还是有条件的！但方浩还不能把心里的不高兴露于言表，只好硬着头皮说：“我尽量去争取，只要夏云的事能成。”

走在路上，夏云问伍怀玉刚才说了什么，方浩虽然有些不快，却还是装着若无其事的样子，掩饰道：“也没说什么，是他的私事。”夏云是个聪明人，也就不再多问。方浩实在不想说伍怀玉的坏话，也不想让夏云形成这样的印象：为她的工作，给自己添了太大的难题。方浩觉得自己真是慈悲心肠。

送走夏云，回到家里后，方浩还是将伍怀玉答应接受夏云和讨价还价的事一并说了。不想夏雨竟说：“你在财政局那个码头上混着，弄钱还不容易！我看你为乡里那些无关紧要的人要钱，劲头都那么大，为妹妹的工作搞点钱，不是更应该吗？”

夏雨的话噎得方浩差点缩了气，他用眼睛瞪着夏雨，小声吼道：“弄钱那么容易，你不去为你妹妹多弄点！”

为此，方浩足足两天没搭理夏雨。

十

伍怀玉很快就把要钱的报告给方浩送了过来。

伍怀玉当然不仅仅送报告，还送给方浩最想听的话：“关于你妻妹进律师事务所的事，我已请示司法局头儿。他已基本同意，就等拿申请报告去签字了。”

方浩于是把早准备好的夏云的申请报告拿出来，递给伍怀玉。

伍怀玉郑重地把报告折叠好，放进上衣口袋里，信誓旦旦地说：“你放心好了，老弟这件事，我一定办妥。”

伍怀玉走后，方浩的目光在伍怀玉那份报告上停留了一会儿，觉得这种以报告换报告的方式很滑稽，这简直就是一种毫无掩饰的交易，仿佛按证券交易的比价，以美元换日元，其间已不含丁点儿友情的成分。不过方浩又想，在金钱和切身利益面前，什么友谊、感情，的确也太次要、太苍白了，这个时代还奢谈友情，也太具书呆子气了！

这么自嘲着，方浩很在意地把伍怀玉的报告收进了抽屉。

此后方浩琢磨了好几天，也没琢磨出妥善的办法，以兑现这个报告。律师事务所是事业单位，这报告要递只能递给行财科。然而方浩已在行财科放了一个报告，再递一个过去，还不知道怎么开口，而且明摆着是没有丝毫希望的。

方浩也想过把报告直接交给老板，他如果能在上面滴一滴墨水，那就等于现钞到了手，换句话说，就等于夏云的一只脚已经迈进了律师事务所。只是方浩真不愿意，在这个时候把要钱的报告往老板那里递。现在正是三定的关键时刻，自己应该处处讨领导的欢心才是，决不能给他添麻烦，惹他不高兴，否则自己的晋级和去向，必然会受到影响。拿自己的前程去换取夏云进律师事务所的资格，方浩觉得不太合算，何况还不一定就换得来。

正在方浩一筹莫展的当儿，机会终于来了。

这一天快下班的时候，方浩在楼道口碰上罗科长。罗科长说：“方主任，下班后你别急着走，麻烦到我办公室去一下，有事跟你讲。”

按照罗科长的吩咐，下班后方浩进了五楼最西头的行财科。罗科长正在科里等他。她要方浩先坐下，然后说：“告诉你个消息，财政厅拨了120万元的事业补助费，我给你老家村里的那个报告落实了4万元，只等老板过目画押，就可戴帽下拨到县财政局去了。”方浩说：“老板那里该不会有变动了吧？”罗科长说：“我做安排时跟他先通了气的，他打招呼要安排的都安排进去了，他还变什么？”

听罗科长如此说，方浩心里也就特别高兴，心想，看样子明春发大水前，板栗他们村的孩子们搬进新学校，已没太大问题了。方浩就说：“罗科长，我代表村民们感谢您了！”罗科长笑道：“应该你本人感激我才是，与村民们的关系并不大。我这里还有好多乡里、村里的报告，都压着无法兑现，不是看在你的面子上，我会作这样的安排吗？”

这倒是大实话。方浩说：“那我代表我感谢您！”罗科长说：“怎么感谢？”方浩说：“请您的客。”罗科长笑了笑，说：“请我客的人太多了，暂时还轮不到你老弟。这样吧，请客的事就免了，你是财政局的才子，财政厅行财处要我们科弄一个经验材料，我先搜罗一下资料和数据，再请你动笔。你看如何？”方浩说：“这是举手之劳，一定尽力而为。”

这天傍晚，方浩一路哼着小调回到家里。他想，村里的报告解决了，下一步再落实律师事务所的经费，也就要好办些。这就像过独木桥，两人同时往桥上挤，那不容易过去，只有先过去一个，第二个才过得去。

走到楼梯间，方浩想起两个月前的那个夜晚，板栗一身水淋淋地来送三七的情形，自语道，如今总算可以给板栗和支书一个交代了。方浩还记得，当时接过板栗的三七后，顺手交给了夏雨，之后再也没想起过这包三七，也不知夏雨把它放到了哪里。

进屋后问夏雨，夏雨半天也想不起来。方浩有点不甘心，就四处翻寻起来，终于在杂物房一个堆着废书、废报的纸箱里翻出了那包三七。方浩就按板栗吩咐的办法，把三七泡发，切成薄片，用茶油炸脆，碾成粉末，然后装入有内盖的小瓶子，待方之夏喝牛奶或吃别的东西时，特意撒一点上去。

有些顽疾，现代医药不见得生效，民间的偏方还确实管点用。过一段时间，方之夏的体质果然明显好转，感冒和慢性喉炎也发作得少了。

这天方浩心里想着罗科长的事，特意抽空去了行财科。罗科长早已准备好了相关资料，方浩拿回办公室后，便开始赶写经验材料。这样的材料当然难不倒方浩，先拟几个小标题，每个小标题下结合财政政策提一个小观点，再将数据和例子一摆，就是一个组成部分。几个小观点构成一个大观点，有血有肉的经验文章就出来了。然后打印出清样，拿去找罗科长，请她过目。

罗科长非常满意，说道：“笔杆子不愧是笔杆子，出手不凡！要是我们科里的人，是再怎么憋也憋不出这样的大作的。”方浩说：“谢谢夸奖！但现在还算不了数，还得省厅行财处拍板。”罗科长说：“处里的水平也高不到哪里去，我看不会有什么问题的，不过如果他们还有什么要求，我再请你修改。”

罗科长把文章传真给行财处后，没几日，那边就把意见反馈过来了，说文章的结构和观点都很不错，只是还有几个小地方因涉及新出台的几项财政政策，还得作点小修改。罗科长把这意见转告给方浩，她说：“我已和老板说了，为了使这篇材料更有把握，我们两个一起到厅里去跑一趟，当面听意见，当面改好。”

方浩自然求之不得，一方面可以把文章弄得更圆满，另一方面可借此机会，与罗科长待上几天，增进彼此的友谊，以后再求她办事，就更有把握了。

两人是被市武警支队的专车送到财政厅隔壁的留香宾馆的。武警车是霸王车，经过各类收费站，不用交费，就是闯红灯，别人也拿它没办法，上天入地不会有任何阻力，外出办事很便利。照理武警支队不是地方财政预算单位，也不知他们是怎么打通关节，跟财政局搭上界的，每年都要到行财科弄些额外经费回去。这么一来二去的，彼此关系便密切起来，行财科要武警派个车，他们当然求之不得。

有这层关系在，行财科调用武警的车，自然不必限时，想用几天就用几天。可第二天罗科长还是把武警的车支走了。方浩不解，罗科长解释说，回去时再打电话要他们来接也不迟，何况去坐火车卧铺车厢，比小车还舒服。方浩觉得罗科长说的也有道理。

经验材料仅动了三个地方，删了几句话，又加了几句话，就顺利通过。而且行财处还把它作为经验材料之一，届时由罗科长或分管局长第一个登台发言。

罗科长喜不自胜，对方浩说："这回你可帮了我大忙。行财处从来都没有对我们科里的材料这么满意过。以往我们的材料总要改四五次才勉强通过，发言时自然老排在后面，或者仅仅只作书面交流。为了奖赏你，我陪你在省城玩两天，让你玩个痛快。"

这一下，方浩才明白罗科长将武警小车支走的真正原因。

十一

这两天，两人几乎把省城所有的风景点都玩遍了。罗科长还从包里拿出一个傻瓜照相机，让方浩给她揿了好几筒胶卷。通过相机的镜头端详罗科长，方浩觉得她还确有几分风姿。方浩心下暗想，罗科长不是那种妖艳的女人，却有一种天然的富态，具有成熟女性的特殊韵味，而这些则是在年轻女孩身上无法找得到的。尤其是这几天，她在自选商场买了几套衣裙，穿在身上，那领口明显低了，那裙裾明显短了，竟让她那丰腴的身材和幽白的肤色得到充分展现，使她精神了许多，仿佛一下子年轻了好几岁。

这么想着，方浩的目光不免要在罗科长身上多逗留些时间。罗科长自然感觉得出方浩的目光，虽然嘴上不说，心里却暗自得意。这得意就写在她流光溢彩的脸上。

那天傍晚，夕阳西去，红霞犹在，两人在公园的林荫深处徜徉着。罗科长突然很有感触地说："要是时光能够倒流，重新回到二十岁，那该有多好！"方浩说："您不是从二十岁经历过来的吗？二十岁的时候，您肯定也跟您的心上人在这样的林荫道上漫步过吧？"

罗科长望着远处的晚霞，摇了摇头，良久才叹息一声，说道："那个时候我们正在为回城到处奔波，接着是没日没夜地背资料、写习题，然后奔赴考场，考上大学，读完四年分配工作，已是人老珠黄，身上没半点青春的气息，还奢谈什么情爱？只随便找个男人结婚了事。现在想来，大半辈子，除了生儿育女，除了没日没夜的工作，再没得到过别的什么，简直是白活了几十年。”

方浩在一旁静静地听着，只偶尔附和两句。方浩知道，人都渴望得到理解，女人尤甚。什么是理解？大概就是能够倾听对方的诉说，以这种倾听的方式，接受一个很难找得到倾听的心灵。方浩心想，原来我们每个人都显得那么可怜，尽管同在一个机关，或同在一个团体，甚至同在一个家庭里，共同工作和生活，有时心与心之间的距离竟是那么遥远，根本没有可能真正走近。

方浩觉得，这天傍晚他和罗科长终于找到了一个可能走近的机会。他敢肯定，她也意识到了这一点。

在林荫道的转弯处，有一条双人石椅。方浩从身上拿出一张报纸，铺到石椅上，请罗科长坐下休息一会儿。两人落座后，方浩又从包里取出一瓶矿泉水，拧开盖子，递给罗科长。罗科长接过矿泉水，喝了一口，之后望方浩一眼，说：“真该感谢你。”方浩当然知道罗科长的感谢，并不仅仅指他递上的这瓶矿泉水和这次替她写了一篇文章。方浩说：“我更应该感谢您才是，到财政局这么久了，我还从没这么悠闲地玩过。”罗科长说：“我也是。”

两个人坐在石椅上又聊了许久。从工作到生活，从单位到家庭，什么都聊，显得很随意。不知从何时起，罗科长聊到了自己的丈夫。她毫不忌讳对丈夫的不满，认为他无德无才又无能，做大事粗不来，做小事细不了，而且自尊心特别强，酸不溜丢的。她还列举了他的种种劣行，说自己这一辈子摊着个这样的男人，倒霉透顶了。

方浩平时也听人说过，罗科长的男人的确很差劲，要不是当初她参加工作时已成了大龄姑娘，是决不会嫁一个这样的男人的。但方浩不好跟着罗科长一起去说她男人的不是，他只能默默地听着。方浩再明白不过，一个女人在另一个男人面前说自己男人的疵处，她潜意识里面意味着什么。在这样的时候，这个男人和这个女人之间的关系已经发生了比较微妙的变化。

可是方浩没有打算让这微妙的变化明朗化。

这时，夜色已不知不觉降临，林间的清风拂动地上的落叶，发出细碎的沙沙声。

方浩有意识地转换着罗科长的话题。他吸一口清新的空气，说道：“不管怎么样，您的人生道路还是非常成功的，您应该为此而骄傲。”罗科长说：“你说得也许没错。”稍停，又说，“你知道这次我为什么对这个材料这么重视吗？”方浩说：“这是您的工作嘛。”

“不仅仅是工作。”罗科长摆摆手说，“行财处的处长是我的同学，市委管党群的副书记和财政局长都是他的老乡，他已经向他们打过招呼，建议提拔我做副局长，所以我这同学希望我的材料能一炮打响，以体现我们科里的工作业绩，否则我也不会惊动你这大手笔了。”

方浩闻言，不觉小小地惊讶了一下，他怎么也想不到这个不起眼的小材料，还包含着这么一层含义。方浩说：“那我应该好好祝福您，祝您早日成功！”

不想罗科长却摇了摇头，说：“你想想，一个女流之辈，真的愿意为权力和功名所累吗？”方浩说：“这也是一种自我价值的实现，是一种精神上的需要。”罗科长说：“不，这不是女人真正的需要。”方浩说：“那女人真正的需要是什么？”

罗科长仰着头，望着苍茫的暮色，喃喃道：“女人真正需要的，是爱情，是爱自己钟情的男人和被自己钟情的男人所爱。”

方浩又吃了一惊，他想不到，罗科长这种工作上的女强人，脑袋里也隐藏着只有那些纯情少女才可能有的念头。

让方浩更没想到的是，这个有着纯情少女念头的女人仰着的头，竟不知不觉往后靠过来，缓缓靠到他的肩膀上。方浩对此没有足够的思想准备，他想把自己的肩膀移开，躲过这颗依傍过来的女人的头。但方浩没有这么做，他接纳了这颗温柔的头。

方浩猛然想起，律师事务所那个要钱的报告，还压在自己的抽屉里。

方浩不出声地骂了一句杂种。也不知是骂那个伍怀玉，还是骂他自己。

十二

方浩非常清楚，他绝不是那种坐怀不乱的男人，某些时刻他的血液也照样会沸腾。他也承认，罗科长这种不乏风韵的成熟女性，确有动人之处。不过方浩明白，他不能过于动用自己的感情，就像打入预算的财政资金，如果你随意动用，那是要冒太大的风险的。假设要给自己和罗科长的关系下个定论的话，方浩想发展到这一步，可能如人们常说的那样，已经比友谊多一点儿，比爱情少一点儿，正处于两者的临界点。

方浩还认真揣摩过罗科长，她最渴望的是理解，是安慰，并不是别的什么。而这些，这天傍晚方浩已经给予了她。所以当罗科长的头靠过来的时候，方浩稍作犹豫，就接纳了它，而且把自己的手臂环过去，轻轻托住了她的腰。

只是一切也就到此为止。

这是一种使双方都易接受和恰到佳处的状态。过犹不及，方浩如果将这种状态破坏掉，那他就是犯傻了。

这种状态让两人回到财政局后，依然能泰然处之，好像什么也没发生过，看上去仍如从前那样是一般的同事。事实上他们之间已经发生了什么，尽管旁人觉察不出，他们自己还是心照不宣的。

因此现在方浩拿着伍怀玉的要钱报告，去找罗科长的时候，就省去了中间环节。方浩直接把送报告的根本原因告诉了罗科长，末了补充道，如果没弄到钱，妻妹进不了律师事务所，那他方浩就别想安宁。罗科长理解方浩，她的话也省去了埋伏，说："那120万元事业费已经全部安排下去，包括你老家的那个报告，现在财政厅和局里都没指标，你要我怎么办才好？"

方浩觉得这的确是个难题，只好试探性地问道："可不可以在已安排的项目中挤一点出来？"罗科长说："亏你想象力这么丰富。挤谁的？谁的项目都是大领导小领导打的招呼，你挤他一两千出来，就等于挤他的血。"

方浩一时无话可说。罗科长想想，又说："我还是给你试试吧，看挤不挤得出，只是担心老板那里通不过，你一次就解决两个报告，人家市长、书记拿来的报告那么多，一个领导才只解决一到两个报告哩。"

罗科长的估计一点儿不错，老板只同意给方浩解决一个报告。老板还说，方浩的面子已够大的了，他还不知足。罗科长转而来问方浩："你看怎么办？"方浩苦笑笑，说："我又没有资金安排权，我能怎么办？"罗科长说："我倒可以替你出个主意，只要你同意。"方浩说："什么好主意？我听罗大科长的。"

罗科长瞥一眼方浩，说："我也是替你着想，熊掌与鱼不可兼得，只能取其重。可以把你原来的报告撤下来，将律师事务所的报告替上去。"

"那怎么行？人家村里一百多号的家长和伢伢都眼巴巴望着这笔钱呢。"方浩说着，脑海里突然浮现出板栗和独眼支书那三只眼睛的眼神。那眼神包含了太多的乞求和希冀，那样的眼神谁能轻易回避呢？

罗科长便不好说什么了。

方浩低着头，一步步向门口走去。然而，就在方浩要走出行财科的门时，他猛然又把身子转了回来。他一脸的无奈，垂头丧气地对罗科长说："就按你说的办吧。"然后他无精打采地回了办公室。

刚进办公室的门，伍怀玉的电话就打了过来，问方浩那报告的情况如何。方浩压抑着心头的火气，说道："已到了行财那里。"伍怀玉说："那你赶快给我落实一下，我现在只能指望你了。老弟你不知道，现在宿舍楼施工队没日没夜地缠着我要领工资，我躲都没处躲。"

方浩心想，你没处躲，又不是我惹的，关我什么事？也就没好气道："你的报告那么重要，那我的那个报告呢？"伍怀玉说："你的报告我还敢轻视？我已在局长那里签好了字，下午我就送到人事局去。我办事，你还不放心？"

又过了一个星期，罗科长告诉方浩，为了调整他的报告，她重新造了个表，将律师事务所的名字换下了村里的名字。为促进方浩妻妹的调动，她还从别的单位挤出 1 万元，调剂到律师事务所的门下，总共解决了 5 万元。罗科长还表示，再过几天，就可把指标单开出来，把资金打到各单位的户头上。

方浩通过电话把这个消息转给了伍怀玉。伍怀玉自然高兴，在电话里千恩万谢。

听着伍怀玉那高昂的语气，方浩心头恨意顿生，不出声地骂了一句娘，咬牙切齿地说道："你别高兴得太早了，我的事情没办妥，5 万元资金是不会到你户头上的。"

方浩的话完全是被气出来的，就在说这句话前的两秒钟里，他都没想起要这么说。伍怀玉在电话那头愣了一刻，接着讨好地说："你别开玩笑了，我知道老弟你的为人，我跟你打包票，我立刻就去人事局，尽快把夏云的事办妥。"

当天晚上，伍怀玉就提着两条芙蓉王香烟进了方浩的家门。屁股没挨座位，伍怀玉就连忙解释道："今下午我又去了人事局，人事局说这是重新招工，必须跟劳动局研究一下，不过他们跟我表了硬态，说这事没问题，过两天他们就开会定妥。"方浩就唬伍怀玉说："我不管这么多，反正行财科开的过账单现在握在我手里，夏云一天没进律师事务所的门，这过账单一天不会到银行去。"

伍怀玉不觉有些慌神，想不到方浩这小子会来这么一手。不过伍怀玉并不笨，脑袋里像装了发动机，飞速地转了转，说："你看这样行不，夏云明天就去所里上班，先委屈做临时工，我那里积极跑人事局和劳动局，手续一下来，她就是正式职工。"

方浩心想这样也好，只要人进了门，还怕你赶了出来不成？就说："听你的便吧。"

第二天夏云就到律师事务所上班去了。虽然暂时还是临时工，但她好歹有了一个去处。只是人事局和劳动局两家的会一直没开成，所以夏云的正式招工手续没法马上办。方浩在那 5 万元资金到了律师事务所的户头后，又催了伍怀玉几次。那家伙的口气比从前从容多了，说："人事局和劳动局是老爷，我又指挥不了他们。你也太性急了，夏云已经在我这里上班，你还担心什么？"

方浩无话可说。事到如今，他自然拿伍怀玉没什么办法了。

一晃春节来临。以往的春节，方浩总是带着夏雨和儿子到乡下去过的。吃了板栗的三七而少了发病，变得越来越结实的儿子，大概又想起在乡下受奶奶娇宠的滋味，闹着要到乡下去，可方浩下不了决心。村校那笔就要下达指标的资金终于没下达到村校，方浩问心有愧，他真不知道如何面对板栗和支书，面对那些还在破庙里遭风受雨的孩子们。

一直到春节过后，方浩在桂林参加财政部组织的一个学习班，突然接到母亲病重的消息，才绕道匆匆回了趟乡下。

十三

母亲得的是重感冒。

她从来就不肯打针吃药，只肯按乡里的土办法，爆爆灯火，拔拔火罐，病也就多拖了几日。方浩在家待了两天，见母亲的病渐渐好转，就给老兄留下点钱，要他给母亲买点好吃的，准备第二天就赶到县城，坐班车回市里上班。离开财政局已经一月有余，也不知局里三定的情况怎么样了。

陡然而至的春雨是午后开始的。今年的春雨似乎比往年来得更早也更凶猛，傍晚时分那些山冲水圳就发了大水，干涸的田畴一下子溢满了，村外的小河涨起汹涌的洪水。方浩想，但愿夜里这大雨能停下来，不然明天出山的路都会被水冲垮。

天遂人愿，雨到后半夜就不再下了。方浩一早起床，赶紧上路。经过隔壁板栗他们村子时，方浩想，乡里乡亲的，答应给人家弄钱的事泡了汤，给个交代还是应该的。于是进了板栗他们村。

板栗家的茅棚在村后，方浩先去了支书的家。此时支书正坐在屋角的矮凳上抽旱烟，方浩站在门边喊声支书，对方一时竟没反应过来，没什么动静。方浩又喊了一声，支书才抬起头问是谁。这一下方浩才猛吃一惊，只见支书原来那只格外明亮的独眼也空洞洞的，没了眼珠。方浩就说："我是方浩，路过这里，来看看支书。"

支书特别高兴，说："是方主任哦，贵人贵人，快坐快坐，我给你倒水。"说着，摸索着就要去桌子上拿茶壶。方浩把支书扯住了，说："我自己来吧。"他自己动手倒了杯水。问及支书的眼睛，支书说："也是我倒霉，去年年底开石山时，有一个哑炮半天不响，我想到近前去看个究竟。还隔丈把远的时候，炮突然响了，一颗石子刚好打在眼睛上。开始还以为是一只瞎眼，心想这颗石子还是长了眼的，谁知伸手往脸上一摸，竟是只好眼。"

闻言，方浩沉默了好一阵，没吱声。他问心有愧，心想如果不把那 4 万元调给律师事务所，年底支书也许不用再开石山，从而毁掉这只独眼了。

支书对那个要钱的报告只字不提，还是方浩自己找借口说道："去年财政太紧张，安排不下那笔资金，看今年情况如何，到时再想想办法。"支书毫无怨言，说："国家也不容易，方主任也别老记挂在心。我们村现在办了石料厂，很快会赚回修学校的钱了。"

方浩又问板栗在不在家，想去看他一下。支书就说："板栗的儿子出了事，现在恐怕不在家里。"方浩心上一紧，问出了什么事。支书说："昨天下午不是突然下起大雨吗？那个时候孩子们正在破庙里上课，没有谁想到洪水会那么快，两个小时没到就漫上了河堤。老师已经把孩子们都喊出了破庙，不想这时洪峰压了过去，把刚迈出庙门的一个孩子冲走了。"

说到这里，支书抽了一口旱烟，两只没有眼珠的眼睛朝向半空，好像是望着远处一个什么地方。接着，支书又缓缓地开了口，说："那个被水冲走的孩子，就是板栗用一座屋子换来的那个超生的宝贝儿子，可怜村里人帮他找了一夜，现在还没找到尸身。"

方浩带着十分沉重的心情离开支书家。他弄不明白，为什么厄运偏偏要降临到支书和板栗这么善良的村人身上。自己却没有能力及时解除他们的厄运，方浩为此自愧不已。

方浩满怀愧疚地回到市财政局。就听说研究人事的党组会已经开过，虽然还没正式宣布研究的结果，但会议的基本情况已经传了出来。据说第一轮定人时，方浩是办公室主任的角色，可到了第二轮，老板说方浩这两年变得太快，一是热衷替亲戚朋友和老乡递要经费的报告，二是缺乏对办公室工作的正确认识，因此不能让他担当办公室主任这种重要岗位的大任，更不能按他自己的要求，安排到行财预算这类掌握支出大权的科室去，只能先平调到监察室去当个副主任瞧瞧。

老板表了态，其他副局长没谁视方浩为自己的人，自然不会站出来替他说话，他的去向就这么定了下来。

听到这个消息，方浩身上凉了一大截。监察室纯属虚设机构，不仅没啥实权，甚至想找点事情做做都不容易。方浩没料到会是这种结局，却明白是在什么时候失去了老板对自己的信任。他不打算去找老板，知道事到如今，再找老板已没任何意义。同时又想，这样也好，乐得清闲，能过轻松日子也不坏。

几天之后，局里开大会，正式宣布了三定方案，方浩果然被安排在监察室做副主任。其他人也有喜有忧，去了好科室、得到重用和提拔的，眉开眼笑，抱了金砖一样。没提拔也没调到好科室的，吹胡子，瞪眼睛，朝天骂娘。不平则鸣，有的甚至写了报告去反贪局和检察院告发党组成员受贿贪污的事，一时闹得满城风雨。局里集资办实体，几位局领导和经办人趁购置设备和搞装修的机会，收受巨额回扣的事也被捅了出去，两位局领导包括老板本人就这样被反贪局传了去。

十四

方浩倒是对自己的去向想得开，没有抱不平，自然没卷入这场是非之中。他乖乖坐在监察室里，一杯茶，一支烟，一张报纸看半天，觉得不比在办公室天天写材料差。实在闲得无聊，就上图书馆翻翻书，一翻就是一下午，日子过得挺自在。

这天下午，方浩在图书馆借了一本名叫“闲雅小品”的小书，准备晚上好好受用。回到家里，就见好久没来的夏云坐在客厅里，神色有些不对。方浩想起她进律师事务所的事，问手续办得如何了。夏云却缄口不语。一旁的夏雨黑着脸说：“还提这事干什么？”方浩莫名其妙，说：“我前不久还找了伍怀玉的，他说人事局和劳动局就要研究了，莫非又出了什么偏差？”夏雨对夏云说：“你跟他说说。”

夏云又沉默了一会儿，才低声说道：“今天我是来向姐夫姐姐告别的，准备明天就到县里去，制药厂有几位姐妹已在那里办了一家中药加工厂，效益据说很不错。”方浩急了，说：“律师事务所不好吗？你看我们已经花了这么大的劲。”夏云说：“我已经跟伍怀玉吵翻了。”

方浩抬了右手手掌，在左手手心砍了一下，恨铁不成钢地说：“你怎么能跟他吵翻呢？你这点修养都没有！出了天大的事让你非吵不可？”夏云委屈的泪水就流了下来，一时竟说不出话了。夏雨在一旁骂方浩：“你教训夏云干什么？你该教训你自己，你也三十多岁的人了，什么人是什么货色，也看不出来？”

方浩就摸不着头脑了，只好耐心等待夏云把话说明白。夏云用手绢揩揩泪水，说：“我那天去伍怀玉办公室给他打扫卫生，偶然在他办公桌上那个装资料的塑料篮子里发现了我那个申请报告。伍怀玉不是说过，我的报告他和司法局长都签了字，已送往人事局，他们正在研究吗？谁知那报告还是我们当初送给伍怀玉时的原样，上面一个字都没有签。我这才知道我们都被耍了，跟他大吵了一场。”

说完，夏云把那个报告拿出来，递给方浩。

方浩接过这个在伍怀玉那里放了好几个月还依然如故的报告，只觉得血液直往顶上冲。他要拿着这个报告，去跟伍怀玉去讨个说法。他怒气冲冲地出了门，来到宿舍区外的水泥路边，准备招部出租车冲到伍怀玉家里去。

不料就在路边的梧桐树下碰上了板栗。板栗还是那身皱巴巴的西服，肩上依然挂着那个旧挎包。板栗的脸色有些黑瘦，但目光却显得很有神采，不似上回那样混沌、茫然了。板栗告诉方浩，他是到城里来给一家施工单位押送他们加工好的石料的，顺便来看看方浩，要他以后留意一下，哪家单位搞基建，就给村里捎个信去，他们好来推销石料。

方浩点点头，答应给板栗打听基建单位。

板栗又得意地告诉方浩，村里虽穷，石头却是响当当的优质，他们加工的石料大受欢迎，供不应求哩。石料厂的效益自然也跟着看好，已经把建校的资金筹足，再过几个月，娃娃们就可进新教室上课了。

也许是说到娃娃们，板栗忽然想起自己那个被水冲走的儿子，那得意的目光里忽然闪过一丝忧伤。

方浩不知怎么安慰板栗才好，忽然想起他家那个被罚归村里的板装屋，问他是否已收了回去。板栗说："村里因我的石料厂办得好，贡献大，要把板装屋退给我，我不要。石料厂办好了，收入高了，修座砖屋，不是更气派？"

说到这里，板栗黑瘦的脸上露出了自信的笑意。方浩也替板栗高兴，邀他去家里叙叙，板栗不肯，说今晚还要赶回去，明天要押货去桂林。

板栗走后，方浩还在路边立了许久。看来板栗他们真正找到了属于自己的出路。如今向政府要钱，越来越不容易。而找对门路，去向市场要效益，那才是正途。也不知缘何，方浩慢慢就打消了到伍怀玉家去责问他的念头。

方浩想，夏云进不了律师事务所，也许并不是坏事，否则她也就下不了决心，跟姐妹们到外面去办厂子。

方浩拿着夏云那个申请报告，抖了抖，然后撕碎，轻轻抛入逐渐浓厚起来的暮色里。

支 教

一

本来说好上午跟支教队的人马一起出发的，临行前海局长改变了主意，他通知陈东说，局里有急事要处理，干脆下午自己去辆车，直接飙到支教点上，还免得参加人家县政府的欢迎仪式。陈东当然只好从命。他一时弄不清局里有啥急事，后来才意识到，这也许是海局长的托词，他其实是想亲自用小车送陈东到支教点上去。

这样上午这段多出来的时间，便显得有些无聊，陈东只得没事找事，在科里瞎忙乎了一阵。他不想坐在办公室里干瞪眼。科里在职人员有五个：一个主任科员，两个副主任科员，做实际事或实际做事的，也就陈东和小马两位。陈东还是所谓的负责人。说是负责人，其实是科里没科长，一切都由陈东这位副科长负责。算来这副科长也当了七八年了，四年前老科长退休后，陈东就一直主持科里工作，都得了妇（副）科病了。照理早该扶正了，却未知领导出于何种考虑，迟迟没有动作。当然说未知不是很确切，陈东心里明白，这原因主要在一个人身上，这就是今天要亲自送他去支教点上的海怀宝局长。

快下班的时候电话铃响了。小马拿起话筒，嗯嗯了两声，转身告诉陈东，海局长的车已在办公楼前等着了。陈东跟小马道声再见，提着包来到楼前，往那部崭新的银色本田小车里钻。车上只有海局长和司机。两人都坐在前排，整个后排都空着。陈东就说：“我的待遇不错嘛，有软卧。”海局长说：“你肩负着光荣的支教任务，特意奖给你的。”

说着话，车子已无声地上了大街，往城外徐徐驶去。这时海局长侧转身，将下巴往靠背上一搁，对陈东说：“我只能到点上打个照面，表示财政局对支教工作的重视，晚上还要赶回局里主持党组会议。你就安心在点上待着，看给你安排什么具体工作。”

陈东身子前倾，一边点头，一边嗯嗯着。海局长转回身子，摆正当，只把脑袋靠在靠背上，又用一种语重心长的口吻说道："陈科长啊，咱们彼此的交情不薄吧？你那个综合科的科长一直空缺着，你实际上已经做了四年科长。实话对你说吧，这科长位置还有人蛮想来的，党组会上几次有人提议安排人到你科里去当科长，我都挡了回去。这次支教对于你来说，无论如何都是一次难得的机遇，你的综合能力又强，好好干吧，年底拿份好经验材料出来，看谁还能阻止你转正！"

听海局长的口气，好像过去他一直在暗中护着陈东，为他的事简直到了处心积虑的程度。陈东暗暗觉得有些滑稽，心想我陈东又不是三岁孩童，是那么容易轻信这种花言巧语的吗？但转而又想，转正的事已再顺理成章不过了，这次姓海的说不定还真会送个顺水人情呢。这么一琢磨，陈东竟然毫无出息地就有了一丝激动，说话的口气也似乎生动了几分："一切听从老板的教诲。"

出了城，迎面是一个收费亭，一根涂了半截红颜色的木杠横在前面。小车只得停下来。海局长的本田交警给的是湘0牌照，享受省市党政领导的待遇，什么样的收费站、收费点都不得收费。司机心里因此就起了毛毛火，按下窗玻璃，吼道："你们的眼睛长到额头上去了！没见这是什么车子？"

收费人员行了个抬手礼，一边连说对不起，一边拉过旁边的女人，请求搭车。司机正要发作，一旁的海局长低声说道："就让她上吧。"海局长发了话，司机不再吭声，反过手去，开了身后的车门。女人低头迈进车里，客气地说了声"谢谢"。

车上虽然宽松，陈东还是下意识地往一旁挪了挪。前面的海局长此时把脑袋转过来，盯住女人红润俊俏的脸蛋，说："你这位女士还蛮有办法的嘛。"女人说："原来是有包车的，有事耽搁了，只好到收费站来求熟人帮忙。"海局长说："往哪里去？"女人说："通渠。"海局长说："正好也是我们要去的地方。敢问贵姓？"

女人犹豫了一下，大概觉得既然搭了人家的车，把自己的姓氏招供出去的义务还是有的，于是说："免贵姓吕，就叫我小吕吧。"这时司机带着几分炫耀地说："这是海局长，市财政局的海局长。"小吕赶忙说："哦，海局长，久仰了。"海局长说："是不是吕洞宾的吕？"小吕说："正是。"海局长说："这个姓很有意思。"小吕说："姓只是一个符号，有啥意思？"海局长说："两个口合在一起，还没有意思？"

闻言，司机便夸张地笑了。陈东觉得不笑更不好意思，也装模作样地咧了咧嘴，算是对领导的尊重。却见小吕的脸色红了，红得有几分羞怯、几分妩媚。这羞怯、这妩媚，是颇能让人心动的。陈东就为刚才自己那低级无聊的笑感到有些后悔。

一个小时后，车子抵达通渠县，海局长对小吕说：“你告知要去的具体地方，车子送你去。”小吕说：“不麻烦了，离县城只有十来里了，公共汽车多的是。”海局长说：“不就十来里吗？你说吧，什么地方。”小吕见推辞不了，就说：“古马镇。”海局长说：“这就巧了，我们也正要到古马镇去。去古马镇干什么？”小吕说：“去那里支教。”

海局长不由得笑起来，说：“你怎么不早说呢？”

四人来到古马镇，接待他们的是镇上的周镇长。周镇长说：“上午来的几名支教队员已经到了点上，就在对河的古马镇中学。”于是几个人加上周镇长便一同上车，往古马镇中学赶过去。

把陈东和小吕安顿下来后，海局长便准备打道回府。海局长堂堂市财政局长，人称财神菩萨，周镇长和中学的王校长自然不想轻易放走他，好说歹说挽留他。海局长说：“你们别客气了，我那一摊子事多，抽不开身啊。”

周镇长他们自然不好拿绳子把海局长绑起来，只得眼巴巴望着他朝本田走去。

打开车门，海局长回头关切地对身后的陈东说：“我会常来看你的，你就安安心心把教支好，至于科里的杂事小事由小马去做，大事要事小马会打电话给你，你还是科里的负责人嘛。”然后上车，挥手离去。

也许是忽然身处异地的缘故，陈东怔怔地站在操场上，望着海局长的本田在烟尘中渐渐远去，耳边竟然无故响起海局长刚才那几句关切的话语，心头生出几许感动来。

二

第二天上午，周镇长和王校长将六位支教队员请进会议室，跟各位老师见面。陈东走进会议室时，里面稀稀落落坐着几个人，都是些陌生面孔。看样子开会还要一阵子，便去报架上抓了一把报纸，就近坐下翻起来。读到一个名叫“心灵鸡汤”的栏目时，一股淡淡的好闻的香水味袭来，有人翩然落座于相邻的位置上。陈东抬起头，见是小吕，跟她点点头，浅笑一下。小吕说：“昨天我上车时，你也是这么不声不响地微笑着点点头，这是不是你跟女人打交道时的经典方式？”

陈东没说什么，依然含笑望一眼小吕，把手上的报纸放下了，以示对她的尊重。小吕又轻声说："不过你这样的微笑能给人留下印象。"陈东说："感谢你的挖苦。"小吕说："挖苦使人进步。"

不大的会议室坐满了人，王校长亮着嗓门儿宣布开会。王校长和周镇长都说了一些欢迎支教队员和全校教职工要配合支教工作的话，然后由周镇长逐个介绍六位支教队员。先介绍昨天上午到的三男一女，他们是市一中和二中的教师。接着介绍小吕。小吕学前面四位老师的样，赶紧站起来。周镇长于是说："这是吕品同志，师专的年轻教授。"吕品红着脸赶忙否定说："不是教授，是讲师，来向大家学习的。"

最后轮到陈东，周镇长说："这是市财政局综合科陈科长，财神爷，是给我们学校送支票来的。"说得在座的都笑了。陈东就有些不太自在，他想说自己不是科长，是副科长，也没有带来支票。但陈东什么也没说，只跟大家扬扬手，算是见了面。

接下来王校长宣布老师们回去备课上课，几位支教队员留下来分工。分工的结果，四位老师加上吕品，根据各自的专业在不同的班上兼课，只有陈东没有具体任务，充当联络员角色。陈东说："我十年前也在中学教过语文，让我兼一班的语文课吧。"王校长讨好地说："陈科长您别急，我们还有更为重要的任务交给您。"

分工完毕，五位老师跟王校长到班上去了，陈东由周镇长陪着，沿着校园转了一圈。校园不大，一栋五层楼的教学楼，一栋六层四单元的职工宿舍楼，还有几座两层楼的旧房子，是师生食堂和学生宿舍。校园环境不错，梧桐树和樟树耸立操场四周，教学楼和宿舍楼前面都有花圃。加之背倚青山，面临绿水，跟大马路的距离也不远不近，让陈东恍然生出一种隔世的感觉，仿佛走进了古人的田园诗赋里。陈东想，久居闹市，到乡下来走走，对身心也许不无好处。

一旁的周镇长见陈东的痴样，有几分得意地说："环境还可以吧？"陈东连说不错。周镇长又说："王校长挺能干的，教务、教学都很在行，比如那栋六层楼的职工宿舍楼，不是王校长竖得起来吗？如今党中央提倡科教兴国，如果没几样硬件，岂不又是一句空话？"陈东只是附和道："那是那是。"

周镇长瞟陈东一眼，话锋一转，不失时机地说道，王校长也不容易啊，为了修那职工宿舍楼，学校至今还欠着一屁股债务呢，债主们天天上门逼债，王校长都成了杨白劳。这下可好了，陈科长来了，王校长有救了。

刚才分工时王校长就说过，有重要任务相托，周镇长又兴致勃勃陪着参观了校园，陈东不痴，还能意识不到他们的真正意图？说实话，财政下来支教，多少都得意思意思，陈东也早有思想准备，来之前已找过行财科易科长，要他到时一定帮个忙。只是现在八字还没有一撇，不好过早许愿，陈东只是说：“我一个小小副科长办不了什么事的。”

“陈科长您这是谦虚。”周镇长把嘴巴附在陈东的耳朵边上，说，“您知道吗？原来县政府是将您分在一中支教的，是我找到分管文教的副县长，好话说了一大箩，才终于把您要了过来。我这人一根肠子通屁眼，不想在陈科长前面隐瞒观点，学校里缺的不是老师，我们学校师大毕业的就有好几位，教学能力不比市里的老师差。”

说到这里，周镇长停停，抬起一只手，将拇指和食指反复快速地搓了几下，目光充满希冀地望定陈东说：“我们缺的就是这个。”

这样的内幕倒出乎陈东的意料。很显然，他们对陈东寄予了很厚的希望。陈东就有点担当不起的味道，只得避开周镇长的目光，去瞧远处起伏的山峦。

陈东说：“下次海局长到点上来，我一定向他力陈，当然你们也要多要求要求。”周镇长说：“海局长仅在这里挂个名，我们靠的不还是您这位大科长？我虽然跟财政部门打交道不多，却也知道你们这些当科长的，是真正的实权派。”

三

联络员只不过是挂个名，其实没有什么可联络的，陈东的日子过得自然清闲。他于是经常往学校阅览室跑，一泡就是一上午。只是阅览室并不大，所订购的为数不多的图书也基本上是教学参考资料，专业性太强，综合类图书和可读性强的文学作品都是旧货，陈东原来几乎都接触过。

图书管理员当然知道陈东是市财政局下来的支教队员，见拿不出新书给他，便半歉意半抱怨地说：“学校这几年搞基建搞得山穷水尽，没钱添置好读的新书，不能满足陈科长，真不好意思。”陈东忙说：“没什么，没什么，我随便翻翻。”管理员说：“陈科长是财政要员，给下面拨经费时，顺便把咱们学校的名字也写上，给拨个几万几十万的，我们这阅览室还会没好书吗？”

“是呀，写个名字还不容易？”陈东笑着道，心里却感到滑稽，暗想我陈东虽然是财政局的干部，但衣服口袋并不是用来装支票和铜板的呀。

如果不到阅览室去，就在校园里兜圈子，闻闻草木的幽香，听听树上的虫鸣。有时也到校园外的小河边行行走走，站站坐坐，闲看行云流水。黄昏时分，斜阳犹在，归鸟盘旋，炊烟袅袅，好一派田园风光。

陈东想起十多年前待过的中学，校门外也有一条这样的小河，傍晚常爱去走一走。那个时候他刚大学毕业，纯洁得有如未经污染的河边小草，一心要做全县一流的语文教师，备课、讲课认真得要命，深受老师和学生的青睐。丘比特神箭也伺机射中了他，班上一位漂亮女生在省报上读了他几篇作品，竟然悄悄爱上了他。

这个女生就是陈东现在的妻子张惠。陈东非常留恋那段恋爱的时光和婚后甜蜜幸福的日子。那时的张惠多么纯良、圣洁，也不知后来她是怎么变了的。陈东记得当时的小家可以说是一贫如洗，张惠很满足，小日子过得十分温馨。后来陈东离开学校，进了市财政局，住房、收入各方面都优于先前了，张惠反而不满足了，开始数落陈东，待遇不如人家好，级别不如人家高，家里的气氛常常变得不那么和谐。陈东分析过张惠发生变化的原因，认为是社会风气使然。后来仔细想想，又觉得不完全是这么回事，恐怕还是张惠的虚荣心在作怪。20 世纪 80 年代知识分子吃香，大学生起价，张惠找了陈东这个半搭子文人，虚荣心得到了满足。时至 20 世纪 90 年代，铜臭熏天，大学生甚至硕士、博士都在贬值，陈东虽然单位有工资可发，却既没升官也没发财，张惠便再也沉不住气了。这不，前几天张惠又在他面前横挑鼻子竖挑眼的，陈东一气之下，干脆报名支教来了，也好过几天清静日子。

行行止止，陈东一路胡思乱想着，脑袋里塞满了今人往事。他发现已经好久没这么浮想联翩了。在城里除了吃喝玩乐，差不多不会思想了。看来环境是能改变人的。幸亏现在脑袋里的思维又开始复苏，陈东也就让思路信马由缰、驰骋跳跃下去，婚恋事业人生，想到哪儿是哪儿，让自己的精神和肉体来个双重放松。落霞、村树、残桥、浅水，也在黄昏的辉光里变得神秘而又奇妙。陈东不由得做了几个扩胸动作，仿佛要将这黄昏的佳景拥揽于怀。

恰在此时，有人从水边逶迤而来。

这人不是别人，是吕品。陈东有些惊喜。心想莫非吕品也有自己一样的心思？他竟然无端生出一种同是天涯沦落人的感慨。

吕品上来就问陈东：“他们几个一扔饭碗，就东南西北地砌起了长城，你怎么却跑到河边来了？”陈东说：“长城随便哪里都可以砌，可这样的黄昏妙景却并不多见。”吕品望一眼陈东，很有同感的样子。

陈东心上的异样情愫被吕品的目光调动起来了，不知不觉就有了一种表达的欲望，而这样的欲望对于陈东这已届中年的男人来说，不是经常能够被激发起来的。陈东告诉吕品，在大学里他最喜欢的是唐宋诗词，这些诗词里他又最喜欢关于傍晚的篇章。陈东于是随口念了两句：“‘斜阳照墟落，穷巷牛羊归。’”吕品也附和道："'为君持酒向斜阳，且向花间留晚照。'"陈东说："还是张舜民的《卖花声》好——'醉袖扶危栏，天淡云闲，何人此路得生还？回首夕阳红尽处，应是长安。'"

念毕，两人不觉相视一笑。陈东告诉吕品，过去他就常常在这样的山前水畔独自漫步，寻寻觅觅，去赴古人的黄昏之约。吕品说："你还真有一腔浪漫情怀，你这样的角色，不应到行政部门去办那些枯燥的公文。"陈东说："是呀，我常常想，我应该到一个与外界绝缘的偏僻山野去，做一个与世无争的乡村教师。"吕品说："我看支完教，你干脆留下来得了。"

"我听你的。"陈东说，"不过你得常来看我，我跟你把酒话桑麻。"吕品说："如果真的将你留下来，你怕要哭鼻子了。"陈东笑着说："总不至于吧，我原来不就在乡村中学待过吗？"吕品说："原来是原来，现在是现在。此一时，彼一时。"陈东说："这倒也是。中国的儒士骨子里总有一种隐逸情结在作怪，实际真隐士并没几人。"吕品说："大隐隐于市。支完教，你还是回你的财政局，去追你的名，逐你的利吧。"

说到名和利，两人的话题免不了又回到了俗世。吕品说："你口口声声的，左一句古人，右一句隐逸，可我看你为人处世蛮有一套的。你下来支教，局长还用小车亲自送你到点上。"陈东说："我也觉得这次领导对我好像太器重了点，心里一点底也没有。"吕品说："这是你在领导心目中有分量。"

陈东摇摇头，满腹心事的样子。而后陈东就把憋在心里的一些想法，毫无保留地对吕品说了出来。

原来海怀宝也有一些文人的底子，20 世纪 80 年代初还在报刊上发表过一些短文章。但他这人很实际，意识到自己在文学上难得有太大的前途，便及时改弦易辙，研究起经济来了，在经济刊物上发了两篇有些影响的论文，凭此成功地调进了市经研室，几年下来，竟从科员到科长，再到副主任，不大不小成了处级领导。当了领导，也就不必爬格子了，一门心思走上层路线，最后将市财政局局长的宝座挪到了屁股底下。

最让陈东没法忘怀的，还是海怀宝上任没几天的那件事情。当时海怀宝刚到局里上班，因胃病不得不住进了医院。这一下全局上下都忙碌起来，特别是科长、副科长们都纷纷前往医院探望，好像比自家的老子住了院还着急。陈东那一阵正为月底的一个笔会赶稿子，没把海怀宝住院这事往心上搁。等稿子写就，海怀宝已经出院，陈东也就不好意思再提着礼品上他家去了，完全放弃了一次讨好领导的机会。这还不打紧，偏偏又在海怀宝面前说了句不该说的话，为自己的前程栽下了一根恶刺。

那是海怀宝出院后的第三天下午，陈东躲在资料室里将笔会稿改定，情绪饱满地走出办公楼，准备下班回家。不知不觉就与海怀宝以及另外几位科长碰到了一起。陈东的文学创作在这座城市里小有名气，海怀宝作为曾经的文人对此略有所闻，这天下午顺便就问了陈东一句，现在还写不写作品？

也许是半搭子文人那不值一文的狷狂，也许是对自己刚刚改定的作品太得意，陈东有些忘乎所以了，莫名其妙地想起了流沙河的两句话，随意就说了出来。那两句话是：偶有文章娱小我，独无兴趣见大人。

话一出口，陈东就后悔了。他深知作为财政局长的海怀宝，虽然还不是什么大官，但在陈东这等小民而且又是他的部下的面前，的确算得上大人了，陈东竟敢对大人无兴趣，不是吃了豹子胆吗？陈东斜眼望望海怀宝，尽管他一副满不在乎的样子，但陈东还是在他脸上瞥见了一丝不易察觉的意味殊异的表情。

此后，一直到如今，陈东便在副科长的位置上待着不再有所长进。他也知道这不能完全怪这句不该说的话，比如舍不得时间陪领导钓鱼打牌，却独自躲在家里爬格子；比如老是记不得领导以及领导夫人、领导岳父岳母、领导干妈干爹的生日；比如领导每次搬家，每次伤风感冒在家休息，他都是事后多天才偶有所闻，等等，就是原因之一之二之三之四之五。但陈东可以肯定，这句话是帮了倒忙的。陈东于是对自己转正的事，越来越不抱希望。他有自知之明。

没想到这次市委给财政局分配支教任务后，海怀宝竟跑到陈东家里做动员，还在市支教办挂上自己的名字，以示对陈东的重视。还亲自用小车送陈东来到点上。还在陈东面前透露了要给他转正的意思，使陈东竟然悄悄地激动了一回。只是陈东还是感到底气不足，总觉得好事并不那么容易降临到自己头上。海怀宝在官场上混迹了那么多年，他们这种人某些方面的智商可是陈东这种书呆子无法与之相比的。

不过陈东还是心存侥幸，以为这么多年过去，海怀宝早忘了他那句狂妄的屁话。“大人不计小人过嘛。”陈东不无自嘲地对吕品笑道。

吕品把自己的目光从陈东身上移开去，望着天边的半边夕阳，说：“想不到你们机关里的人和事还这么微妙，真是难为你了。”

四

星期二下午，陈东接到科里小马的电话，说海局长要他回去一趟，有要事相商。接电话时，王校长也在办公室里，陈东就对王校长说："我今天要回局里去，向校长请个假。"王校长说："陈科长您客气了，您是市里领导，这么说不是让我惭愧吗？"陈东说："现在你才是我的领导。"王校长说："您这是抬举我。"

这时陈东想起一件事，说："你还是写个要经费的报告吧，我带回去替你找找海局长和有关科室。"

"报告我早已写好了，单等陈科长您发话了。"王校长将脸上的皱纹笑成一块抹布，打开抽屉，把报告拿出来，双手递给陈东，说，"不知这么写要不要得。"陈东说："王校长教授级的知识分子，写份报告，还存在要不要得这一说吗？"心下暗想，报告写得要不要得，那是无关紧要的，紧要的是递报告的人和递报告的方法。同时在报告上随便瞄一眼，顺手将报告塞进衣兜里。

离开学校时，陈东总觉得还有什么放不下似的，依依不舍的样子。步子犹犹豫豫的，好一阵才走到校门口。就要迈出校门了，又回头望了一眼。这样他的目光就与两扇窗户相遇了。那是二楼教室旁一间耳房的两扇窗户。窗户是打开着的，带有几分诱惑。

原来陈东牵挂着的是一个人。这个人就是住在那窗户里面的吕品。陈东好想在临走前看一眼吕品，跟她说几句什么。但陈东还是掉头出了校门。他想吕品也许正在上课，自己也太缠绵了点，简直就没一点男人的气派。

陈东在镇政府门前的班车停靠点上了车。站在车门边，陈东又生出一分渴念来，回过头去，茫然四顾，企图瞧见那个牵念着的身影。却瞥见王校长手上提了什么东西，深一脚浅一脚地追了过来，一边高呼："等一等，等一等！"司机以为是乘车的，引擎都已启动，又赶忙踩住刹车，让车子在原地稳住。

王校长很快跑了过来，陈东这才看清楚，他手上提着一个沉甸甸的白色塑料油桶。王校长上气不接下气的，说的话就像要变天时，水里的鱼吐出的不连贯的气泡。陈东把这气泡连在一起，才弄清是这样的意思："陈科长，我差点忘了件大事，这才赶了来。"王校长就这么鱼一样嘴上冒着气泡，把那沉甸甸的油桶递给陈东。陈东意识到了是怎么回事，当然不肯去接，说："王校长你这是干什么？”

王校长的气息渐趋平稳，他说：“这是从学生家长那里弄的茶油，货真，您一定得收下。”陈东身子往里一缩，伸手去拉车门，却被王校长一把挡住，他将油桶塞到陈东脚下。

见王校长不是来赶车的，司机很不满地猛揿了几下喇叭，售票员也吼道：“不上车就躲开，要关门啦！”同时“啪”的一声把门拉上。陈东只得把手伸到窗外去跟王校长挥别。就见王校长仿佛一片枯干的黄叶，在被车子扬起的风尘中瑟瑟着，有些摇摇欲坠的味道。

这趟车只到通渠县城，要回市里还得转车。好在如今个体中巴车多的是，不愁回不去。到车站门口去搭车时，陈东觉得手上的油桶很沉，低头一看，是那种二十多公斤的大号桶子。市面上茶油的价格，陈东还是清楚的，这桶油可是他半个月的工资数。就想王校长他们也不容易，为了学校的事情，要操这份心、费这份力。

回到市里，已是华灯初上时分。提着茶油快进财政局宿舍区时，陈东心里头犯了嘀咕：要了人家的东西，又能给人办成什么事呢？综合科的确也是管资金的科室，可综合科的资金都是各行政事业单位缴存在财政专户里的，性质上是单位自己的钱。记得近几年市政府领导打着扶持企业的借口，逼着财政将这些钱融通给企业甚至个体户，结果大部分是肉包子打狗有去无回，搞得财政专户都快没法支付了。所以现在陈东是死活也不敢动这些资金了。

自己不能解决人家的困难，只得去求行财和预算。当然也可直接去找海怀宝，这些支出科室都归一把手亲自管。何况海怀宝还挂着个支教的名。但陈东不知道海怀宝是什么想法，如果他一句话堵死了，再找科里就没戏了。科里是掌握了底细的，他们在做给下面追加经费的计划时，除了市领导和海怀宝特别打招呼的，必须造进计划外，还要给自己也留一点余地，这样多方兼顾了，海怀宝当然就会在计划表上画押。

这么一想，陈东便掉转头，提着油桶去了建设银行的宿舍楼。行财科易科长的夫人在建行工作，易科长的家在那边。

碰巧易科长在家里。陈东把油桶放到他家门后，说：“这是我支教的古马镇中学特意托我捎给你的。”易科长说：“这是怎么回事？我跟人家可没什么瓜葛。”

因为是单位同事，说话没必要绕弯子，陈东直接说道：“人家当然是有事求你。”他顺便把王校长的报告拿了出来。易科长接过报告，说：“海局长不也挂了个支教的名吗？怎么不直接找他？”陈东说：“找他干什么？他的项目最后不也要由你给造册安排吗？”

“你真滑头。”易科长笑了，指着陈东说，“有什么办法，财政经费虽然一天比一天紧张，但你也是代表局里下去支教，而且海局长也挂了大名，我一定重点考虑。”

从易科长家里出来，陈东觉得今晚的事还办得有几分把握，心情就有些舒畅。估计此时回家，也没晚饭吃了，就选了一家还算干净的小店，要了一菜一汤加半斤米酒，自斟自酌起来。心想今天奔奔波波的，也有几分辛苦，但究竟可以对王校长有个交代了，犒劳犒劳自己也是应该的。酒因此也喝出了几分滋味。

陈东本来没什么酒量，三两杯下肚，竟然就有了些微醺。微醺是酒中的至上境界，陈东的思维渐渐活络起来，忍不住去想，此时此刻若有人举杯同饮，那才有意思哩。只是这个人应该是谁呢？

蓦然间，陈东想起了吕品。

是呀，若吕品在，他恐怕不仅会醉酒，还会醉心哩。

五

第二天陈东到科里打了一个转。

小马把这段科里做过的一些事情，向陈东作了一个简单的汇报，然后将省财政厅下发的几个文件交给陈东，说：“这都是要您过目的，以后要按照这些文件办。”

陈东把文件摊开，看一个，便在文件下面写上一个“陈”字，表示他已经阅过。看到最后，是省财政厅和省监察厅联合下发的关于加强预算外融通资金管理的文件，海怀宝已在上面签了字，叫科里严格执行。翻到正文，说是今后不许再向外借贷融通资金，谁外借就追查谁的责任。

将文件读了两遍，陈东对小马说：“我估计也该有这么个文件了，这样的文件早就该下发的，预算外融通资金借得越多，今后的局面就越难收拾。”又叮嘱小马，“今后不管是市长还是书记签来的报告，都拿这个文件挡回去，否则综合科负不起这个责任。”

将文件还给小马后，陈东去找海怀宝。

海怀宝正好在局长室，见了陈东，很热情地说：“你来得好，我正在等你呢。”还起身给陈东挪过一把椅子。问了些支教点上的情况，海怀宝言归正传，说，“这次召你回来，就是想跟你商量商量支教方面的工作，看能不能来点新动作。”陈东说："能有什么新动作呢？我们是财政部门，又派了支教人员，现在无非是拨点款子，支持他们一下。"

海怀宝摇了摇头，说："拨款那还不好办？只要财政有钱，几十万几百万，一张拨款通知单就划过去了。可这又有什么影响呢？我的意思是，支教不是支钱，不能老往钱上面打主意，得有一个好思路，思路正确，少花钱也能把事情办得有声有色、漂漂亮亮。"

陈东还是不能明白海怀宝的意思。这大概就是领导不同于群众的地方。群众总是肤浅的，怎么想怎么说。领导总是深奥的，肚子里想的和嘴上说的，往往不是一回事，一句话可供你琢磨半天。这当然符合机关实情，群众人微言轻，如果说句话也绕圈子，谁耐烦听你饶舌？领导却不同，位高权重，咳嗽一声也是重要精神，精神当然要仔细琢磨，认真体会，这样才可能吃得透彻，心领神会，如果一听就能明白，那还叫什么精神？

陈东的脑筋慢转了半拍，一时愣在那里，弄不明白支个教，除了给钱，还有什么更漂亮、更有声色的花招。海怀宝胸有成竹地笑了，说："我从古马中学回来后就一直思考这事，这支教，我们不参与就不参与，既然参与了，就得动脑筋，搞出点特色来。"

直到这时，海怀宝才把底牌亮了出来，说："我看可以搞一次活动，名字就叫五个一献爱心行动，即一支笔、一本书、一个书包、一套衣服，再加一个10元钱，意思是给古马中学每一名学生献上五个一，以表达我们财政部门对贫困地区学生的一分诚挚的爱心。"

陈东不禁佩服起海怀宝来，心想也只有他海怀宝才可能想出这么高明的点子。

海怀宝又说道："古马中学的情况我已经摸清楚，他们有6个班，共计学生280人，财政局加上投资公司和会计师事务所等二级机构在职人员有140多人，也就是说每个职工捐两支笔、两本书、两个书包、两套衣服、20元钱，就行了，我相信我们局里的干部、职工，这点钱物还是可以也乐意拿出来的。"

末了，海怀宝又望定陈东，说："这次五个一献爱心行动搞好了，对你这个支教队员来说，也是一个不大不小的成绩哟。"

事不宜迟，海怀宝立即让办公室发通知，将各科室和二级机构负责人请到小会议室，开了一个局务会。海怀宝将五个一献爱心行动的方案跟大家简明扼要地说了一下，然后根据各科室和二级机构人数，下达了具体的捐赠指标，由科室和二级机构负责人于星期五以前，把钱物如数交到陈东手上，陈东负责造册汇总。哪个科室不按期保质完成任务，便免去科室负责人的职务。

海怀宝的任务下得死，话说得硬，自然没谁敢怠慢，星期五还没到，该收的钱物就如数收齐了。陈东和小马忙乎了两个休息日，把钱物清点包装好，单等星期一送往古马中学。

星期一早上，等陈东来到财政局大门口，海怀宝已先到达，而且周围围着市支教办的人和一帮报社、电视台的记者。那辆贴着五个一献爱心行动的大红字幅的卡车就停在楼前的操场中间。还有财政局的一些职工也站在一旁，等着陈东打开仓库，好装车。

陈东小跑着打开仓库大门。之后大家七手八脚，没多久就把东西装到车上。海怀宝已站在卡车旁，底气十足地开始演说，记者们的镜头和话筒便纷纷递过去，那劲头好像是采访什么凯旋的大英雄似的。

准备出发了，海怀宝执意上了大卡车，而把局里的小中巴让给了记者们，记者们还要随车追踪采访。陈东则上了卡车的拖箱，要照看上面的物资。说好小中巴在前边走的，却迟迟没启动。陈东正在纳闷儿，忽见办公室主任从办公楼里匆匆跑出来，走到中巴前，打开微合的车门，然后从口袋里掏出一沓红包，一个一个往里面递。递完了，主任才从外面关上门，挥挥手，让小中巴缓缓从身前滑过。大卡车也见机而动，咬着小中巴的屁股，一行人摇晃着出了财政局大门。

大约 11 点光景抵达古马镇中学。周镇长和王校长已带着师生们守候在操场上，见五个一献爱心行动的车辆已到，都扬起手中的三角小彩旗，高喊着“欢迎欢迎热烈欢迎”的口号，场面煞是热闹。

小中巴上的记者已提前下车，赶忙冲到前面，高举录像机和照相机，把这激动人心的场面摄下来，以不辱早上从办公室主任手里接过来的现在还塞在口袋里的红包。海局长也从大卡车上下来了，他挺了挺胸，迎着记者们的镜头，阔步走向周镇长和王校长，将他们富有男人风骨的大手紧紧握在一起。

陈东当然是没资格也没时间上镜的，他忙着把钱物的清单移交给学校总务室主任，吩咐司机把车上的三向挡板打开，让各班班主任配合总务室的人，分三个方向将钱物分发到学生手里。记者们又趁机把镜头晃过来，有的还把话筒支到那些已抱着衣物和书包的学生面前，请他们谈谈接受捐赠的感想，那些学生便面无表情地念叨出一串很成熟、很平稳也很流利的词汇，仿佛庙里的和尚念叨那念叨了千遍万遍的真言。

记者们该拍的已经拍完毕，该采访的也采访完毕之后，周镇长和王校长请大家到镇上最豪华的饭店吃饭。海局长坚决不肯，执意要留在学生食堂，跟学生们同甘共苦。周镇长和王校长没法，只得和记者们拥着海局长，去学生食堂排队买饭。然后众人一起蹲在食堂门口的石阶上，一边往嘴里扒饭，一边和也在吃饭的学生亲切交流。

王校长因有周镇长应付海局长他们，回头去通知各位班主任，全校放假半天，让学生拿着市领导捐赠的衣物，回家报喜。并按照海怀宝的意思，和吕品兼课的那个班的班主任商量，在他们班选三四个离校不远不近、成绩好而家贫的学生，让他们立即回去通报，市领导要去家访，请家长在家等候。

六

家访的地点在离镇政府七八里远的界背村。家访人员除海局长、周镇长、王校长、诸位记者和班主任老师外，还有陈东和吕品。陈东是联络员，吕品是家访学生的兼课老师，同时海局长也提出要她前往，所以她只得随行。

去界背村有一条毛马路，车子勉强可走，但海局长说，哪有家访开车去的？他这是以一位普通老师的身份去家访。大家也就以步当车，甩着两手，出了校门。

下午的太阳有几分炽热，还没走上两三里，这些养尊处优惯了的贵人便一个个汗流浃背、唇干舌燥了。王校长说：“刚才疏忽了，应该带上几瓶矿泉水的。”周镇长说：“到了山上，哪里没有矿泉水？”然后指着前边不远处说，“那边不就有矿泉水？”大家抬头，果然看见前边不远的冲口架着一只不大的竹笕，一股晃亮的清泉从上面射将下来。众人快步上前，有的用手捧，有的直接张了嘴巴去接，“咕噜咕噜”喝起来。一边大加赞赏道：“好水好水，可比城里那些加过工的瓶装矿泉水鲜甜多了。”

喝够了，也赞叹够了，才发现还有两个人没有动作，一个是海局长，另一个是吕品。周镇长就说：“吕老师是大知识分子，怕像我们这些粗男人埋头撅臀的有失斯文，海局长你顾忌什么呢？到了城里后，你想喝这样的好水，还没地方喝哩。”海局长莞尔一笑说：“我不忙，你们喝够了我再来。”顺手在水边的树丛里摘下一片宽大的箭杆叶。端午节乡下人都是用这种叶子包粽子，也叫粽叶。海局长将粽叶拿到竹笕下，用泉水小心冲洗干净，再卷成一个锥形口杯，满满地接上一杯，双手递给吕品。

众人就哄笑了，说原来海局长是一副怜香惜玉的柔肠。吕品已是满脸通红，稍稍犹豫，还是将水接过去，仰脖饮下。周镇长便开玩笑说：“吕老师你知不知道，刚才海局长在水里放了蛊的，你喝了就会情迷心窍，再也离不开海局长了。”众人又一阵哄笑。有位记者心生好奇，问周镇长蛊为何物。周镇长说：“蛊是民间用毒草和毒虫浸泡出来的药物，谁喝了谁就会丧失意志，放蛊人想让他做什么就会做什么。”记者说：“那不是金庸小说里的奇药？”周镇长笑道：“应该差不多吧。”

大家笑着，继续上路。

路越走越窄，不一会儿来到逼仄的山前，抬头眺望，只见远处的半山腰云雾缭绕，错落着几户人家。周镇长抬手指指，说：“今天我们要家访的姓唐的学生家就在那里。”海局长说：“果然白云深处有人家。”周镇长说：“还是我们的海局长有肚才，出口成诗。”海局长谦虚地说：“哪里哪里，如今记性差了，过去背过的唐诗宋词，全都还给李杜和苏柳他们了。”周镇长说：“你们这些有文化的人，出口就是唐诗宋词，我们这些粗人听都没听过，平时只听过乡下人唱的几句山歌，没什么文化。”

“呃，你何不给我们唱几首山歌？”海局长说，“在城里天天听的是什么恨呀爱呀，心太软卵太硬呀，没意思。”几位记者就笑着说：“海局长见识广嘛，还听过卵太硬，我们可从没听过。”又回头鼓动周镇长快唱山歌，并打开摄像机，对准周镇长。周镇长来了情绪，挠挠脑勺，亮起那沙哑却高昂的嗓门儿吼道：

妹屋前面一丘田，
一荒荒了十八年。
是丘好田郎来种，
是个好妹郎来连。

大家拍手叫好。海局长说：“还是比兴手法，有韵有辙，内容也含蓄。”要周镇长再唱。周镇长于是又唱道：

情妹生得笑嘻嘻，
莫笑你郎穿烂衣。
莫笑你郎穿烂裤，
烂裤里头有东西。

大家大笑。海局长附在吕品耳边说：“你笑人家穿烂裤没有？”吕品就说：“撕烂你的嘴。”周镇长见大家开心，又继续唱。唱罢，笑声更响了，都说周镇长你的山歌怎么越唱越下了？周镇长说：“好好学习，天天向下嘛。”大家说：“从来就是天天向上？你怎么向起下来了？”周镇长说：“有向上就有向下嘛。”

说笑间，有人发现队伍里少了一个人，一清点，原来不见了王校长。周镇长说：“没关系，我们原地休息一会儿，一路上没见年轻村姑，王校长不会被拐走的。”果然没多久，王校长就从来路的转弯处冒了出来。海局长就问他：“你刚才是不是捡裙子去了？”王校长没听过周镇长刚才的山歌，有点莫名其妙，说：“没捡什么裙子呀，只屙了泡尿。”周镇长说：“一泡尿，几条槽，看你拖下好远了。”

这一下海局长想起一则幽默，说道：“大鸣大放那阵，学院里组织开会，要教授们发言。一位教授很踊跃，说党的领导怎么光荣伟大，社会主义制度怎么优越、美好，革命运动怎么及时、必要，但是……就在他正说但是的时候，忽觉丹田痛胀，尿意急迫，于是扔下但是，出门上了厕所。谁知等他痛痛快快解决问题回来，会议室里的气氛已经发生变化，那些接过他的但是大鸣大放的教授们已被打入另册。那教授从此缄口不语，运动中更是两耳不闻窗外事，只埋头读书搞他的学问，竟然躲过无数风风雨雨，而那些打入另册的教授们则统统下放农村或进牛棚，吃尽了苦头。若干年后，外放的教授们两手空空地回到了学院，其时教授已著作迭出，硕果累累。牛棚教授们感慨万千，叹道，当初本是一同出道，如今相互之间的距离已不知有了多远。教授沉吟片刻，深有感触地说，要说我们之间的距离，也就一泡尿的距离罢了。”

大家说海局长的故事太有意思，颇具历史沧桑感。又说今后各位不要叫王校长了，就叫尿教授得了。

这么一路说笑，那高低不平的山间小道也就不再高低不平，不觉就到了姓唐的学生家门口。忽然一只大黄狗翘着尾巴，竖着耳朵，狂吠着箭般射了过来，将众人吓得不敢近前。还是周镇长老到，面无惧色，继续上前，对黄狗吼道：“阿黄我们老朋友了，你还叫什么叫？”那黄狗便不再吠叫，耷起了耳朵，在周镇长前面摇尾乞怜起来。周镇长回头对众人说：“咬人狗不叫，叫狗不咬人，阿黄实际上是见来了这么多客人，激动不已，大声对大家说，你们好，你们辛苦了，欢迎各位光临指导！”说得大家都乐了。

姓唐的学生闻得狗吠，赶忙迎出来，将大家往家里邀。学生身上穿着一件半新不旧但质地不错的西装，因为过于宽大，里面又没衬衣，与裤子和赤脚更是不相协调，显出几分滑稽。一旁的陈东就对吕品说：“这肯定是今天捐赠的衣物。”吕品轻声说：“没错，这是王校长交代班主任老师事先布置好的。”

两人正低声说着话，学生的家长，一位衣衫破旧面色黑瘦的中年男人从屋里走出来，他挪过几条板凳，让众人在禾堂上落了座。周镇长将海局长介绍给中年男人，说：“这是市财政局的海局长，特意来你家里家访，因为你家孩子在学校很用功，成绩不错。”又拉过学生，指着他身上的西服说，“这就是海局长赠送的。”家长就感激地握住海局长的手，颤声说道：“感谢党的好官、党的好领导。”海局长说：“只要孩子们能把书读好，国家和政府是舍得花资金、花力气的，现在党中央提倡科教兴国，我们作为国家干部，会尽力而为的。”

这边交谈正热烈，那边学生的妈妈已端上热茶和炒熟的南瓜籽，请大家品尝。大家谦让了一下，便抓一把黄灿灿的南瓜籽，塞到齿间嗑起来，嗑出一片清脆的毕剥声。边嗑边聊，嗑足了，也聊够了，海局长就对周镇长说：“该走了吧。”从身上掏出一张百元票子，往家长手上递，说：“这是我的一点小意思，给孩子买书做学费吧。”家长执意不收，海局长就假装生气道：“你是不理解我的心意了，我又不是给你，是给孩子的。”家长这才将钱收下，同时喊儿子过来，说还不给恩人跪下。就在孩子双膝即将着地的当儿，海局长腰一弯，忙把孩子抱起来，搂到胸前，轻轻拍了几下。

不用说，这个家访的全过程和海局长的义举，都毫无遗漏地进了记者的摄像机。

接下来，一行人又到隔壁两个寨子里，又如此这般地家访了两个学生的家。几个回合下来，天色向晚，周镇长向大家宣布，今晚就到李村长家里吃夜饭。大家都有些饿了，纷纷表示赞同，蜂拥着去了李村长家。

李村长是早就得了周镇长的信的，人刚到，酒菜就上了桌。菜是农家的腊猪肉、小河鱼和家养土鸡，酒是村长自己熬的谷酒，大家吃得有味，喝得上口。就说城里的猪牛鸡鸭甚至鱼鳖什么的，都是吃带有激素的饲料长大的，不仅味同嚼蜡，而且对身体有害，还是乡里的东西口味好、营养正。酒兴因而也浓起来，齐过三杯后，开始各自捉对而饮，一个个兴高采烈的，尽管那谷酒不同一般米酒，劲很足。

海局长酒量不错，跟每人都喝了个四季发财。周镇长是酒中豪客，有心要把海局长放倒，先要王校长和村长他们回敬海局长，他在后面上。海局长来者不拒，又一一对饮了。几个回合下来，周镇长见海局长脸上酡颜微露，要村长将杯子换成饭碗，要跟海局长喝个六六大顺。海局长说：“不行不行，今晚还要赶回镇上，喝不得了。”周镇长哪里肯干，趁着酒兴，拉住海局长，说：“我知道海局长姓海，一定是海量。”又说，“海局长是财神爷，今后我镇上的教育和其他各项事业，都要靠您财神爷扶助，您不喝就是不愿支持我的工作。”

一旁的陈东最清楚海局长的底细，他不但能喝，还很有一套喝酒的韬略，知道今晚的高潮即将来临。果然就见海局长狡黠地笑了笑，对周镇长说：“你真要我支持你的工作？”周镇长说：“那当然。”海局长说：“那好，我们不要喝什么六六大顺，干脆喝八发，怎么样？”周镇长更加来劲，大声说：“行！”海局长说：“痛快。这样吧，我一瓶你一碗地喝，我来八瓶，你喝八碗，干不干？”

周镇长迷糊起来，不太相信海局长的话似的。其他人则大声喧哗起来，纷纷怂恿周镇长，说：“你还不快上，海局长这是让着你呢。”周镇长说：“可以，我量小，用碗喝，海局长量大，用瓶子喝。”

其时海局长的桌上已经放上一瓶谷酒，周镇长面前也筛上满满一碗。海局长又叮嘱周镇长说：“真的要喝？”周镇长说：“真的要喝。”海局长说：“好，那你听着，我一瓶你一碗，不多不少八回合，不得打折扣。”周镇长点点头，等候海局长开喝。

海局长说：“第一我心中有小平。”

周镇长和在座的人都愣住了，一时没明白过来，不知海局长说的小平的确切意思是什么。海局长补充道：“就是小平理论，我心中如果没有小平，怎么做好财政工作？”众人于是猛然醒悟过来，催周镇长道：“你还不快喝？海局长已经有了一平（瓶），如果你觉得海局长心中不该有小平，你就不喝。”

周镇长弄清了是怎么回事，正要分辩，又觉得自己面对的是要有求于他的财政局长，且官品高过自己两级，只稍稍犹豫，就端起酒碗送到了嘴边，一气喝了下去。大家拍手称善，要海局长继续。海局长说：“第二我工作有水平。”众人附和说：“海局长工作还没水平吗？要不怎么当得了财神爷？”周镇长点头称是，仰脖喝下第二碗。海局长说：“第三我左手有文凭。”周镇长说：“我知道海局长是大学生。”于是喝下第三碗。海局长用手握了握桌上的酒瓶说：“第四我右手有酒瓶。”周镇长说：“海局长海量。”喝下第四碗。海局长说：“第五我对上抹得平。”周镇长说：“海局长密切联系领导。”喝下第五碗。海局长说：“第六我对下摆得平。”周镇长说：“海局长领导有方。”喝下第六碗。海局长说：“第七我家中有醋瓶。”周镇长说：“海局长是个成功的男人，成功的男人后面总是站着一个女人。”于是喝下第七碗。

这时海局长把手中的酒瓶拧开了，说：“这第八瓶我没有，我把酒喝下。”一口气，把一瓶酒喝进肚子。周镇长也跟着喝下第八碗。众人已被海局长前面的七瓶吊起了胃口，纷纷问他第八瓶是什么。海局长用衣袖擦擦嘴巴说：“既然第七家中有醋瓶，那么第八瓶外面应该有花瓶，可惜我是七瓶干部，还缺个花瓶。”

大家就叫道，这八瓶干部妙，有了这八瓶，完全可以进北京了。有人还说，海局长你还怕缺这花瓶吗？我们席上就有花瓶，归你了。大家于是不约而同地把目光投向吕品，看得她酒虽没喝几口，脸却红了。

海局长和周镇长这八瓶八碗，是今晚席上的高潮，全桌人的兴致都被充分调动起来。他们感到很新鲜，恐怕还没谁见过像海局长这种喝酒的高招，这简直就是中国酒文化的精髓。坐在一旁没资格出风头的陈东，瞟瞟海怀宝那春风得意的样子，心想真是时势造英雄，假若当年他不是迷途知返，继续写他的狗屁文学作品，现在至多是个作协主席，恐怕也就不会有人这么众星捧月，用八大碗和他的所谓八瓶对饮了，只因如今他是重权在握的财政局长，谁也不敢也不会得罪他，让他成了这席中之主，谈笑风生，如鱼得水。

陈东没有太多的兴趣投入这多少有些虚伪的热闹之中，便以方便为名，悄然离席，来到屋外。居高临风，望着山间朗月和月下晃白的山影，不由得联想起千百年以前古人把酒邀明月，对影成三人的那份情境，心想古人喝酒也喝得太凄清、太落寞了点，哪有今人这么热闹风光？只是今人喝酒，已经喝不出多少酒中真味，有时甚至是对酒的亵渎。陈东就有些隐隐的悔意，不该把刚才的时间全都泡在席上，应该早点出到外面来，欣赏欣赏这难得的月夜。这么暗忖着，陈东不由得贪婪地做了一下深呼吸，似要把体内堆积得过久过多的浊气兑换出去。

此时一条修长的暗影悄然飘到陈东身后。凭感觉，陈东知道是谁了。他轻声说道："你看今晚的月色多好。"吕品说："是呀，要把酒拿到这月下来喝，那该多有意思。"陈东叹道："那是古人的情趣，时至今日，酒已渐渐蜕变成为一种俗物，不太可能与月结缘了，更多的时候与权势和金钱搅在了一起。"吕品说："我也有同感，许多场合，酒甚至让人无法承受。"陈东说："这也是没法子的事，酒色财势，人生四累。"

两人正感叹着，屋里的人已陆续走了出来，准备下山回镇。李村长送大家出门，说后山有一条近道，直通镇政府，不必走白天的来路。半醉的周镇长说："我还没糊涂，知道怎么走。"主动走在前面领头。

一行人踏着月色，翻过一道山坳，来到一个大石壁下的峡谷。走在前面的周镇长忽然停住脚步，仰天长啸了一声。整个山谷顿时就颤抖起来，嗬嗬嗬嗬地回应着，余音缭绕，经久未息。周镇长指着头上的大石壁说："这是方圆数十里皆闻名的应声崖，你们心里有什么愿望，只要在这里喊出来，应声崖作了响应，你的愿望就一定能实现。"

还有这等好事？众人说着，却没有谁肯像周镇长那样大喊大叫。周镇长就对身旁的吕品说道："女人心里头总有些美好的愿望的，你喊一句吧！"吕品摇摇头，说："心里的愿望只能藏在心里，是不能泄露出去的。"

周镇长转而要陈东喊。陈东说："我会有什么愿望呢？"转而又想，愿望又何尝没有？比如这次支教，不就是为了实现那个副转正的可怜的愿望吗？但这样的愿望怎么能喊出来呢？无意中，陈东的目光落到了吕品那朦胧的身影上，心想这次支教，也许什么愿望包括转正的愿望都不会实现，却认识了吕品这个女人，这也是缘分吧，但愿这缘分不会就此了断，能一直延续下去。可这样的愿望也喊得的吗？陈东当然什么也没喊。

其余的人都把周镇长的话当作玩笑，没有行动。周镇长不甘心似的，动员海局长喊。海局长说："我的酒还没醒，嗓子堵着喊不出来。"周镇长说："你虽然使出了八瓶干部的绝招，可真正喝进肚里的酒有几口？醉了的是我，可刚才我不也喊出来了吗？"海怀宝就笑笑，瞟了瞟众人，然后把手卷成筒对住嘴巴，仰天大喊了一声："吕品，我爱你——"

整个的山谷于是震动了，那"吕品，我爱你"的声音震颤着、回荡着，像起伏的海浪，荡出去，又荡回来，许久没有止息。众人的掌声也跟着响起来，都说海局长真是当世英雄，爱江山又爱美人。

七

第三天，海怀宝弄的五个一献爱心行动，便在市报和市电视台推了出来，海怀宝的整个表演过程都上了报纸版面和电视屏幕，只是聪明的记者省去了家访过程中的山歌、笑话和八瓶干部的花边新闻。

记者们当然是神通广大的，还把市报、市电视台的部分内容推上了省报、省电视台。由省委党群副书记负责的省支教办的领导看了报纸、电视报道，对海怀宝的做法很感兴趣，电令市支教办，好好关注海怀宝这个典型，有潜力的话，还可以向全省推介。

古马镇这地方电视信号不强，但报纸还是订了的，镇上和学校都看到了记者的文章。吕品见到陈东时，就问："看到报纸没有？"陈东知道吕品问的是什么，说："这么重要的新闻，怎能没看到？"吕品说："你们海局长真会造舆论。"

陈东哼一声，说："做官做官，不做怎么升官？你看那所谓的五个一，每个学生身上花的钱物，加起来也不过 20 多元，全校共 280 名学生，不过 6000 多元，可这个影响，别人恐怕花 6 万、60 万都出不来。"吕品说："你们搞财政的人还真会算账。"陈东说："这可不仅仅是算账的事，里面的学问深着哩。"

王校长也找到陈东，说："我们这个偏僻的古马镇，也搭帮你们支教队的领导出了大名。"陈东说："这都是海局长的功劳。"王校长说："海局长真是个能人。"陈东说："那还用说，不是能人，当得上财政局长？"

陈东知道王校长找他的目的，当然不仅仅是为了夸奖海怀宝。果然王校长搓了搓手，不好意思地说道："我那次给你的经费报告……"陈东说："那天一回去，我就给了行财科易科长了。"王校长说："易科长会不会……"陈东说："问题不会太大吧？"

"那就好，那就好。"王校长努力点点头，那神态还是不全信似的。陈东心想，我毫不利己，专门利人，把你给我的那桶茶油都给了姓易的，难道还有问题吗？陈东当然不会这么说，只说："过段时间我回去再找找易科长。"

王校长又点点头，像是对陈东，又像是自言自语地说："当初教学楼修到一半便一分钱都拿不出了，是从教职工身上集资才勉强封顶的，说好教学楼交付使用后，多招两个班的学生，就可挤出钱来，把集资款还给老师，却没想到生源越来越少，计划内的学生都没招满，更不用说计划外的了。也向县财政递了几个报告，却没弄到一分钱。老师们当然不管这些，天天吵着朝我要钱，逼得我无处躲藏。我也知道老师们很穷，当初为了支持学校，有的把留给儿子结婚用的钱都拿了出来，如今我无法兑现当初的诺言，真是于心不安哪。"

说着，王校长眼中的泪水差点流了出来。陈东理解王校长的苦衷，心生同情，便说道："我一定尽力而为。"

晚饭后陈东到校园外走走。想起王校长对他的殷殷期望，心里就有几分不安，生怕答应过的事落空。易科长确实表过态，可陈东知道财政今不如昔，钱是越来越难弄了，款子没打到户头上，那是算不了数的。这么想着，不知不觉就来到小河边，竟碰上已经捷足先登的吕品。她正独立水畔，无声地眺望着远处。陈东走过去，说："吕老师你在等谁呀？"吕品掉过头来，笑着说："等谁？这只有你才知道。"

说笑了几句，吕品忽然说："你答应给王校长弄钱的，有什么进展吗？"陈东说："你怎么知道我答应给王校长弄钱？"吕品说："王校长特意找了我，说我和你谈得来，要我跟你说说，想法子给学校把钱早点弄回来。"陈东说："王校长使起美人计来了。"吕品说："去你的，人家跟你说正经的，你却嘴没遮拦。"

陈东换了语气，说："王校长也不容易，他这校长的确不是那么好当的。我看他也是没法子，怕我不上心，才把你也给搬了出来。"吕品说："其实王校长不跟我说，我也知道他在求你给他弄钱。"陈东说："我好像没向你汇报过吧，你怎么知道的？”吕品说：“谁要你汇报了？那天下午你回市里去，王校长还送你一桶油，不求你办事，送你油，是你长得漂亮？”

“我正因为长得不漂亮，所以那桶油我吃不下，把它与王校长要钱的报告一并给了行财科科长。”陈东说，“你又是怎么知道王校长给我送油的？你好像是美国派来的女间谍。”吕品嗔陈东一眼，说：“你那天要回去，连招呼都没打一声。”陈东说：“当时走得匆忙，也就没去打扰你了。”吕品说：“我是下课后才知道你要回市里的，追到镇上，想送送你，却看见你要上车的时候，王校长提了一桶油，向你跑过去，我也就不好过去了，躲在树后看着你坐的班车驶出镇子，开走了。”

听吕品这么说，陈东就有些感动，心想自己当时也有一种预感，觉得吕品就在周围，莫非这就是通常说的心灵感应？

乡间的夕阳西沉得快，西山的暗影不一会儿就从河面铺向对岸，把东边的田野山庄烘托得更加亮丽、辉煌。不知何时，两人的话题转到了这次支教上。陈东说：“我记得市里开支教动员会时，好像并没有师专的名单，怎么后来派你来了？”吕品说：“是我到市里争取到的名额，这个古马中学也是我自己挑的。”陈东说：“看来你是早有蓄谋喽。”吕品说：“是呀，我是早就想下来了。”然后回过头去，目光追寻着远去的流水，久久沉默不语。

此时黄昏的辉煌已然逝去，月亮不知什么时候悬在了天空。今晚的月亮格外明亮，田野里虫鸣声声，夜雾暗浮。而河面上月华如银，水如月，月似水，那柔软细碎的水月静寂得让人心惊。陈东贪婪地吸一口融着月辉的空气，轻声叹道：

江畔何人初见月，
江月何年初照人。

“是呀，月亮总是那么让人伤感。”吕品抬头望一眼陈东，说道，“这条河流就是从我们那座城市流下来，再往前 20 公里汇入沅水。我长在沅水边，在那里读完小学和中学。读高中时，班主任兼语文老师是个并不英俊但却机智幽默的年轻人，我非常崇拜他。就这样从高一到高中毕业考上大学，我一直默默地关注着这个男人。我考上的就是我现在任教的师专。入校时也是这样的秋天，那个我一直崇拜着的男人送我在沅水旁的车站上车。听着汽笛鸣响，汽车马上就要启动了，我强忍的泪水再也控制不住地流了下来。他却没事人一样，把一张折叠得好好的宣纸递给我，说是他的书法小品，要我路上再看。”

说到这里，吕品顿了一下。陈东听得很认真，见吕品没了声，便悄悄瞟她一眼，发现她眼睛里已蓄满泪水。吕品含泪道："你知道唐代，我们那个城市曾经定名为武冈，当时一个姓柴的小官曾沿着沅水，到武冈这边来任职，于是王昌龄在沅水边写了一首《送柴侍御》的绝句给他。"陈东点点头说："这首诗很出名的。"吕品说："我在汽车上把那张不大的宣纸打开，那清丽苍劲的字体写的就是这首诗。"

陈东说："我也很喜欢这首诗。"他念道：

沅水通波接武冈，
送君不觉有离伤。
青山一道同云雨，
明月何曾是两乡。

"是的，就是这几句诗。"吕品的叙述到此打住，没再往下继续。陈东知道这种并不怎么新鲜却已远离了人们的故事，已是越来越稀少、越来越珍贵了。他默默看着吕品，觉得她那洒着月辉的身姿多了几分神秘。无端地，陈东就嫉妒起那个给吕品送字的男人来。

这天晚上，吕品没有将她那故事的结局告诉陈东。她说："还是留一点悬念吧。"然后岔开话题，反问道，"我是不是讲得太多了点？"陈东说："不，我喜欢听。在这个金钱至上的年代，我们的生活里太不容易产生这样的故事了。"吕品说："我也不知道今天怎么了，竟然毫无顾忌地把内心的秘密告诉了你。"陈东说："谢谢你的信任。"

吕品觉得也该关心关心陈东，说"那你呢？你怎么不把你的故事给我讲讲？"陈东说："跟你的故事有一点相同，我也是跟我的学生谈的恋爱，她后来成了我的妻子。"吕品说："就这么简单？"陈东说："是呀，就这么回事。"吕品说："你妻子很不错吧？你们的小日子过得怎么样？"陈东说："我养家糊口，她相夫教子。"吕品说："那她一定有许多优点，才牢牢地抓住了你喽？"陈东答道："她既漂亮又能干。"

对陈东这空洞的回答，吕品不太满意。女人永远对事物的细节感兴趣，因此吕品说："你说得也太抽象了点，不能具体些吗？"陈东就淡淡地笑了，说："我不习惯在别人尤其是在女性面前说自己的妻子，我觉得这样不恰当。"

吕品也笑了。女人的攀比心理总是很强的，潜意识里，吕品也许是想听听陈东说些妻子的不足之处。她见识过那些想讨好她的男人，总是在她面前贬损自己的妻子。不知怎么的，这个时候吕品就会和别的女人一样，莫名其妙地觉得很惬意。可这天傍晚，她面前的陈东却缄口不说妻子半句不是，这让吕品下意识地有些失落。

也许正因为如此，吕品才在内心里对陈东产生了一分敬意。她说："你这人还真有点与众不同。"

八

这天，吕品邀陈东去她房里坐一会儿，两人便一同来到教学楼二楼走廊尽头。那里有一间陈东曾多次默默注视过的耳房。古马中学因为有职工宿舍，教室旁的单人房平时都是用作老师休息室。陈东他们下来后，学校便腾出来，给他们一人安排了一间。吕品住的这间耳房因为在二楼，比陈东住的一楼安静，更适合聊天。

一进屋，吕品就从门后拿出一袋半青的橘子，说："这是一位学生送的，他家里种了不少橘子树，这是头批下树的橘子，蛮好吃的。"说着就剥了一个递给陈东。陈东伸出手去，不经意间碰到了吕品那温馨细腻的手指，身上就陡地颤了一下，一种别样的感觉在血液里蠕动起来。吕品似乎也意识到了什么，那只手停了停，赶忙松开橘子，转过身去。好像要去找什么东西，其实却什么也没找着。

陈东努力镇定着自己，没话找话说："你跟学生的关系还真不错。"吕品也恢复了常态，转过身说："我是女人嘛。"

又说了些别的，忽然从教师宿舍楼那边传来大声的吵闹声，好像还伴着砸碗摔脸盆的声音。陈东说："是谁家吵架，还是出了什么事？"吕品说："我们也去看看吧。"两人于是出门，下楼往宿舍楼那边走去。

远远就见宿舍楼前的花坛旁围了一群人，正纷纷议论着什么。陈东和吕品挤进人群，见地上摔满碗碟、热水瓶的碎片，以及脸盆、板凳和各种横七竖八的书籍，包括教科书和学生作业本。抬头望上去，只见二楼的窗户大开，有女人的哭声从里面传出来。两人一打听，才知道是一位老教师家里闹了风波。

原来这位老教师有一位儿子在县城工作，娶了一位漂亮女孩准备结婚。女孩漂亮，身价便看涨，结婚规格和标准就高。儿子参加工作不久，积蓄少，朝老子伸手，老子这几年又购房又集资的，家底已经掏空，实在拿不出多少钱来。儿子不相信，说："你工作那么多年，却没有一点存款？"

老子只得耐心解释，说："购房装修后还剩下 1 万元钱，本想留着给你结婚用，不想学校集资集了去，还有什么？"儿子说："不是说一年连本带息还回来的吗？你以为我不清楚？"老子说："学校如果还了集资，我还不肯给你？不信你去问王校长好了。"儿子说："我又不是王校长的儿子，我问他干什么！你领了几十年工资，儿子结婚都不拿钱，你像做父亲的吗？"

老子本来是要想办法去借点钱给儿子的，不想被儿子这么一说，心头就冒了火，两人你一句我一句地对骂起来，以致动起武来，家里有什么，就拿什么往对方头上扔，把窗户也撞开了，不少东西都给扔了出来。吓得一旁的母亲束手无策，只有哭泣的份儿。老子自然没儿子灵便，躲闪不及，头上被飞过来的菜碗砸了个口子，闻讯赶来的王校长他们舍命把儿子拉开，才扶着血流如注的老子去了学校医务室。

陈东和吕品随着逐渐散去的人群离开教师宿舍楼。吕品说："这些老教师也真的可怜，工作一辈子，到时要给儿子拿点钱办婚事都拿不出。"陈东说："你不知道，这是贫困地区，财政困难拿不出多少钱办学，老百姓也拮据，交不起太多的学费，学校自然就穷喽，学校穷，教师还想富吗？"吕品说："你也看到了基层的困难，可上面却小车越坐越高级，公款吃喝玩乐日见奢侈，也不知你们这些财政大臣，是怎么把老百姓的税款安排出去的。"

陈东苦笑笑，说："你说的道理哪个不懂？海局长懂，市长、书记懂。可懂又有什么用？"吕品说："大势所趋，你当然无能为力，可你至少可为古马中学出点小力。"陈东点点头说："我尽我的菲薄之力吧。"

这天晚上，陈东久久不能入睡，一会儿脑袋里塞满职工宿舍楼前那些狼藉的碗碟瓢盆，一会儿耳边响起吕品说过的那些话，心里隐隐地有些不安。他打算过两天就回一趟市里，到易科长那里去催催，看能否早点兑现那个报告。

陈东第二个星期回到市里，连自己科里都没去，先去了行财科。易科长却不在，科里人说是到省里开会去了，要到晚上才回来。晚上去找易科长时，陈东还犹豫了一下，生怕人家路途辛苦，需要休息，不好意思前去打扰。只是想到古马中学的处境，总感到不踏实，还是坚定了一下决心，去了建设银行的宿舍楼。

敲开易科长的家门，刚好他也回家不久，正在吃晚饭。陈东说："打扰领导吃饭，多有得罪。"易科长说："兄弟之间，得罪什么？"他赶紧吃完饭，下了饭桌，坐过来。陈东正要说明来意，易科长先开了口，说："你一来我就知道为的啥了，这件事我没办好，真的不好意思，只是老弟你也不能完全怪我。"

一听此言，陈东就凉了半截，不知道王校长的报告是怎么泡的汤。便问："是今年省里砍了指标？"易科长摇摇头说："不是。"陈东说："那又是怎么回事？”

“反正你也不是外人，我就实话实说了吧。”易科长交底说，“与往常一样，今年省里又下了一笔教育补助资金，我呢，就根据你的吩咐，给古马中学戴了5万元的帽。不想将资金安排表拿给海局长签字时，其他的项目他瞟一眼就过去了，唯独古马中学这5万元他不肯放过，硬要划掉。我赶忙拦住他，说是陈科长送来的报告，你当局长的也挂了个支教的名，不给安排点怎么行？你知道海局长是怎么说的？他说古马中学我们局里不是搞了五个一捐赠活动了吗？财政资金这么紧张，就没别的单位需要用钱了？也不容我再解释，他大笔一挥，就把古马中学的名单给划掉了，然后添上市支教办的名字，说年初给市支教办安排的开办费太少，市委分管支教工作的张副书记打了招呼，再给安排点，教育经费拿点给支教办也名正言顺。”

说到这里，易科长两手一摊，又无可奈何地对陈东说：“古马中学的5万元就这样到了支教办的名下，如果你不信，我明天去办公室拿海局长改过的资金安排表给你瞧。”陈东无奈，在心里骂了两句娘，出了易科长的家门。易科长送陈东到门边，嘱咐他，不要在海局长面前说是他透的底。陈东答应着，不会出卖他的。

陈东怎么也弄不明白，海怀宝到底是安的什么心。他既然那么热衷支教，还大张旗鼓地搞什么五个一行动，不辞辛苦去搞什么家访，为什么却不肯将易科长已造了表的区区5万元批给他挂的支教点呢？陈东真想去找海怀宝讨个说法，又怕易科长不好做人，才打消了这个念头。

陈东咬着牙根，不出声地说：“支什么教，明天就跟他海怀宝辞了，让他另选高明，这教我是支不了了。”

气鼓鼓回到财政局宿舍楼前，万万没想到却碰上两个人，竟然是古马镇的周镇长和古马中学的王校长。两人的脚边还放着些纸盒子和三个塑料桶，走近了，就见那纸盒子还在地上晃动着，原来每个纸盒子里都装着两只鸡；而塑料桶似有隐隐的酒气往外溢，是那天在李村长家里喝过的那种谷酒的香味。

碰见陈东，王校长显得有些兴奋，说话的速度也比平时快了许多：“我是在您走之后，才知道您是回来为学校弄钱的，特意跟周镇长商量了一下，下午就赶了来。真是运气好，在这里碰上了您，如果到您家里去找，恐怕一时还难得找到，你们城里人不是那么好找的。”周镇长则指着地上的纸盒子和塑料桶，说：“这是给您和海局长还有易科长送的鸡和酒，鸡是正宗的乡里土鸡，吃虫子和草叶长大的，城里买不着的；酒是乡下人自己熬自己喝的谷酒，水好曲子好，外面人喝不到。”

听两人你一句我一句说得兴高采烈，陈东心里头就生出一分苦涩，不出声地说，你们那5万元钱眼看都快到手了，又飞走了，你们还送什么卵东西喽。而口上却说："这些东西我们是不会收的，你们自己拿着来，再自己拿着回去吧。"王校长说："那怎么行，你们为学校费了大劲，这点小意思算什么？"

"不行不行。"陈东扭头就要走开。周镇长说："东西你硬是不收，我们拿回去也行，可我们老远跑了来，总得让我们去你家歇歇脚，喝口茶水吧。"

周镇长这么一说，陈东倒不好说什么了，只好将两人带回家里去。

待两人将纸盒子和酒桶放到门角后，陈东便给他们奉上烟茶，一边要张惠去烧两个菜。张惠平时对陈东的客人总是不冷不热的，今天也许是见提了东西，显得格外热情，陈东话一出口，她就甜甜地答应着，准备往厨房里钻。王校长却忙摇手说："下车时肚子有点饿，已找店子解决了。"陈东说："真的吃了，还是假的吃了？"两人都说："说假话饿自己肚子，我们肯干吗？"

张惠于是赶忙去洗苹果、弄瓜子什么的。陈东在两人面前落了座，拿根烟叼到嘴上，一时却不知如何跟他们交代。把实情告诉他们？这是局里内幕，而且又冲着海怀宝，总觉得不妥，尽管他对海怀宝的做法很愤怒。陈东只得说："易科长那里就不必去了，今年全省旱情严重，按惯例要往下拨的教育经费都拿去救灾了，不会拨下来了。"

一听这话，两人很泄气。尤其是王校长，那原本满怀希冀的脸一下子就暗淡下去。陈东很不是滋味，只得说："学校的困难我是知道的，只怪我无能，没把事情办好。"倒是周镇长想得开，他反过来安慰陈东，说："这次事没办成，还有下次嘛，来日方长，有什么关系呢？"陈东说："话虽这么说，可如今财政越来越困难，这样的钱要到了手才算得数的。"又望屋角一眼，说，"所以今天你们拿的东西，我坚决不能收，我问心有愧啊。"

周镇长急了，说："陈科长，您这话说得就不贴心了，你们不是早就给学校捐了钱物的吗？这次我们带点不值钱的土产，纯粹是为了感谢你们对学校的支持，至于我们的报告弄不弄得到钱，完全是另外一回事。"同时转过头，对王校长说："王校长你说是不是这个意思？"王校长也赶忙说："是的是的，我们就是这个意思。"周镇长又说道："这样吧，易科长那里我们就不去了，但既然来了，你还是陪我们拿一份东西，去见见海局长。"陈东说："使不得，万万使不得。"周镇长说："陈科长，您也要体谅我们走这一趟的辛苦。既然如此，海局长那里我们也不去了，由您给我们代劳，行吗？"说着两人站起来，就要离去。

陈东没办法，只好说："海局长那里，我还是陪你们去走一趟吧，说不定他还会有什么办法可想。”心里就想，海怀宝你那么对待人家，人家把好鸡、好酒送了来，看你惭不惭愧？

两人于是脸上又浮起一线希望，说：“真是给陈科长添麻烦了。”陈东说：“你们还说这话，我更加不好意思了。”然后去屋角提东西。王校长说：“我来我来。”陈东提过一个纸盒子和一桶酒，交给周镇长，自己又另提了一份。周镇长说：“不是说好只给海局长一份的吗？”陈东说：“给海局长两份吧，要办事还是他说话算话。”两人也就没再坚持，只说：“陈科长您真是好人，处处为我们着想。”

碰巧海怀宝在家。陈东和周镇长便把东西直接提到海怀宝家的储藏室里。海怀宝说了几句客气话，给周镇长和王校长许愿说：“古马中学也是我的点，我理应想点办法。”陈东听着觉得好笑，人家易科长连表都填好了的资金，都被你一笔划掉了，这下却假惺惺说还要想办法，不是虚伪是什么？而周镇长和王校长却极高兴，迫不及待地问道：“那我们什么时候可以得到确切消息？”海怀宝沉吟片刻，说：“这样吧，今晚你们先找个地方住下来，明天上午我跟陈科长先商量个意见，10 点左右，你们再到我办公室打一转。”

陈东心里想，你海怀宝这不是吊人家的胃口吗？综合科的融通资金上面明文规定不能再借，跟我商量有鸟用？但陈东不好吱声，只在一旁呆坐着。

得了海怀宝的话，周镇长和王校长就不再久坐，起身告辞。陈东也跟着站起来。海怀宝对陈东说：“明天早上 8 点到我办公室去。”

陈东倒要看看海怀宝葫芦里装的是什么药，第二天一上班直接去了局长室。

海怀宝已经等在那里了，说：“陈科长，古马中学的事你出个主意吧。”陈东心想，我还有什么主意，我的主意早被你一笔勾销了。嘴上就说：“主意在领导肚子里。”海怀宝说：“从你那预算外融通资金里融通点出来，怎么样？”

陈东早预料到海怀宝会来这一手，说：“海局长您是清楚的，过去的融通资金放了近亿出去，大部分收不回，不是烂账就是呆账。省监察厅和财政厅也已下达加强预算外资金监督管理的文件，两个月前预算外资金就不能投放了，谁放出去追究谁的责任。”海怀宝说：“你说的道理我懂，那个文件也是我签到你科里的，但文件是死的，人是活的嘛，不晓得变通一下？”

陈东没直接回答海怀宝，而是沿着自己的思路继续往下说道：“何况人家想要的是无偿资金，这融通资金将来要归还的，古马中学那么穷，以后肯定还不回来的。”海怀宝说：“古马中学的困难是明摆着的，你有钱给他解燃眉之急，他还不要？还管有偿无偿？而且这融通资金比银行贷款的利息低得多，不是谁想要就要得到的。”

陈东还想说什么，海怀宝手一摆，说：“等一会儿周镇长他们就要来了，你让他们回去写个报告，日期推到省里文件下发前的两个月，你我在报告上签字的日期和融通资金借贷合同上的日期也相应提前。这样不是屁事也没有了吗？”陈东不吭声，心想这钱也不是我私人的，你当局长的肯在上面签字，我这个小小科长还怕什么？而且能应付一下王校长他们，也不至于辱没了那两只土鸡和一桶酒。

由于是海怀宝的点子，这次的事情办得异常顺利，其结果完全在海怀宝的策划和掌控之中。陈东以王校长打来的报告为依据，根据过去融通资金借贷办法，起草了合同，再拿着叫双方法人代表签好字，然后让王校长高高兴兴从预算外资金户头上划走了 15 万元。

不用说，报告和合同上的日期以及相关人士的签字，都推前到了监察厅和财政厅联合下文的两个月前。事情办了，又不违背上面的文件精神，王校长也缓解了学校的窘迫，当然是皆大欢喜。

九

15 万元对于一个乡村中学来说，无疑是很管用的。王校长拿它还了教师的部分欠款，那些天天晚上赖在他家沙发上讨债的老师也纷纷撤退，家里一下子清静了许多，王校长长长地松了一口气。

这是陈东努力的结果，王校长心存感激，就琢磨怎样感谢一下陈东。可怎么感谢呢？送东西嘛，原来已经送过，何况乡下也没别的什么好东西可送。想请陈东上一回馆子，陈东又不喝酒。王校长只好征求陈东本人的意见。陈东说：“感谢什么喽？那无偿的资金一分也没弄到，才不得已借了这笔款子，我至今还有些不好意思哩。”王校长说：“说哪里话，借的钱也是钱，何况数额也不少，不是您帮这个忙，我哪有今天的清静日子？这个客我非请不可。”陈东笑道：“我酒色财势样样不行，那你请什么呢？”王校长认真想想说：“镇上有一家歌厅，装修也还过得去，就请您去唱一回歌吧。”

见王校长也是一片诚心，陈东不好拂他的意，说：“那你还请哪些人？”王校长意味深长地看陈东一眼，然后说：“除了您，当然还有一个人。”陈东说：“还有谁？”王校长狡黠地说：“您自己心里有数。”陈东就明白了王校长的意思，笑笑道：“王校长你真鬼。如果她不愿意去呢，你怎么办？”王校长说：“她绝对乐意去的。”陈东说：“不行，要去就把支教的几个人都请去。”王校长点头道：“好吧，听您市领导的。”

晚饭后，王校长和总务室主任带着支教组的几个人出了校门。镇上离学校也就一支烟的工夫，几个人很快来到一家名为老地方的歌厅前。入口处竟然还站着一个保安，身着制服，高大英武。陈东说：“这里的管理看样子还蛮正规的，连保安都有。”王校长说：“平时好像是没有保安的，恐怕是因为市领导大驾光临吧。”

这时从入口处走出一个西装革履的年轻人，王校长介绍说：“这是老地方的金老板。”又向金老板介绍了陈东几个。金老板立刻握住陈东的手说：“陈科长你们不认识我，我从你们下来支教的那天就认得你们了。欢迎欢迎！”又朝保安抬抬下巴，说：“为确保市里领导玩得愉快，我们还特意请了保安，给你们保驾护航。”

说着，金老板掀开入口处的布帘，向客人弓腰做了个请的姿势。陈东一边往里走，一边摇摇头说：“大可不必，大可不必。”

进了门，上到二楼，是一间不宽的歌厅。却也清洁整齐，水磨石地板好像刚洗刷过的。大家才在沙发上坐定，小姐就托着盘子，送上茶水、果点。喇叭里开始往外输送旋律，壁上的幕布闪了几下，映出一个三点式女郎。王校长拿着歌本，要陈东点歌，陈东把本子递给吕品，吕品又递给其余几个。大家谦让一番，最后还是王校长开了个头。王校长也不去歌本里找歌，吩咐小姐，要机房里放两曲京剧段子。

京剧出来了，王校长亮起嗓子唱道：

临行喝妈一碗酒，
浑身是胆雄赳赳。
鸠山设宴和我交朋友，
千杯万盏会应酬……

王校长一开头，气氛立刻活跃起来。几个支教队员都有上乘表现，唱流行歌的，唱革命歌曲的都有，那水平离专业的似乎也差不了多少。吕品也唱了一个。她唱道：

你问我爱你有多深，
我爱你有几分，

我的情也真，
我的爱也真，
月亮代表我的心。

吕品唱完，大家把巴掌拍得极响。现在就陈东没开口了。吕品悄声对陈东说："你不唱，怎么对得起王校长？"陈东就点了歌，拿起话筒唱道：

社会主义好，
社会主义好，
社会主义国家人民地位高，
反动派被打倒，
帝国主义夹着尾巴逃跑了，
全国人民大团结，
掀起了社会主义建设高潮……

陈东一唱，果然王校长就显得特别高兴，又唱了一段：

趁夜晚出奇兵突破防线，
猛穿插巧迂回分割围歼，
入敌后把他的道路截断，
定教他首尾难顾无法增援。

一直到11点多，陈东见时间不早了，就提出散场，大家才收住兴致，起身下楼。出了门，陈东四下里瞧了瞧，也不见吕品，就在门口站着等候。王校长和总务主任结账出来，见了陈东，问他怎么还不走，陈东说："吕品上卫生间了，等她一下。"

王校长本想留下一起等待，站了几秒钟，觉得自己这是不开窍，就说："我就不陪您了，吕老师由您全权负责。"然后跟总务主任先走了。

一直到王校长一伙人消失在朦胧的夜色里，吕品才从门里钻出来，与陈东并排走向街心。陈东说："你真是千呼万唤始出来。"吕品笑笑，不吱声。陈东说："你就不担心一个人被人绑架走？"吕品说："我知道你会等我的。"陈东就明白了吕品的意思，她是有意拖延时间的。陈东望吕品一眼，觉得心头暖暖的。他多想伸出自己的手，把吕品的肩膀揽过来。

“今晚你还算对得起王校长。”吕品这时开了口，说，“下午我从校长室门外经过，听见王校长跟歌厅的老板打电话，要老板把歌厅打扫干净，布置好，并请一个保安把门，不让社会上的闲杂人员进去。”陈东叹道：“怪不得整个晚上就我们几个人。王校长越是这样，我就越觉得欠他的情。”吕品说：“不管怎样，你还是帮了他大忙的。”

慢慢就出了镇子。猛抬头，却见天空满月高悬，空旷的田野和路旁的小河里，月光一晃一晃的。吕品先惊叹了：“多好的月色啊！”陈东说：“乡下的月亮总是这样可爱，如果待在城里，哪里去找这样的月亮？”两人不由得停下脚步，一时不忍离去了。后来干脆在小河旁的石板上坐下，守起月来。

由此月而及彼月，陈东想起吕品曾给他讲的那个故事，忍不住说了句：“明月何曾是两乡。”吕品只望了陈东一眼，默然无语。陈东说：“那个故事的结局是什么，你还没告诉我哩。”吕品说：“那是一个没有结局的故事。”

陈东没再追问，只说：“也许没有结局的故事才最美丽。”

就这么有一句没一句地聊着，也不知过了多久，夜色渐深，两人才依依不舍地站起来，准备离去。许是坐久了的缘故，吕品的腿脚发麻，站立不稳，身子往一旁斜去。陈东下意识地一伸手，握住吕品那挥向空中的手腕。

吕品就立住了。

吕品的手轻轻地抽了抽，却并不怎么用力，任陈东握住。吕品心里说，被握住的感觉真好。倒是陈东有些不自在了，要把手松开。不想吕品却不肯松手，继续把陈东那只给予了她温情和力量的大手缠住。

十

不觉就到了年底。这天小马打电话到古马中学，说财政厅在催决算报表，过去的决算报表都是陈东做的，还得他回去一趟。

就在陈东准备动身的时候，海怀宝的本田开进了古马中学。海怀宝没在车上，就司机一个人。司机对陈东说：“我是特意来接你的，海局长在家等着，必须马上就走。”陈东不知为何这么急，跟王校长说了一句，连吕品都来不及告知，就上车离开了古马中学。

回到市里，刚好到了下班时间。司机预计海怀宝还在局里，就把车开进办公大楼。果然海怀宝还在办公室等着，见了陈东，很高兴地说：“你辛苦了，回来得正好。”人已经起了身，说：“到阳光大酒店去，我已在那里订了个包间，客人很快就到。”

下楼上车，不一会儿就到了全市最豪华的阳光大酒店，直接走进预订好了的南美洲大包间。只见包间装修十分气派，地板、墙壁、吊顶都是广东那边最时兴的格局。而且，包间小姐细嫩如葱，笑容可掬，见了客人，立刻弯腰问好，蹲身献茶，十分周到殷勤。海局长吩咐小姐，上最好的菜最好的酒，速度要快，客人一到就上桌。

准备就绪，客人就陆续进了包间。陈东认识其中两位，一位是支教办的罗主任，另一位是分管党群和支教工作的市委张副书记。罗主任将海局长介绍给另外三位没见过的客人，说他就是深入贫困山区、热心支教工作的市财政局海怀宝局长。然后介绍三位客人，他们都是省支教办的，为首的是文主任，另一个是伍处长，还有一位司机。文主任抓住海怀宝的手，说：“我们早就在电视和报纸上看到了海局长你的大名，你们的支教工作搞得很出色，这次我们下来，特意要见见你本人。”海怀宝一副受宠若惊的样子，说：“能拜识文主任，在下真是三生有幸。”

这边正在寒暄，那边小姐已递上烟茶。烟是红壳的大中华，一人一包。茶是西湖龙井，未入口，就已清香四溢，沁人心脾。接着上菜，满满一大盆水鱼（其实就是王八）先上，小姐给每人面前都装上一碗。接着是一大盘烫得鲜红的对虾和其他山珍海味，十分丰盛，显出主人的满腔热情。上菜的当儿，另一位小姐将酒也端了上来，那是正宗的五粮液。然后大家举杯开饮，一个个脸上露着笑容，客气而斯文。

海怀宝兴致很高，他不像那次在乡下家访，喝酒要尽派头，而是毕恭毕敬的，一副谦谦君子样。酒喝得也特别扎实，每杯都滴酒不漏地进了肚子。除陈东和局里的司机外，海怀宝一人敬上一杯，然后再重点侍候文主任。正好文主任也是酒中豪杰，爱酒如命，几杯下肚，便血液奔腾。文主任说：“海局长你的支教工作很有特点，也很有号召力，我已跟罗主任说了，要好好整成材料，报到省里去。”海怀宝说：“就凭文主任这份视部下如子的爱心，我今后一定好好干。”说着又干了一杯。

奉承了文主任，海怀宝当然不会忘记张副书记，又拿起杯子对张副书记说：“张书记，为感谢您多年的栽培和教育，我敬您一杯。”张副书记说：“我不喝酒的，你的任务是把省里的领导敬好。”海怀宝说：“我听您的吩咐，但这杯跟您喝。”张副书记说：“今晚还要开常委会，喝不得。”海怀宝说：“那领导多少表示点意思，您一口，我一杯。”海怀宝先将酒倒进喉咙。张副书记也很乐意地抿了一口。

为了调动大家的酒兴，海怀宝不断地说些笑话，逗得大家开怀大笑，都说海局长幽默可爱。

海怀宝开了头，其他人也不甘示弱，一人来了一个段子。如今农民上访，工人下岗，领导干部忙卖厂，市委张副书记自然了解民情，以下岗为题说了几句顺口溜。众人听了，说张副书记情系黎民，一齐干了一杯。接下来伍处长说了一个笑话：

一个将军带着侍卫参加总统夫人主持的晚宴，酒过三巡，气氛正浓之际，将军憋不住放了一个响屁，席上人都愣住了，将军本人更是无地自容。说时迟，那时快，站在将军后面的侍卫突然上前一步，“呼”地一个立正，“刷”地一个军礼，大声道：报告将军，我放了一个屁！将军立刻站起来，转身，“啪啪啪”给了侍卫三个响亮、清脆的耳光，一边吼道：谁批准你放屁的！那次宴毕不久，侍卫便连升三级，算来恰好是一记耳光一级。

大家拍手称快，都说过瘾。伍处长兴犹未了，望着文主任说：“每次跟主任赴宴，我都等着主任放屁，可主任从来不给面子，所以我至今还只是一个处长。”说得大家又是一阵哄笑，痛痛快快干了一杯。

这顿酒自然喝得很开心、很到位，主客都心满意足。酒后张副书记要去开常委会，就委托罗主任和海怀宝把客人陪好，自己对文主任他们说声对不起，先走了。

接着海怀宝把客人请到三楼去打保龄球，又悄悄吩咐陈东去准备5个红包。陈东便找到酒店的总经理，要他拿23000元现钞，跟吃饭和打保龄球的开支一起记到账上。财政局是阳光的大客户，总经理给财政局办这种事也不是一次两次了，所以毫不犹豫就把23000元给陈东送了过来。陈东又让服务小姐弄来5个红包和5个豪华富丽的贺年卡，认真写上“文主任节日愉快”之类的字样，再把4个5000元的红包装进标着文、伍、张、罗名字的贺年卡里，把一个3000元的红包装进标着省里来的司机名字的贺年卡里。

打完球，客人要走了，陈东就按照贺年卡上的名字，给5位客人一人一张贺年卡，说过两天就是元旦了，祝大家新年愉快！文主任他们就说，陈科长你太客气了。顺便将贺年卡打开瞥一眼，一声不吭地装进口袋里，高高兴兴离开了阳光大酒店。

送走客人后，陈东到收银处结账。吃饭加上打保龄球计6810元；红包现金23000元，开发票得付酒店7%的税金1610元，合计24610元；两项加起来共 31420 元。签单时，不知怎么的，陈东就忽然想起那次五个一献爱心行动，海怀宝那么煞费苦心，兴师动众，不过才六七千元，这一晚三四个小时就是 3 万多。陈东感到不是滋味，如蝇入喉。但他还是毫不犹豫用大写体在单子上写上 31420 元和“陈东”两个字，并对小姐说，明天开好发票，到财政局找他，他再把资金划过来。小姐甜甜地说声“行”，又说些感谢陈先生的光临、下次再来等客气话。

走出阳光，海怀宝和司机还坐在车里等着。上车后，海怀宝让司机先送陈东回家。陈东把今晚的开支报告给海怀宝，海怀宝说：“如今上下都兴这个，人家兴，你不兴，你的工作还上得去吗？只要不是进自己的口袋，而是吃进肚子里，或用在领导身上，错误是犯不到哪里去的。”

停停，海怀宝又说道：“我们这次的支教工作，已到了关键时刻，下步怎么走，陈科长今晚回去好好考虑考虑。告诉你吧，你没回来之前，罗主任就已找过我了，说省里很重视我们这个典型，有意要在全省推广。罗主任他们就是为了这个，才让我们跟他们见面的。”

海怀宝又说：“罗主任想让我们立即拿出材料，准备下次专程赴省里汇报。我觉得现在就写材料，为时尚早，前段虽然做了些工作，但要写进材料，还嫌单薄了点，如果再来点有特色的动作，把握会更大。罗主任也同意我的观点，好事不在忙中取，不搞就不搞，要搞就要一炮打响。”

说到此处，海怀宝显然有些兴奋了，把头缓缓地向上仰起来，两个手指在窗玻璃上弹了弹，一副踌躇满志的样子。陈东在后排位置上一声不响地坐着，耳朵虽然听着海怀宝的话，思维却总是不太跟得上。他对海怀宝说的这些没有兴趣，觉得海怀宝是个表演欲特别强的天才演员，而自己表演拙劣，总是跟不上节奏。陈东就透过窗玻璃，瞟了瞟尽管已近子夜却依然热闹辉煌的街头，心想这个世界怎么越来越扑朔迷离了？

忽然间，陈东生出身心犯困的感觉，恨自己没有骨气，竟然为了达到这可怜的副转正的目的，哈巴狗样在海怀宝屁股后面跑动。他只想就此躺倒，睡死过去。

此时海怀宝突然又发话了，他说：“陈科长你对此还有什么高见？说给我听听。”陈东努力从困倦中挣扎过来，勉强说道：“一切听领导的。”

十一

事实上，海怀宝是用不着陈东拿什么高见的，他仅仅是客气而已。他早已成竹在胸，把一切都构思成熟了。

第二天海怀宝就召开了局党组扩大会议，专门就下一步支教工作的步骤，跟各党组成员交换意见。陈东列席党组会议，聆听了海怀宝的讲话。海怀宝说："这是我和陈科长经过反复琢磨，才拿到党组会上来讨论的新动作。"

这让陈东有点迷茫，海怀宝就问了他一句有什么高见，并没让他琢磨什么，他还蒙在鼓里，不知道海怀宝说的新动作到底指的是什么。不过陈东没吱声，只能耐心听着，他又不是正式的党组成员，哪有发言权？海怀宝当然用不着顾及陈东的心思，他是党组书记，党组会是由他主演的舞台，他爱怎么说，自然就可以怎么说。

海怀宝信心十足地宣布了这一次新动作的设想：财政干部、职工与古马中学的贫困学生走到一起来，搞一次有声有色的一对一手拉手心连心活动，具体办法是每一位干部、职工都请一名贫困学生到家里来，吃好住好玩好，缔结革命情谊。

党组通过这一活动方案后，立即召开全局干部、职工大会进行具体部署。海怀宝在会上说，为搞好这次手拉手心连心活动，局里准备在超收分成奖中，给每位职工发放 2000 元活动经费，大家都要按要求把活动搞好。当然也可以提出不参加这次活动，只是这 2000 元活动经费不能拿走。海怀宝还说，这样的活动每户拿出不到300元，就可把事情做得很到位，他其实是想利用这次活动，给大家搞一次福利。大家就觉得搞一次这样的活动合算，巴不得以后三天五天搞一次。

会后财务室就造表，将每人的 2000 元发放到职工手里。陈东作为这次行动的联络员，很频繁地在古马中学与财政局之间来回跑动，针对对口联谊的人员搭配，做了具体安排。首先在古马中学 280 名学生中，选出 140 名作为联谊对象，制作了配有相片和名字的联谊卡，再把他们一一配置到财政局 140 名职工的名下，并以科室和二级机构为单位，打印好花名册，交由各单位负责人去具体落实，不得出任何差错。一切部署就绪之后，陈东又到客运公司租了三辆大客车，将古马中学 140 名贫困学生接进财政局，由财政局的职工持着联络卡，与佩戴着相同联络卡的学生对上号，分头领回家中。换下统一制作的新衣裤、新鞋帽，家中有年龄相当的小孩的，让小孩一起陪着；没有相当小孩的，由大人招呼，和和美美吃一顿丰盛的晚餐、谈谈心、看看电视，第二天再在财政局集合，由联谊人护卫，集体看电影、游公园、逛儿童书店、参加少年宫的游艺活动。

前后整整两天，活动开展得井井有条，热热闹闹，联谊人和联谊学生都感觉新鲜刺激、开心愉快，个个脸上挂满笑容。不少联谊人说，开展这样的活动真有意思，不但跟贫困学生建立了感情，还通过农村学生，有效地教育了自家孩子。

陈东因为跑前跑后，没安排具体的联谊对象，听人这么一说，也恨不得领上一位学生，过一下手拉手心连心的瘾。

很自然，这一次手拉手心连心活动的全过程，都有报社、电台、电视台的记者跟踪着。特别是作为这次行动的总策划者海怀宝本人，因为也领了一位贫困学生，记者对他格外感兴趣，他的屁股后面几乎没脱离过记者的跟随，仿佛这位财神爷的屁股只要一撅，就能屙出一把红包出来似的。活动还没结束，海怀宝的尊容和大名就已在当地的屏幕和报纸上频频登场，渐渐深入人心。

为感谢记者们，海怀宝将古马中学的孩子们送走后，立即在阳光大酒店摆上几桌，热闹了一番。记者们临走时，不免又要给点小意思。记者们觉得海怀宝真够朋友，有关手拉手心连心的节目和稿子不仅在市里隆重推出，同时赶紧送往省里，海怀宝又很风光地出现在省报和省电视屏幕上。

海怀宝心中当然清楚，靠记者做点表面文章，造点声势，那是可以的，但要引起省市支教办的头儿以及市委省委重要领导的重视，记者们的那些镜头和豆腐块还不够。海怀宝就找到陈东，说："陈科长，现在看你的了！"

陈东心里自然明白不过，海怀宝这么劳心费力、不惜代价地经营，其真正的目的是什么。陈东不免有些抵触情绪。比如这次行动，给每位职工发放2000元的活动费，全局共发放金额28万元，如果将这笔钱交给古马中学去办学，那价值不是大得多吗？

只是陈东不傻，知道海怀宝这么做，实在是聪明之举，不但出了成绩，还让全局干部、职工得了实惠。就是他陈东，当时从财务室领到那2000元，心里也是乐滋滋的。无怪乎全局上下，都对这次活动倍加称赞。何况看到不少干部、职工对农村孩子很客气、很友好，那些从未见过世面的孩子在公园、游艺场和书店里睁大那惊喜的眼睛时，陈东也就觉得这样的活动多少还有点价值，对海怀宝的反感也随之减少了许多。逐渐地，陈东也莫名地有点相信这次支教工作的伟大意义了。加上自己是这次工作的参与者，内心深处也不想通过否定支教来否定海怀宝，同时连自己也一并否定掉。

基于这种道不清、说不明的潜在念头，陈东在拿笔整理总结这次支教工作时，内心的倾向不知不觉就有了偏移。他充分发挥自己创作文学作品的想象力，一口气把经验材料写了出来。随后还感觉良好地欣赏了一遍，差点要被自己的文采打动了。

对这个经验材料，海怀宝称赞不已，亲自跑到市委，呈给市支教办罗主任。罗主任看后，也非常满意，几乎一字不改就签了字，并专程赴省，送到省支教办文主任手里。文主任呢，为自己的支教工做出了这样的好典型兴奋异常，立刻汇报给省委分管支教工作的某常委，某常委一个批示，材料便以省支教办的名义，在省报上全文登出。

海怀宝这个典型，就这样堂而皇之地立了起来。

这个时候，陈东他们驻扎在古马中学的支教人员开始往回撤。周镇长和王校长在会议室召开欢送会的那天，登载陈东文章的报纸刚好到了学校。周镇长便喜滋滋地向陈东道贺说："这文章一看就知道是陈科长的大手笔，陈科长一定得请客哟。"

陈东顺便拿起桌上的报纸，瞟了一眼。文章的内容没动，篇幅还那么长，几乎占了一个整版。

也不知为什么，陈东的视线却有些恍惚。他将目光从文章中移开，不经意就与对面王校长那暗淡的目光触碰了一下。陈东忽然就讨厌起这篇曾让他感觉良好的文章来，觉得自己太无聊了。

什么东西！陈东用鼻子骂了一声，不知是骂这篇文章，还是他自己。

十二

海怀宝如愿当上了副市长。

离开财政局前，海怀宝特意召开党组会，专门研究了陈东转正的事。他的态度非常坚决，陈东是这次支教工作的有功之臣，思想好，能力强，应该立即提拔。其他党组成员觉得海怀宝的话有道理，一致表示同意，给予通过。

而后政工科便着手整理陈东的资料，下一步只要报往分管财政局的市政府财贸办签章，再送组织部备案，有关的函转一下，陈东就是名正言顺的正科长，就可按科长的规格行使他的职权。

虽然觉得自己早就该转正，这次也在情理之中，但陈东还是感激海怀宝没有食言，说话算话，走之前对这事作了研究，否则另一位领导来财政局主政后，还不知猴年马月才能成事呢。看来这次支教没有白支，尽管海怀宝支出一个响当当的副市长，自己仅支了个可怜的小小的科长。但人要懂得知足，试想，这次如果没配合海怀宝去支这趟教，自己岂不还是个副科长吗？

因为心存感激，陈东特意跑到已经赴任副市长的海怀宝家里，递上一幅多年前收藏的滩头年画，以示他陈东并不是那种忘恩负义的小人。海怀宝很高兴，将画展开，说："这不就是曾被鲁迅先生提到过的《老鼠娶亲》吗？"陈东点点头，说："海市长好眼力，这是绝版货，还有点收藏价值。"

海怀宝放下年画，说："陈东啊，你也太客气了，你转正的事，尽管是由我提议的，但主要还是你本人的能力强和表现过硬嘛。"陈东说："哪里哪里，是您老领导悉心栽培的结果，我是没齿难忘啊。"

没过几天，市监察局的办案人员突然进驻了财政局。

办案人员是来稽查贷给古马中学那笔融通资金的。陈东说："过去几十万、几百万一笔地贷了出去，过期多年一分都收不回，你们不查，这笔还未到期的款子有什么查头？"办案人员说："那都是监察厅和财政厅下文之前的事，我们没有稽查任务，我们只查下文后的违纪问题。"陈东说："给古马中学的贷款也是下文前办的呀？"办案人员说："我们已经调查过了，申请报告和报告上的批示尽管是下文前的日期，可银行划款的通知单却明明是下文两个月之后的，你这可是顶风作案。"

陈东顿时就傻了眼。

好在办案人员并不怎么紧逼，只责成陈东尽快收回款子，便可免去其他处分。至于他那份报到政府财贸办签章的副转正的材料已被抽回，不能往市委组织部报送了。

与此同时，政工科从另外科室派了一名副科长到综合科来负责，说是好让陈东腾出时间，集中精力去收回违规贷出去的款子。这实际上是将陈东挂了起来。挂起来就什么也不是了，尽管他的副科长职务并没撤销。

为此陈东气愤了好几天。气愤也没用，后来他干脆就懒得气愤了，天天优哉游哉，在办公室喝茶看报，也不去收什么违规贷款。他知道这是国家的钱，收不收得回，不会有谁真正关心，也不会有谁来催他，人家关心的是让他转不了正，甚至被挂起来。既然人家的目的已经达到，他陈东也就没事了。

又过去了一些时日。这天陈东在街上偶然碰上监察局那位办过他案子的科长。那科长因为跟陈东打过几天交道，觉得陈东有点才华，同时人也正直，就有些同情他的遭遇，起了恻隐之心。科长悄悄对陈东说：“你知道你的事情是怎么被端出来的吗？为什么案子只点到为止，没有再深挖下去？”陈东并没深想过这事，便摇摇头。

科长就开导他，说：“你想如今的案子，尤其是经济方面的，总是千丝万缕、错综复杂，没领导打招呼，谁敢去办？谁又办得了？你的案子也一样，是领导专门打过招呼的。好在案子跟领导有点瓜葛，办案的程度自然就不会很深。”

闻言，陈东半天吱声不得。

其实当初他也曾模糊地意识到，此事的始作俑者可能是谁，没想到果不其然。陈东越发地心理不平衡了，有时甚至想来他个鱼死网破。

意外接到吕品的电话，陈东忽然就有了一丝惊喜，心头的阴霾一时驱散了不少。吕品在电话里说道：“你真难找，我不知给你打了多少个电话了。你到我这里来一下吧。”

陈东就去了师专。两人一见，吕品就说：“你比在古马镇时瘦多了。”陈东只是苦笑笑。吕品说：“你的遭遇，周镇长和王校长他们都知道了，他们多次打电话找你，也没找到，就把电话打到了我这里。”陈东说：“他们有事吗？”吕品说：“他们想请你去他们那里散散心，免得在城里憋出病来。”

陈东就有一丝感动，说：“你去我就去。”吕品说：“好吧，我陪你去。”

两人选择了一个晴朗的星期天，登上通往古马镇的客车。周镇长和王校长很热情，说了许多宽陈东心的话，还表示古马中学那笔贷款一到期就设法归还。还请两人到界背村去吃土鸡，喝谷酒，说镇上的人炒不出那种土鸡的味道，因为水土不同。

去界背村的路上，吕品对陈东说：“有些事情我一直不想跟你说，可我心里憋得慌，觉得对不起你。”陈东愕然，说：“我的事与你没关系。”吕品说：“如果不是我，也许你不会这么惨的。”陈东似乎意识到了什么，却不吱声，让吕品把话说完。吕品说，“海怀宝曾经多次找我，说只要我为你说半句话，你陈东不但可以立即转正，接着还有财政局的副局长可当。”

吕品虽没明说，陈东也听得出，海怀宝知道他们两人关系不错，想以此跟吕品进行交换。陈东说：“那你是怎么回答他的？”吕品说：“我说我知道陈东的为人，他不需要我为他说这半句话。”

陈东点点头，说：“是的，吕品你做得对。”

说着就到了前次经过的那座应声崖前。周镇长就要陈东喊句什么。陈东心灰意懒，半天也想不出一句祝福自己的话来。周镇长就说：“心中有啥郁闷，骂句娘也可以，那样会舒畅许多。”陈东就说：“我试试吧。”于是气运丹田，撕开嗓门儿大吼了一声：“流沙河，我操你祖宗十八代！”

应声崖立即响应，整个山谷回荡着陈东的吼声，许久没有消失。也是奇怪，陈东那沉积于心头的血块般的愤懑，陡然间稀释了、驱散了，整个的心胸豁然开朗起来。他望一眼吕品，脸上露出好久以来也未曾有过的轻松、惬意的笑容。

一旁的周镇长和王校长却蒙了。周镇长说：“你刚才骂谁来着？”王校长说：“你好像骂什么流沙河？流沙河是四川的老诗人，你骂他干啥？”陈东说：“我就是要骂他，谁叫他说的屁话？”周镇长说：“什么屁话？”

吕品笑了，她说：“你们知道‘偶有文章娱小我，独无兴趣见大人’那两句话吗？就是这两句屁话。”

这一下，周镇长和王校长更蒙了。

抚　摸

陈列放开简单，穿上衣服下了床。不过出门前，陈列还是没忘记俯下身子，在简单粉嫩的脸上吻吻。陈列说：“你就好好地待在屋子里，晚上我就会回来的。”又说，“我忙过这一阵就筹办咱们的婚事，你一定得答应嫁给我。”

简单没有任何反应。直到陈列带上门走出去，那匆匆的脚步声渐远渐小，以至于无，简单还躺在床上，呆呆地望着天花板出神。简单也不太明白，为什么每次她都激动不起来，尽管她也试图迎合陈列。陈列却相反，总那么充满激情和心满意足。简单甚至怀疑自己有毛病，就如书上说的，是不是患了性冷淡？但简单立即否定了这个毫无根据的结论。她那么年轻、那么健康，无论是对生活还是对爱情，都充满了热爱，这个“冷”字应该是与她毫不沾边的。这么想着，简单的双手，不由得在自己光滑的肌肤上游走起来。它们在丰硕的肥臀上逗留片刻，缓缓滑向柔韧的大腿，再经过温软的小腹，最后栖居在饱满的双乳上。

简单用那双细腻的手在身上阅读的时候，觉得自己是那么青春、那么完美。她想这么青春和完美的身子，一定饱含了充沛的激情和强烈的欲望，只不过这份激情和欲望还没被调动起来，还悄悄地埋藏在她感觉的深处。

起了床，随随便便梳理了一下，简单出了门。

出了门，却不知该往哪里去。

其实她并不是要到哪里去，她只是想逃避一下，逃避那间使她感到压抑的屋子，逃避使她烦恼的心情。

街上永远是那么拥挤，好像天底下的人都集中到了这个城市。简单正想掉了头往别处去，忽然听到了一阵沙哑的琴声。原来不远处的街头，有一个中年人正在一边弹三弦，一边哼着一支草原民歌。中年人的嗓音还不错，中气很足，可他的三弦弹奏的水平却不好恭维。不过简单还是走过去，在他面前的帽子里放进了一张一元的票子。

简单已经走出去好远了，中年人那沙哑的三弦还在她耳边嘈杂着。简单忽然想起许多跟她说的一个比喻。许多是简单的大学同学，两人的关系一向密切。许多比简单前卫多了，简单毕业几年了，才在陈列的穷追猛赶下，犹犹豫豫地把自己交给了陈列，可许多大二的时候就开始跟男同学同居，在男女私情方面很有建树。许多的理论也别致，许多常常对简单说："女人是一把琴，好男人能调拨出美乐，不中用的男人只能弹出噪音。"

简单觉得，陈列跟那位弹三弦的中年人一样，大概是不会在她的身上弹出美乐的。简单想起陈列每次要她，都是直奔主题，往往她的情绪还没完全调动起来，他已经成了强弩之末，好像一段音乐没有前奏，也没有铺垫，只奏出几个杂音就草草收了场。

这么想着的时候，另一个男人的影子不知不觉来到简单的脑海里，开始影子还有些模糊，后来渐渐清晰起来，原来是胡泊。简单想，如果换了胡泊，他会不会在自己身上调拨出动听的美乐?

简单决定给胡泊去个电话，简单已经好久没与胡泊联系了。

可是简单将电话打过去的时候，接电话的却是一个女人。简单心上疼了起来，仿佛被大头蜂狠狠地咬了一口。胡泊是几时有了女人的？怎么她一无所知呢？简单记得胡泊曾在电话里对她说过，他是曾经沧海难为水，一直孤身一人，莫非终于还是有了变故?

正在简单犹豫着要将电话放下的时候，对方发话了："你是简单吗？怎么不吱声了？"简单这才听出是许多的声音。简单说："许多，你是怎么到了胡泊家里的？"许多在那边大骂："你是神经病，这是我家的电话，与胡泊何干？"简单这才意识到，也许是自己拨胡泊家的电话时，鬼使神差拨了许多的号码。许多又说话了："简单，你到底是找我还是找胡泊？"简单不好意思地说："开始是想找胡泊，现在不找他了，就找你。"许多说："好吧，今天正好我有空，我陪你去趟白滩吧。"

简单的心情一下子好多了。简单想，这许多也真是聪明，我还没开口，她怎么就知道我想去白滩呢?

白滩在离城五十公里的乡间，正好处在去另一个城市的途中，从那里经过的班车也多。简单那次与许多去白滩时，就是坐的班车。白滩其实是一条河，因河滩上满是银白的细沙而得名。简单忘不了那些细沙的细腻和可爱，真想把自己埋在沙里，永不起来。只可惜那次去白滩时已是初冬，她们不敢放肆。

按约定，简单在汽车站跟许多见面，然后两人一同乘车到白滩去。可简单在车站左等右等，往白滩去的班车走了一趟又一趟，就是不见许多的影子。简单几次给许多家打电话，都没人接。简单想，许多今天是怎么了？平时她可是非常守信的。

估计许多今天不可能来了，简单在心里狠狠地骂了许多一句，挪动步子往车站外走。出了车站，却不知该做什么好。简单就傻傻地在出站口站了好一会儿。最后，简单爬上了一辆从车站里开出来的大客车，这是开往白滩方向去的班车。

在车上，简单的目光一直瞧着窗外那纷纷向后退去的树木，心里在跟许多赌气：没有你许多，我就去不了白滩了？

大约一个小时后，大客车到了白滩镇。车一停稳，简单就走了下去。简单低着头走了两步，一抬头，一双眼睛就发直了。原来从后门下来一个男人。这可是简单的想象力再丰富也想不到的，这人竟然是胡泊！

开始简单还以为自己产生了幻觉，后来见胡泊一边浅浅地笑着，一边毫不含糊地向她走了过来，她才确信这胡泊果真是胡泊。

简单说："你怎么来了？"

胡泊说："因为你来了。"

简单说："还和我坐着同一辆车？我怎么没发现？"

胡泊说："你一直望着窗外，怎么会发现我？"

简单说："你来白滩干什么？"

胡泊说："为了一个共同的革命目标。"

说得简单无声地笑起来。简单这么无声地笑着，抬头望了望晴朗的天空。简单觉得今天的阳光那么灿烂，她似乎一辈子还没见过这么好的阳光。

两人已经来到镇外的白滩。白滩还没有知名度，文明的爪牙还没延伸到这里，所以人迹稀少。而山是青的，水是蓝的，山与水之间的沙是白的。阳光很温情，温情的阳光在山间在水里在沙上流连，这山这水这沙就仿佛压了膜的书的封面，很雅致、很经典。

两人的脚步在细腻如肤的沙上更替，发出白色的吱吱声。简单走在前面，她的头发被暖暖的河风托起，像一团飘逸的云。简单那蓝底花格衬衣紧紧地扎在发白的牛仔裤里，她的肩，她的腰，她的臀，她的腿，很曲折地扭摆着，如一首煽情的歌。胡泊则在后面跟着，迈着不紧不慢的步子。胡泊肩上挎着自己那个不大的旅行袋，手上提着简单的坤包，而眼睛一直瞄着简单。胡泊不由得想起多年以前，他就经常和眼前这个女孩在大学校园后面的河滩上散步。不过那里的河滩只有一些大大小小的卵石，没有这么迷人的白沙。胡泊就是从那个时候开始喜欢上这个女孩的。可却因为那个夏天，他在不该离开宿舍的时候离开了宿舍，没有得到简单那个关键的约会，她竟然投入了陈列的怀抱。不过尽管如此，胡泊还是一直爱着这个女孩。胡泊想，这也就够了，人生一世，爱过也就够了。

胡泊想着心事，步子也不由得慢了，被简单落下了好远。简单在前面喊："胡泊你快点行不？你一个大男人，怎么小脚女人一般。"

胡泊就紧走几步，追上简单。

简单在水边蹲了下来。简单掬一汪水，在脸上抹了一把。这水滑滑的、暖暖的，像深爱的人在脸上吻过。见胡泊走近了，简单就捞水往胡泊身上撩，撩得胡泊头发上沾了不少的水珠。简单于是开心地笑了。简单开心地笑着说："胡泊，你觉得好玩吗？"

胡泊用手在头上抹一把，说："一点儿都不好玩。"

简单说："你胡说。"

胡泊说："我当然是胡说，胡泊说等于胡说。"

简单望望胡泊，颇有意味地笑了。简单笑着跌坐在沙上，她用手在身旁的沙上拍一拍说："胡泊你快来，坐到我身边。"

"谢赐坐。"胡泊弓身说道，然后在简单身旁坐下来。

简单说："刚才我想起一件有趣的事情。"

胡泊说："什么有趣的事？"

简单说："你们姓胡的人取名的时候，可不能取动词。"

胡泊说："真的？"

简单说："你看，如果把你的泊字改成动词，取名来你叫作胡来，取名搞你叫作胡搞，取名说你就叫作胡说。"

胡泊说："还有，取名闹叫作胡闹，取名扯叫作胡扯，取名搅叫作胡搅。"

简单说："干脆给你取个复名——作非为，那你就叫作胡作非为。"

胡泊说："我可从没胡作非为过。"

两人说笑了一会儿，简单忽然沉默了。她把目光久久地逗留在胡泊的脸上。简单也像胡泊刚才一样，想起了就要大学毕业的那一年夏天。那年夏天简单他们班到乡下搞社会调查，临行前她把离校去车站乘车的时间告诉了许多，要她转告给胡泊。那天她在校门口足足等了半个小时，全班的同学都已去了车站，也没见胡泊赴约。最后简单失望了，悻悻地出了校门，却在门外碰上了陈列，是他把她送到车站的。后来陈列就紧紧地黏上了简单，胡泊再也没了机会。

胡泊这时正望着远处的水面，水面上有一只船，一动不动地朝下游驶去。见简单好一阵没吱声，就回过头来瞅简单，简单脸上那明媚的神色已经消失得无影无踪。胡泊吃了一惊，忙说："简单你怎么了？刚才还好好的。"

简单这才将头掉到了另一边，简单说："没什么。"

胡泊说："是我惹你不高兴了？"

简单摇摇头说："不是你，是我自己。"

胡泊就似乎想起了什么，胡泊说："我知道你在想什么。"

简单说："你说，我在想什么？"

胡泊说："你一定在想那年夏天我的失约，是吗？"

简单说："这么多年了，你从来没有对我解释过，其实只要你说一句，我是不会去计较的。"

胡泊说："我是今天早上才知道那个夏天我那该死的失约的。"

简单说："今天早上？"

胡泊说："今天早上我正要出门，许多给我打了一个电话，叫我一定到车站去一趟。在车站里，许多把那个夏天我的失约告诉了我。许多说那个夏天她是特意跑到我的宿舍找了我的，我不在，陈列说我被系主任叫了去，也不知几时才回得来。许多就把口信告诉了陈列，让他转告我。可陈列并没告诉我许多来过，更别提你的口信了。"

胡泊又说，"其实我当时并没被系主任叫去，我在楼顶晾衣服，陈列对此也很清楚。我也知道你那天要去车站乘车，所以回到宿舍后，我放下提桶就去了你的宿舍，你已经走了，我一直追到车站，可在候车室门口，我看到你和陈列并排坐在椅子上，我便泄了气，退了出来。"

胡泊又说，"许多还说，这都是她的过错，她一直为此而愧疚不已，她虽然没有勇气告诉你和我真相，但她总想着做一次弥补，所以她今天特意约我出来，让我来赴多年前的那个约会。"

简单无言地望着远处的水面，眸子里映着水面那似行似止的小船。

胡泊站到简单的面前，把手伸向她，对她说："起来，我们在沙上走走。"

简单把手交给了胡泊，胡泊一用力，简单就站了起来。

简单觉得胡泊的手好宽、好大，仿佛不仅仅是握着她的手，而是把她整个人都握住了。简单就任胡泊握着，在沙滩上随意地走着。那深深浅浅、歪歪扭扭的脚印，在他们身后紧紧跟随着。

也不知走了多久，沙滩上再也看不到别的人影。简单有点累了，她提议停下来休息一会儿，两人便又把自己扔到了沙地上。胡泊从袋里拿出矿泉水，拧开，递给简单。胡泊还准备了梅子、蛋糕、开心果之类，让简单好好享受了一番。

简单说："胡泊你想得很周到。"

胡泊说："你能让我周到的机会太少了。"

说着，胡泊用手在沙地上挖起来，没一会儿，他就挖开了一个坑。

简单见了，就问："胡泊你要做什么？"

胡泊说："我想请求你把你的脚交给我。"

简单没明白胡泊的用意，但她已乖乖地把一双脚伸到了胡泊面前。胡泊对简单笑笑，然后单腿跪下，把简单的脚抱到了自己的怀里。胡泊低头一边给简单脱鞋，一边说：“今天你就是主人，我呢，就是奴才。奴才能为主人做点什么呢？别的做不了，就为主人脱脱鞋吧。”

做主人的简单的鞋已经脱了，做奴才的胡泊又开始给主人脱袜。做奴才的胡泊说：“主人，你知道人的身上最辛苦的就是这两只脚了，人的一生都要由它们来支撑，难道不应该善待它们吗？”

一股热流传遍了简单的全身。简单想，这个世界上，除了胡泊，还会有谁愿意这么虔诚地跪下来，给自己脱鞋、脱袜呢？简单望着胡泊头顶那浓密的黑发，忍不住在上面轻轻吻了吻。

胡泊手上的动作就停顿了片刻。

简单的一双裸着的脚呈现在胡泊的面前，这是一双多么白净、细嫩的脚哟，那微凸的脚踝，那饱满的脚背和脚丫，简直只有画里面才有。胡泊的双眼痴了一会儿，真想在上面舔舔，又怕自己造次，冒犯了它们的圣洁。胡泊想，还是这滩上的沙洁净，它们最有资格拥有这双美妙绝伦的脚。胡泊就捧了这双脚，轻轻放进他挖开的沙坑里，再用沙封起来，像封住一分不忍泄露的心思。

胡泊说：“这就是足浴。”

简单想，足浴真是一件美妙无比的乐事。

太阳不知不觉就升高了。滩上的沙晃着阳光，暖暖的。水面上的那只船，不知什么时候已经消失，深远的天空、起伏的山影，在水里静静地眠着。

简单将双脚在沙里拱了拱，她说：“我真想把自己整个人都埋进沙里，然后死去，永不起来。”

胡泊说：“这个主意的确不错。我正愁生不同枕，但求死能共穴。”

简单说：“你别油腔滑调，我只问你一句，你现在还是我的奴才吗？”

胡泊说：“永远都是，包括死后。”

简单说：“那好，主人发话了，奴才还得为主人挖一个坑，并且要大，要容得下整个人。”

胡泊明白了简单的意思。胡泊说声奴才得令啦，弯下腰开始劳动。这滩上的沙本来就很松软，挖起来并不费力，不一会儿一个深深的沙坑就出现在简单的面前。胡泊在简单面前弯弯腰，摊摊手说：“请君入瓮。”

简单就躺进了沙坑，快乐地对胡泊说道：“奴才，永别了！”

胡泊开始往坑里堆沙。胡泊堆沙的动作很慢，真怕简单就这么埋在沙里永远也不起来了似的。

胡泊说：“简单我今天就向你保证，如果日后你在我的前面死去，我一定把你埋到这个沙滩上，让你和这洁净无瑕的白沙融为一体，因为只有你才不会辱没了这满滩的白沙。”

简单说：“那我还要向你提个要求。”

胡泊说：“什么要求？”

简单说：“那时候你要将我的衣服全都脱去，把我毫无保留地交给白沙。”说完，简单才意识到了什么，脸“腾”地红了。不过她却觉得这个想法的确很美妙，她心头竟然滋生出一个奇特而又大胆的念头。她甚至为自己这个念头激动不已了，于是兀地坐了起来。

胡泊不解地望着简单。

简单说：“胡泊，我现在就想试一试。”

胡泊说：“你要试什么？”

简单说：“我死去的时候，你把我埋进沙里的那种感觉。”

胡泊说：“你的意思是……”

简单说：“你先背过脸去，不准偷看。等我喊你时，你再过来给我堆沙。”

胡泊只得照办。简单这时倒有些犹豫了，不知道自己这是不是在发疯。她下意识地朝四周望了望，沙滩上除了他俩，再没有任何人，只有无语的山、无语的水和无语的沙。简单的勇气因而又重新鼓了起来。

简单脱去了身上全部的衣服，她那蓝底花格的衬衣、那发白的牛仔裤、那粉红的乳罩和小裤衩，就那么很随意地扔在沙地上，像被诗人删除了的诗的多余的枝叶。

简单裸着走进了沙坑。她屈屈腿，向沙俯卧下去，把自己彻底还原在沙里，却不知是她拥有了沙，还是沙拥有了她。反正简单的白和沙的白完全融合了，简单成了沙，沙成了简单。

简单卧在沙里，觉得那沙细细的、暖暖的，是无形的自己钟爱的男人的手，在身上尽情地抚摸着，仿佛要把自己化解开来。简单想，自己这个主意真不赖，如果穿着衣服，哪能感受到沙如此亲切的抚摸？简单一边接受着的沙的爱抚，一边等着胡泊，简单说：“胡泊，你过来。”

胡泊就转过身来，眼前顿时花了一下。晃亮的阳光急切地喷在那沙一般白的身段上，映得胡泊一时睁不开双眼。胡泊只觉得整个世界都消失了，唯有他的血液在奔腾着、呼啸着，要冲决时间的长堤。胡泊就闭着双眼，努力控制着自己，企图使自己平静一点，再平静一点。胡泊觉得生命已经到了尽头。

简单却在遥远的天边发出邀请：“胡泊你来呀，你到什么地方去了？”

胡泊迈前一步，在简单身旁跪下。胡泊觉得伏在沙里的简单，就仿佛一把静静俯卧在沙上的琴，他的手只要在上面一碰，就会碰出美妙的音乐似的。胡泊就痴着，回不过神来。仿佛过了一个世纪，胡泊的双手才在沙地上一掬，掬起一捧细腻的白，欲往那身子上浇去。可旋即胡泊手上的动作又停止了，他感觉有一股强烈的欲望在他体内升起来。胡泊想在这白色的沙将简单埋没之前有所作为。

胡泊手上的沙从指缝间漏了下去。

胡泊的手伸过去，可中途又凝住了。胡泊不敢贸然行事。胡泊说："简单，我有一个要求，在将你埋没之前。"

胡泊说，"我想……"

简单说："你想干什么？"

胡泊说："我想在你身上……"

简单说："你快说呀。"

胡泊说："我想在你身上抚摸一下。"

简单笑了，笑得很滋润、很甜蜜，她说："你真傻。"

胡泊一时不知自己傻在哪里。胡泊想，我怎么傻了？但旋即胡泊就意识到，他真的是傻。胡泊想，再不能这么傻了。胡泊这么想着，他的手就犹犹豫豫伸了过去。

现在，简单和胡泊已经生活在一起，他们很满足。每次胡泊的手向简单伸过去，简单依然能感觉出胡泊那份美妙的力量。简单也偶尔想起陈列，她不明白，同样是男人，为什么陈列却不懂得用他男人的手去抚慰女人的心。

简单对胡泊说："你真好，总会用你的手先把我调动起来，在我特别想要你的时候，你才给予我。"

胡泊说："是我太爱你了，我是用手表达我对你深深的爱。"

简单说："我并没有嫁给你。"

胡泊没反应过来，他说："我们不已经是夫妻了吗？"

简单就开心地笑了。

简单说："我是嫁给了你这双魔手。"

没有发生的故事

一个苍茫的冬日的下午，吴非低着头，缩着肩膀，在街上漫无目的地行走着。吴非有些奇怪，整整一个下午了，那句外国戏剧里的台词总是莫名其妙地在他耳边响着：活着，还是死去？

吴非当然知道，他还没有就这么死去的打算，但这句台词至少代表着他的一种心情。是呀，这个生他、养他，三十多年来他从没离开过的城市，他曾经那么依恋难舍，可此时此刻却恨不得逃得远远的，永远不再回来。

是这个城市伤透了他的心。

一切都是在不到一年的时间里发生的。一年前，吴非还是厂办举足轻重的政工科长，手握着厂里近千人的升降去留大权，他走在厂区甚至大街上，都有人向他笑脸相迎、点头哈腰，他的腰杆子因而总是挺得很直，脸上的气色好得不得了。岂料一夜之间厂子破产，不论是厂领导还是工人都作鸟兽散，他这个所谓的政工科长也变得一文不名，成了满街都是的最不值钱的下岗工人。好在吴非当政工科长之前做过几年车间主任，多少有点技术，所以他在家里痛不欲生了半个月之后，通过关系去银行贷了十万元款子，在城外一家废弃了好多年的破厂房里办起了一个小型冶炼厂。半年下来，厂子几经起落，就出了效益，不但还了贷款，还有了一笔不大的利润。这时邻省一家公司与他签订了一个大额合同，并预付了20%的定金。要在合同期间生产出这批产品，原有的生产设备自然不够，货主就给吴非出主意，他可以出面，以较低的价格到一家曾经与他们公司合作过的厂家进购冶炼生产设备，这样一方面可按期交货，另一方面也扩大了生产规模，反正今后吴非还要跟他们长期合作。吴非想想也有道理，就咬咬牙，从银行贷出三百万元，加上厂里不多的资金和货主预交的定金，全部投进去，把设备进了回来。不想产品生产出来了，货主却不肯露面了。开始吴非并不着急，反正货主的定金在手，不怕他不来取货。可交货期过去了一个多月还不见货主的影子，吴非就沉不住气了。一打听，邻省根本就没有这家公司，原来是生产冶炼设备的那家厂子为了让吴非购买他们的产品，设下了这么一个圈套。可吴非又没有什么证据在手，他是哑巴吃黄连，有苦说不出，有冤也无处申。望着一厂房无人问津的产品和一堆用贷款购回来一时又用不上的设备，吴非欲哭无泪，真想往城外的河里跳下去。

吴非当然还是没跳河，他在厂房里徘徊了几天，最后回了家。这个家曾是他的退路，在他削职为民，在他的厂子几番穷途末路的时候，他只要回到这个家里，他那灰冷的心就会重新燃起希望的曙光。这个家不是什么豪宅，也没有华丽的装修和高档的家具，这是厂里分的很平常的两室一厅，已经住了十多年了。不过家有娇妻爱女，吴非一念及她们，心里就暖融融的。仅此便足矣，吴非常常这么想。

可这天，家里除了那几件过时的家具，什么都不复存在。吴非在屋里呆立了半天，才在布满了灰尘的饭桌上看见了一张字条。吴非把字条拿起来，那是他妻子的笔迹。妻子告诉他，她已将女儿送进全封闭式的贵族学校，她本人也在这个家里待得不耐烦了，至于去向，他完全不必操心，一句话，她是好马不吃回头草，壮士一去兮不复返了。

吴非一下就泄了气，瘫在椅子上站不起来。

吴非在这个冷冰冰的家里待不下去，他行尸走肉般来到街上。死去，还是活着？吴非脑海里塞满了这句莫名其妙的台词。

妈的！吴非骂了一句，骂得莫名其妙。

吴非这么骂着的时候，就进入了一个女人的视线。离他不到一百米远的地方有一个液化气站，那里正有一双眼睛往他这个方向瞟过来。那是一双女人的眼睛，那双眼睛虽然美丽却显得空洞而混沌。

女人是漫无目的地在门口张望时，无意间望见吴非的。

女人很年轻。年轻女人在吴非还没有出现的时候，就已经料理她的店了。她拿着鸡毛掸子在已经很光洁的营业台上掸了掸，又抓了拖把在地上拖起来。地板拖干净了，她才挺了身子，将小店上下左右扫了一眼，最后她的目光落在了墙根，那里摆放着二十多只液化气罐子。她的心里有些不太踏实似的，犹豫了一下，又走过去将每一只罐子都提起来试了试。那些罐子都沉甸甸的，里面的气装得很足。女人嘴上就撇了一下，退回到门边。

可没多久她又走了过去。她把每一只罐子都挪动了一下，这样气罐们的出气嘴便全部朝向了外边。也许女人想象着气罐的开关拧开后，那些充满了激情的液化气纷纷从气嘴里喷涌出来时的情形，那一定是既热烈而又悲壮的。

然后女人来到门边，瞟瞟那苍凉的冬日的黄昏，准备伸了手去拉头上的卷闸门，于是她瞟见了正在街头踽踽独行的吴非。

吴非也看见了年轻女人。吴非朝女人走过去，他发现女人冷艳的脸上出现了一丝浅浅的笑意。吴非认出了女人，说道："呃，你不就是顾影嘛，怎么在这个地方看见了你？"

顾影那只抓着卷闸门拉手的手就缩了回来，她说："是你呀，吴非。"

顾影邀吴非进她店里坐坐。吴非正愁没地方可去，顾影的邀请正中下怀。吴非就暂时忘了那句该死的台词，进了顾影的店。顾影在吴非身上瞄了瞄说："你还是老样子，一点儿也没变。"

吴非说："不会吧？早已是明日黄花了。"

顾影就笑了，说："你这毛病还是改不了，总是用词不当。"

吴非说："江山易改，本性难移呀。"

顾影说："当厂长了吧？你前任的政工科长可都做了厂长。"

吴非说："当然当了厂长了，不过这不是公家的厂子，是我吴某人自己开的厂子。"

顾影说："成了资本家啦？"

吴非说："从昨天开始，我这个资本家又成无产阶级了。"

顾影也不去追究吴非的底细，她转换了话题说："想想还是那些年在你科里打工好，日子是穷点，却快快活活的。"

吴非想，还是辩证法有道理，坏事也能变成好事，当年顾影若不是逃避厂长的纠缠，离开了那个破厂，恐怕就做不了私人业主，现在还是穷困潦倒的下岗工人。吴非说："你真是井水当酒卖，还说猪无糟，你如今混得这么有规模还要说便宜话。"

两人又随意聊了一会儿，吴非见外面暮色渐浓，准备起身离去。顾影则把灯拉亮了，瞧瞧壁上的石英钟说："还早呢！"

吴非也看了看那钟。他本来就还想赖一会儿，正巴不得顾影说这话呢。他的屁股就牢牢地黏在了椅子上。一时不知说些什么好，两人相互看一眼，又都掉了头去瞧店外的大街。街灯不知何时已经亮了起来，看得见光秃的树枝在风中摇曳着。行人在街头走动，那影子忽短忽长的，有几分怪诞。偶尔有车辆从远处开过来，吱地一下晃过去，街上又复归平静。

许是为了打破沉默，许是冬天的日子确实有些寒冷，顾影起身去屋角拿来一只电烤炉，插了电，放到吴非面前。吴非就把目光从街上挪回来，盯住那渐渐红亮起来的电火。吴非那苍白的脸色也跟着有些微红了，大概是火光映照的原因。顾影在吴非那虽然略显臃肿却并不难看的脸上瞧瞧，好像想起了什么似的，说："那位呢？"

吴非打了一个激灵，问道："哪位？"

顾影说："还有哪位？当年的厂花呗，如今风韵犹存吧？"

吴非这才明白过来。

吴非说："她已经走了，也许再也不会回来了。"

顾影有些吃惊，她说："不会吧？当年厂里厂外那么多有地位、有来头的人追她，她都不为所动，最后嫁给了你，难道她会后悔？"

吴非只是苦笑，没吱声。

顾影说："对不起，是我多嘴了。"

吴非说："也没什么。"

停停，吴非又说："你呢？名花有主了吗？"

顾影缓缓地摇了摇头，说："还名花？如今是流水落花了。"

吴非说："不，我看你现在正是茂盛的花季呢。"

顾影说："你就别挖苦我了。"

吴非说："不同的女人，其花季往往属于不同的年龄段，有些女人的花季在二十岁，有些女人在三十岁，有些女人甚至在四十岁。你呢，就是第二种女人，三十岁正是你的花季。"

顾影说："你还像当年那样，说的话让人舍不得否定。"

说着，顾影将电火炉朝吴非身边移了移，自己也往前靠了靠。这样两人相隔得很近了，彼此的气息都闻得到了。吴非想，在自己被妻子无情地扔掉之后，竟然还能与昔日的女同事围着电火炉共守寂寥的冬夜，也是不幸中之幸了。

吴非这么想着，不由得将自己的手掌向电火炉伸了过去，好像不这样就辜负了电火炉的存在似的。顾影像是受了感染，也将一双手往前伸了伸。吴非的眼睛就痴在顾影的手指上了。顾影的手指修长而又丰满，炉火的红光从她的指间透过来，看上去，那些手指们就仿佛一根根透明的美丽的红萝卜。手是女人的第二面容，吴非忽然想起这句旧话，心上就有了一丝丝冲动，真想把那可爱的红萝卜紧紧攥在掌心。

不想顾影竟赶在吴非前面夸起他的手来。顾影说："看你的一双手好肥硕的，不见筋骨只见肉，那可是一双发财的手呢。"

吴非说："何以见得？"

顾影说："男人手如绵，身上有大钱。"

吴非笑起来，说："还说有大钱，我现在是一贫如洗了。"

顾影说："在我前面叫穷，是怕我要你请吃火锅吧。"

吴非说："你若肯赏脸，我们现在就去找个店如何？"

顾影说："行呀，我还没吃晚饭呢。"

吴非说："那今天算我有运气。"

吴非的话音还没落，头上的电灯突然熄了。两人之间那红红的电火炉也渐渐暗淡下去，直到只有隐约的一道黑影。看看外面的世界，也是一团漆黑。顾影骂了一句："这个该死的城市，没几个晚上不停电的。"

吴非说："这不更好吗？你可以安安心心和我去吃火锅了。"

顾影说："外面停了电，你去哪里吃？"

吴非说："那怎么办？"

顾影说："就这么待着吧，也许过一阵子会来电的。"

吴非说："也是。"

之后，吴非就不知该说别的什么了。吴非就往电火炉的方向瞧，似乎还想在那里发现那双红萝卜似的动人的手。吴非想，如果那双手还在那里，我也许会鼓起勇气，伸过手去把它们逮住的。事实是，那双手早已转移别处。吴非感到有几分失望。

这时顾影说话了，她说："这电怎么还不来？"

接着，顾影说，"你说点什么吧？"

吴非说："我说什么呢？"

顾影说："随便什么都行。"

吴非想，你要我说什么好呢？如果你那双可爱的手不是躲得不知了去向，也许我的口才会变得好起来。

最后还是顾影说开了。顾影不像吴非那样，即使他那双有大钱的如绵的手不在眼前，也能激发起她说话的灵感。

顾影说："我给你说个故事吧。"

顾影补充说，"这可是真人真事，我一点也不掺假的。故事是不久前才发生的，故事里的男人和女人是一对夫妻，他们也是开液化气站的，所以故事一发生，我们这些同行就先知道了。"

照顾影的说法，这是一个多少有些悲壮的故事。故事里的女人很能干，是她动员男人及时辞掉液化气公司副经理的闲职，主动出来承包了一家液化气营业部。他们的生意一直做得很顺利，因为他们不但注意跟公司以及消防支队一些部门的头头脑脑搞好关系，还善于处处为客户着想，能尽量满足客户的各种要求，所以在其他的液化气营业部生意每况愈下的情况下，到他们营业部来购气的客户却每年都有所增加。这样几年下来，他们就成了供气大户，生意做得十分稳当了。自然家里的小日子也过得红火起来，购买了150平方米的商品房，家里装修得像皇宫一样，至于大彩电、大冰箱什么的更不在话下，还把刚到学龄的女儿送进了学费昂贵的贵族学校。也是应了饱暖思淫欲那句话，男人不安分了，开始在外边拈花惹草，女人就大吵大闹了几回。作为一个女人，除了大吵大闹，又能有别的什么办法呢？离婚吗？这也许正是男人的意图，一个事业有成的男人就是一根臭香肠，好多苍蝇都守在一旁呢。而女人三十豆腐渣，再找相当的、理想的伴侣谈何容易？更要命的是，若这样女儿就成了没有父亲的孩子。女人于是懒得吵闹了，她想也许男人终有回心转意的一天。男人就抓住了女人这个致命的弱点，越发放肆了，后来竟把野女人带了回来。女人的忍耐性毕竟是有限的，她不声不响地从外面弄了两瓶硫酸回来，晚上趁两个狗男女熟睡之际，浇到了他们的私处和脸上。

顾影说到这里停了下来。

吴非等了一会儿，见顾影还不作声，就抬头去瞧她。顾影的影子在黑暗里沉默着，散发着女人特有的神秘的气息。吴非被这个故事吸引住了，关心起故事的结局来，不过他没去追问顾影，他相信顾影自己会把故事说完的。女人有天生的叙述能力和欲望，她们对故事的结局比男人更加感兴趣，这就是那些毫无新意可言的电视连续剧多数都是由女人创作也最受女人欢迎的原因。

不过这天顾影有些使吴非失望。顾影仿佛是有意要跟吴非较劲似的，一直沉默着不肯开口。最后吴非憋不住了，他问道："后来呢？"

顾影说："你还想知道后来吗？"

吴非说："如果没有后来，这个故事不是显得不够完整吗？"

顾影说："其实我不说，后来怎么样你也应该想象得出来。你猜猜看，猜对了今晚的火锅我埋单。"

吴非说："能省了今晚的火锅钱也好。"

吴非就真的猜起来。

吴非说："那对狗男女肯定已经废了，这是不用说的。至于女人嘛，本来是想逃走的，后来想起了女儿，她不能没了妈妈，所以她就跑到公安局投案自首，希望得到宽大处理，结果该判10年的只判了5年。"

顾影说："你说的结局自然合情合理，只是你忘了这个女人的身份，她和我一样也是经营液化气的，这一点一开头我可就向你交代了的。"

吴非说："我想不出故事的结局与女人的身份有什么联系。"

顾影说："女人废了那对男女之后，来到了她工作的液化气营业部，她把营业部的门窗全部关死，然后将屋里那上足了液化气的罐子的气阀统统都拧开了。"

顾影完成了叙述。

吴非想，这样的结局我的确没有想到，这样的结局的确有点悲壮。

屋里又是一阵沉默。电还没有来，那样子今晚大概是不会再来了。只是两人还守在电火炉的旁边，好像电火炉里还生着火似的。也许两个人在一起，不论是两个男人还是两个女人，抑或是一男一女，之间总是应该有个什么中心的，这个中心要么是一个话题，要么是一个什么物件，否则两个人厮守着就不会那么自如了。

后来，吴非提了一个建议。吴非说："也许只这个街区停电，干脆把门关上吧，我们到外面走走，说不定还能找到一个吃火锅的地方。听了你的故事，又没猜出故事的结局，这顿火锅不请我心里有愧。"

顾影就听话地往门口走去，伸了手去拉卷闸门，"哗啦"一声，卷闸门就被顾影拉了下来。屋里的黑暗变得更深了，吴非有了一种陷进黑暗的深洞的感觉。不过吴非还是能够隐约看得见，或者说是意识得到顾影弓身锁卷闸门的影子。只是顾影在那里弄了好一阵，弄得卷闸门"唰唰"作响，似乎还没把门锁好。

吴非说："是锁不好锁吧？要不要我来帮一把？"

顾影说："不知是不是锁生了锈，钥匙拔不出来了。"

吴非站起身来，走过去。他贴到了门边，肩膀在门上碰了一下，碰出一串"啪啪啪"的响声。吴非弯下腰，伸手去找门锁和钥匙，问顾影道："是这个位置吧？"

顾影说："还要过来一点点。"

吴非就往顾影那边摸索过去。吴非意识到他已与顾影挨得很近了，心里有点紧张。可顾影还在那里说："还要过来一点点，就一点点。"

果然吴非就摸到了一样东西，不过那样东西不像是卷闸门的锁和钥匙，它过于温软和细腻了。那是一只女人的手，准确地说是顾影的手。吴非就想起停电前在电火炉上伸展着的红萝卜一样美丽动人的手，那时他就好想把它握住，而此时它已千真万确地藏在他的掌心。吴非有一丝晕眩的感觉，他不知道自己的手是继续这么握着，还是立刻松开。吴非只轻声说了一句："是这个地方吗？"

顾影说："是，是的。"

顾影的话音好像有一丝战栗，或者说是吴非觉得顾影的声音在战栗。顾影战栗着这么说着的时候，她的那只攥在吴非掌心的手就往外抽了抽，企图逃避吴非的掌握。只是顾影并不怎么坚决，她稍稍用了用力就放弃了她那软绵绵的抽动。吴非开始也犹豫了一下，他还不清楚顾影是真想把手抽走，还是一种本能的反应，所以他一时决定不了该采取什么样的方式回答那只动人的手。他的手僵了片刻。就在这片刻间，顾影那只手已完成了从抽动到犹豫到放弃的整个的表述过程。

吴非心里有了底，他的另一只手也伸了过去，在顾影的手上加上了双重的覆盖和掩护。吴非想，手里握着女人红萝卜样动人的手，是一件多么美妙的事情！

最后吴非将顾影的那只手往身前一拉，顾影整个人儿就投进了吴非的怀抱。

电还是没来。没来电的冬夜，吴非在黑暗里拥着多年未遇的顾影，他就把外国戏剧里那句莫名其妙的台词忘到了脑后。吴非觉得顾影的身子异常柔软，柔软如某个寂寞的夜晚那深沉的幽梦。吴非加大了手上的力度，仿佛要把梦紧紧拥住，他不能让这个梦从怀里走失。吴非想，自己的厂子垮了、老婆走了，可在这个走投无路的停电的冬夜，怀里还拥着顾影的身子，拥着一分醉人的柔软和幽梦，这也就足够了。

这个冬夜后来当然还是来了电。来了电之后，吴非就告别顾影，离开了液化气站。顾影也不再要吴非请她吃火锅，顾影说："我已经非常感激你了。"

吴非说："我也很感激你。"

吴非说："我的厂子不会倒闭了。"

吴非说着，抬腿欲向门外迈去。这时顾影喊住了他，说："还有一句话我要告诉你。"

吴非说："什么话？"

顾影说："我刚才跟你说的那个故事还没有发生呢。"

吴非笑笑说："这样的故事本来就不应该发生。"

顾影说："它再也不会发生了。"

诸葛门

连接着河东、河西两镇的石桥是 20 世纪 50 年代的建筑，桥身矮，桥面窄，如今已不太管用。县政府决定修座新桥，一方面缓解交通不便的形势，另一方面改观县容县貌。可县财政应付干部职工的工资都感到吃力，自然拿不出多少钱来，只好招商引资，条件是谁修桥谁享受 5 年的车辆过桥收费权。通告发出去后，各地前来洽谈修桥事宜的不少，但考虑到县城偏僻，今后靠收费赢利的希望不大，纷纷打了退堂鼓。

最后是一个叫余建新的老板接下了这项工程。

余建新其实就是本县人，曾因盗墓被收监关了几年，此后便黄鹤一去不复返。不想三十年河东，三十年河西，余建新在外面绕了个圈回来，竟发达得腰缠万贯了。

余建新不但没提别的条件，还主动将桥修成后 5 年的车辆过桥收费权减至 2 年。余建新只有一个小小的建议，就是将桥修在老桥下游的诸葛门。诸葛门是一座不大的旧城门，算是县城的黄金码头，在此处行善积德的确是最佳的选择。据县文物所所长蒙永葆考证，诸葛门为诸葛亮南征孟获时所修。蒙永葆还因此以县政府的名义在城门下竖了一块石碑，算是县级文物保护单位。一个小县城里的文物所长自然不是什么权威人物，对他所下的结论不会有人当回事，因此当余建新要拿他的资金在诸葛门修桥时，县政府二话没说就答应了他。

余建新对能不能在诸葛门把桥修成，心里一直没底。这倒不是因为诸葛门勉勉强强是一个县级文物保护单位，县级文物保护单位打的是政府的招牌，政府从全县大局出发要拆了城门修桥，于情于理都说得过去，况且政府已经做出了决定。余建新是怵着与诸葛门有直接关系的文物所所长蒙永葆三分。余建新那年在县城后山上盗掘汉墓，就是蒙永葆把他断送掉的，如今他余建新又卷土重来，要拆了诸葛门修桥，他想蒙永葆一定不会坐视不管。

正在余建新犯愁的时候，一个天大的好消息传到了余建新的耳朵里：蒙永葆得了绝症，已经卧床不起。余建新就像捡到了金元宝一样，兴奋得不得了，叫道：“天助我也。”

余建新悄悄到医院去了一趟。余建新和蒙永葆曾在一所大学里念过四年历史系，毕业后蒙永葆一直待在文物所里，余建新则在中学里教历史。因耐不住寂寞，余建新突发奇想，用他学的历史知识盗起汉墓来，竟然屡屡得手。他的行为让蒙永葆知道了，蒙永葆对一个历史系毕业的人搞这样的勾当恨得咬牙切齿，便喊派出所的人把余建新从墓穴里揪了出来。

余建新隔着窗户看见蒙永葆躺在病床上奄奄一息，心里的一块石头就完全落了地。余建新通过邮局匿名给蒙永葆寄去了一笔数额不小的钱，既算是对蒙永葆提早退出这场未曾开场就已经结束的较量的补偿，也算是他余建新不但不记过去的旧怨，还大人大量地念着老同学的旧情。余建新想，当年我虽然在这里栽了，但如今却要在这里修座桥，然后把自己的大名刻到桥上，让千人瞩目、万人瞻仰，这是一件多么解恨也多么有意思的事情！

余建新把资金打入了蒙永葆在县建设银行新设的户头上，然后着手工程设计和预算，要把这座桥修得有模有样。

政府让余建新在诸葛门修桥，当然是不用征求文物所的意见的，文物所的人直到余建新请人到诸葛门前来量尺寸、绘图纸，才知道大事不妙。他们也不敢把事情告诉蒙永葆，他一个行将就木的人了，谁忍心呢？

蒙永葆从进医院那天起，就一直躺在病床上，神志不清，不省人事，像是已经死去了一般。诸葛门看来是没救了。蒙永葆这样子，文物所的人就纷纷摇头叹息，仿佛世界末日就要到来似的。

最受不了的还是那个叫作篮球的年轻人。篮球是蒙永葆收留的一个孤儿，一直帮助蒙永葆看守着诸葛门。篮球很小的时候便没了爹娘，天天蜷缩在诸葛门下的墙边，靠熟悉或不熟悉的人施舍为生。蒙永葆见他可怜，就在诸葛门里收拾了一角杂屋，让他住在里面，负责城门的看守保卫和卫生打扫，每月发给他不多却也能基本维持生计的工资。就这样，篮球一守就是十多年。如今眼见着诸葛门就要被拆掉，篮球自然比谁都着急。着急归着急，篮球也不敢把这事告诉蒙永葆，怕这样不但于事无补，反而会加速蒙永葆的死亡。

这天，医院给蒙永葆下了病危通知单。蒙永葆的家人在病房里哭了一阵，都陆续准备后事去了，只有篮球不肯走，他在病床前暗自流泪，一边流泪一边低声抽泣道："蒙所长你这么走了，留下我怎么办？人家余建新就要动手拆诸葛门修桥了，以后我可是无家可归了。"

蒙永葆当然不可能听到篮球的哭泣，他无声无息地平躺在病床上，仿佛一只断气多时的死猫，只是蒙永葆并没真正死去，总有一丝微弱的气息吊着。

第二天，第三天，那丝气息还没断。

一旁的篮球意识到了什么，像是对蒙永葆，又像是自言自语道："蒙所长，我知道您的意思，您是不想死在医院里吧？”篮球转头对医生和蒙永葆的家人说：“蒙所长是要离开这里哩，我们把他抬回去吧！”

没有人附和篮球，把一个就要进火葬场的人运回家里，这不是吃饱了饭没事干吗？

篮球见众人无动于衷，感到很伤心。他低头附在蒙永葆耳边说：“蒙所长，就到诸葛门上去吧，那是您最放不下的地方，那里比医院好百倍千倍，我陪着您，给您送终。”

篮球请人帮忙，把蒙永葆抬到了诸葛门上。

篮球把自己的那张床让给了蒙永葆，篮球说：“蒙所长，您能够死在诸葛门上，这一辈子也就没有遗憾了。”篮球还把小屋子的窗户也打开了，让阳光照进来。已是初冬时节，篮球觉得融融的太阳照在蒙所长身上，一定会让他生出许多的温暖。也许是阳光的作用，篮球看见蒙永葆那苍白死气的脸上浮上了一层浅浅的光泽。

篮球还朝城门下面的平台指了指，对蒙永葆说：“蒙所长，您看到了吗？那一对石环还在井旁搁着呢。”篮球想起了十年前的一件事情。那时蒙永葆身强力壮，可以把那对百来斤的石环舞得呼呼生风。有一天，县建委带了一帮人要来拆诸葛门，说是要修条沿河路，谁也不能碍事。不想蒙永葆并不吃这一套，他守在平台边的入口处，两手抓着这一对石环，对来人吼道：“谁敢来拆诸葛门，首先得问这一对石环同意不同意。”这毕竟不是战争年代攻敌人的碉堡，自然没人愿意冒死向前，只得喏喏而退。当时的县长是从市文化局下来任职的，多少有点文物意识，原本对拆诸葛门修沿河路也不太支持，既然有蒙永葆在这里顶着，他也就很快把原来的决议撤销了，蒙永葆才算是守住了这块阵地。

篮球想，今非昔比，蒙永葆这个样子，这一回诸葛门是没救了。

篮球望着那对石环出了一会儿神，低头对蒙永葆说：“蒙所长，我到街上去一趟就回来。”然后他下了诸葛门，往街上踽踽而去。篮球要上街买些纸钱和鞭炮，他不想让蒙永葆走得太寂寞、太寒酸。

不想篮球没走多久，余建新就在一位姓陈的县长的陪同下，带着城建、交通部门的人朝诸葛门走来了。余建新面色红润，气宇轩昂，那份派头足得不得了。他往诸葛城门下一站，眼望着波光荡漾的河水，深情地对一旁的众人说道：“我从小就在这河边长大，无论走到天涯海角，最忘不了的，还是这养育了我生命的源头活水啊。”

紧靠余建新的陈县长立即附和道：“树高千尺，叶落归根。余总是一个时刻不忘根本的人。”

余建新摇摇头说：“可我对家乡未曾做过丁点儿的贡献呀！”

陈县长说：“这次余总在这里修桥，不但对我县经济发展有着不可估量的作用，也是造福子孙的千秋伟业，这可不是用“贡献”两个字就能概括得了的。”

一行人说着话，并不急于往城门上登，而是先在诸葛门下绕圈。陈县长又说：“余总是老牌的历史系高才生，对这座城门的来历一定颇有研究吧？”

余建新说：“研究谈不上，略知一二吧。”

陈县长说：“您别谦虚。”

余建新说：“按照蒙永葆的说法，这是诸葛亮南征时建筑的，我觉得并不是这么回事。”

陈县长说：“依余总的高见？”

余建新说：“我考证过，诸葛亮七擒孟获是在西南一带，并未经过这里，蒙永葆说的多少有些牵强附会。”

陈县长立刻说：“我们也觉得蒙永葆说的是子虚乌有，没谁听他的。今天经余总一点拨，我们心里就更有数了。”

余建新说：“不过蒙永葆的精神是可嘉的，我一直很钦佩他。”

陈县长说：“当然当然，你们是同窗好友嘛。”

余建新说：“县长大人，据说蒙永葆得了绝症，来日不多了，今后政府对他的家属可要多关照才是。”

陈县长说：“这请余总您放心好了，蒙永葆是您的同学，您又亲自关照过了，政府一定会对他的后事和他的家属给予特殊处理的，以体现政府重视知识分子、厚待人才的一贯政策。”

余建新说：“这我就心安了。”

说着，他们已回到原来的城门下，接着开始踩着石级往门楼上登。

他们来到了平台上，举目望去，山更远了，水更阔了。余建新抹一抹被风吹乱的稀疏的头发，叹道：“真是江山如画啊！”

陈县长说：“等到余总的桥建成的时候，这里将更加美丽。”

余建新说：“我一定尽我最大的努力，把这座桥修好。”

陈县长说：“我建议，这桥的名字就叫作建新桥，余总您看如何？”

余建新说：“不不不，我修桥，并不是为了一己的浮名，还是叫诸葛桥吧。”

陈县长点点头，道：“我知道余总您高风亮节，我就钦佩您这种不为名、不为利的高尚精神。我想如果不叫建新桥，至少也要在桥上刻上您的大名。”

余建新连说：“不敢当，不敢当。”

一行人讨论得正热烈的时候，篮球从街上回来了。篮球提了一蛇皮袋的纸钱和鞭炮，准备在蒙永葆落气时大烧大放一通。

篮球猛一抬头，见一行人在平台上指指点点的，就明白了是怎么一回事，脚下的步子立即就加快了。

篮球蹿到平台上，喝道："你们要干什么？"

众人回过头来，见是篮球，又都不屑地背过脸去。

篮球突然想起当年蒙永葆喝退来拆诸葛门的那些人的壮举来，于是他把手上的东西往地上一扔，跑到井边抓起那对石环，对众人喝道："今天你们谁敢打诸葛门的主意，我手上这对石环就对谁不客气！"

余建新一时就愣了，用眼睛去望陈县长。陈县长脸上已气成猪肝色，他对篮球叫道："你成什么体统？"又对身边的随从吼道："把他轰开。"

一伙人就拥过去，夺下了篮球手上的石环，把他的双手反扭起来。篮球急了，喊道："你们不要把事情做得太绝，蒙所长还没死，他还住在门楼上哩！"

听篮球这么一喊，余建新就向篮球走了过来。他认真地望望篮球，说："我认得你，你就是篮球，是吧？"余建新说着，向还扭着篮球的人抬一下下巴，要他们放开篮球。

余建新又说："你说蒙永葆就在门楼上？"

篮球望着余建新，点一下头，说："是呀，他就在城楼上，他不会扔下诸葛门不管的，是死是活他都会留在这个诸葛门上。"

余建新撇下陈县长他们，往门楼上走去。

余建新透过窗户，看见了角屋里无声无息的蒙永葆。

余建新在窗前立了一会儿，回到平台上。他对篮球说："看在我和蒙永葆同学多年的分儿上，我让诸葛门再留几天。我有这个耐心，蒙永葆的尸体运走后，我的工程再动工也不迟。"

一行人离开了诸葛门。

数天后，余建新一个人又来到城门下，仍像前一次一样，在城门下绕了绕，他才拾级往平台上登。

很快，余建新就来到了平台上。余建新目光炯炯，那炯炯的目光久久地停留在平台外面波光闪烁的水面上。风吹过来，把他的衣襟掀起，让他平添一分飘逸。

良久，余建新才把目光收回来，离开平台，往门楼上爬去，他要去看看那个角屋，也许蒙永葆已经不在那里了。

就在余建新快到门边的时候，门"吱嘎"一声响了，余建新立住了，身上莫名地就是一颤。

角屋的门开了。

门框上先是蚂蟥一样叮上一只瘦得只剩一层皮的手，接着一个骸骨般的身影出现在门口。

冬天惨惨的阳光投过来，给这个身影拖了一条长长的变形的影子。

不用说，那就是蒙永葆了。

余建新不自觉地往后退了一步，但见蒙永葆那深深下陷的双眼里，泛出一分虽然灰暗却很犀利的光，这光直逼着余建新，让他浑身感到不自在。

余建新无法面对蒙永葆这种目光，掉头奔下诸葛门。

后来，再也没见余建新出现在诸葛门上。

九如斋

小镇蛮小，却精巧别致，蛮有味道。有条小河，仿佛女人的腰肢，扭动着媚丽，自远处逶迤而来，那般轻柔而又鲜活。一溜儿板装木屋，临河而居，把幽然倒影投进水里，颇有几分情调。

屋前才是街道，不宽不窄，砌着般大般小的麻花石子，砌着小镇的古朴和灵动。

小镇于是蛮繁华。麻花石子的路面上，整天叩响匆匆的抑或不慌不忙的足音。路旁的榆树下，卖鱼鳖猪肉的，售蔬菜瓜果的，以及抽牌看相、耍猴子把戏的，比比皆是。那些板装木屋大多劈了门面，或销售百货，或经营药业，或打铁补锅，或修伞钉鞋，三教九流，不一而足。自然还有不少茶楼酒店，什么“得月楼”、“望云肆”、“天心堂”、“静怡阁”，招牌一个比一个响亮。街上最繁华热闹的路段，还有一处酒家，这便是小镇上颇有点名气的九如斋。九如斋居于水上，整日里卧波枕浪，尽得风流。有檀木横匾挂于门楣，上书“九如斋”三字。那字体的确有些笨拙，看来是出自一般村夫俗子之手。据说先前这匾上的字是蛮过得劲的，后因小老板纪若愚之父——大老板纪昌荣犯了一个小过失，被人刮了去，才另请人写就的。这的确不能不说是九如斋的一大遗憾。

门楣下挂着门帘，竹制品，翠绿色。掀帘而进，即有慈眉善目的老花狗摇尾相迎，十二分地殷勤。纪若愚亦离了柜台，弓身走过来，小脸上装着因过多而显拥挤的笑容，口中的恳切之词免不了要一个劲地往外喷。一边将客人带到黑漆圆桌旁的黑漆椅上坐定。邻座麻将桌上的小二已退下，这时赶忙过来敬烟，倒茶，口中说：“客官玩几盘吧，酒菜还得稍候片刻。”见麻将桌上三缺一，客人不便推辞，只得起身坐到麻桌旁，加入方阵。

待两圈或四圈麻将结束，厨房中的杯碟也就陆续上了桌，免不了又是“清炖甲鱼”、“红烧盘龙”、“黄闷鲜鲤”、“爆炒红虾”等水中佳味。方阵中食客于是鸣金收兵，结了账，兑了现，纷纷过到食桌上，举杯动筷，尽情满足因脑力消耗而膨胀起来的食欲。酒足饭饱之后，客人或兴犹未了，继续方阵之争；或踱至纪老板柜台旁，交上几块大洋，道声感谢，掀帘而去。纪若愚于是离了柜台，走到门外，与脚旁的老花狗一起目送客人走下木楼，口中殷勤道：“先生好走，以后常来。”

客人已到石子路上，不得不车转身子，瞟一眼头上的“九如斋”三字，对纪若愚表示感谢：

“一定常来，一定。”

是的，凭了九如斋的麻将、美味，以及主人和老花狗的温情，能不常来吗？

翼心就常来。

翼心不是小镇人，是外路人，在街口的洋学堂里做教员。翼心最受九如斋的欢迎。首先是门帘边的老花狗，每次见翼心掀帘而进，都要立即射过来，欢快地摇着尾巴，朝他绕上几圈，而后伸长红艳舌头，往翼心鞋尖上猛舔；或是紧衔着翼心的裤腿不放，一直把他拖到纪若愚的眼前。见状，纪若愚就蛮开心，长辈长长辈短地唤得好亲切。

小二亦与翼心熟得很。小二知道翼心是不上麻将桌的，便赶忙在栏杆边放了竹椅，拿过茶杯和纪若愚的钓竿，任翼心一边品茗，一边凭栏而钓。那老花狗此时也不再守门，却蜷曲于翼心脚边，静静观望翼心手中的钓竿，钓竿静止时，它的目光凝滞如止水；钓竿晃动时，它的眼珠子跟着骨碌碌转动。连纪若愚也离开柜台，走至翼心身侧，抚栏而立，看翼心垂钓秀波丽澜，垂钓满河流光溢彩的春色。

河里的鱼还未上钩，锅里的鱼则已烹熟，香喷喷溢出诱人的香味。翼心于是起身，离栏入席，举杯豪饮。老板纪若愚也往往会走过来，陪翼心喝几盅，说几句贴心话。鱼肉填肚，湘酒滋喉，翼心心上便流畅起来，两人越发谈得投机，天文地理，古往今来，无所不包。直至日落西山，街影憧憧，两个才停箸歇盏，起身离桌。临行，翼心到柜台上去交钱，若愚老板执意不肯，说：“我请您的客，哪能收你的钱？”

翼心笑笑，额头和眼角缀着皱纹。翼心一边朗声笑道：“总是你请，这次就给我点面子吧。”一边放几枚大洋于桌上，从容而去。纪若愚就急得什么似的，追到门外，还欲客套几句。不料老花狗已抢了先，窜至翼心脚边，紧紧衔住裤腿，硬是不肯松口。翼心俯身，怜爱地拍拍老花狗的头，说声：“乖乖，听话，我会常来看望你们的。”老花狗仿佛听懂了翼心的话，恋恋不舍地松了牙齿，回到纪若愚脚下。只是那双脉脉的眼睛，泱泱地洇了泪水似的，让翼心不敢正视。直到翼心到了街角转弯处，回首，老花狗仍蹲在九如斋横匾下，定定地注视着翼心，一双眼睛晶莹而又闪亮。

远望翼心那依稀的身影，又瞧瞧足下老花狗这模样，纪若愚心上就隐隐地有些颤动。

纪若愚就想起小时候父亲曾对他说起的一个人。

那人亦是外路人。亦在街口的洋学堂里做教员。三十岁左右的年龄，姓廖，说是从国外留学回来的博士，小镇人一律喊他廖博士。当教员，还清闲，廖博士便常常牵一只玲珑可爱的小花狗，在街头巷尾闲逛，偶尔亦到街旁酒店茶楼小饮几杯。

那时的九如斋还不叫九如斋，叫一个很拙的名字：遂心店。店子没名气，店老板纪昌荣又初入道，不善经营，故生意甚是衰微。倒是廖博士顺便进过几回遂心店，使得昌荣受宠若惊。见廖博士是个有学问的人，连他身边的小花狗都贵气十足，昌荣心中就蛮佩服，蛮羡慕。招待自然很周到，未曾有半点疏忽，常主动上前攀谈。廖博士每每出口成章，妙语连珠，一派儒雅之气。

这一日，廖博士又牵着他的小花狗来到遂心店。刚在黑漆圆桌旁落座，纪昌荣就赶快迎上来，敬烟献茶，十分殷勤。还从廖博士手中抢过绳子，弓身将小花狗拴到桌子脚上。菜上桌后，又陪着廖博士一同举杯畅饮。酒过三巡，廖博士已是面色酡然，渐至佳境。昌荣见状，心中窃喜，忙向屋角的小二挥手。小二应了一声，立即托盘而上。当然，盘中不是鱼也不是肉，却是文房四宝：纸砚笔墨。

纪昌荣起身接盘，置于桌上，尔后弓身低首，挨近廖博士，毕恭毕敬道："廖博士，您是高人，才高八斗，学富五车，小弟未知有无福气，讨得您只言片语，以辉煌陋店？"

廖博士微微一哂，无语。俄顷，缓缓抿一口湘酒，悠然下咽，这才撩袖拈毫于手，准备起笔。纪昌荣早将廖博士前的杯盏移开，铺上宣纸。

神至气定，廖博士便开始运笔于纸上。那才是真正的大家手笔哩，向背协调，仰俯有势，一笔一画，无不出神入化，恰到好处。字成，竟是典型的唐楷风骨，仿佛乌金铆在纸上。就三字：

九如斋

纪昌荣喜不自胜，捧着这三个字，左瞄右瞧，爱不释手。半晌才吩咐小二，即刻就去请城里一流的雕匠，把字雕到一块檀香木匾上。

挂匾之日，纪昌荣请来不少亲朋好友，大加庆贺。廖博士自然成了首席嘉宾，众人都纷纷向他敬酒，表示仰慕。连他足下那只小花狗也被当作吉祥之物，备受青睐。觥筹交错，大嚼大咽，从中午到黄昏，未有过停歇。宴罢席散，众人兴犹未了，忍不住还要赞赏一番廖博士的唐楷，以及他的学问、海量和可爱的小花狗。见气氛这么浓郁，纪昌荣当然更是欣喜不已。他让小二拿来那时小镇上还不大时兴的麻将牌，置于桌上，请廖博士跟会麻将的客人玩两圈。廖博士略微推辞，还是上了桌。一边说道："我某人玩字、玩酒、玩狗，已是玩物丧志。现在又要玩麻将，岂不更加邪乎？也罢，纪兄如是雅兴，我怎能不捧捧场呢？"

未知是九如斋这块招牌古雅深奥，有别于小镇上阁、楼、堂、肆者流，还是廖博士的字写得隽永，名声比较好听，抑或是九如斋的麻将牌吸引人，九如斋的生意，自此便一日日红火起来。

之后，廖博士到九如斋来得更勤了。客随主便，饭前酒后，总免不了要陪纪昌荣玩几圈。廖博士贵人手顺，赢的时候多。却不多赢，每次仅够一顿酒肉的价钱。纪昌荣和小镇人却乐得输给廖博士。不就是两个小钱吗？能和廖博士这种有才有学的高人同桌而饮，同室而乐，才是莫大的荣耀和福气哩。

就这么过去了两年，日子蛮惬意的。

这日，廖博士又牵着他的小花狗来到九如斋。一如既往，酒后又坐到麻将桌上。不想，这一天廖博士气色有些不对劲，阴惨惨的，失却了以往的红润和神采，心思总集中不到牌桌上，臭牌屡屡，好几次该和的牌都放了流，被下手和了去。廖博士破例输给了小镇人。数额不大，才九块大洋。但廖博士到九如斋来，一向是有牌赢的，故带钱的时候少，这一下输了，身上竟拿不出输金。廖博士有些尴尬。尴尬的廖博士只得到柜台上，向老板纪昌荣借钱。纪昌荣是个有良心的人，记得廖博士的好处，痛痛快快给了廖博士，并声言今后一个子儿都不要廖博士还。

廖博士总共借了十二块大洋，九块放到牌桌上，另三块是酒钱，又放回到纪昌荣的柜台上面。

尔后，廖博士便飘然而去。

一直到其他客人陆续走完，纪昌荣关门打烊时，才发现廖博士的小花狗还拴在黑漆圆桌下。纪昌荣知道小花狗是廖博士的宠物，他哪能因那十二块大洋而割人所爱？纪昌荣牵着小花狗就往街口的洋学堂跑。却再也找不着那个廖博士。只听说廖博士已经走了，是乘着木船，顺流往城里方向走的。

此后，小镇上再也见不着廖博士的影子。

而小花狗就这么留在了九如斋。

小镇人就谴责起纪昌荣来，说他是曾得到过廖博士的恩泽的，不但未曾涌泉相报，临到人家向他借几个大洋时，竟然还要扣下人家的宠物，真是小人做派。

更有甚者，有人还趁夜爬到九如斋的门楣上，将"九如斋"三字凿了个一干二净。那意思是，纪昌荣这号人，不配受用廖博士大手笔书的字号。小镇民风古朴，是容不得那种小人做派的。

纪昌荣的名声就这么丢了。

纪昌荣深深地谴责自己：太粗心了，简直不可原谅。当初廖博士离开九如斋时，为什么没注意到那小花狗还拴到桌子下面？

后来，纪昌荣还是又请人写了“九如斋”三字，重新雕了块横匾。可那字，横看竖看，总觉得未得法似的，与先前廖博士的唐楷相去甚远，简直不可同日而语。

一晃过去了许多年。物换星移，时过境迁，镇上人生生死死，改辈换代，又是一番景象。

纪昌荣一直等待着廖博士回到小镇，重新踏进他的九如斋，他也好还清些许人情债，以消除心中的愧疚。纪昌荣天天等，日日盼。店里的老小二变成了新小二。那只小花狗变成老花狗，老花狗生下小花狗，小花狗又变成老花狗。如此数度反复，却还没见廖博士的影子。昌荣已是牙齿动摇，眼昏耳聩，离土日近了，最后只得将整个九如斋和满腹心事和盘交给自己刚及冠的儿子若愚，眼一闭，腿一伸，辞世去了阴间。

此时，镇上才来了一个翼心。

那是个黄昏。水光山色，辉煌明丽。刚下学，翼心忽觉心境爽朗，优哉游哉踱至街上。步履轻捷，足音橐橐，街心每颗麻花小石都幽幽浮着浅光。到得街中，偶一抬首，忽见头顶一匾悄横，中有“九如斋”三字。翼心便泥住了脚步，那熠熠目光在匾上凝滞了许久。口中沉吟道：

“九如者，乃如山，如阜，如冈，如陵，如川之方至，如月之恒，如日之升，如南山之寿，如松柏之茂者也。”

稍停，翼心收回目光，低头叹了口气，轻轻说道：“九如语出《诗经·小雅·天保》，句句铿锵，字字玑珠。不想镇中有人，竟书上了匾额。只可惜这字，终是欠了点火候。”

恰巧此时，纪若愚欲出门上街办事，刚伸手去撩翠色竹帘，便听见了翼心这番吟咏。他料定此人绝非等闲之辈，于是掀帘而出，慌慌下了楼梯，事也不去办了，客客气气把翼心拉进了九如斋。早有那雍容老花狗，仿佛遇见了老朋友，兴致勃勃来到翼心脚边，摇尾乞怜，不再离去。遂惹得翼心弯腰低首，抚着老花狗软绵绵的身躯，不忍释手。

纪若愚就想起父亲在生时给他讲的那个廖博士。

这日，若愚是亲自下的厨。弄了几味看家鲜菜，又拿出家父纪昌荣在世时埋在地窖里的湘酒，与翼心频频举杯同饮。数杯下肚，翼心不觉兴头陡增，滔滔不绝起来，经史子集，唐书晋字，信手拈来，恰到佳处，好不潇洒风流。翼心还告诉纪若愚，他翼心一辈子玩过的东西太多，到头来就只舍不得两样东西，一是诗文，一是字墨。岂不是吗？他连名字也是由李商隐“身无彩凤双飞翼，心有灵犀一点通”拈连而成。便让纪若愚豁然开朗，境界大增，陡然间长了无数见识。他直佩服得五体投地，只顾弓着身子，连连敬酒不歇。

翼心自此就成了九如斋座上之宾。

只是有一点，翼心是不上麻将桌的。纪若愚就取了自己的钓竿，亲手交给翼心，让他凭栏而坐，独钓春光。酒肉上桌后，纪若愚再陪翼心斟酌几杯。有时麻将桌上常常三缺一，众人极力怂恿翼心上桌，翼心总是轻轻地晃晃他的脑袋，眼睛盯紧水面，一门心思钓鱼。顶多说句：“鄙人不会，抱歉！”其实，他的钓竿下面极少有鱼上钩，那浮漂一动不动，仿佛是钉子钉在水面似的。

只是，在纪若愚有了闲，也有了兴致，硬拖翼心入桌，翼心才弃了那难得有鱼上钩的钓竿，勉强玩两圈。偶尔凑拢几比高高，花花，配配，和回把小番，却总与大番子无缘分，总输。输了，纪若愚决不让翼心出钱，自己代他输，翼心倒是没受什么损失。

这一日，纪若愚又来了兴趣，强拉翼心上桌。翼心有些不好意思了，腼腆着说：“每回都要老板代输，真过意不去。”纪若愚就笑了，说道：“您长辈见外了，若不是您看得起，您会进我的门，上我的桌吗？您给了我这么大的面子，我替您输两盘小牌，又何必挂齿。”

稍停，纪若愚又犹犹豫豫地说：“看这样行不行？今日长辈若再输，输金仍由我出，您信手给九如斋留几个字，以了却我一分夙愿。”虽然直到今日，纪若愚还从没见过翼心的字，但纪若愚确信，翼心一定有一手过硬的字。这可是纪若愚预谋已久的事情。

翼心被逼上梁山，只好加入方阵。

一如既往，第一、第二圈翼心手气不佳，没和一盘。可第三圈西风起，翼心来了手气。不过只是小手气，和一盘才五番六番的，赢不了多少。纪若愚就开翼心的玩笑：“长辈，这么小的番子，换了我，是宁肯放流，也不会摊牌的。要和就和大番子，和一两盘就能定江山。下盘我和个大番子给您看看，把您的全部赢回来。”

翼心微微一哂，未语。仍不动声色，专注地进张出牌。有机会又和一两盘小番子，虽然与大番子无缘。倒是打大牌的纪若愚，狠抓了几盘大番子牌，且打得也麻利，什么清一色啦，一条龙啦，双飘带啦，武大郎卖烧饼啦，不一会儿就抓齐落成了。可眼看就要和子摊牌的时候，又被翼心用五番或六番的小牌抢了先，害得纪若愚哭笑不得。

就这么，四圈下来，一结账，翼心竟轻轻松松赢了牌。当然不是大赢，只是小赢，才十二块大洋。

十二块大洋，翼心只拿了三块，作为这天的酒钱交给纪若愚，其余九块仍摆在牌桌上，翼心一动未动。

三、九、十二。若愚觉得这些数字有点意味。若愚觉得曾在哪里碰到过这类数字，恍若是道家还是什么家常用的数字。

若愚又想起其父临终时，给他讲的那个关于廖博士打麻将输牌借钱的故事。

这时，翼心已向门口走去。

纪若愚便追了上来，手中牵着那只老花狗。纪若愚说："长辈，我知道您对大洋不感兴趣，但您今天破例地赢了牌，赢了牌，就不能从九如斋空着手走出去。"

纪若愚望定翼心，把牵老花狗的绳子交到了翼心手上。

纪若愚说："你们有缘。"

掀开翠绿竹帘，翼心牵着老花狗出了门。当他回首向纪若愚道别时，不经意望见了门楣上"九如斋"三个笨拙的字。翼心低下了头，轻声说："拿笔墨和纸出来。"

纪若愚受宠若惊。他叫小二搬张桌子过来，自己亲自进屋拿了文房四宝，置于桌上。

这笔，这墨，这砚，这纸，都是当年廖博士曾动用过的。

翼心拈毫在手，屏声静气，蘸墨运笔于纸上。那字，峻严，高贵，又不乏抒情之味，集欧字、虞体、褚书于一身。

三个字：九如斋。

这一下，纪若愚深感迷惑了。眼睛瞪得恍如那只老花狗。

因为"九如斋"三个字，仍是十足的唐楷风骨，与父亲描述的当年廖博士的字似乎正是同一种味道。

纪若愚怔怔地呆了好一阵。

纪若愚心上拱起一样很异样的感觉。

待怔怔的纪若愚回过神来，翼心和老花狗已消失得杳无踪影。

从此，九如斋再见不着翼心和老花狗，只有翼心写的"九如斋"三字，被纪若愚请人雕在檀木匾额里，挂在门楣上，很生动，亦很惹人。

骗 局

一

何西给南方打来电话，要他晚上到她家里去。南方很是激动，他跟何西的交往也不是一天两天了，她这可还是头一次主动约他，喜滋滋的南方立即放下手头的事情，出了门。

天还没黑，还没到何西约定的时间，只是下着雨，无法动步。南方真想就这样冲进雨中，又怕淋成落汤鸡，被何西笑话。他就在街边等候车子。不一会儿，就有一部红色夏利开了过来，南方一扬手，它就吱的一声停在了他的身旁，他赶忙钻了进去。开车的是一个年轻的女司机，她高傲地昂着头，连瞥都不瞥南方一眼就一踩油门冲向街心。但瞬间她的脚又踏到了刹车上，南方一个前倾，车子又停下了。女司机把头伸出窗外，朝突然横在街心的卡车司机吼道："你想死啊！"卡车很快掉了头，女司机猛地超过去，同时狠狠地朝卡车啐一口。

南方不由得认真地看了看身旁的司机，这是一个十八九岁的女孩，很俊秀的身材和脸蛋，很俊秀的鼻子，很俊秀的小嘴巴。想不到这么俊秀的女孩竟骂得出如此粗野的话来。也许是听多了女人的温声软语，也许是粗与细、刚与柔同时集中到了一起，南方对女孩竟然有了一种奇怪的好感。

南方不认识女孩，但女孩却是认得南方的。女孩名叫苏晓虹，她在中央电视台的《东方之子》专访节目里见过南方。当时，苏晓虹随意地打开电视机，看到《东方之子》节目正采访一位年轻人，而字幕显示，这位年轻人竟是苏晓虹所在城市的晚报记者南方。苏晓虹的眼睛立刻凝住不动了。南方说话时喜欢抬起手来，做些幅度并不大的手势。苏晓虹发现南方的手势很优雅，那手臂格外的长而有力。苏晓虹就莫名其妙地有了一种愿望：恨不得立刻将自己整个地投入到那手臂里面。这愿望是那样强烈，欲拂之而不去。也许就因为这份愿望，那个夜晚之后，苏晓虹一直在有意无意地等待着、寻找着。

然而，这天晚上，苏晓虹走近了南方，或者说南方走近了苏晓虹。

夏利突然停在街旁，苏晓虹把住方向盘，偏了头睃南方一眼，不冷不热地说："下车吧，到了。""到了？"南方一时摸不着头脑，说，"到了什么地方？"苏晓虹说："还能是什么地方？我的店门口！"南方说："我到你的店门口来干什么？"南方将头侧向窗外，在那华灯四射的店门上方，看见了晓虹服装城几个闪耀着的霓虹大字。南方说："我可不是来逛你的服装城的。"苏晓虹说："我又不是要你逛我的服装城。"南方说："那你停车干什么？"苏晓虹说："我自己的车，爱停就停。"南方说："你这不是出租车吗？"苏晓虹说："我这不是出租车。"南方说："这就怪了，夏利不是出租车？！"苏晓虹说："这是我上星期购彩票中奖得的，今晚在街上兜风，不想碰上你这个冤枉鬼，顺便载你一程，你竟赖着不肯下去了。"

南方只好知趣地下了车，顺手将两张 10 元的票子扔到座位上，然后昂首挺胸地走进雨里。但他刚关上的车门又打开了，苏晓虹在后面叫道："拿去，我又不开出租，谁要你的钱！"

雨小了许多。南方踏着街边的石板路朝前赶，一边注意来往车辆，看是否有空着的的士。他清楚这一带是城市的边缘，傍晚过后的士很少。终于从后面开过来一辆红色夏利，未等南方招手，它就吱的一声停在了他的旁边。南方急切地钻进车里。

谁知道竟然又是刚才的苏晓虹。南方说："我们真是冤家路窄。"说着准备下车。苏晓虹说："你别下车，刚才是我误了你的时间，我负责把它偿还给你。"

二

这天晚上，南方在何西屋里待了很久。何西给南方沏了茶，还给他递了烟，而她平时是不让他抽烟的。何西的儿子做完作业后就睡下了，房间里的灯还亮着。何西过去打开儿子虚掩着的房门，把儿子歪在枕边的那顶红毛绒帽抚平，放在床头柜上，然后将儿子搁在床边的那只手臂放进被子里，关了电灯开关。她小声嘀咕着："十五六的人了，下学期就要进高中了，还这样毛毛糙糙的。"语气里满是怜爱，那份掩饰不住的欣喜跟她眼睛里的波光一样很绚烂。

何西从儿子房里出来时顺手把儿子的房门关紧了，转身进了卫生间。不一会儿她就披裹着宽大的毯子从卫生间走了出来，脸上泛着红扑扑的光泽，看上去似乎年轻了 10 岁。她对南方说："你也去冲一冲吧。"

南方乖乖地向卫生间走去。每次都是这样，何西怎么说他就怎么做，她的话显得很权威，具有大姐姐的风范，南方总觉得应该照着去办。

等南方从卫生间出来时，何西已经钻进被窝。她说：“来陪陪我。”南方怦然心动了。何西在用她青春犹存的身子等着他呢。何西虽然比他大不少，但她可是一个非常懂得给予和索取的好女人，南方已不止一次两次领受过她销魂的柔情和爱意。南方跪到何西床前，何西从被子里伸出温柔的双手将他的双手逮住。何西望着南方说：“你不觉得我老了吗？你看我眼角的鱼尾纹更深了。”南方说：“你没有老，在我眼里你永远年轻。”何西说：“你骗我，我知道自己是什么样子。”何西伤感的泪水就从眼里淌了出来，她说：“南方，我们还是分手吧。”

南方有些吃惊。虽然何西多次在他面前说到她已经老了，但从没提出过要跟他分手。南方望着何西的眼睛，一时不知该说什么好。他俯下身子，用双唇堵住何西的双唇，要把何西说的话堵回去，他不愿意她说这些他不愿意接受的话。何西的双手从南方腋下抄过来，将他紧紧箍住了。他们就这么重叠着，回到他们曾经有过的感觉里。南方在何西耳边喃喃道：“我爱你，何西我爱你，我永远爱你。”

南方这么诉说着的时候，何西一直微合着双眼，那长长的睫毛不停地颤动着。沉湎于爱的时候，何西总是这么生动。然而最后何西还是将南方从她身上推开了，她说：“你完全可以当我儿子的哥哥，我们这是乱伦，我会遭报应的。”

三

何西这样说，是因为几天来她总觉得有什么事情要发生，她的心情很乱，好像有一种什么不祥的预感笼罩在心头。

而这天幼儿园里的事情也没一件不使她烦躁的。她还没进办公室，食堂师傅和营养医师就为订餐的事在她面前吵开了。师傅吼道：“何园长你瞧，小朋友的一份早点，又是牛奶又是卷子又是鸡蛋还要香蕉，我们厨房里的难道有三头六臂！”营养医师当然是讲究营养结构的，她说：“我都是按园务会上定的方案配置的，这有什么错？”何西一边掏钥匙开门，一边皱着眉头说：“这点小事也要吵到我这里来，你们不知道双方兼顾，协调处理？”

刚刚把师傅和营养医师打发走，总务科长又气喘吁吁地跑了来，上气不接下气地告急道：“西边那段围墙马上就要垮了，墙外那户居民硬说他的地基原来是延伸到围墙那个位置的，正在用大锄刨墙角。”何西只好放下手头的工作，跟着总务科长往外跑。

处理完围墙事件已经是上午10点多了。何西想起今天还没到班上去巡视，准备到各班去转一圈。这时大班老师抱着一个男孩从教室里奔了出来。何西知道不妙，走过去一看，男孩的额头上血糊糊的一片。何西便跟那位老师往医务室跑，待医生用酒精在男孩头上一洗，才发现是一道又深又长的口子，起码得缝八九针，几个人便扶头的扶头，抱脚的抱脚，将男孩紧急送往医院。

站在手术室外面等候医生给男孩缝针时，那种不祥的预感又从何西的心底冒了出来。何西觉得这种预感好像是从昨晚未说那句要遭报应的话之前就有了的。其实，她最不想说这句话，她的内心深处不愿跟她相恋的人分手，虽然她最后还是狠心地赶走了人家。这样的结果，使她感觉非常痛苦，整晚都无法平静，直到天快亮时才迷迷糊糊睡了一觉。

罗云汉天快亮时才回到家里。也许罗云汉以为何西没发现他，他轻手轻脚的，那样子简直就像一个幽灵。罗云汉说去外省收烂账至少去十来天，不知为什么昨天才走今早就回来了。何西并不知道罗云汉是在外面打了一天一宿的麻将，因为赢了钱高兴，特意回来看看儿子。罗云汉没理何西，他进了儿子罗东的小屋，罗云汉虽然在外五毒俱全，但对儿子却还看得重。罗云汉走进小屋时，罗东已穿好衣服。罗云汉就从打麻将赢来的那把票子中抽出两张大钞票塞进罗东的衣袋。

罗云汉正准备离去，忽然瞥见了床头柜上那顶红颜色的毛线帽，这是何西照着《针织大全》上的式样给罗东织的，罗东特别喜欢，天气还不是太凉的时候就拿了出来。罗云汉拿着小红帽瞧了瞧，扣在罗东的头上，还顺手在帽子上轻轻拍了拍，这才转身幽灵般离开了儿子的房间。

幽灵！何西的脑海里又出现了罗云汉的影子，好像这个影子会像鹰一样把儿子掠走似的。此时，医院门外有小汽车的喇叭响了一声，接着儿子学校的校长和罗东的同班同学向立军出现在走廊那头的楼道口。

何西的腿一软，脑袋轰的一声炸开了，她一个趔趄往前栽去。

四

南方再一次邂逅苏晓虹，是在去医院看望何西的途中。苏晓虹的夏利迎着南方开过来，到了南方面前就吱的一声停住了。苏晓虹把头从车窗里伸出来，喊道："阿南，我们又见面了。"南方向她笑笑，说："你好！"苏晓虹说："你去哪里？我送送你。"南方说："不麻烦你了。"她说："别客气，上来。"车门已经向南方打开。南方推辞不了，便乖乖上了车。

南方对几天前自己的遭遇有点不解，就问苏晓虹："你为什么要把我拉到你车上？我从前并不认识你，而你又不是开出租车的，这到底是什么原因呢？”苏晓虹扑哧一声笑了，说：“你不认得我，并不意味着我也不认识你呀。”南方感到意外，说：“你又怎么认识我？”苏晓虹说：“这个问题就这么重要吗？我看我认识你，这才是最重要的。”南方没再寻根究底，所以至今他还不知道苏晓虹是怎么认识自己的。他想他们当记者的，免不了要抛头露面，被人认识也许并不奇怪，而且苏晓虹说得对，她认识他，这才是最重要的。

很快，苏晓虹就送南方到了医院。南方正要跟她说再见，苏晓虹却说：“等等，我跟你一起进去。”然后钻出车子，追了过来。

南方和苏晓虹走进病房时，何西正呆呆地坐在床沿上。她的脸色苍白，目光直直地停在病房的某一个角落里，而那个角落里什么也没有。南方在那张苍白如纸的脸上瞧了许久，他想在那里找到正常的悲伤与痛苦，然而没有。那张脸除了苍白还是苍白，这让南方非常难受，比在那上面看到悲伤和痛苦要难受百倍。南方差点要流泪了。何西怎么会这样呢？她脸上竟然连悲伤和痛苦都褪了色。

那张苍白的脸曾经多么生动、迷人。南方跟教委的领导采访幼儿园达标升级情况时认识了何西，当时何西很得体地烫了个小波浪，看上去也就三十出头的年龄。何西不是那种很漂亮、时髦的女郎，却有一种极优雅的风韵，让人感觉温馨和安全。当时南方心上就动了动，暗想，他企盼着的不正是这样一个能给予自己温馨和安全的女人吗？南方觉得他跟这个女人有一种天生的亲近感，近得没有任何距离，而且他敢肯定，何西也有同感，尽管她不动声色。

南方和苏晓虹试探着跟何西说些什么，何西却很难得有什么表示。偶尔开口，说的话也毫无头绪，她只字不提与儿子罗东有关的事情，仿佛她从来没有过这么个儿子。

何西不提儿子，却偏偏说自己有一个女儿。何西望了望南方和苏晓虹，似乎有些不好意思，一双手不自觉地搓了搓。这使南方感到非常意外，因为他从来没听说过何西还有一个女儿。南方想，何西受的打击太大，神志不清，说些无根无据的事，也许一点儿也不奇怪。

苏晓虹却对何西这个无中生有的女儿很感兴趣，她对何西说：“你女儿一定跟你一样漂亮。”何西便来了劲，说：“我老了，但我女儿年轻，花儿一样，能不漂亮！”苏晓虹说：“她多大了？”何西说：“二十岁了。”苏晓虹说：“你真幸福，女儿都二十岁了。大概高中毕业了吧？”何西说：“已上大学了。”苏晓虹伸出手，把何西的手握在掌心，说：“祝贺你，我一定要买束鲜花送给你。”何西说：“你应该送给我女儿。”苏晓虹说：“对，应该送给你女儿，是她考上了大学。”

看见何西变得高兴了，南方和苏晓虹倍觉欣慰。是呀，何西是不是真的有一个女儿，这一点也不重要，重要的是她能够高兴，能够因想到自己有一个女儿而高兴。

但何西旋即又由喜转忧，脸上忽然蒙上了阴云，目光也变得迟钝了，那目光散散淡淡投向对面的墙上，久久没有转移。南方和苏晓虹不知如何是好，弄不清她的这种目光究竟代表一种什么含义。

良久，何西嘴里又吐出一串字音，她说：“她怎么没来看我呢？”

五

南方和苏晓虹离开医院后才知道了事情的经过。

那天，罗东戴着那顶红色的毛线帽。晃白的太阳浸在河水里，那情形有点像文人的水墨画，那种雅致的深远的古代文人的水墨画。

这个比喻是罗东说的。罗东指着水里的白太阳，向伍朝阳和向立军说出自己的发现时，脸上浮起无比得意的神色。他们三个是最要好的同班同学。午休时常常结伴到校园外的河边散步。

罗东弯腰在沙滩上拣了一块扁石，一挥臂往水里削去。几乎是同时，伍朝阳也向水面击出去一块石头。所不同的是，罗东削出一串长长的漂亮的水漂，而伍朝阳的那块石子仅在水面弹了两下，便悄无声息地沉到了水里。

这本来没什么大不了的。偏偏罗东自我感觉良好，他嘲讽地瞥了伍朝阳一眼，那意思分明是，我打水漂你凑什么热闹，你看你那臭水平能跟我比吗?

少年人总是很敏感的，伍朝阳一下子就从罗东那一瞥里读出了对自己的蔑视。他的脸上红了一块，同时狠狠地咬了咬牙，不过他没吱声，因为罗东并没说什么。伍朝阳装成若无其事的样子，眯了眼去瞄水面那被石子击出的涟漪。伍朝阳在涟漪里又瞥见了那晃白的太阳，他心上一动，便有了反击罗东的话题。

他把向立军也扯了进去，睃一眼罗东头上的小红帽，然后说：“向立军，你是画画的，你可能大概也许抑或没见过这样的水墨画吧！”伍朝阳说的那一串多余的副词很刺耳。

向立军正弯腰拣拾浅水处的白色鹅卵石，他的注意力全在水里，并没完全听清伍朝阳的话，但他还是应付地“嗯嗯”了两声。伍朝阳来了劲，他像当年哥白尼宣布地球绕太阳转那样大声说：“这是什么水墨画，语文成绩再差的人也不会这么比喻！”

伍朝阳宣布完毕，偏了头去睃罗东。罗东也在拣着水边的鹅卵石，对伍朝阳的宣言充耳不闻。伍朝阳泄了气，他这才意识到，他的这番话对罗东根本构不成杀伤力，因为罗东的语文成绩名列前茅，伍朝阳提及语文成绩，无异于是对罗东的恭维。

伍朝阳不愿善罢甘休，他在那艘一动不动停泊在河中的客轮上发现了新的题材。伍朝阳胸有成竹地朝罗东走过去，他拍了拍向立军的肩膀，用下巴指了指河面说："你知道那客轮是干什么的吗？"向立军抬起头望望那艘客轮，说："我怎么知道？"伍朝阳说："书呆子，连这都不知道。"向立军说："你不是书呆子，你知道是干什么的！"伍朝阳说："租客轮到河中间去赌博，不易被警察发觉。"向立军说："我不信。"

伍朝阳又向罗东的头上瞟了一下，他觉得那顶小红帽很讨厌，他咬牙切齿地说："你不信？今天早上我还看见那艘客轮开到河这边将罗东的爸爸和另外三个人接了过去。罗东的爸爸厂里停产，除了赌博没事干。"向立军说："真的？罗东的爸爸赌博？"向立军说着，还回头瞥了罗东一眼。伍朝阳很得意、很夸张地点了点头。

这一下罗东来了火，他指着伍朝阳的鼻尖大声吼道："你造什么谣？看我把你弄到水里浸死。"伍朝阳正在得意劲上，嘴巴当然关不住，他说："谁造谣了？你爸明明在船上赌博。"罗东说："我爸若不在船上呢？你敢打赌吗？敢跟我撑了排去看吗？"罗东指了指不远处的河边的一只小竹排，又把头上的小红帽抓下来挥了挥。

伍朝阳像只斗红了眼的公鸡，昂着头叫道："赌就赌，我还怕你不成！"

悲剧就这样发生了。

六

这段时间，南方几乎天天往何西的病房里跑，自然就会碰上罗云汉。罗云汉并不知道南方和何西曾经有过的关系，因此对南方还比较友好。罗云汉告诉南方，那天早上他给儿子放下点钱刚出门，又碰上了头天晚上一起搓麻将的三位牌友。罗云汉有些意外，说："怎么又碰上了你们？"三人说："你把我们的钱赢光了，连早餐都吃不起了，我们特意在这里等着你的早餐。"罗云汉说："这没问题。"他就在路旁的摊子上要了四碗牛肉面。吃完面，三个人还是不肯放罗云汉走，一定要再搓几局。罗云汉拗不过，只得跟他们转过两条小巷，上了河里的客轮。

罗云汉说，一入局，他就什么事情也顾不得了，除了麻将还是麻将。只有一种模糊的印象，好像是他摸了一手最精彩的牌的时候，有两三个什么人进过船舱。但他的注意力全在牌局上，自始至终连头都没抬一下。也不知过了多久，他隐隐约约听到了船舱外的呼叫声，但究竟是叫什么他毫不理会，所以压根儿就不知道外面出了什么事。上一局牌太好，满可以和盘大牌的，却被下家和了个小炮，这一局他一门心思要和牌。这样直到罗东的同学伍朝阳惊慌失措地跑进舱里，一边哑着嗓子喊着，一边强行将他从牌桌上拽走，他才把目光从牌局上挪开。

罗东和伍朝阳两人打赌后击了掌，说好谁输了谁学着狗叫从对方的裆下爬过去，然后向立军、罗东和伍朝阳三人上了那只小竹排。不一会儿就靠近了客轮，三人相继爬了上去。这样他们就在舱里看见了那砌着“长城”的方桌，以及方桌旁的四个男人。四个男人中有一个就是罗东的爸爸罗云汉，伍朝阳一脸的得意，扫向罗东的目光明显含着报复成功的快意和嘲弄。罗东则满脸惊诧，也许是戴着红帽的缘故，他的脸色十分难看。

伍朝阳和向立军都粗略懂点麻将，两人就被麻将吸引住了，把之前的打赌全都忘在脑后。待桌上摊了牌，向立军和伍朝阳回头时，已经不见了罗东的影子。两人意犹未尽地离开船舱，跑到舢板上去，依然没有看到罗东的影子。后来，他们发现船外那只小竹排也不在了，伍朝阳和向立军东瞟瞟西望望，才在下游200米处发现了一只无人驾驶的随意漂浮着的小竹排。向立军眼尖，他看见横在竹排上的竹篙的一端挑着一顶小红帽。

七

面对何西那张毫无表情的脸，南方耳边就会响起何西那晚说过的那句话：我们这是乱伦，会遭报应的。南方为此感到不安。从前他总觉得，虽然两人年龄悬殊，但他们这是以心相许，两情相悦，并没有违背天理，却不承想被何西不幸言中。南方就有了一种负罪感，觉得是自己毁了何西。可是，要怎样才能减轻自己的罪恶呢？

苏晓虹又陪南方去看过几回何西，何西又有几次在他们面前提及她的女儿。过后苏晓虹就对南方说：“我有一个预感，何西说不定真的还有一个女儿。”南方看着苏晓虹，说：“这不可能吧，我认识何西那么久了，从来没听她露过半点口风。”苏晓虹说：“其实何西是否真有女儿，这一点也不重要，重要的是使何西拥有一个女儿，从而减轻因失去爱子而造成的痛苦。”南方想，何西若真的有一个女儿，那对她自然是一个莫大的安慰，如果我能使她如愿，那岂不可赎去我的一些罪过？南方对苏晓虹说："你的设想是好的，可这又怎么可能呢？"苏晓虹说："怎么不可能呢？我们可以想想办法嘛。"

第二天，南方和苏晓虹离开了城市，去了 200 里外一个叫作槐树弯的村庄。苏晓虹听南方说过，何西曾在那个村子里当了两年知青，她说："这里面说不定有文章可做。"苏晓虹说这话的样子，就像一个神秘的女特务。南方领会了苏晓虹的意思，他说："你的想象力还挺丰富的。"苏晓虹说："你别挖苦我好不好？我这还不是为了你！"南方望望苏晓虹，觉得她的话有一层什么意味在里面。

按照苏晓虹的主意，他们找到了当年的老妇女主任陈美玉。虽然她已经过了七十岁生日，但还很健旺。

苏晓虹将准备好的一盒高级点心用双手递给老人，甜甜地说："老人家，这是何西捎给您老的，我们特意代表她来看望您老。"老人耳不聋目不昏，乐滋滋地接过点心，说："你们是讲那女知青何西吧，她可是一个好女孩哩，难得她这么多年还记得我。"

老人又说，"何西当年就住在村边的仓库楼上。"老人口齿伶俐、谈吐清晰，可想而知她当年当妇女主任时的风范。她边说边迈着稳健的步子带着南方和苏晓虹向村边走去。那木楼因年头久远而显得十分破旧，楼前的草坪上零乱地堆着瓦砾，那些枯败的草茎自楼脚的枕木间斜逸而出，懒懒地摇摆着荒凉。每一块斑驳的木壁都开着裂缝，那隐约的霉味和腐臭就源自那些苍凉的裂缝。还有那架楼梯，日晒雨淋的，早已腐朽不堪，人走在上面，它便发出破旧而低沉的叹息。

老人的故事，就从这荒芜破烂的旧址上被翻找出来，透着一股旷远的既陌生又陈旧的意味。

八

那是一个无月亦无星的后半夜，村里的人们还酣沉在香甜的睡梦里，村子里寂静无声。村口仓库楼上的知青点里，一盏豆油灯在窗前忽闪了一下，旋即又幽暗下去。少顷，木门嘎吱一声，有身影自门里闪出，徐徐晃向楼梯头。

梯子是乡里寻常的木梯，人走在上面免不了要吱嘎吱嘎地响一阵。不过那晚的吱嘎声很轻很细，似乎是怕惊动了村人的睡梦。嘎吱声停止后，那个身影已到了楼下。黎明前的凉风从村口吹过来，那身影打了个战，之后踏上楼前的石板路。那石板路向村口延伸而去，在黎明依稀的光影里，仿佛一条青灰色的飘带，无声无息地飘摇着，晃得那么幽远。叩在石板路上的足音说有实无，说无实有，无法用耳朵去谛听，只能用意念去体会。一切都梦一般，实实在在而又虚虚幻幻。

身影不一会儿就沿着石板路飘到村口的槐树下。身影的身前还有一个布包。那布包也轻飘飘的，像舞台上的道具。抱着布包的那双手小心翼翼地用着力，表示着对它的怜悯和呵护。身影在槐树下迟疑了片刻，然后就迈下前面的石坎，迈向村外那片原野。

灰暗里，石板路一直在原野上蜿蜒着，直至原野尽头的小镇。

那个身影就是陈美玉。陈美玉老人说，那天晚上，她是因为可怜何西，才将她的婴儿送出村外的。她决定把事情做得隐蔽点，于是选择了黎明前这个最黑暗的时候。陈美玉老人叹了口气，又说，其实她这也是迫不得已，才出此下策。老人接着把事情的前因后果告诉了南方和苏晓虹。

那个时候知青返城风刮得正盛，跟何西一起来的几名知青都离开槐树弯，回城当了工人。可何西还形单影只地待在那里。她对回城没有太多的奢望。何西没有任何回城的背景。就是回了城，一无亲二无邻的，又到哪里去找工作混饭吃呢？何西干脆不去想这事，一心扎根农村干革命，打算在农村当一辈子农民。何西想，这里的农民祖祖辈辈都过来了，人家是人，自己也是人，她不相信自己活不下去，何况她在农村待了几年，已经把一个作为农村妇女应掌握的生存本领都掌握了。

当然，如果事情仅仅如此，也就不会有后来的故事了。问题是当时何西跟当地的一个青年好上了，那个青年是大队支书的儿子，叫王青松，刚从部队复员回乡。他的确是一个不错的小伙子，魁梧英俊，高中毕业在部队混了几年，见了些世面，说话、做事自然与足不出乡的愣头青不一样。他复员回家看见何西第一眼就喜欢上了她，何西也觉得跟他谈得来，加上何西断了回城的想法，准备在乡里过一辈子，若能嫁给王青松这样要品貌有品貌、要家庭条件有家庭条件的青年，她也就知足了。两人就这样好上了，而且在一个月白风轻的夜晚，就在村边这座仓库的楼上，何西以身相许，把自己整个儿交给了王青松。

接下来的日子，何西一面憧憬以后跟王青松共同生活的美好前景，一面暗中计划结婚的事。不知不觉中肚子也大了起来，何西又惊又喜，到后山的水库工地上找到了王青松，把他拉到坎下无人处，对他说："抽个空回去把事办了，娃儿都快下地了。"王青松伸手摸了摸何西隆起的肚皮，一蹦三尺高，叫道："我有儿子了，我有儿子了！"叫够了才拥着何西说，"别急嘛，第一期工程快结束了，到时捎个信给爸妈，要他们先准备准备，工程一结束我就回去。现在还不行，我这个突击队长一走，整个工地还不瘫痪了？"何西觉得王青松说的也有道理，点点头回了村。

谁知天有不测风云，就在水库一期工程快结束的头天下午，王青松跑到岩山上想去点燃那个半天没响的哑炮时，岩山上猛地响起一声惊天动地的爆炸声，王青松的身体跟着惊飞的石块分作几处抛向半空。

何西悲恸欲绝，但她没倒下去，撑着日渐粗大的身子，到王青松家去安慰两位老人，而且表示要把肚子里他们的孙子生下来。何西说这话的时候，陈美玉也在场。当何西回到仓库楼上时，陈美玉也跟去了，陈美玉说："孩子，你的心肠太好了，你的话使两位老人得到了莫大的安慰。可你仔细想过没有，你还是个姑娘，还要嫁人的，你若真的这么做，以后怎么办？"何西当然知道陈美玉话中的道理，但她是个重感情的人，她说："我不这么做，怎么对得起青松在天之灵，怎么向两位老人交代？"陈美玉说："我劝你还是把孩子打掉，青松已经去了，你留在世上还得做人，我相信两位老人也会理解的。"

何西对陈美玉的好意表示感激，却没照她说的去引产。就这样，何西的肚子一天比一天大起来。

这天晚上，陈美玉又爬到何西住的仓库楼上。陈美玉手上拿着一张表格，那是推荐上师范的政审表。这是陈美玉和支书也就是王青松的父亲去公社开会，从公社书记手里拿回来的。公社书记跟大队支书交情深，他早就答应给村支书的儿子王青松弄个上中专或大学的指标，可谁知公社书记刚争到一个上师范的名额，王青松就遭遇了不测。但公社书记还是把表格交给了大队支书，说："青松不在了，名额还是给你吧，你拿去安排。"大队支书颤抖着接过了表格。回村的路上，他又把表格交给了陈美玉，说："让何西去吧，这孩子也怪可怜的。"停停，又哽咽着说，"你还是去做做工作，要她把孩子做掉，不然做了妈妈，怎么给她搞审政呢？"听支书这么说，陈美玉忍不住流下泪水，在支书那苍老了许多的脸上望望，点了点头。

但倔强的何西任凭陈美玉怎么引导，她都不听，后来硬是把孩子生了下来。

那天陈美玉也在仓库楼上何西的屋里，两人聊了一会儿，陈美玉起身准备离去，忽见何西脸色异常，心里就明白是怎么回事了。她赶紧把何西扶到床上，接着烧了热水，准备了布片、土纸、剪刀什么的，还到仓库楼下的路旁采来几样草药，煮了一砂罐药水。经过大半夜的折腾，何西终于把孩子生了下来，但却因失血过多，昏了过去。

陈美玉老人叙述到这里，指了指南方和苏晓虹面前那架布满灰尘的破床，说："噢，就在这架床上。"

苏晓虹听得非常投入。她无法从老人的回忆中收回思路，忍不住提心吊胆地追问道：“那后来呢？”老人说：“后来何西就上了师范。”苏晓虹说：“还有那孩子呢？究竟怎样了？”陈美玉说：“我还没有说完呢！”

九

陈美玉老人跟着南方和苏晓虹一起来到城市。她依然精明，一下子就明白了苏晓虹和南方假戏真帮的意图，她非常愿意配合。南方说：“老人家，就辛苦您了。”老人说：“这算什么？只要对何西的病情有利，我再辛苦也值得。”

南方和苏晓虹领着陈美玉走进何西的病房时，病房里只有何西一个人。何西不声不响地坐在床上，一如既往地望着屋角发愣。南方把老人领到何西的床边坐下，然后对她说：“何西，你看谁来了？”

何西没有反应。陈美玉老人则微笑着望着何西，目光中满是怜爱。

南方又说：“何西，难道你忘了？这是当年的陈主任呀。”

好半天，何西才转过痴呆的目光。

老人立刻拉住了何西的手，老人说：“你没变多少，还是当年的模样，我一眼就认出来了，我可老多了，不中用了，你大概是认不得了。”

何西的目光依然还是那么混沌。

老人又说：“我就是那个美玉，槐树弯的陈美玉呀。”

何西那混沌的目光似乎亮了一下，仿佛那目光在深沉的记忆的洞壁上触着了一丝岁月的余韵。南方趁机在何西的肩膀上拍了拍，说：“你不是想要你的女儿吗？你还想不想得起你的女儿？”

何西的瞳仁立即睁得很大，她把手从陈美玉手里抽出来，紧紧抓住南方的臂膀猛摇着，几乎是狂叫着喊道：“我的女儿呢？我的女儿在哪里？”

当年何西生下来的是一个女婴。

也许是孕期过度悲伤的原因，这个女婴竟然是豁唇，样子极难看，然而就是这个女婴让何西生得死去活来。何西从昏死中醒过来时，发现孩子已不在自己身旁，原来，在何西不省人事的那两个小时里，陈美玉让另一位前来帮忙的村妇守护着何西，自己抱着女婴摸黑走下木楼，走出村子，将女婴寄养在村外的一户人家。

陈美玉不愿让何西看见自己生下来的是一个豁唇，她怕何西一时接受不了这个事实。当何西醒来后朝陈美玉要人时，陈美玉隐瞒了部分真相，她说：“恭喜你生下一个女儿。”接着又说，“可你这个样子怎么养得活她？我已经把她送到镇上一户人家，那户人家的媳妇刚生个儿子，奶水足得很。”

听了陈美玉的话，何西侧了侧虚弱的身子，无神的眼睛望着窗外泛青的曙色，一句话也不说。她似乎明白了什么，她懂得陈美玉的一份苦心，更何况她一时也没有勇气去面对现实。

不久，在村支书和公社书记的努力下，何西的政审通过，被送到市里上师范。何西走的那天，村里人和支书、陈美玉将何西送到了村外。何西突然抓住陈美玉的双手，哽咽着说："婶子，毕业后我再来向你要我的女儿。"话没说完，何西的泪水已滂沱而下。

陈美玉闻言，怔怔地愣了一会儿，随即才省悟过来，点着头说："到时你回来吧，我把你的女儿交给你。"

可何西毕业后并没回槐树弯，她那豁唇的女儿也没能活下来。

其实，何西是很想回去看看的，她想念槐树弯的父老乡亲，想念那段无法从生命中抹去的岁月。但她没有勇气，她知道回去后将一无所获，她找不回那份有凄苦也有情爱的记忆，找不回她那一生下来就离开了她的女儿。何况她毕业后参加工作不久就嫁给了罗云汉。在这种情况下，她唯一的办法只能用时间把过去的一切尘封起来，永远也不去翻弄它。

哪知道这么久了，她又会想起她那个女儿。那天在槐树弯，陈美玉老人跟南方和苏晓虹叙述完那个蒙了厚厚灰尘的故事后，曾感叹着说："这让我到哪里去给她找女儿呢？"

一旁听得入了迷的苏晓虹这时忍不住开口说道："我们总不能让何西失望吧，否则她的病就别想好了。"

苏晓虹的话让南方和陈美玉老人都沉默下来，一时不知说什么好。

突然，苏晓虹的眼睛亮了一下，她往陈美玉老人面前一站，说："老人家你看看，若何西的女儿还活着的话，会不会就是我这个样子？"

陈美玉老人开始还没反应过来，旋即就明白了。她在苏晓虹身上左瞄瞄，右瞄瞄，足足瞄了两分钟，最后她说："还真巧了，就是你这个样子。"又说，"别看我老了不中用了，但我的眼力还不错的，我细瞧过了，你还真的与当年的何西有几分相像。"

十

南方对何西说："老人就是给你送女儿来的。"

老人说："你还记得吗？你的女儿就是我接的生，当时我见你身体虚弱，没放在你身边，而是把她送了人。"

老人说，"你女儿是叫镇上苏姓人家的媳妇养大的，他们一直在等你回去认领，却一直未见你回去，他们便让她姓了苏。"

老人说，"后来那户人家还把你女儿送进了大学。"

老人的语调平和，声音洪亮，把事情说得很像那么一回事儿，连待在一旁的南方，都差点对老人编的这一套美丽谎言信以为真了。南方很佩服老人的口才，南方和苏晓虹跟老人排练这套节目时，只给老人设计了自我介绍的台词，想不到她临场发挥竟这么出色。

何西的眼睛很明显地转动起来。

何西说："你是陈、陈主任……"

老人点点头，赶忙说："我是我是，你终于想起来了。"

何西说："我女儿真的……"

老人说："真的，真的来了，我把她交给了你，我也就放心了。"

苏晓虹在这个时候出场了。她改变了装束和发型，与她前两次来何西病房时判若两人。苏晓虹走进病房，站在床边，用一双深情的眼睛凝望着何西。何西的目光也久久地停留在苏晓虹的脸上，那目光始而迷茫，继而疑虑，再而恍然，接着盈溢出混浊的泪水。

就在这么一个漫长而短暂的瞬间，苏晓虹一头扎进何西的怀抱，声情并茂地哀哀地哭泣起来。

许是受了感染，何西亦抱着苏晓虹的头战栗着泣出了声。

这又是南方始料未及的。按照事先的设计，苏晓虹走进病房后，紧挨何西坐下，根据早就虚构好的内容叙述自己的所谓经历，尽量编得像那么回事，使何西真的相信她就是自己的女儿。

事后南方曾问过苏晓虹，当时她为什么一上场就抑制不住地扑进了何西的怀抱，而且那情态和声音没有一点虚假和做作的味道，连他都产生了错觉，真把她当成了何西的女儿。苏晓虹说，当时她也不知道怎么会是这样，反正她在窗外听着陈美玉老人讲那番话时，心里就有一股东西莫名其妙地涌动着，让她无法自抑，等到她一走进病房，她的目光和何西的目光碰在一起，她就真的认定了何西就是她的母亲——她的亲生母亲，所以她再也控制不住，一头扑了上去。

南方望望苏晓虹，突然觉得她是那样的可爱。南方说："晓虹，我真不知怎样感谢你，你真是一个不同寻常的女孩。"

苏晓虹说："也没什么不同寻常的，要说不同，就是我三岁死了母亲，是在继母的咒骂声中长大的，所以我早就从家里独立了出来。"

苏晓虹说的当然没假，这也是实情，但还有一半理由苏晓虹没说，那便是为了讨得南方的欢心，使他如愿以偿。

十一

从何西的情形看，她好像已经确信苏晓虹就是她的女儿了。何西痴呆的目光变得柔和。这目光常常停在苏晓虹的脸上，表示着慈祥而又满足的含义。南方简直不敢相信这是事实，一位痛失儿子的母亲精神失常之后，因为见到幻想中的女儿而病情有所好转。连负责这个病室的医生也感到奇怪，他们的精心治疗和特效药都抵不过一位贸然闯进病房的女孩子的作用。

南方希望何西的病会因此而完全康复。南方希望他和陈美玉老人、苏晓虹三人设计的这场骗局会永远维持下去。这场骗局的初步成功，使他们三人都松了一口气，仿佛是完成了一项高难度的大事业。

几天后陈美玉老人回了槐树弯，老人离去前对何西说："你女儿我给你完好无损地送回来了，我的任务也就完成了。"何西望着老人，显得很平静，她点点头，她像听懂了陈美玉老人的话。

南方和苏晓虹依然不离何西左右，尤其是苏晓虹，她完全进入了角色，像亲生女儿一样守着何西。苏晓虹的存在，对何西病情的稳定起到了关键作用。南方和苏晓虹都感到很欣慰。南方特别感激苏晓虹，她的努力减轻了他心头的负罪感。

这天，南方看到何西的气色不错，就建议苏晓虹回店里看看，她已经好久没去打理店里的事务了。苏晓虹觉得南方说的也是，就把何西交给了罗云汉，让南方陪她回去。

好在苏晓虹请的两个店员还算尽职尽责，店里生意一直还在维持着。苏晓虹谢过她们，给她们放了一下午假，这样店里就只剩下南方和苏晓虹了。南方看着苏晓虹忙碌的样子，就歉意地说："晓虹，为了何西，让你把生意都耽误了，我真不知如何感谢你才是。”苏晓虹说：“你是真的要感谢我？”南方说：“当然。”苏晓虹用那略带伤感的目光望了南方一会儿，然后慢慢说道：“你还知道要感谢我？你心里从来就只有一个何西。”

南方怔了怔，忽然懂了苏晓虹话里的意思，他知道自己太专注于何西了。他回避了苏晓虹的目光，低声说：“是我不好，如果有机会，我会报答你的。”

苏晓虹笑了，说：“谁要你的报答？有些东西是你报答得了的吗？”停了停，才又说，“也好，等一会儿罚你给我做事。”

南方说：“我甘愿受罚。”

两人你一句我一句地聊着，不知不觉天已经黑下来，苏晓虹就去开了灯，说道：“晚上的生意有时比白天还好。”

果然就陆续有人走进店里，不一会儿工夫，苏晓虹就做成了两笔生意。苏晓虹的情绪似乎饱满多了，目光中的伤感消失了，说话的口气也轻松了许多。

这时突然停电了，店里店外变得漆黑一团，伸手不见五指。南方一时不知该干什么才好，掏了烟却不知火柴在哪里。苏晓虹也隐在黑暗里不动，老半天 才说：“没关系的，这个时候停电不会停得太久，等一会儿就会来电的。”

他们在黑暗里沉寂了好一阵。

南方的思维仿佛就跟这黑暗一样，陷得很深很深，而黑暗的深处隐着两个女人，一个是何西，一个是苏晓虹。

苏晓虹见南方没有动静，不由得问道：“你怎么不出声了，你是不是还在我的店里？”

南方觉得苏晓虹的声音是无数根轻盈的游丝，在黑暗里摆动漂浮，欲凭借那无边无际的黑暗，荡漾到极远的地方去。后来，那游丝慢慢粗起来，慢慢揉成长长的绳子，将南方的思维缠绕住，自黑暗的深处拉近拉近……

苏晓虹又嘀咕了一句：“还不来，莫非今晚就这个样子了？”

南方这才一个激灵，完全清醒过来，他说：“这个样子不是很好吗？”

苏晓虹说：“好是好，可我的生意做不成了。”

南方说：“那就把店门关了吧。”

苏晓虹说：“也好，现在我就罚你做事，就算你对我的报答。”

南方说：“好吧，怎么个报答法？”

苏晓虹说：“你把门口的模特给我抱进来，我去关门。”

接着她又开玩笑说，“动作要斯文点，她可不是你的情人。”

苏晓虹便再也不吱声了。

南方说：“我就把她当一会儿情人吧。”

南方在黑暗中摸索着，小心翼翼摸出柜台，摸向门边的服装模特。南方伸出手一用力，就把模特拦腰抱了起来。

那一瞬间，南方真的抱住了风情千种的情人，抱住了他有生以来一份最特别的感觉。这个情人当然不是模特。

南方不出声地思忖道，这又是一个骗局，可这是一个多么生动而迷人的骗局啊！

苏晓虹则在黑暗中无声地得意地笑了。她蜷缩在南方的怀里，觉得他那长长的手臂遒劲而柔韧。苏晓虹身体酥软如泥，仿佛醉了酒一般。她别无所求，亦别无所想，脑子里只有一个念头：就这样躺在这长长的手臂里，一生一世，直到地老天荒。

图书在版编目（CIP）数据

通道 / 肖仁福著. -- 北京 : 中国文联出版社，2016.9（2017.4 重印）
ISBN 978-7-5190-1695-1

Ⅰ. ①通… Ⅱ. ①肖… Ⅲ. ①中篇小说－小说集－中国－当代②短篇小说－小说集－中国－当代 Ⅳ. ① I247.7

中国版本图书馆 CIP 数据核字（2016）第 153254 号

通道

作　　者：肖仁福

出 版 人：朱　庆
终 审 人：奚耀华　　　复 审 人：胡　笋
责任编辑：蒋爱民　　　责任校对：傅泉泽
封面设计：王　鑫　　　责任印制：陈　晨

出版发行：中国文联出版社
地　　址：北京市朝阳区农展馆南里 10 号，100125
电　　话：010-85923066（咨询）85923000（编务）85923020（邮购）
传　　真：010-85923000（总编室），010-85923020（发行部）
网　　址：http://www.clapnet.cn　http://www.claplus.cn
E - mail：clap@clapnet.cn　jiangam@clapnet.cn

印　　刷：北京雁林吉兆印刷有限公司
装　　订：北京雁林吉兆印刷有限公司
法律顾问：北京天驰君泰律师事务所徐波律师
本书如有破损、缺页、装订错误，请与本社联系调换

开　　本：787 × 1092　　1/16
字　　数：315 千字　　印张：19
版　　次：2016 年 9 月第 1 版　　印次：2017 年 4 月第 2 次印刷
书　　号：ISBN 978-7-5190-1695-1
定　　价：39.80 元